COLLECTION FOLIO

NAUFRAGE

DE LA FRÉGATE

LA MÉDUSE,

FAISANT PARTIE DE L'EXPÉDITION DU SÉNÉGAL,

EN 1816;

Par A. CORRÉARD, Ingénieur-Géographe (Libraire);
Et H. SAVIGNY, Chirurg. de marine (médecin).

CINQUIÈME ÉDITION,

ENTIÈREMENT REFONDUE, ORNÉE DE HUIT GRAVURES,
Par M. GÉRICAULT, et autres artistes.

L'homme heureux croit à peine au malheur, et souvent accuse celui dont il a causé les désastres.

A PARIS,

CHEZ CORRÉARD, LIBRAIRE,

PALAIS-ROYAL, GALERIE DE BOIS, N° 258.

1821.

Alexandre Corréard
Jean-Baptiste Savigny

Le naufrage de la *Méduse*

Relation du naufrage
de la frégate la *Méduse*

Édition et préface d'Alain Jaubert

Gallimard

© Éditions Gallimard, 2005.

PRÉFACE

Superbe, stupéfiante histoire ! Il est rare que le hasard concentre dans une aventure une telle densité de thèmes passés, présents ou futurs. Elle a frappé les romantiques. Elle continue à obséder nos contemporains. Tout commence de façon très simple en 1816, pendant la seconde Restauration, un an après Waterloo et le départ de Napoléon pour son exil définitif. Il s'agit d'aller reprendre légalement possession du Sénégal depuis sept ans aux mains des Anglais. On soupçonne ceux-ci d'être encore complaisants vis-à-vis de la traite négrière interdite par la France en 1815. Sans doute est-ce un faux argument mais c'est l'une des justifications morales à cette banale expédition coloniale. À bord d'une escadre de quatre navires, toute une société choisie, gouverneur, administrateurs, greffiers, artisans, marchands, jardiniers, curés. Et aussi cartographe, géographe, ingénieur des mines, car il s'agit de pousser plus avant la recherche des richesses minérales de la colonie. Sans oublier trois compagnies du bataillon d'Afrique, une troupe composite et cosmopolite qui entrera plus tard dans la légende sous le diminutif de « Bat'd'Af ». Souvent des durs, des voyous repentis, des paumés venus de divers coins de l'Europe et de l'Afrique, et qui se rachètent par la discipline militaire et le courage guerrier.

*17 juin 1816. L'expédition, prévue pour mai afin d'éviter la saison des pluies et des fièvres africaines, quitte Rochefort avec un mois et demi de retard. Cinq jours après l'appareillage, un matelot de l'*Écho *tombe à la mer et disparaît. Le lendemain, c'est au tour d'un mousse de la* Méduse *qu'on ne peut repêcher. Débuts funestes... La frégate* Méduse *et la corvette* Écho, *qui ont laissé loin derrière le brick* Argus *et la flûte* Loire, *atteignent les Canaries le 29. Brève escale. Le 1ᵉʳ juillet, on fête le passage de la ligne, celle du tropique du Cancer et on aperçoit la côte de Mauritanie. Le lendemain, c'est l'échouage sur le banc d'Arguin et le début de cette cascade d'événements tragiques qui vont se succéder jusqu'à la fin juillet.*

À ce naufrage, toutes sortes de raisons. D'abord les rapports humains. Le commandant, Hughes Duroy de Chaumareys, est un marin d'avant la Révolution. Aristocrate de Corrèze, il s'est embarqué au début de la guerre d'indépendance américaine. Il a connu plusieurs affectations, a navigué en Méditerranée, en Atlantique, dans l'océan Indien. Il a émigré en 1791. En 1795, il a participé au débarquement de Quiberon. Il a échappé à la condamnation à mort et au massacre des royalistes en s'évadant de la prison d'Auray. Il est passé en Angleterre, est rentré en 1804. Il s'est fait réintégrer en 1814. Mais, en somme, il n'a pas navigué depuis vingt-cinq ans. Ses officiers à bord de la Méduse *sont plutôt des jeunes gens de la nouvelle marine, celle de la Révolution et de l'Empire, avec qui il ne s'entend guère. Il préfère écouter les conseils d'un personnage présent à bord, un certain Richefort, qui se dit marin, qui prétend connaître bien la côte africaine, mais dont on ne sait rien.*

Il y a aussi la technique. La marine française est à l'époque mal équipée. Les cartes de cette côte sont fausses. La Méduse *n'a pas de chronomètre, ce qui empêche d'avoir une idée claire de la longitude et force à naviguer à l'estime. Chaumareys se fie plus à son appréciation du sillage qu'au loch. À l'arrivée à Madère, il a déjà fait une erreur d'un degré (soit cent quinze kilomètres). Chaumareys commet de nouvelles erreurs d'estime au cours de la journée du 1ᵉʳ juillet. Et comme il est poussé par le gouverneur Schmaltz et qu'il veut lui aussi rejoindre la colonie au plus vite, il a perdu de vue l'*Écho *et obliqué au sud-sud-est bien trop tôt ce qui, au lieu de l'amener au large de Saint-Louis, l'a conduit droit sur les hauts fonds du banc pourtant signalé, malgré la médiocrité de la cartographie, comme le grand danger de cette côte.*

Après l'échouage, tout se passe dans la plus grande confusion. Lors des opérations de halage de la frégate, dans l'ensemble plutôt bien conçues, le commandant ne parvient pas à maintenir l'ordre à bord. Des soldats commencent à se saouler et à piller le navire. Au moment de l'évacuation, alors qu'il reste encore beaucoup de monde à bord, Chaumareys quitte le navire, crime suprême pour un commandant. Les cartes et le journal sont perdus. Les vivres sont mal distribués entre les embarcations. De même, la répartition des passagers entre les canots est aberrante. L'abandon est trop rapide. La frégate est bien plantée dans son haut fond : elle restera ainsi, inclinée mais solide, plus de neuf mois ! D'ailleurs dix-sept passagers décident de rester à bord et y survivent pendant des semaines. Rien n'empêchait donc d'établir avec les canots un va-et-vient vers la côte assez proche et de débarquer tout le monde avec des vivres et de l'eau, présents en grande quantité à bord de la Méduse. Les occupants des diverses embarcations atteindront soit directement Saint-Louis, soit divers points de la côte d'où ils rejoindront à leur tour la colonie après des épreuves parfois violentes : attaques des Maures, rançons, bagarres entre eux, marches épuisantes dans le désert, pertes de plusieurs personnes.

Une fois les amarres du radeau coupées, ses malheureux passagers sont abandonnés sans trop d'états d'âme par les responsables des canots. Le radeau, vingt mètres de long sur sept de large, a surtout été construit pour soulager la frégate de ses objets lourds au moment des opérations de relevage. Il n'est en aucune façon gouvernable. On n'y a embarqué aucun aliment. Seulement des tonneaux de vin et d'eau. On tient alors le vin pour un aliment. Sous le soleil saharien et dans des estomacs vides, la boisson, consommée d'abondance, va s'avérer un poison aux effets brutaux. L'objet que les hommes ont surnommé la « machine » est composé de mâts, d'espars, de poutres et de planches sommairement arrimés. Sous le poids, le radeau s'enfonce, les passagers ont de l'eau à mi-corps. En mer, les bois roulent, s'écartent, se resserrent. Cent quarante-sept personnes se tiennent debout sur ce petit espace, les pieds glissent, s'enfoncent, chevilles, jambes, cuisses sont cassées, écrasées, ouvertes. Plusieurs en meurent. D'autres tombent à la mer et disparaissent. La machine devient un horrible instrument de torture, une sorte de monstre dévorateur telle la machine de la colonie pénitentiaire de Kafka.

Dès le premier jour, plusieurs hommes deviennent fous, certains se suicident en se jetant à la mer. Et puis il y a la scission entre les hommes de troupe qu'on a embarqués de force sur la machine et les matelots ou officiers qui les ont accompagnés et que certains surnommeront les « Messieurs » ou les « Notables ». Parmi eux, l'aspirant Coudein, vingt-trois ans. Il a été nommé chef du radeau au moment de l'évacuation mais une mauvaise blessure l'empêche de se mouvoir facilement. À ses côtés, le jeune chirurgien de marine Savigny, le géographe Corréard, le capitaine d'infanterie Dupont, le chef d'atelier Lavillette, le pilotin Thomas, le secrétaire du gouverneur Griffon et quelques autres courageux qui s'affrontent aux révoltés. Les scènes d'ivresse succèdent aux mutineries. Les affrontements sont sauvages. Au sabre, au couteau, à la hache d'abordage, les soldats, désespérés, rendus fous furieux, s'attaquent aux autres qui les sabrent sans pitié. On tue ceux qui, dans un moment de délire, voulaient trancher les liens du radeau. On en jette d'autres à l'eau. Des mutins sans armes attaquent en mordant leur adversaire. La pauvre cantinière, vieille routière de l'épopée napoléonienne, sera deux fois précipitée à la mer par les mutins et deux fois repêchée par ceux-là même qui, quelques jours plus tard, décideront de la sacrifier en lui faisant subir le même sort. Au cours des deux premiers jours, par la tempête et par les combats, trente hommes ont disparu. À l'issue de la deuxième nuit, après la grande mutinerie, soixante-trois manquent à l'appel. Après la troisième nuit, il ne reste qu'une trentaine de survivants à bord du radeau.

Dans la journée, les hommes sont accablés par le soleil. Ivres, tenaillés par la faim, ils sont pris d'hallu-

cinations, de rêves éveillés étranges. Ils boivent leur urine, mangent le cuir des baudriers, leur linge, la crasse des chapeaux. Griffon est le seul à boire régulièrement de l'eau de mer. Très vite, peut-être dès le deuxième ou troisième jour, on a commencé à manger de la chair humaine. Les « Messieurs » n'en veulent pas. Ils finiront par y venir, mais en la faisant cuire au fond d'une barrique. On en fait aussi sécher des lambeaux au soleil sur les cordages. Le 11 juillet, après délibération et au vu des maigres rations de vin qui restent, les chefs décident de se débarrasser des blessés et des mourants. On les jette à la mer. Les quinze survivants, presque nus, la peau brûlée par le soleil et la chair rongée par l'eau de mer, seront retrouvés le 17 par l'équipage du navire Argus. Cinq encore mourront très vite à l'hôpital de Saint-Louis du Sénégal.

Des naufrages comme celui-ci, il s'en produisait alors plusieurs par an dans le monde. Souvent bien plus atroces, sans survivants et sans témoins. Le naufrage appartenait à la triste fatalité de la vie maritime. Cette fois, il y avait trop de témoins. La corvette l'Écho arrive à Brest début septembre 1816. À son bord, plusieurs hommes de la Méduse qui ont fait un rapport collectif sur le naufrage, Coudein qui a rédigé une relation personnelle de ses treize jours de radeau, et Savigny qui va à son tour décrire ce qu'il a vécu. Tous ces documents aboutissent sur le bureau du ministre de la Marine Du Bouchage. C'est le moment où le ministre de la Police, Élie Decazes, trente-six ans, favori de Louis XVIII, vient de convaincre le roi et le Premier ministre, le duc de Richelieu, de la nécessité de dissoudre la chambre des députés, la « chambre introuvable », composée d'une majorité de royalistes durs. Cette dissolution intervient le 5 septembre. Le 8, *le* Journal des Débats *annonce le naufrage de la* Méduse. *Decazes a réussi à se procurer une copie du rapport de Savigny et le 13 septembre, le* Journal des Débats *publie le rapport. Dès lors, l'affaire ne peut plus être étouffée et Decazes va s'en servir pour achever de se débarrasser des ultras, y compris, un peu plus tard, de Du Bouchage. En attendant, le ministre de la Marine se voit obligé d'ouvrir une commission d'enquête.*

Le commandant Chaumareys rentre en France en décembre et est étonné de se trouver aussitôt consigné à Rochefort. Début 1817 ont lieu les interrogatoires des témoins et du commandant. Le procès se déroule à Rochefort fin février. Le 3 mars, Chaumareys est condamné à trois ans de prison. Les sept officiers de la cour martiale sont des aristocrates comme Chaumareys. Mais deux d'entre eux ont voté pour la peine de mort. À l'automne suivant les officiers de l'ancien régime qui avaient été réintégrés dans la marine trois ans auparavant seront mis massivement à la retraite. Corréard est rentré en France en même temps que Chaumareys. Il n'a qu'une idée en tête, faire éclater toute la vérité sur l'affaire et aller jusqu'au bout de sa vengeance. De son association avec Savigny va naître cette Relation du naufrage de la frégate la Méduse *qui paraît en novembre 1817 et qui devient rapidement un grand succès de librairie. Plusieurs éditions au cours des années suivantes seront enrichies d'autres témoignages et en particulier de ceux des rescapés du désert.*

Au-delà de ses aspects narratifs, historiques, documentaires, ce qui rend ce texte fascinant, c'est la frénésie qui l'habite. Déjà sur le radeau, Corréard déclare « qu'une série d'événements si inouïs ne devaient pas rester plongés dans l'oubli. » Survivre pour témoigner. *Les deux auteurs ont été placés en partie contre leur gré à la tête du radeau. Ils ont été abandonnés par le commandant et les officiers de marine en qui ils avaient confiance. Certes, Savigny était chirurgien de marine, mais aucun des deux n'était un guerrier. Rien ne les avait préparés à vivre un tel cauchemar. Ils ont dû se battre sans pitié contre les mutins rendus fous furieux. Ils ont dû en tuer beaucoup au cours de plusieurs combats acharnés. Peut-être plus que nécessaire. Pris eux-mêmes dans l'engrenage de la folie meurtrière et justicière, ils ont dû s'ériger en juges sans pitié, décider de la vie et de la mort, d'abord de soldats désobéissants, mais c'est une sorte de loi martiale qu'ils appliquent, ensuite des malades et des mourants, et cette « sélection » finale n'était sans doute pas indispensable. Cette décision nous terrifie d'autant plus que les chefs font exécuter ces basses besognes par trois matelots et un soldat et, eux-mêmes, disent-ils, détournent les yeux en versant « des larmes de sang ». L'image, plutôt plate, tente de cacher l'horreur de leur responsabilité. Survivants honteux de l'affreuse aventure, c'est donc avec leur rage, leur ressentiment, leur soif de justice et même de vengeance qu'ils écrivent leur livre.*

Des moments splendides, d'autres terribles. La fureur exacerbée des mutins, les scènes de folie pure où des passagers du radeau tentent de découper des morceaux des vivants, le débat sur les goûts différents des urines, l'Italien qui se précipite de lui-même dans la mer, la mise à mort de la cantinière, la mort de Léon, l'enfant de douze ans qui « s'éteint comme une lampe », l'arrivée du papillon blanc que certains veulent même manger mais qu'on sauve comme mes-

sager de la prochaine libération, le flacon d'essence de rose qu'on se repasse pour rêver... Et dans les autres récits consacrés aux naufragés du désert, l'étonnant portrait du roi Zaïde, sorte de despote éclairé de ce qu'on appellera un jour le Tiers-Monde.

Hors cette rage vengeresse qui les habite, Corréard et Savigny n'ont que les idées bourgeoises de leur temps. Le livre, souvent teinté de notations racistes, finit par l'apologie d'un colonialisme bien tempéré. Ils proposent de « relâcher de degré en degré la chaîne de l'esclavage », de jouer l'agriculture coloniale contre la traite négrière. Ils savent bien aussi que leur ouvrage peut devenir une arme de guerre pour certains. Il va susciter procès et débats. Savigny se retirera sagement dans sa province natale où il sera à la fois médecin et maire. Corréard, au contraire, va continuer une vie de persécuté et même d'agitateur conspirateur qui lui vaudra bien des ennuis et de la prison. Mais ce qu'ils ne soupçonnent pas au moment où ils écrivent ce livre et s'apprêtent à le lancer dans le Paris remuant et versatile de 1817, c'est l'entrée en scène d'un troisième personnage.

Le jeune peintre Théodore Géricault est à la recherche d'un vrai sujet moderne. Il avait peut-être choisi de faire un tableau à partir de l'affaire Fualdès. En mars 1817, un procureur à la retraite, Antoine-Bernardin Fualdès est enlevé dans une rue de Rodez, traîné dans un tripot et égorgé sur une table. Son sang recueilli dans un baquet est donné à boire à un goret. On emporte le cadavre et on le jette dans l'Aveyron. Un fait divers qui retourne la France entière, une belle concentration de haine meurtrière, d'horreur macabre, et peut-être de vengeance politique. Deux proches du pro-

cureur, son filleul et son beau-frère, qu'on tient aujourd'hui pour innocents, seront jugés de façon expéditive, condamnés à mort et guillotinés. Le peintre, après quelques belles esquisses, abandonne le projet. C'est qu'entre-temps l'affaire de la Méduse s'est développée.

Cette fois, Géricault tient une histoire encore plus riche. Avec un instinct sûr, il a compris aussitôt ce que ce drame pouvait représenter tant du point de vue philosophique que du point de vue pictural. Il rencontre les survivants du naufrage, les écoute, se fait construire une petite maquette du radeau. Il cherche longtemps, dessine, peint, s'attarde sur l'épisode du sauvetage, sur celui de la mutinerie, sur les scènes de cannibalisme. Il choisit finalement un moment clé, pur instant de « suspense », celui où les rescapés aperçoivent une voile au loin, mais sans savoir si on les a repérés. Coudein, Corréard, Savigny posent pour Géricault. Fine intuition politique, Géricault place un Africain au sommet de la pyramide humaine. Le peintre travaille neuf mois à sa toile. On connaît toutes les anecdotes amplifiées par la légende noire de l'atelier. Les visites à l'hôpital Beaujon voisin, l'observation des malades et des mourants. Les fragments de cadavres, bras et jambes, rassemblés dans l'atelier. Les têtes de décapités. La puanteur de morgue qui saisit les visiteurs.

Géricault rendra à la perfection la couleur des chairs mortes mais il supprimera une bonne partie des horreurs décrites par les témoins : les rescapés hideux, maigres, sans peau, et les fragments de viande humaine pendus au gréement du radeau. Toute la force d'expression de sa toile géante va se jouer à travers les poses, les gestes des personnages, la proximité inquié-

tante du spectateur avec la scène, les couleurs sombres, le partage entre vivants et morts. Le tableau va amplifier l'émotion liée à l'histoire du naufrage, la cristalliser, en donner l'image archétypale répercutée à l'infini dans des plagiats, des parodies, des variations sur tous supports, des caricatures... Plus la moindre situation politique périlleuse sans un dessin de presse (à droite comme à gauche) montrant un gouvernement en équilibre instable sur le fameux radeau. Et surtout, « radeau de la Méduse » devient, dans la langue courante, grâce à Michelet, à Victor Hugo, à Théophile Gautier, à quelques autres auteurs du siècle, aux journalistes, une locution familière pour toute situation désespérée.

Écho, Argus, Méduse, *dès le drame, on a remarqué que trois des navires de l'escadre portaient des noms mythologiques.* Méduse *était plutôt de mauvais augure, et Corréard, dans son récit, ne manque pas d'invoquer l'affreuse Gorgone qui pétrifie de stupeur les passagers au moment de l'échouage. Quant à* Argus, *il est appelé avec ses mille yeux par un des naufragés du radeau qui, en plein délire, cherche à faire rire les autres. On pourrait aussi gloser sur* Écho *qui rapporte en France témoins et nouvelles et qui va ainsi déclencher toute l'affaire. Mais ce que cette narration de naufrage raconte, et ce que cette image imposante inventée par le peintre nous dit, même si elles plongent toutes deux leurs racines dans d'autres aventures mythologiques comme celle d'Ulysse, c'est quelque chose qui ne préoccupait pas Homère et qui appartient en propre à notre modernité. Si, deux siècles plus tard, cette histoire est toujours d'une incroyable actualité, si nous lisons cette tragédie maritime avec une délectation* mêlée d'horreur, c'est bien parce qu'elle résonne en nous de multiples façons : colonialisme, esclavage, traite des nègres, naufrage, mutineries, ivresse, délires, suicides, haine, racisme, misogynie, massacre, lutte des classes, sélection des faibles, cannibalisme enfin, cette sarabande de sauvagerie, de folie et de mort nous fascine au-delà du raisonnable. Depuis le fait divers de la Méduse, 1830, 1848, 1870, la Commune, 14-18, 39-45, les camps nazis, les guerres coloniales, le goulag, les terrorismes européens ou orientaux, ont tempéré les belles illusions rousseauistes sur la nature humaine, illusions que partageaient plusieurs des protagonistes de cette histoire, nés dans les dernières décennies du siècle des Lumières. Et aujourd'hui, placés nous-mêmes dans de telles situations, savons-nous vraiment comment nous nous comporterions ? Déciderions-nous de mourir, ou bien à quel prix serions-nous prêts à payer notre survie ?

ALAIN JAUBERT

NOTE SUR L'ÉTABLISSEMENT
DU TEXTE

Le texte suivi est celui de la cinquième et dernière édition publiée par Alexandre Corréard (1821). Nous y avons apporté quelques aménagements en supprimant la préface et plusieurs annexes trop contingentes (le jugement du procès Chaumareys, le mémoire adressé par Corréard aux chambres des pairs et des députés, le procès de Corréard, la liste des souscripteurs en faveur des naufragés, l'ode sur le naufrage et divers autres documents qui surchargeaient cette édition). La version complète est consultable en ligne sur le site de la Bibliothèque nationale de France (voir bibliographie en fin de volume). Nous avons aussi supprimé vers la fin de l'ouvrage plusieurs témoignages en faveur des auteurs : placés en note, ils alourdissaient beaucoup le livre sans y apporter d'informations complémentaires. Nous avons fait de même avec quelques notes purement documentaires donnant des informations sur certaines espèces de la faune et de la flore africaines bien connues désormais du lecteur moderne. En revanche, nous avons conservé plusieurs longues notes composées à partir des témoignages d'autres participants à l'aventure : nous leur avons donné la forme d'encadrés pour en faciliter la lecture. Enfin, nous avons modernisé l'orthographe et corrigé un assez grand nombre de coquilles typographiques.

*Relation
du naufrage
de la frégate la* Méduse

CHAPITRE PREMIER

Établissements français sur la côte d'Afrique — Expédition du Sénégal ; nombre d'hommes et navires qui la composent. — Départ. — La Loire *et l'*Argus *laissés en arrière. — Perte d'un mousse. — On évite les huit roches. — Courant de Gibraltar. — Reconnaissance des îles Santo-Porto, Désertes et Madère. — Confiance du capitaine dans un passager. — Ténériffe. — Français abandonnés depuis huit ans ; refus de les prendre.*

Les établissements français situés sur la côte occidentale de l'Afrique, depuis le Cap-Blanc jusqu'à l'embouchure du fleuve de Gambie, ont été possédés tour à tour par la France et par l'Angleterre. Les Français, au pouvoir desquels ils sont définitivement restés, en avaient été les premiers fondateurs avant le 14e siècle, et avaient découvert la contrée 350 ans avant l'ère vulgaire[1].

Les Anglais s'emparèrent, en 1758, de l'île Saint-Louis, lieu où siège le gouvernement général de tous les établissements que nous avons sur cette partie de la côte : nous y rentrâmes vingt ans après, en 1779.

---

1. Euthymènes, l'un des plus fameux astronomes de son temps, naquit au VIe siècle avant J.-C., trouva la latitude de Marseille, et fut le premier qui reconnut l'embouchure du Sénégal.

À cette époque nos possessions nous furent assurées de nouveau par le traité de paix conclu entre la France et l'Angleterre, le 3 septembre 1782. En 1808 elles retombèrent encore une fois entre les mains des Anglais, moins par la force de leurs armes que par la trahison de quelques hommes indignes de porter le nom de Français. (Un de ces mêmes hommes a reçu la croix d'honneur, pour de prétendus services rendus aux naufragés de la *Méduse*.) Elles nous furent ensuite restituées par les traités de Paris de 1814 et 1815, qui confirment celui de 1783 dans tout son contenu.

Les dispositions de ce traité règlent les droits respectifs des deux nations sur la côte occidentale de l'Afrique ; elles déterminent les possessions de la France ainsi qu'il suit : depuis le Cap-Blanc, situé par les 19° 30' de longitude et par les 20° 55' 30" de latitude jusqu'à l'embouchure de la Gambie, située par les 19° 9' de longitude et par les 13° de latitude ; elles garantissent cette propriété d'une manière exclusive à notre patrie, et permettent seulement aux Anglais de faire, concurremment avec les Français, le commerce de la gomme[1] depuis la rivière Saint-Jean jusqu'au fort de Portendick inclusivement, aux conditions qu'ils ne pourront former dans cette rivière, ni sur aucun point de cette partie de la côte, des établissements de quelque nature qu'ils puissent être.

Seulement il a été stipulé que la possession du comptoir d'Albreda, situé à l'embouchure du fleuve de Gambie, ainsi que celle du fort James, seraient conservées à l'Angleterre[2].

---

1. La gomme que les Français, selon Labarthe, exportaient de cette côte s'élevait à un million et demi pesant.
2. Les Anglais, outre le fort James, possédaient trois comptoirs sur la Gambie : un à Vintain, un à Jouka-Konda, et un autre à Pisiana. Ce

Chapitre premier

Les droits des deux nations étant ainsi réglés, la France pensa à rentrer dans ses possessions et à jouir de leurs avantages. Le ministre de la marine, après avoir médité pendant longtemps, et mis deux ans à préparer une expédition de quatre voiles, ordonna enfin qu'elle fît route pour le Sénégal. Elle était composée ainsi qu'il suit, savoir :

Un colonel, commandant supérieur pour le Roi sur toute la côte, depuis le Cap-Blanc jusqu'à l'embouchure de la rivière de Gambie, et chargé de la direction supérieure de l'administration	1
Un chef de bataillon, commandant particulier de Gorée	1
Un chef de bataillon, commandant le bataillon dit d'*Afrique*, composé de 3 compagnies, chacune de 84 hommes	253
Un lieutenant d'artillerie, inspecteur des poudrières et des batteries, et commandant 10 ouvriers de son arme	11
Un commissaire inspecteur de marine, chef de l'administration	1
Quatre gardes-magasins	4
Six commis	6
Quatre guetteurs	4
Deux curés	2
Deux instituteurs	2
Deux greffiers. (Ils remplacent les notaires et même les maires)	2
Deux directeurs d'hôpitaux	2
Deux pharmaciens	2

---

dernier était le plus avancé dans les terres. Les gros navires marchands remontent la Gambie jusqu'à environ soixante lieues de son embouchure.

Cinq chirurgiens	5
Deux capitaines de port	2
Trois pilotes	3
Un jardinier	1
Dix-huit femmes	18
Huit enfants	8
Quatre boulangers	4
	332
Ci-contre	332

Plus, pour un voyage projeté pour le pays de Galam.

Un ingénieur des mines	1
Un ingénieur géographe	1
Un cultivateur naturaliste	1

Plus, pour une expédition qui devait reconnaître sur le Cap-Vert ou dans ses environs, un lieu propre à l'établissement d'une colonie.

Un médecin	1
Un cultivateur pour les cultures européennes	1
Un cultivateur pour les cultures des colonies	1
Deux ingénieurs géographes	2
Un naturaliste	1
Un officier de marine	1
Vingt ouvriers	20
Trois femmes	3
TOTAL	365

Cette expédition se composait donc de 365 individus, dont 240 environ furent confiés à la frégate la *Méduse*.

Le 17 juin 1816, à sept heures du matin, l'expédition du Sénégal, sous les ordres de M. de Chaumareys, capitaine de frégate, partit de la rade de l'île d'Aix : les navires qui en faisaient partie étaient la frégate la *Méduse*[1], de 44 canons, commandée par M. de Chaumareys ; la corvette l'*Écho*[2], sous les ordres de M. Cornet de Venancourt, capitaine de frégate ; la flûte la *Loire*, montée par M. Giquel-Destouches, lieutenant de vaisseau, et le brick l'*Argus*[3], sous les ordres de M. de Parnajon, également lieutenant de vaisseau. Les vents étaient de la partie du *nord*, jolie brise ; nous portions toutes nos voiles. Mais nous fûmes à peine au large que les vents refusèrent un peu, et nous courûmes des bordées pour doubler la tour de Chassiron, placée à l'extrémité de l'île d'Oléron[4]. Après avoir louvoyé toute la journée, le soir, vers les cinq heures, la flûte la *Loire* ne pouvant dompter la force des courants, qui alors étaient contraires et l'empêchaient de donner dans les passes, demanda à mouiller. M. de Chaumareys le lui accorda, et de plus ordonna à toute la division de jeter l'ancre. Nous étions alors à une demi-lieue de l'île de Ré, en dedans de ce qu'on nomme le pertuis d'Antioche. Nous mouillâmes les premiers, et tous les autres navires vinrent prendre poste près de nous. La flûte la *Loire*, marchant fort mal, fut aussi le dernier bâtiment qui arriva au mouillage. Le temps était beau, les vents de la partie du *nord-ouest*, et par conséquent un peu trop près pour nous permettre de doubler Chassiron pendant un courant de flot qui était contraire. Le soir, vers les sept heures, au commencement de jusant, nous levâmes l'ancre ; on déploya les voiles ; tous les navires imitèrent notre

---

1. La *Méduse* était armée en flûte, ayant à son bord quatorze canons seulement ; elle arma à Rochefort, avec la *Loire*.
2. Corvette armée à Brest pour venir nous joindre.
3. Brick venu de Lorient.
4. La tour de Chassiron est sur la pointe de l'île d'Oléron, vis-à-vis un banc de rochers nommé les Antiochats.

manœuvre : l'appareillage leur avait été signalé quelques instants auparavant. À la nuit, nous nous trouvâmes entre les feux de Chassiron et de la Baleine[1]. Peu d'instants suffirent pour les doubler. À peine fûmes-nous au large que les vents devinrent presque calmes ; les navires ne gouvernèrent plus, le temps se couvrit, la mer était très houleuse ; tout, enfin, nous présageait quelque bourrasque. Les vents menaçaient de souffler de la partie de l'*ouest*, et par conséquent d'être contraires ; ils étaient variables et par rafales. Vers les dix heures on s'aperçut que la route que nous tenions portait directement sur un danger nommé les Roches-Bonnes[2] ; on vira de bord pour éviter une perte certaine. Entre onze heures et minuit un gros grain se forma dans le *nord* et amena des vents de cette partie : nous pûmes alors mettre le cap en route. Les nuages se dissipèrent, et le lendemain le temps fut fort beau ; la brise du *nord-est*, mais très faible : pendant quelques jours nous ne fîmes que fort peu de chemin.

Le 21 ou 22, nous doublâmes le cap Finistère. En dehors de cette pointe qui borne le golfe de Gascogne, la flûte la *Loire* et le brick l'*Argus* se séparèrent : ces navires marchant fort mal, il leur fut impossible de suivre la frégate, qui, pour les conserver, aurait été obligée d'amener ses perroquets et ses bonnettes.

L'*Écho* seul était encore en vue, mais à une grande distance, et forçant de voiles pour ne pas nous perdre. La frégate avait sur cette corvette une marche si supérieure, qu'avec une petite voilure non seulement elle la tenait, mais la dépassait encore d'une

---

1. La tour de la Baleine est un phare placé de l'autre côté du pertuis d'Antioche, sur la côte de l'île de Ré.
2. Les Roches-Bonnes sont à huit ou neuf lieues au large de l'île de Ré ; leur position n'est pas exactement déterminée sur les cartes marines.

manière étonnante ; les vents avaient alors fraîchi, et nous filions jusqu'à neuf nœuds [1].

Un accident malheureux vint troubler le plaisir que nous éprouvions d'être si favorisés par les vents : un mousse de 15 ans tomba à la mer par un des sabords de l'avant et du côté de bâbord. Dans ce moment beaucoup de personnes étaient rangées sur la poupe et les bastingages, et occupées à regarder les culbutes des marsouins [2]. Aux acclamations de joie produites par les jeux des poissons, succédèrent tout à coup des cris arrachés par la pitié. Pendant quelques instants l'infortuné mousse se tint le long du bord à un bout de corde qu'il avait saisi en tombant ; mais la vitesse avec laquelle allait la frégate lui fit bientôt lâcher prise. On signala cet accident à l'*Écho*, qui était très éloigné ; on voulut tirer un coup de canon pour appuyer le signal ; il n'y avait pas une seule pièce chargée. Au reste on lança la bouée de sauvetage [3] ; les voiles furent carguées et l'on mit en travers. Cette manœuvre fut longue ; il aurait fallu venir au vent dès qu'on cria : *Un homme à la mer !* Il est vrai que quelqu'un annonça hautement de la batterie, qu'il était sauvé ; un matelot l'avait effectivement saisi par le bras, mais il avait été forcé de le lâcher, parce qu'il eût lui-même été entraîné. On mit cependant à la mer un canot de six avirons, dans lequel il n'y eut que trois hommes ; tout fut inutile. Cette embarcation, après avoir cherché à

---

1. Il faut trois nœuds pour une lieue marine, qui est de 5 556 mètres.
2. Ce sont de très gros poissons, qui à chaque instant reviennent à la surface de l'eau, où ils font des culbutes ; ils nagent avec une vitesse si étonnante, qu'ils font le tour d'un navire qui file neuf et même dix nœuds à l'heure.
3. La bouée de sauvetage est un amas de pièces de liège, d'environ un mètre de diamètre, au centre de laquelle est un petit mât pour y frapper un pavillon. On la jette à la mer aussitôt qu'un homme y tombe, afin qu'il puisse s'y placer. On la retire au moyen d'une grande manœuvre à laquelle elle est amarrée ; par ce moyen on parvient à sauver le naufragé, sans arrêter totalement la marche du navire.

une certaine distance, revint à bord sans avoir même trouvé la bouée de sauvetage. Si ce malheureux jeune homme, qui parut assez bien nager, a eu la force de la gagner, il sera mort dessus, après avoir été en proie aux souffrances les plus cruelles. On orienta, et l'on fit route.

La corvette l'*Écho* venait de nous rejoindre, et pendant assez de temps nous naviguâmes à portée de la voix ; mais bientôt nous la perdîmes de nouveau. Le 25, pendant la nuit, nous louvoyâmes, craignant de nous jeter sur les huit roches qui brisent et qui sont situées, la plus *nord* par 34° 45' de latitude, et la plus *sud* par 34° 30' ; de manière que l'étendue de ce danger est d'environ cinq lieues du *nord* au *sud* et d'environ quatre lieues de l'*est* à l'*ouest*. La roche la plus vers le *sud* est éloignée d'environ quarante lieues au *nord*, 5° *est* de la pointe *est* de Madère.

Le 27, au matin, on s'attendait à voir l'île de Madère, mais nous courûmes inutilement jusqu'à midi, heure à laquelle le point fut fait pour s'assurer de notre position. L'observation solaire nous mettait *est* et *ouest* de Porto-Santo ; on continua sur le même bord, et le soir, au coucher du soleil, les vigies placées au haut des mâts crièrent *terre*[1] !

1. Nous ne savons pas pourquoi le gouvernement fait tenir cette route à ses bâtiments, tandis qu'on peut se rendre directement aux îles Canaries ; il est vrai qu'elles sont souvent embrumées ; mais il n'y a pas de dangers dans les principaux canaux qu'elles forment, et elles occupent un espace si grand, qu'il est impossible de ne pas les reconnaître avec facilité. Elles ont encore l'avantage d'être placées dans les parages des vents alizés, quoique cependant des vents d'*ouest* y soufflent quelquefois plusieurs jours de suite. Nous croyons qu'on peut se dispenser de prendre connaissance de Madère et de Porto-Santo, en se rendant dans les Indes orientales, d'autant plus qu'il existe plusieurs écueils aux approches de ces terres. Outre les bancs de roches, dont nous avons parlé plus haut, il en existe encore un autre dans le *nord-est* de Porto-Santo, sur lequel plusieurs navires se sont perdus. De nuit, tous ces récifs sont très dangereux ; de jour on voit leurs brisants.

M. le commandant P*** pense qu'il vaut encore mieux, lorsqu'on se rend d'Europe sur les côtes occidentales de l'Afrique, situées au nord

Chapitre premier

Cette erreur dans l'arrivage était au moins de trente lieues dans l'*est*. Elle fut attribuée aux courants du détroit de Gibraltar, qui nous avaient drossés avec violence. Si cette erreur dépend effectivement des courants du détroit, elle mérite attention pour les navires qui fréquentent ces parages. Toute la nuit nous courûmes sous une petite voilure ; à minuit, on revira de bord pour ne pas trop s'approcher de la terre. Le lendemain, au jour, nous aperçûmes très distinctement les îles de Madère et de Porto-Santo ; sur bâbord étaient celles qu'on nomme *Désertes*. Madère était au moins à douze lieues ; les vents venaient de l'arrière ; nous filions douze nœuds, et en peu d'heures nous fûmes très près de cette île. Pendant assez de temps nous la longeâmes à une très petite distance ; nous passâmes devant les principales villes, Funchal et do Sob.

Madère se présente en amphithéâtre ; les maisons de campagne qui la couvrent paraissent d'un très bon goût, et lui donnent un aspect charmant. Toutes ces habitations délicieuses sont entourées de superbes jardins et de champs couverts d'orangers et de citronniers qui, lorsque les vents viennent de terre, répandent, jusqu'à une demi-lieue en pleine mer, l'odeur la plus agréable. Les coteaux sont recouverts

---

de la ligne, passer entre les Açores et les îles de Madère, et ne prendre connaissance de terre qu'à une latitude peu éloignée du point où l'on veut atterrir. Le besoin de se pourvoir de rafraîchissements peut seul autoriser des bâtiments qui font voile pour le cap de Bonne-Espérance ou pour le sud de l'Amérique, à relâcher aux îles Canaries ou à celles du Cap-Vert. Nonobstant la profondeur des canaux qui séparent les premières de ces îles, ces parages, sujets aux calmes comme aux bourrasques, ne sont pas sans dangers. On a en outre, en s'éloignant, l'avantage d'éviter l'influence du courant de Gibraltar, et on ne court pas les risques de rencontrer les vents du nord-ouest qui règnent généralement le long des côtes désertes, et encore trop peu connues du désert de Sahara, que la *Méduse* a fort inutilement longées, et qui tendent à rapprocher les navires du dangereux banc d'Arguin.

de vignes bordées de bananiers : tout enfin se réunit pour rendre Madère une des plus belles îles de l'Afrique. Son sol n'est qu'un sable végétal mêlé d'une cendre qui lui donne une force étonnante ; il présente partout les restes d'une terre volcanisée, dont la couleur est celle de l'élément qui longtemps la consuma.

Funchal, capitale de l'île, est situé par le 19° 20' 30" de longitude et les 32° 37' 40" de latitude. Cette ville est assez mal disposée : ses rues sont étroites, et les maisons généralement mal bâties. La partie la plus élevée de l'île est le pic de Ruivo, qui s'élève à 200 mètres au-dessus du niveau de la mer. La population de Madère est de 85 000 à 90 000 habitants, à ce que nous a assuré un homme digne de foi qui, pendant quelque temps, a habité cette belle colonie[1].

Nous longions ainsi la côte de Madère, parce que l'intention du commandant était d'y envoyer un canot pour en rapporter des rafraîchissements. L'indécision ordinaire du commandant de la frégate, jointe à un petit incident, le fit renoncer au projet de se présenter devant Funchal. Par une bizarrerie que rien ne justifiait, il paraissait avoir plus de confiance pour la conduite de son bâtiment, dans un passager qui, à la vérité, avait fréquenté ces parages, que dans ses officiers. En s'approchant de Madère, le bâtiment ne manœuvrait presque plus que sur les indications de ce passager. Tout à coup la brise, toujours forte au voisinage de ces hautes terres, cessa lorsqu'on s'en fut trop approché ; les voiles coiffèrent. Le courant paraissait rapide ; mais après quelque flottement dans la manœuvre, bientôt rétablie par les officiers, on parvint à reprendre l'air, et il fut décidé qu'on mettrait le cap sur Ténériffe.

---

1. C'est aussi l'opinion de Barrow, dans son voyage à la Cochinchine. Sir Georges Stauton ne lui donne que 80 000 habitants.

La crainte de ne pouvoir ensuite refouler de forts courants, qui portent sur la terre, nous fit gagner le large, où les vents étaient favorables ; ils soufflaient avec assez de force. Il fut décidé que le canot n'irait point à terre : on mit en route, en filant huit nœuds. Nous étions restés trois heures vis-à-vis de la baie de Funchal. Le soir, à la nuit tombante, Madère était à toute vue ; le lendemain, au lever du soleil, on eut connaissance des îles Désertes ou *Salvages*, et le soir nous aperçûmes le pic de Ténériffe, situé sur l'île de ce nom. Cette haute montagne, derrière laquelle le soleil venait de se coucher, nous offrit un spectacle vraiment majestueux : sa tête élevée nous parut couronnée de feux. Sa hauteur au-dessus du niveau de la mer est de 3 711 mètres[1]. L'île est située par les 19° de longitude, et les 28° 17' de latitude. Plusieurs personnes du bord ont assuré qu'elles avaient aperçu le pic dès le matin, à huit heures, et cependant nous en étions au moins à trente lieues : il est vrai que le temps était fort clair.

Le commandant résolut d'envoyer un canot à Sainte-Croix, l'une des villes principales de l'île, pour aller chercher quelques objets dont nous avions besoin, tels que des filtres et des fruits : en conséquence toute la nuit on courut de petits bords. Le lendemain, au jour, nous longeâmes une partie de l'île, à deux portées de fusil, et nous passâmes sous le canon d'un petit fort nommé *Fort-Français*. Un de nos compagnons tressaillit de joie à la vue de cette petite fortification élevée à la hâte par quelques Français, lorsque les Anglais, sous les ordres de l'amiral Nelson, voulurent s'emparer de la colonie. C'est là, disait-il, qu'une flotte nombreuse, commandée par un des plus braves généraux de mer que compte la

---

1. Borda et Pingré l'évaluent à 11 422 pieds.

marine anglaise, est venue échouer devant une poignée de Français qui s'y couvrirent de gloire et sauvèrent Ténériffe. C'est là que ces braves, dans un combat long et opiniâtre, achevèrent à coups de canon la défaite de cet amiral qui y perdit lui-même un bras et se vit forcé de chercher son salut dans la fuite.

À Trafalgar, continua-t-il, si l'amiral Villeneuve n'eût pas été trahi, si ses combinaisons n'eussent pas été trompées par la perfidie d'un contre-amiral placé sous ses ordres, nous achevions ce que nous avions si bien commencé dans cette petite baie ; et qui peut dire quels auraient été alors les résultats d'une victoire navale ?

Nous continuâmes de côtoyer cette île jusque devant Sainte-Croix, et nous louvoyâmes pendant six heures devant cette ville qui nous parut présenter un fort bel aspect. Nous jugeâmes que les maisons étaient d'un assez bon goût ; nous crûmes nous apercevoir aussi que les rues étaient grandes et bien alignées. Vue de la mer, la ville, qui est en amphithéâtre, paraît située dans l'enfoncement que présentent deux branches distinctes de montagnes, dont l'une, vers le *sud*, forme le pic proprement dit. De loin, on remarque surtout les tours sveltes et les clochers élancés des églises dont la construction rappelle l'architecture arabe.

Vers midi, la corvette l'*Écho*, qui nous avait perdus, rallia, et vint passer en poupe de la frégate. Elle reçut ordre d'imiter notre manœuvre, ce qu'elle fit à l'instant même.

Ce fut alors que la *Méduse* seule envoya un canot à terre pour en rapporter, comme on vient de le dire, des fruits et des filtres qui se fabriquent à Sainte-Croix. Ce ne sont que des espèces de mortiers faits de pierres volcaniques qu'on trouve dans le pays. On prit aussi quelques jarres en terre d'une assez belle grandeur, et en outre des vins précieux, des oranges, des citrons, des figues bananes et toutes sortes de légumes.

Cette petite expédition nous fit connaître un trait bien peu honorable pour le caractère de plusieurs marins français, et que l'inflexible vérité nous fait une loi de publier à leur honte. Il se trouvait encore alors à Sainte-Croix six malheureux Français, longtemps prisonniers de guerre, et qui, rendus à la liberté, n'avaient point encore rencontré, depuis plus de huit ans, de capitaine de leur nation qui eût voulu les prendre à son bord pour les rendre à leur patrie. Ainsi abandonnés et dénués de tout, ils n'avaient pour soutenir leur existence que ce que la pitié des Espagnols voulait bien leur accorder. Cette insensibilité, dans un assez bon nombre de marins, qui, depuis que ces pauvres délaissés attendent leur délivrance, ont relâché à Ténériffe, a été pour le bon et généreux gouverneur de Sainte-Croix, un sujet constant d'affliction et d'étonnement. Ce gouverneur crut enfin, lorsqu'il eut connaissance de l'approche d'une frégate française, que son capitaine allait délivrer ses infortunés compatriotes ; il les fit en conséquence tenir prêts à partir ; mais sa surprise fut au comble, quand il vit la proposition qu'il fit à cet égard au chef des quatre officiers de marine descendus à terre, accueillie par le refus formel de recevoir ces six Français dans leur canot. Il allégua pour raison qu'il n'en avait pas reçu l'ordre du capitaine de la frégate, ni du gouverneur de la colonie qui était à bord. Les touchantes prières, les vives supplications de ces malheureux ne firent pas plus d'effet auprès de leurs compatriotes, que les sollicitations du brave et digne Espagnol qui, au rapport des matelots, était hors de lui-même de voir tant d'inhumanité dans un officier français, et dont l'âme élevée ne pouvait concevoir un pareil refus. C'est avec un vif plaisir que nous rendons justice à M. Lapérère, qui insista fortement pour emmener ces infortunés ; mais ses prières ne purent fléchir celui qui commandait l'embarcation.

La vue de Ténériffe est majestueuse ; toute l'île est composée de montagnes extrêmement élevées et couronnées de rochers effrayants par leur grosseur, qui, du côté du nord, semblent s'élever perpendiculairement sur le plan de la mer et menacer à tout instant de leur chute les vaisseaux qui passent auprès de leur base. Au-dessus de tous ces rochers s'élève le Pic dont la tête se perd dans les nues. Nous ne nous sommes pas aperçus, comme le disent plusieurs voyageurs, que ce Pic fût continuellement couvert de neige, ni qu'il vomît des laves de métal fondu ; car lorsque nous l'observâmes, sa tête nous parut entièrement dépourvue d'eau congelée et n'offrait aucune trace récente d'éruptions volcaniques. À la base de la montagne et jusqu'à une certaine hauteur, on remarque des excavations remplies de soufre, et dans ses environs plusieurs cavernes sépulcrales des *Gwanches*, anciens habitants de l'île.

Madère et Ténériffe, vues du côté de leurs capitales, présentent deux aspects bien différents, comme on a pu le voir par ce qui a été déjà dit. La première apparaît couverte de cultures riantes depuis ses rivages jusque vers le sommet de ses montagnes. Partout l'œil n'y découvre que petites habitations plongées au milieu de vignes et de vergers de la plus réjouissante verdure. Ces modestes fabriques, entourées de tout le luxe de la végétation, placées sous un ciel d'azur et rarement obscurci, semblent devoir être le séjour du bonheur, et le navigateur depuis longtemps attristé par la vue monotone de la mer ne s'arrache qu'à regret à ce tableau ravissant. Ténériffe, au contraire, se montre avec toute l'empreinte de la cause qui l'a formée. Toute la côte du sud-est ne se compose que de rochers noirâtres, stériles, et dans une confusion frappante. Jusqu'aux environs de la ville de Sainte-Croix, on ne découvre sur la plus grande partie de ces terres arides et brûlées que des plantes basses, d'un vert grisâtre, qui semblent ne devoir être, pour les plus élevées, que des euphorbes ou des cierges épineux, et pour celles qui tapissent le sol, probablement ce lichen chevelu, *crocella tinctoria*, employé à la teinture et que cette île fournit en abondance au commerce.

L'île de Ténériffe ne vaut point celle de Madère ; il n'y a même aucune comparaison à établir entre elles, sous le rapport des produits agricoles, tant il y a de différence entre les qualités des deux sols : celui de Ténériffe est beaucoup plus sec. Une partie considérable en est beaucoup trop volcanisée pour être consacrée aux travaux de l'agriculture. Cependant tout ce qui est susceptible de produire quelque chose est cultivé avec beaucoup de soin, ce qui prouverait que dans cette île les Espagnols sont beaucoup moins indolents qu'on ne se plaît généralement à l'assurer ; mais sous le rapport commercial, tout l'avantage est en faveur de la première, sans que la seconde puisse le lui disputer. Sa position géographique, au centre des Canaries, lui ouvre les voies d'un commerce très étendu, tandis que Madère est réduite à la vente de ses vins, dont elle échange le produit contre les objets de fabrication européenne, nécessaires aux consommations ou aux jouissances de ses habitants.

Nous avons déjà dit plus haut que Sainte-Croix est une très jolie ville d'Afrique ; mais il est fâcheux que les mœurs y soient un peu relâchées, comme dans tous les pays chauds. Aussitôt qu'on eut appris que des Français étaient arrivés dans la ville, quelques femmes se placèrent sur leurs portes et invitèrent les voyageurs à entrer chez elles avec cet accent de volupté auquel le ciel brûlant de l'Afrique imprime une si vive énergie, et que toute leur physionomie fait entendre d'avance aux yeux les moins exercés. Tout cela se passait en présence des amants ou des maris qui n'ont point le droit de le défendre, parce que la sainte Inquisition le veut ainsi, et que les légions de prêtres qui y pullulent ont grand soin de nourrir cet usage, indigne d'un peuple civilisé, et de veiller à sa conservation, parce qu'ils y trouvent leurs intérêts. Ils possèdent l'art commode d'aveugler ces pauvres maris, au nom même de la religion dont ils font un révoltant abus. Ils savent les guérir de leur jalousie, maladie à laquelle les Espagnols sont très sujets, en leur donnant l'assurance que cette passion qu'ils qualifient de ridicule et de manie maritale, n'est qu'un effet des persécutions de Satan qui les tourmente, et dont eux seuls sont capables de les préserver, en inspirant des sentiments religieux à leurs compagnes.

Mais sans nous arrêter plus longtemps à des détails qui, pour n'être pas essentiellement liés à notre sujet, nous ont cependant paru pouvoir offrir quelque intérêt au lecteur, revenons aux manœuvres de la frégate. Le soir, vers quatre heures, le canot étant revenu à bord, les voiles furent orientées et nous cinglâmes en pleine mer.

CHAPITRE II

L'entrepont brûle. — Cap Bayados. — Désert de Sahara. — Rivière Saint-Jean. — Cap Barbas. — Rochers de Tête-Noire. Baptême du Tropique. — Le naufrage prédit. — Entêtement fatal. — Banc d'Arguin. — Signaux de l'Écho dédaignés. — La Méduse *échoue.*

Ayant pris le large, nous y rencontrâmes les vents favorables ; ils étaient de la partie du *nord nord-est*.

Dans la nuit du 29 juin, le feu prit dans l'entrepont de la frégate, par suite de la négligence du maître boulanger ; mais des secours furent apportés à temps, et l'incendie fut arrêté. Le lendemain, et pendant la nuit, le même accident se renouvela ; mais cette fois on fut obligé, pour arrêter ses progrès, de démolir le four, qu'on reconstruisit dans la journée suivante.

Le 1er juillet, nous reconnûmes le cap Bayados, situé par les 16° 47' minutes de longitude et les 26° 12' 30" de latitude. Nous vîmes pour la première fois les bords de l'immense désert de Sahara ; nous distinguâmes quelques Maures errant sur le rivage.

Nous crûmes apercevoir aussi l'embouchure de la

rivière Saint-Jean[1] qui est fort peu connue et qu'il serait du plus grand intérêt d'examiner. Nous passâmes ce même jour le tropique, et là notre équipage, selon sa coutume, se livra aux burlesques cérémonies du *baptême* et de la distribution des dragées du *bonhomme Tropique*. Cet usage bizarre, dont l'origine n'est ni très connue, ni très intéressante à connaître, a pour principal but de fournir aux matelots, diversement déguisés en dieux marins, l'occasion de recueillir de l'argent des passagers et gens de l'équipage, qui se rachètent ainsi de l'immersion. C'était pendant ces jeux, qui durèrent trois heures qu'on peut bien appeler mortelles, que nous courions à notre perte. M. de Chaumareys cependant présidait cette farce avec une rare bonhomie, tandis que l'officier qui avait capté sa confiance, se promenait sur l'avant de la frégate et jetait un œil indifférent sur une côte toute hérissée de dangers, dont le nombre et l'imminence échappaient sans doute à sa pénétration. Nous avons toujours ignoré quelles raisons purent engager le commandant de la *Méduse* à investir de toute sa confiance un homme étranger à l'état-major. C'était un excellent officier auxiliaire de marine, nommé *Richefort*, qui sortait des prisons d'Angleterre, où il avait été détenu pendant dix ans. Il n'y avait sans doute pas acquis des connaissances supérieures à celles des officiers du bord, et cette étrange marque d'une préférence que rien ne justi-

---

1. C'est probablement une erreur. La rivière Saint-Jean est beaucoup plus au sud et au revers nord du cap Mirick. L'enfoncement que l'on aperçut pendant la cérémonie du tropique, qui fut un peu tardive, est le golfe de Saint-Cyprien, dans lequel les courants paraissent porter dès le matin et au nord de ce golfe. On passa près d'un îlot fort rapproché de la côte, et dont la couleur noire, due sans doute aux plantes marines qui le recouvrent, contrastait fortement avec la blancheur des dunes de sable du grand désert, séjour des Maures et des bêtes féroces... *Tellus leonum arida nutrix.*

fiait, dut avec raison blesser leur amour-propre. Depuis Sainte-Croix, nous avions continuellement navigué au *sud-sud-ouest*. Pendant la cérémonie du tropique, nous doublions le Cap Barbas, situé par les 19° 8' de longitude et les 22° 6' de latitude.

Nous nous trouvions alors pleinement engagés dans le golfe de Saint-Cyprien, dont le fond est parsemé de rochers qui, dans la basse mer, ne permettent pas même aux petits brigantins de passer par-dessus. Ces détails nous ont été confirmés au Sénégal par M. Valentin père, qui est le premier pilote de toutes les marines pour cette partie de la côte d'Afrique, et qui, d'après le récit de ce qui s'était passé, ne concevait pas, nous dit-il, que la frégate ne fût point restée dans ces parages, où les écueils sont si multipliés.

Outre ces écueils, nous avions encore à craindre un calme plein, qui, s'il nous eût pris, aurait été pour nous la cause d'une perte inévitable. En effet, il aurait fallu céder aux courants qui portent à terre avec beaucoup de force ; et nous aurions été brisés sur les rochers de Tête-Noire qui bordent la côte, dont nous n'avons été éloignés que de quatre ou cinq cents mètres, pendant que la plupart de nous se livraient avec sécurité à la *cérémonie* dont nous venons de parler.

Il s'en fallait cependant que cette fatale et aveugle confiance fût partagée par tout le monde. Qu'on juge particulièrement de toute la contradiction, de tout le dépit que faisait éprouver à M. Corréard cette misérable fête si longtemps prolongée, lui qui connaissait très bien cette côte pour la plus perfide et la plus redoutable qui existe. Il était dans un état difficile à décrire, en voyant de toute part l'indifférence, l'oubli des précautions les plus ordinaires. Aussi, prenant avec le médecin Estruc, qui a beaucoup navigué, le rôle trop fidèlement répété de Cassandre, tous deux disaient à qui voulait l'entendre qu'on allait se jeter à la côte ou tout au moins sur le banc d'Arguin, qui, selon une instruction que nous avions à bord, s'étend à plus de trente lieues au large[1]... On rit de nos prédictions. Que ne fûmes-nous en effet de faux prophètes ? Que n'avons-nous été privés du funeste avantage de voir bientôt l'affreux événement justifier nos craintes et détromper cruellement nos incrédules railleurs ?

Enfin nous eûmes pour le moment la satisfaction de voir un officier du bord, M. Lapérère, partager nos craintes et sentir le danger. Cet officier prit sur lui de mettre fin aux jeux bruyants de l'équipage et de faire précipitamment changer de route sans consulter le capitaine, ce qui amena une discussion assez vive, mais qui, d'ailleurs, n'eut point d'autre résultat.

M. de Chaumareys annonça dans cette journée qu'il avait envie de mouiller un bout de câble devant le Cap Blanc. Il en parla jusqu'au soir ; mais en se couchant il n'y pensa plus : cependant il répétait sans cesse que le ministre lui avait ordonné de reconnaître ce cap ; et aussi, lorsque le lendemain matin quelqu'un annonça que la veille, à huit heures du soir, on avait cru l'apercevoir, il fut dès lors défendu d'en douter ; et soit déférence, soit persuasion, on convint, mais non sans rire, que ce cap devait avoir été aperçu à l'heure citée. Ce fut d'après la position du bâtiment dans ce moment qu'on estima sa route, en attendant la hauteur du midi.

Il n'est pas inutile de rapporter ici que le lendemain, 2 juillet, quelques personnes trompèrent le

---

[1]. On trouve cette description du banc d'Arguin, dans un petit livre intitulé : *Le Flambeau de la Mer*.

capitaine de la manière la plus singulière. À cinq heures du matin, ils allèrent l'éveiller, et lui persuadèrent qu'un gros nuage qui se trouvait dans la direction, et à la vérité non loin de la position du Cap Blanc, était ce cap même. Témoin de cette scène, M. Corréard, qui sait distinguer un rocher d'un nuage, parce qu'il en a beaucoup vu dans la région des Alpes, où il est né, dit à ces messieurs que ce n'était qu'un rocher vaporeux. On lui répondit que les instructions, que le ministre avait données au capitaine, lui prescrivaient de reconnaître le cap, mais que nous l'avions déjà dépassé de plus de dix lieues ; que leur intention avait été, en s'éloignant du Cap Blanc, d'éviter les écueils redoutables qui se trouvent dans ses parages, et sur lesquels immanquablement la frégate se serait perdue ; que dans le moment il s'agissait de remplir les intentions du ministre, en supposant et en persuadant au capitaine, ce qui n'était pas très difficile, que ce nuage était le véritable Cap Blanc. Tout cela se passa, ainsi que ces messieurs l'avaient arrangé, sans la moindre difficulté. Nous avons su depuis que l'on avait déposé, dans le conseil de guerre qui jugea le capitaine, que le cap avait été reconnu dans la soirée du 1er juillet, ce qui est faux, car nous ne l'avons jamais vu.

Après avoir fait cette prétendue reconnaissance, des hommes sages et prudents auraient dû gouverner dans la direction de l'ouest, pendant quarante lieues environ, pour gagner le large et doubler avec certitude et sûreté le banc d'Arguin, dont la configuration sur les cartes est très imparfaite, et de là on aurait repris la route du sud, qui est celle du Sénégal, et le banc se trouvait alors complètement évité. Il est d'ailleurs bien étonnant qu'il pût y avoir quelque hésitation sur la route à suivre, d'après les instructions du ministre de la marine, qui portaient de courir vingt-deux lieues au large, après avoir reconnu le Cap Blanc, et de ne venir sur la terre qu'en employant les plus grandes précautions et la sonde à la main. Les autres bâtiments de l'expédition qui ont gouverné selon cette instruction, sont tous parvenus à Saint-Louis sans accident, preuve certaine de son exactitude[1]. Mais pour nous, il n'en fut pas ainsi ; M. Richefort qui était alors notre oracle, et ceux qui, comme lui, n'écoutant que leur présomption, se chargeaient si témérairement d'une terrible responsabilité, jugèrent convenable, quand ils furent à dix lieues environ du prétendu Cap Blanc, ayant couru jusque-là la route de l'*est* à l'*ouest*, de reprendre tout à coup la direction du *sud* et de faire route sur Portendick. Ceux des passagers qui connaissaient le banc d'Arguin, se récrièrent sur cette décision. M. Picard, entre autres, greffier du Sénégal, et qui avait touché huit ans auparavant sur ce banc, prédit hautement notre perte ; mais malgré les justes observations de cet homme éclairé, il fut impossible d'obtenir de nos guides qu'ils voulussent bien changer de direction ; et dans l'après-midi du même jour, nous recueillîmes les fruits amers de leur coupable obstination.

Cependant durant la nuit qui précéda ce jour funeste, la corvette l'*Écho*, qui était tout près et à tribord de notre frégate, nous fit un nombre considérable de signaux ; elle brûla des amorces, et à différentes reprises plaça à ses mâts des fanaux auxquels à la fin on se décida à répondre de notre bord avec quelques autres feux qu'on hissa au haut des

[1]. Outre les instructions dont il vient d'être parlé, une dépêche reçue quelques jours avant notre départ de la rade de l'île d'Aix, recommandait aux commandants de l'expédition de ne pas se fier aux cartes marines, sur lesquelles le banc d'Arguin est très mal placé.

mâts, et qui furent redescendus un instant après. Alors l'*Écho*, voyant notre entêtement, nous abandonna, et nous la perdîmes de vue pour toujours. En cette occasion, on ne peut s'empêcher de reconnaître que la conduite de l'officier de quart fut extrêmement répréhensible.

M. Savigny était sur le pont où il resta une partie de la nuit ; il eut tout le loisir de s'apercevoir de la négligence de cet officier, qui ne daigna pas même répondre aux signaux de l'*Écho*. Pourquoi, près d'un danger si redoutable, ne pas confronter les points des deux navires, comme cela se fait lorsqu'on navigue en division, et lui demander si elle n'avait pas reconnu le Cap Blanc, que nous cherchions ? Tous ces motifs nous semblent assez puissants et plus que suffisants pour que la morgue du métier fût mise de côté pour un instant ; mais elle est si forte dans cette arme, qu'on a déjà vu plusieurs exemples semblables, où des vaisseaux ont péri, pour ne pas avoir voulu se soumettre à de pareilles communications, qui font toujours l'éloge de celui qui les demande, et qui prouvent sa prudence et sa modestie.

Le commandant de la frégate ne fut même pas prévenu des signaux de la corvette ; il aurait été vraisemblablement inutile d'avertir M. de Chaumareys des signaux de l'*Écho*. Le commandant de la *Méduse*, chef de la division, avait annoncé, dès la rade de l'île d'Aix, l'intention d'abandonner ses bâtiments, et de se rendre seul et en toute hâte au Sénégal. Tout en parlant d'exécuter rigoureusement de prétendues instructions du ministre pour la route à suivre, c'était cependant enfreindre la principale, puisqu'il est inutile de former une division si elle ne doit marcher ensemble. La corvette de M. Venancourt parvint plusieurs fois, il est vrai, à rallier le commandant ; mais bientôt, par la supériorité de la marche de la *Méduse*, on la perdait de vue, et chaque fois on s'en réjouissait. Cette résolution de ne point faire voile de conserve, a surtout été la cause de la perte du bâtiment principal. L'*Écho*, pour avoir voulu, comme cela devait être, suivre son chef, a seul passé sur les Açores, *nord-ouest* du banc ; les deux autres bâtiments, restés longtemps en arrière, et beaucoup plus libres, suivant la route que le bon sens et la prudence indiquaient, en ont passé à plus de trente lieues dans l'*ouest*, et ils ont ainsi prouvé que c'était la route la plus sûre et la plus courte.

À onze heures, la corvette nous restait par le bossoir de bâbord, et bientôt après M. Savigny vit que la direction de sa route faisait avec la nôtre un angle assez ouvert, et qu'elle tendait à nous croiser en passant sur l'avant ; il l'aperçut bientôt à tribord. On assure que ses journaux portent qu'elle gouverna toute la nuit à l'*ouest-sud-ouest* ; les nôtres aussi. Il faut nécessairement que nous soyons venus sur bâbord ou la corvette sur tribord, puisqu'elle n'était plus en vue. À six lieues en mer il est très facile d'apercevoir un navire : il faudrait donc que de minuit à six heures du matin elle nous eût devancés de plus de six lieues, ce qui n'est guère admissible ; car sa marche était bien inférieure à la nôtre, et elle s'arrêtait de deux heures en deux heures pour sonder. Pour se rendre raison de ce qui se passa, il faut nécessairement admettre, ou que la frégate ait gouverné plus *sud*, ou la corvette plus *ouest*. Si les deux navires avaient couru, comme on le dit, dans la même aire de vent, il serait impossible d'expliquer leur séparation.

Au reste, de deux heures en deux heures, à bord de la frégate, on mettait en panne pour sonder ; toutes les demi-heures on jetait également le plomb, sans diminuer de voiles. Nous étions toujours sur les hauts-fonds, et nous prenions le large pour trouver une plus grande quantité d'eau ; enfin le matin, à six heures, on disait que nous étions par plus de cent brasses. On mit alors le cap au *sud-sud-est :* cette route ouvrait un angle presque droit avec celle que nous avions courue pendant la nuit ; elle portait directement sur la terre, dont la situation du banc d'Arguin nous rendait, en cet endroit, l'approche des plus redoutables.

À midi on prit hauteur pour s'assurer de notre position. Nous vîmes sur le gaillard d'arrière M. Maudet, enseigne de quart, faisant son point sur une cage à poule. Cet officier, qui connaît tous les devoirs que lui impose son état, assura que nous étions sur l'accore du banc, et fit part de son opinion à celui qui depuis plusieurs jours donnait des conseils au commandant sur la route à tenir. Il en reçut pour réponse : « Laissez donc, nous sommes par les quatre-vingts brasses [1]. »

Si la route de la nuit avait en partie fait éviter tous les dangers, celle du matin nous avait ramenés dessus. M. Maudet, convaincu, malgré tout ce que l'ignorance opposait à ses observations, que le navire était sur le banc, prit sur lui de faire sonder. La couleur de l'eau était entièrement changée, ce qui fut remarqué par les yeux les moins exercés à reconnaître la profondeur de la mer à l'aspect de ce liquide ; on crut même voir rouler du sable au milieu des petites vagues qui s'élevaient, des herbes nombreuses

---

1. M. Lapérère, officier de quart avant M. Maudet, se trouvait, par son estime, très près du banc ; il ne fut pas plus écouté, quoiqu'il ait fait son possible pour s'assurer au moins de notre position en sondant. Nous avons fait connaître les noms de MM. Lapérère et Maudet, parce que s'ils eussent été crus, la *Méduse* existerait encore.

paraissaient le long du bord, et l'on prenait beaucoup de poissons.

Depuis dix heures du matin la couleur de l'eau changeait visiblement, et le maître pilote, calculant d'après son *Flambeau de la Mer*, cité plus haut, annonçait, à onze heures et demie, qu'on entrait sur le banc. Cela était vraisemblable. Dès ce moment les matelots ne furent occupés qu'à relever les lignes jetées le long du bâtiment, et l'étonnante quantité de poissons, tous du genre *morue*, que l'on halait à bord, jointe aux herbages qui flottaient de toutes parts, ainsi que nous l'avons dit, étaient plus que suffisants pour faire croire que l'on naviguait sur un haut-fond. On reviendra ailleurs sur l'espèce de ces poissons ; mais quant à celles des herbes que l'on apercevait de toutes parts, outre qu'elles devaient faire présumer qu'on approchait de la terre, leur apparition dans ce golfe donne à croire que les courants de ces parages portent nord, puisque ces plantes n'étaient, à l'exception de quelques zostères, que de longues tiges de graminées, la plupart encore garnies de leurs racines, quelques-unes même de leurs épis, et appartenant à ces hautes herbes des bords du Sénégal et de la Gambie, que ces fleuves entraînent lors de leurs inondations. Toutes celles enfin qu'on a pu observer étaient des panios ou des millets.

Tous ces faits prouvaient, à n'en pas douter, que nous étions sur un haut-fond : la sonde annonça effectivement dix-huit brasses seulement. L'officier de quart fit de suite prévenir le commandant, qui ordonna de venir un peu plus au vent. Nous étions grand largue, les bonnettes à bâbord. On amena de suite ces voiles : la sonde fut lancée de nouveau et donna six brasses. Le capitaine en fut prévenu : en

Chapitre II

toute hâte il ordonna de serrer le vent le plus possible ; mais il n'était malheureusement plus temps[a].

La frégate, en lofant, donna presque aussitôt un coup de talon ; elle courut encore un moment, en donna un second, enfin un troisième. Elle s'arrêta dans un endroit où la sonde ne donna que 5 mètres 60 centimètres d'eau, et c'était l'instant de la pleine mer.

Cet accident répandit sur la frégate la plus sombre consternation. S'il s'est rencontré quelques hommes assez fermes au milieu de tout ce désordre, ils ont dû être frappés des altérations profondes empreintes sur toutes les physionomies : quelques personnes étaient méconnaissables. Ici l'on voyait des traits retirés et hideux ; là un visage qui avait pris une teinte jaune et même verdâtre ; quelques-uns étaient foudroyés, anéantis ; d'autres, enchaînés à leur place, sans avoir la force de s'en arracher, restaient comme pétrifiés ; il semblait que la terrible Gorgone dont nous portions le nom, eût passé devant eux. Revenues de la stupeur de ces premiers moments, une infinité de personnes s'abandonnèrent bientôt aux cris du désespoir ; quelques-unes maudissaient ceux dont l'ignorance venait de nous être si funeste. M. Lapérère, en montant sur le pont, aussitôt après

---

[a]. Les officiers voulaient retourner, l'eau manquant à chaque instant ; mais M. Richefort (c'est le nom de celui qui avait la confiance de M. de Chaumareys), M. Richefort déclarant qu'il n'y avait pas sujet de s'alarmer, le commandant ordonne d'augmenter de voiles. Bientôt nous n'eûmes que quinze brasses, ensuite neuf, puis six. Avec de la promptitude on pouvait encore éviter le péril. On hésita : deux minutes après, une secousse nous avertit que nous avions touché. Les officiers, d'abord étonnés, donnent leurs ordres d'une voix émue ; le commandant lui-même ne retrouve plus la sienne : l'effroi est sur toutes les figures des personnes qui savent apprécier le danger ; je le crus imminent, et je m'attendais à voir la frégate s'entrouvrir. J'avoue que je ne fus pas content de moi dans ce premier moment ; je ne pus me défendre de trembler ; mais depuis mon courage ne m'a plus abandonné. *(Note de M. Brédif.)*

l'accident, s'adressa d'une manière énergique à celui qui, comme nous l'avons déjà dit, dirigeait depuis plusieurs jours la marche du navire, et lui dit : *Voyez, Monsieur, où votre entêtement nous a conduits ; je vous en avais prévenu.* Deux femmes seules parurent supérieures à la terreur de ce désastre ; c'étaient l'épouse et la fille du gouverneur. Quel contraste frappant ! des hommes qui, depuis vingt ou vingt-cinq ans, avaient couru mille dangers, étaient profondément affectés, tandis que Mme et Mlle Schmaltz paraissaient insensibles et comme étrangères à tous ces événements.

Nous nous trouvâmes dans cette position fatale précisément à l'époque des fortes marées, temps qui nous était le plus défavorable, parce qu'elles allaient perdre, et que nous touchâmes pendant que l'eau était le plus élevée. D'ailleurs, les marées marnent fort peu dans ces parages ; du temps des pleines lunes elles ne s'élèvent pas de cinquante centimètres de plus que dans les temps ordinaires ; dans les malines ou grandes marées, l'eau ne monte pas au-dessus de cent vingt centimètres sur le banc. Lorsque nous touchâmes, nous avons déjà dit que la sonde ne donna que cinq mètres soixante centimètres ; de basse mer, elle ne donna que quatre mètres soixante centimètres : la frégate, par conséquent, dut déjauger d'un mètre. Cependant, dès que nous fûmes échoués, les embarcations qui allèrent au large pour sonder, rencontrèrent des endroits plus profonds que celui sur lequel nous touchâmes, et beaucoup d'autres aussi qui l'étaient moins ; ce qui fit présumer que le banc est très inégal et couvert de monticules. Toutes les différentes manœuvres qui furent faites depuis le moment où l'on reconnut les dix-huit brasses, jusqu'à celui où nous échouâmes, se succédèrent avec une rapidité étonnante ; il ne s'écoula pas plus de dix minutes. Plusieurs personnes nous ont assuré que si l'on fût venu entièrement au vent, dès qu'on eut rencontré les dix-huit brasses, peut-être la frégate aurait-elle paré ; car elle ne toucha tout à fait que dans l'*ouest* du banc et sur son accore. L'échouement eut lieu le 2 juillet, à trois heures et un quart de l'après-midi, par les 19° 36' de latitude *nord*, et par les 10° 45' de longitude *ouest*.

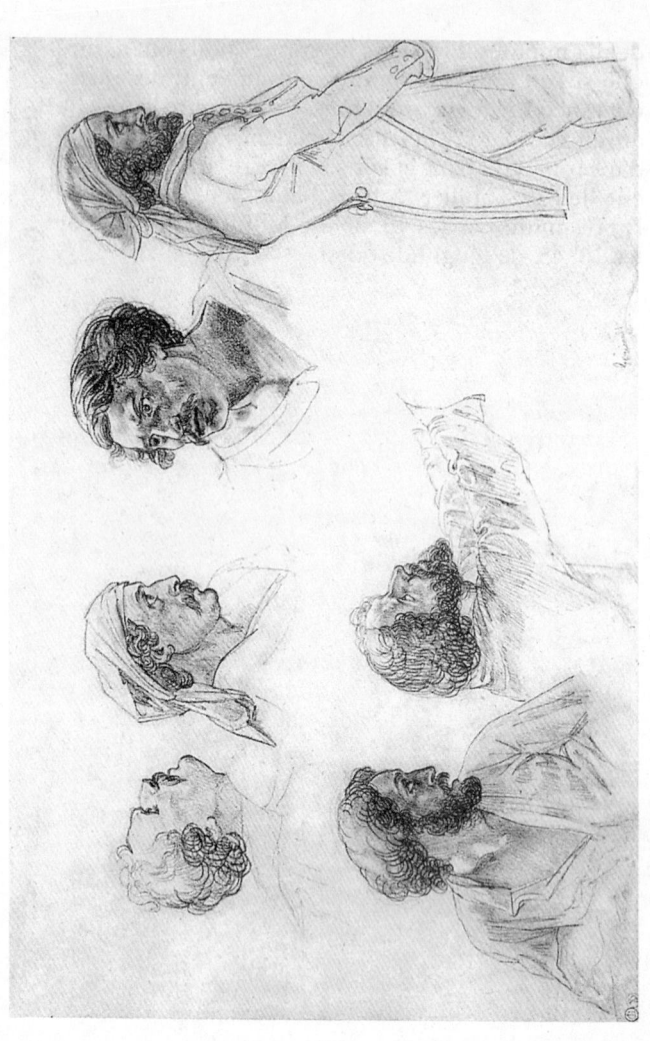

Géricault, *Études de têtes pour Corréard et Savigny*.
Metropolitan Museum, New York.

CHAPITRE III

Travaux sur la Méduse. — *Construction du radeau.* — *La frégate presque remise à flot.* — *Gros temps.* — *Elle s'entrouvre.* — *Révolte de l'équipage.* — *On abandonne la* Méduse. — *Dix-sept hommes y restent.* — *Lâcheté du capitaine.* — *Désordre de l'embarquement.* — *Départ.*

Dès que la frégate fut échouée, on amena les voiles avec précipitation, on dépassa les mâts de perroquet, on recala ceux de hune, et l'on disposa tous les objets nécessaires pour la retirer de dessus le banc ; mais, comme il arrive dans toutes les circonstances critiques, on ne sut prendre aucune résolution. Le défaut de confiance dans les chefs amena l'indiscipline, et l'on perdit toute la journée du 2. Après de nombreux mais inutiles travaux, la nuit étant survenue, on les suspendit pour donner quelques instants de repos à l'équipage, qui avait déployé une activité extrême. Le lendemain 3 on dépassa les mâts de hune, on amena les vergues et l'on vira au cabestan sur une ancre qui, la veille au soir, très tard, avait été mouillée à une encablure dans le derrière de la frégate. Cette opération fut infructueuse, parce que cette ancre, qui était très faible, ne put opposer assez de résistance, et céda. On en mouilla alors une de bossoir, qui, après des peines infinies, fut cependant portée assez loin, dans un endroit où il n'y avait pas plus de 5 mètres 60 centimètres d'eau. Pour la porter jusque-là, on la mit en cravate derrière une chaloupe sous laquelle on avait placé un chapelet de barriques vides, cette embarcation n'étant pas susceptible de porter un poids aussi considérable[1]. La mer était d'ailleurs assez grosse, et le courant extrêmement fort.

Cette chaloupe, rendue sur le lieu où elle devait mouiller son ancre, ne put lui donner une position convenable pour faire engager ses pattes dans le sable ; car l'une des extrémités touchait déjà le fond, tandis que le joil, fixé sur le derrière de la chaloupe, était entièrement hors de l'eau. Ainsi, mal mouillée, cette masse ne put remplir le but qu'on se proposait ; car, lorsqu'on vira dessus, elle n'opposa que fort peu de résistance, et serait revenue jusqu'à bord si l'on eût continué de faire force au cabestan[2]. Dans la journée on défonça des pièces à eau qui étaient dans la cale ; on pompa de suite. Les mâts de hune, excepté le petit, qu'on ne put dépasser, furent mis à la mer ; les vergues, la baume et toutes les pièces de bois qui composaient la drome furent également débarquées. On conserva les deux basses vergues en place, pour servir de béquilles à la frégate et la maintenir en cas qu'elle menaçât de chavirer.

Si la perte du navire devenait certaine, il fallait assurer une retraite à l'équipage. Un conseil fut convoqué, dans lequel le gouverneur du Sénégal donna lui-même le plan d'un radeau susceptible,

---

[1]. Cette chaloupe n'était pas celle de la frégate ; c'était une embarcation en assez mauvais état, qui devait être laissée au Sénégal, pour le service du port.
[2]. Le fond d'ailleurs était de peu de tenue, c'est un sable mêlé de vase grise et de petits coquillages.

disait-on, de porter deux cents hommes avec des vivres[1]. On fut obligé d'avoir recours à un moyen de cette nature, parce que les six embarcations du bord furent jugées incapables de se charger de quatre cents hommes que nous étions. Les vivres devaient être déposés sur le radeau, et aux heures des repas les équipages des canots seraient venus y prendre leurs rations. Les promesses les plus séduisantes nous furent faites, pour mieux nous cacher la profondeur de l'abîme qu'on nous présentait : on nous dit encore qu'on placerait sur le radeau les cent vingt mille francs que nous avions à bord de la frégate, et que, dans le cas où une embarcation viendrait à chavirer, le radeau servirait de refuge. Voilà quels furent les propos séduisants que nous tinrent MM. Schmaltz, Chaumareys et presque tous les officiers du navire. Nous devions tous gagner ensemble les côtes sablonneuses du désert, et là, munis d'armes et de munitions de guerre que devaient prendre les canots avant notre départ de la frégate, former une caravane et nous rendre à l'île Saint-Louis. Les événements qui eurent lieu dans la suite prouvèrent que ce plan était parfaitement conçu, et qu'il eût été couronné du succès ; par malheur ces décisions furent tracées sur un sable léger que dissipa le souffle de l'égoïsme.

Le soir, vers les deux heures, une autre ancre à jet fut mouillée à une assez grande distance de la frégate. Un instant avant la pleine mer, on commença à virer au cabestan, mais toutes les manœuvres furent infructueuses. Les travaux furent remis à la marée du lendemain matin. Pendant tout ce temps,

---

1. Ce plan fut montré à plusieurs personnes ; nous le vîmes nous-mêmes entre les mains du gouverneur, qui le crayonnait, appuyé sur le petit cabestan de derrière.

les mouillages s'exécutèrent avec les plus grandes peines ; la mer était houleuse, les vents forts et du large. Les embarcations qui voulaient aller au loin, soit pour sonder ou pour y mouiller des ancres, ne gagnaient qu'après les plus grands efforts ; des courants rapides augmentaient encore les difficultés. Si le temps ne nous eût pas si puissamment contrariés, peut-être que le lendemain le bâtiment aurait été mis à flot, car il avait été décidé qu'on élongerait de fort longues touées ; mais la force du vent et de la mer renversa ces dispositions qu'un calme seul eût pu favoriser. Le temps fut mauvais pendant toute la nuit. Vers les quatre ou cinq heures, à la marée du matin, tous les moyens qu'on employa pour relever la frégate furent encore inutiles ; nous commençâmes à désespérer de pouvoir jamais la retirer de ce danger. Les embarcations furent réparées, et l'on travailla avec activité à la construction du radeau. Notre existence, pendant tout ce temps-là, était des plus singulières. Nous travaillions tous, soit aux pompes, soit au cabestan : il n'y avait plus de repas réglé ; on mangeait ce que l'on pouvait attraper. Le plus grand désordre régnait. Quelques matelots cherchaient déjà à piller les malles. Pendant la journée du 4, plusieurs barils de farine furent jetés à la mer, des pièces à eau défoncées, et les pompes jouèrent de suite. Des quarts de poudre à canon, objet de traite pour le Sénégal, furent aussi débarqués.

Le soir, quelques instants avant la pleine mer, les travaux recommencèrent au cabestan. Les ancres ne vinrent pas cette fois-ci tromper nos espérances ; car après un instant de travail, la frégate fit sur bâbord un mouvement qui fut déterminé par une ancre à jet mouillée dans le *nord-ouest*. Le grelin qui était frappé sur son anneau venait par le devant du navire et tendait à le faire éviter, tandis qu'une autre ancre beaucoup plus forte, dont le câble passait par une des ouvertures de la poupe, tendait à l'empêcher de courir de l'avant, en maintenant son derrière, dont on maîtrisait les secousses au moyen de cette force. Ce premier ébranlement donna les plus grandes espérances ; on travailla avec ardeur.

Après de nouveaux efforts, la *Méduse* commença à éviter d'une manière sensible. On redoubla ; elle évita entièrement et présenta alors son devant au large. Elle était presque à flot ; son derrière seul touchait encore un peu. On ne put continuer les travaux, parce qu'on était trop près de l'ancre et qu'on l'eût soulevée. Si une touée se fût trouvée élongée au large, en continuant à se haler dessus, on eût dans cette soirée mis la frégate entièrement à flot. Tous les objets qui furent jetés à la mer l'avaient allégée de 20 ou 30 centimètres au plus. On aurait certainement pu diminuer encore son tirant d'eau ; mais on ne le fit pas, parce que le gouverneur du Sénégal s'opposa à ce que les barils de farine fussent envoyés à la mer, alléguant que la disette la plus grande désolait les comptoirs européens. Ces considérations n'auraient cependant pas dû faire oublier que nous avions en batterie quatorze canons de dix-huit ; qu'il était facile de les débarquer et de les envoyer, même à une assez grande distance de la frégate, au moyen des palans de bouts de vergues. On pouvait d'ailleurs faire des chapelets parfaitement soignés, de tous les barils de farine, et une fois hors de danger, on eût pu sans peine les ressaisir. L'exécution de ce moyen ne devait faire concevoir aucune crainte d'altérer beaucoup les farines qui, plongées dans l'eau, forment autour du bois qui les renferme une croûte assez épaisse, pour que tout l'intérieur se conserve parfaitement. On essaya bien les chapelets ; mais on y renonça, parce que les moyens qui furent mis en usage étaient insuffisants. Il aurait fallu y apporter plus de soins, et toutes les difficultés auraient été levées. On ne prit que des demi-mesures, et il régna dans toutes les manœuvres une incertitude et des tâtonnements tout à fait préjudiciables à notre salut.

Si, dès que nous fûmes échoués, on eût de suite allégé la frégate, peut-être serait-on parvenu à la sauver[1]. Le temps, au reste, comme nous l'avons déjà dit, fut presque toujours défavorable, et contraria souvent les opérations. Cependant sur le soir il devint beau, et la brise favorable.

Quelques personnes s'attendaient à voir le lendemain relever le navire, et leur joie annonçait qu'elles en étaient pleinement persuadées. Il y avait, il est vrai, quelques probabilités ; mais elles étaient bien faibles ; car la frégate n'avait fait que sortir de son lit. À peine étions-nous parvenus à la faire changer de place, à une distance de deux cents mètres environ, que la mer commença à baisser ; la quille reposa alors sur le sable ; ce qui fit presque évanouir les dernières lueurs d'espérance dont quelques-uns de nous se laissaient encore éblouir. Si dans cette soirée on eût pu la mettre à deux ou trois encablures plus au large, en l'allégeant encore, peut-être, nous le répétons, nous serions-nous trouvés hors de danger. Après de longues fatigues nous nous couchons sur le pont au clair de la lune ; mais à minuit le ciel s'obscurcit, la brise s'élève, la mer grossit, la frégate commence à être secouée. Ces secousses sont bien plus dangereuses que celles de la nuit du 3 au 4, parce que le bâtiment dérangé de la faille qu'il avait faite dans le sable, reçoit des mouvements de vibra-

---

1. Deux officiers, MM. Lapérère et Maudet, déployèrent la plus grande activité. Ils auraient voulu jeter à la mer tous les objets susceptibles d'y être envoyés. On le permettait pendant un instant, et le moment d'après venait un ordre opposé.

tion comme un gros serpent qui remue. À deux heures du matin le ciel se couvrit de nuages affreux ; les vents venaient du large et soufflaient avec force. La mer devint encore plus grosse et la frégate recommença à donner de plus forts coups de talon, qui se multipliaient en augmentant de violence. À chaque instant nous nous attendions à la voir s'entrouvrir ; la consternation devint de nouveau générale, et nous acquîmes bientôt la certitude cruelle que le bâtiment était perdu sans ressource. À trois heures, le maître calfat vient dire au commandant qu'une voie d'eau s'est ouverte et que le bâtiment va s'emplir. On se jette aux pompes, mais inutilement ; la carcasse était fendue. On abandonne tout moyen de sauver la frégate, pour ne plus songer qu'au salut des hommes : et en effet, elle creva au milieu de la nuit ; sa quille se brisa en deux parties ; le gouvernail se démonta et ne tint plus à l'arrière que par ses chaînes ou drosses, ce qui lui fit faire un ravage épouvantable. Il produisit l'effet d'un fort bélier horizontal, qui, ébranlé avec violence par la vague, frappait à coups redoublés dans la poupe du navire : aussi tout le derrière du parquet de la chambre du commandant fut-il soulevé ; l'eau entrait d'une manière effrayante. Bientôt aux dangers de la mer vinrent se joindre les premières menaces du danger des passions soulevées par le désespoir et dégagées de tout frein par le sentiment impérieux de la conservation personnelle. Vers les onze heures il éclata une espèce de révolte, suscitée par quelques militaires qui persuadèrent à leurs camarades qu'on voulait les abandonner, pendant qu'on s'enfuirait dans les embarcations, craintes auxquelles donna naissance une étourderie de jeune homme. Plusieurs soldats avaient saisi leurs armes et s'étaient rangés sur le pont dont ils occupaient tous les passages ; mais la présence du gouverneur et des officiers suffit pour lors à calmer les esprits et à rétablir l'ordre.

Bientôt après, le radeau, entraîné par la force du courant et de la mer, cassa l'amarrage qui le retenait à la frégate ; il s'en allait en dérive. Des cris annoncèrent cet accident ; on envoya de suite un canot qui le ramena à bord. Cette nuit fut extrêmement pénible. Tourmentés tous par l'idée que notre bâtiment était entièrement perdu, ballotté par les forts mouvements que lui imprimaient les vagues, nous ne pûmes prendre un seul instant de repos.

Le lendemain 5, à la pointe du jour, il y avait 2 mètres 70 centimètres d'eau dans la cale, et les pompes ne pouvaient plus franchir : il fut décidé qu'il fallait évacuer le plus promptement possible. On ajoutait que la *Méduse* menaçait de chavirer ; la crainte était puérile sans doute : mais ce qui commandait plus impérieusement l'abandon, c'est que l'eau avait déjà pénétré jusque dans l'entrepont. On retira à la hâte du biscuit des soutes ; du vin et de l'eau douce furent également préparés. Ces provisions étaient destinées à être déposées dans les canots et sur le radeau. Pour préserver le biscuit du contact de l'eau salée, on le mit dans des barriques dont les douves, exactement jointes et affermies encore par des cercles de fer, répondaient parfaitement au but qu'on se proposait.

Nous ignorons pourquoi ces provisions si bien préparées ne furent placées ni sur le radeau ni dans les embarcations ; la précipitation avec laquelle on abandonna la *Méduse* fut probablement cause de cette négligence. On porta l'étourderie et la confusion au point que quelques canots ne sauvèrent pas plus de dix livres de biscuit, une petite pièce à eau et fort peu de vin : le reste fut délaissé sur le pont de la frégate ou jeté à la mer pendant le tumulte de l'évacuation. Le radeau seul eut du vin en assez grande quantité, mais pas une seule barrique de biscuit ; si l'on en mit, il en fut débarqué par les soldats lorsqu'ils s'y placèrent. Pour éviter la confusion, on fit la veille une liste d'embarquement et l'on donna à chacun le poste qu'il devait occuper ; mais on n'eut aucun égard à cette sage disposition. Chacun chercha le moyen qu'il crut le plus favorable pour gagner la terre. Ceux qui exécutèrent les ordres qu'ils avaient reçus de se mettre sur le radeau eurent certainement lieu de s'en repentir. M. Savigny était malheureusement de ce nombre : il aurait pu se glisser dans une chaloupe, mais un attachement invincible à son devoir lui fit oublier le danger du poste qui lui fut assigné.

Le moment arriva enfin d'abandonner la frégate. On fit d'abord descendre sur le radeau les militaires, qui presque tous y furent placés. Ils voulaient emporter leurs fusils et des cartouches ; on s'y opposa d'une manière formelle[1] ; ils les laissèrent donc sur le pont et ne conservèrent que leurs sabres ; quelques-uns cependant sauvèrent des carabines, et presque tous les officiers des fusils de chasse et des pistolets.

Pour donner à nos lecteurs une juste idée de l'ordre qui fut suivi dans cette évacuation, nous allons mettre sous leurs yeux le tableau fidèle et numérique des individus dont se chargèrent les embarcations et le radeau.

Le grand canot du bord, monté par un lieutenant, et où se trouvaient le gouverneur et sa famille, reçut trente-cinq personnes, tout compris. Cette vaste

---

1. Pourquoi s'y opposa-t-on ?

embarcation, bordant quatorze avirons, aurait certainement pu porter cinquante hommes. (Outre les hommes il y avait trois malles), ci . . . . 35 différence 15

Le canot major, à quatorze avirons, reçut quarante-deux individus ; il pouvait en prendre cinquante, ci 42 8

Le canot du commandant, bordant douze avirons, prit vingt-huit matelots ; il pouvait en prendre quarante-six, ci 28 18

La chaloupe, quoique dans un très mauvais état, et démunie de rames, se chargea cependant des gens de l'équipage au nombre de quatre-vingt-huit, ci 88 00

Un canot de huit avirons, et qui devait être laissé au Sénégal pour le service du port, fut monté par vingt-cinq passagers, ci 25 00

La plus petite des embarcations comptait quinze personnes à son bord ; de ce nombre était l'intéressante famille de M. Picard, dont nous avons parlé plus haut ; elle était composée de trois jeunes filles, de sa femme, et de quatre enfants en bas âge, ci 15 00

Total 233 41

Enfin le radeau était chargé de cent vingt-deux, tant soldats qu'officiers de terre ; de vingt-neuf, tant marins que passagers, et d'une femme ; en tout cent cinquante-deux. D'après le nombre d'hommes qu'aurait dû prendre chaque embarcation, il ne serait resté pour le radeau que cent onze hommes, ci 152

Ce qui donne un total de 385

Mais il y avait sur la frégate à peu près quatre cents matelots et soldats ; plusieurs malheureux furent donc abandonnés, et lorsque après cinquante-deux jours on eut retrouvé la *Méduse*, il fut vérifié que le nombre de ceux qui y restèrent s'élevait à dix-sept. On dit que lorsque la dernière embarcation, qui était la chaloupe, déborda, plusieurs hommes refusèrent de s'y rendre, les autres étaient trop ivres pour songer à leur salut. Un nommé Dalès, l'un des dix-sept qui ne voulurent pas abandonner la frégate, a déposé dans le conseil que quatorze de ses camarades étaient remontés de la chaloupe, parce qu'ils ne la trouvaient pas susceptible de naviguer, et que lui, ainsi que deux autres, s'étaient cachés pour ne pas être forcés de s'embarquer. Nous ne connaissons pas les dépositions de ses deux compagnons d'infortune.

Nous ajouterons à notre récit celui de M. Parisot, officier de marine éliminé.
« Je vais maintenant passer en revue toutes les mesures prises pour sauver la frégate, depuis le moment où elle échoua jusqu'à celui où on l'abandonna avec une précipitation et un désordre

inconceivables. Mais auparavant, je crois devoir témoigner combien l'ignorance du capitaine sur la route qu'il avait à tenir pour se rendre de France au Sénégal, a lieu de me surprendre. Je n'irai pas chercher quelles campagnes lointaines avait faites, avant la révolution, M. de Chaumareys, que l'on voit figurer comme lieutenant de vaisseau sur l'état de la marine, en 1792, ni quelle expérience il pouvait avoir acquise à cette époque où il était parvenu à un grade qui en suppose déjà beaucoup ; cette recherche rentre dans ces détails personnels que je me suis proposé de m'interdire ; mais je citerai ce qui est venu à ma connaissance pendant que j'étais à Brest, il y a trois ans. L'expédition du Sénégal avait été préparée dans ce port, et devait en partir au printemps de 1815, sous le commandement du capitaine de vaisseau Bouvet, l'un de nos meilleurs officiers, si les événements extraordinaires du mois de mars n'y eussent mis obstacle. Le capitaine qui a perdu la *Méduse* commandait à cette époque une corvette attachée à cette expédition. Indépendamment des instructions qu'il reçut alors, et qu'il a pu méditer pendant près de deux ans, il a été à même d'acquérir une foule d'autres renseignements précieux sur la navigation qu'il allait entreprendre, dans ses entretiens fréquents avec l'habile capitaine commandant l'expédition, et les officiers de marine qui en faisaient partie ; entretiens qui roulaient presque toujours sur l'objet de leur mission, et sur les moyens de la bien remplir. Toutes les circonstances de cette navigation y ont été prévues, tous les dangers de la route signalés. Comment le capitaine de la *Méduse* n'était-il pas plus instruit en 1816, sur des matières qui avaient été tant de fois discutées devant lui ? Je ferai encore une observation avant de passer outre. Les malheurs inouïs arrivés à l'équipage de la *Méduse*, proviennent principalement de ce que le capitaine de cette frégate, commandant les forces navales de l'expédition, n'a pas voulu naviguer de conserve avec la division. Ayant profité de la marche supérieure du bâtiment qu'il montait, pour devancer les autres, il ne s'en est plus trouvé un seul pour recueillir son équipage, quand la frégate a été perdue. Il faisait quelquefois tellement forcer de voiles à la *Méduse* que la corvette l'*Écho*, voulant la suivre, a compromis plus d'une fois sa mâture.

« C'est dans la conduite du capitaine de la *Méduse* entre l'instant où il jeta sa frégate sur le banc d'Arguin et celui où il l'abandonna avec son équipage, qu'éclate toute son ignorance ; celle qu'il tint ensuite mérite un autre nom. La frégate avait touché à trois heures un quart ; le temps était beau, vers six heures seulement on a mouillé une ancre à jet étalinguée sur deux grelins bout à bout. Ainsi, on employa près de trois heures pour mettre les embarcations à la mer et porter une ancre légère à deux cents brasses de la frégate ; on fut encore plus maladroit dans la manière dont on s'y prit pour tâcher de mouiller une ancre de bossoir. Cette ancre avait été suspendue, comme cela se pratique, à la chaloupe qui devait l'aller porter au large, en se touant sur les grelins de l'ancre à jet ; mais la brise était devenue forte, et la chaloupe, remorquée par toutes les embarcations, ne put doubler la frégate et gagner le grelin. Au lieu de remédier, comme il paraît qu'il était facile de le faire, à l'insuffisance des canots pour remorquer la chaloupe, en envoyant un de ceux-ci frapper une aussière sur le grelin, et en rapporter le bout à la chaloupe, on remit à mouiller l'ancre jusqu'au lendemain matin, encore ne le fut-elle que par treize pieds d'eau. Il résulte de cette faute énorme, que la frégate ayant été allégée par la mise à l'eau de sa drome et une partie de sa mâture, la force du vent l'empêcha d'étaler sur son ancre à jet, lorsqu'elle vint à flotter au moment de la pleine mer, et quelle monta plus haut sur le banc. Pendant toute la journée du 3, on ne fit pas de tentative pour mouiller l'ancre de bossoir dans une meilleure position ; il fallait donc que la mer fût bien mauvaise ; cependant on travailla à la construction d'un radeau, parce que l'on commençait déjà à regarder comme douteux de pouvoir remettre la frégate à flot, et que les embarcations étaient insuffisantes pour porter près de quatre cents hommes ; d'ailleurs, il devait servir d'abord à recueillir les objets dont on allégerait le bâtiment, et qu'on ne voudrait pas jeter à la mer. Il faut croire néanmoins que cette destination, qui n'était que secondaire, fut la première qu'on songea à lui donner, car il fut construit d'une manière qui le rendait peu propre à porter des hommes, et surtout un grand nombre d'hommes. Enfin, le 4, bien avant dans la matinée, on fit ce qu'on aurait dû faire le 2 même ; on élongea trois grappins empennelés avec trois aussières bout à bout, et on porta au large une nouvelle ancre. Malheureusement ce ne fut encore qu'une ancre à jet, et rien n'explique pourquoi on n'en élongea pas une de bossoir. Malgré l'expérience de la veille, on laissa ainsi de nouveau la frégate sur des ancres à jet, et on continua de l'alléger, ce que le radeau, qui avait été achevé avec plus de précipitation que de soin, permettait de faire. Cette dernière faute consomma la perte de la *Méduse*. Allégée comme elle l'était, on parvint facilement à la faire éviter

> le bout au vent, et tout présageait qu'à la marée du lendemain, on pourrait la haler au large, l'y mouiller sûrement par douze ou treize brasses d'eau, et là, travailler à la remettre en état de faire voile ; mais dans la nuit une très forte brise s'éleva, l'ancre à jet chassa, et la frégate, retombant en plein sur le banc, elle s'y défonça vers trois heures du matin, le 5, soixante heures après avoir touché la première fois. L'évacuation alors parut urgente : elle se fit dans la plus grande confusion (...) » (Extrait des *Annales des Sciences militaires*, tome Ier, p. 51.)

Quel spectacle de voir une multitude de malheureux qui tous voulaient se dérober à la mort, et qui tous cherchaient à se sauver dans les embarcations ou sur le radeau ! L'échelle de la frégate ne pouvait suffire à l'embarquement de tant de monde ; on se précipitait du haut du navire, se fiant sur un simple bout de corde à peine susceptible de supporter le poids d'un homme. Quelques-uns tombèrent à la mer et furent rattrapés : ce qu'il y a de surprenant, c'est que, dans ce tumulte, il n'y eut pas un seul accident grave.

Ceux qui connaissent la mer concevront que, malgré l'inquiétude qui devait nous agiter sur notre sort, nos cœurs en cet instant aient été accessibles à une douleur qui ne portait pas sur nous-mêmes. On sait quelle vive affection les marins éprouvent pour les vaisseaux qu'ils montent, et qui deviennent pour eux une seconde patrie. Ils leur imposent des noms de tendresse ; ils se réjouissent de leur gloire et s'affligent de leurs revers, ainsi que l'a si bien remarqué l'élégant écrivain, M. Jay, qui, dans *le Mercure* du 22 novembre 1817, a rendu compte de la première édition de notre ouvrage, et à qui nous saisissons cette occasion de payer un juste tribut de notre reconnaissance pour avoir le premier appelé sur notre infortune les secours de la générosité nationale. C'est lui, en effet, et nous nous plaisons à en consacrer ici le souvenir, c'est lui qui a donné à la fois l'idée et l'exemple de cette souscription si noblement proposée, si noblement accueillie, et dans laquelle nous voyons toutes les classes de la société, et jusqu'au malheur même, s'empresser d'offrir des consolations à notre malheur, et réparer, par ces touchants témoignages de l'intérêt public, l'oubli et l'insensibilité de ceux dont nous avions droit d'attendre, ou la justice, ou tout au moins la commisération.

Revenons à notre fatal radeau. Bien donc que notre position y fût des plus terribles, nous jetions tristement les yeux sur la frégate et ne pouvions nous empêcher de regretter ce beau navire qui, quelques jours auparavant, paraissait maîtriser les flots qu'il fendait avec une rapidité étonnante. Ces mâts qui supportaient des voiles immenses n'existaient plus ; le bâtiment lui-même était abattu sur la hanche de bâbord.

Cependant des peines bien autrement douloureuses, une nouvelle lutte contre le malheur et la mort attendaient ceux qui devaient revoir la terre... Mais n'anticipons pas sur les événements, et poursuivons le récit fidèle des opérations qui se succédèrent jusqu'au moment où l'on abandonna le radeau.

Toutes les embarcations, après avoir débordé, manœuvrèrent ainsi que nous allons l'exposer.

Vers les sept heures, on donna le signal du départ ; quatre des canots prirent le large. Le radeau était encore le long de la frégate où il était amarré, l'embarcation du commandant était sous le beaupré, et le grand canot près de notre machine où il venait de déposer des hommes. On nous annonce enfin le moment du départ ; mais, par une espèce de pressentiment de ce qui devait nous arriver, M. Corréard, montrant de justes craintes que l'événement n'a que trop réalisées, ne voulut pas partir sans s'être assuré par lui-même que notre radeau était pourvu de tous les instruments et cartes nécessaires pour naviguer avec une certaine sécurité, dans le cas où le mauvais temps obligerait les embarcations à se séparer de nous. Comme il était impossible de se remuer sur le radeau, tant nous étions serrés les uns contre les autres, il jugea plus simple de faire appeler M. Renaud, qui se rendit sur-le-champ à son invitation. En venant à bâbord, il nous demanda ce que nous voulions ; il lui fut fait alors les questions suivantes : Sommes-nous en état de nous mettre en route ? Avons-nous des instruments et des cartes ? *Oui, oui*, répondit-il ; *je vous ai pourvus de tout ce qui peut vous être nécessaire*. On lui demanda encore quel était l'officier de marine qui devait venir nous commander ; il répondit : *C'est moi ; dans un instant je suis à vous*. Après ces paroles, il disparut et s'embarqua dans un des canots.

Comment est-il possible qu'un marin français ait pu montrer autant de mauvaise foi envers de malheureux compatriotes qui mettaient en lui toute leur confiance ! et pourtant nous avons à raconter des traits encore plus hideux, encore plus affligeants pour l'humanité !

Enfin le grand canot se mit sur l'avant de la frégate, et le gouverneur s'y fit descendre dans un fauteuil fixé à l'extrémité d'un palan. On remarquait sur l'arrière de cette embarcation un lieutenant d'artillerie légère qui remplissait ordinairement les fonctions d'aide-de-camp auprès du gouverneur et qui veillait en ce moment à ce que personne n'entrât dans le canot. Déjà les dames Schmaltz s'y trouvaient placées, ainsi que les officiers de toutes classes qui avaient obtenu cette faveur, et parmi lesquels on voyait M. Richefort. En ce moment cinq ou six matelots et soldats se précipitèrent de la frégate à la mer pour s'embarquer dans ce même canot où ils demandaient, au nom de l'humanité, d'être recueillis : mais l'inflexible aide-de-camp, jaloux de se montrer digne de la consigne qui lui avait été donnée, mit le sabre à la main, et, avec quelques autres qui l'imitèrent, repoussa impitoyablement ces malheureux. Les dames Schmaltz montrèrent la même insensibilité. Ainsi sacrifiées à la commodité de ces dames, ces victimes du plus révoltant égoïsme se virent forcées de regagner la frégate, bien que le canot privilégié, d'où elles étaient rejetées, eût pu contenir quinze hommes en sus du nombre qu'il portait.

L'embarquement ainsi fini, le grand canot vint jeter une remorque à notre radeau, et nous prîmes le large avec cette seule embarcation. Le canot major donna ensuite une touline au premier ; le canot dit du Sénégal, vint après et fit la même manœuvre. Il restait encore trois canots ; celui du commandant était toujours sur l'avant de la frégate, à bord de laquelle il restait encore plus de quatre-vingts hommes qui poussaient des cris de désespoir et voyaient trois embarcations et le radeau qui prenaient le large. Les trois canots qui nous remorquaient nous eurent bientôt éloignés du bâtiment. Ils avaient bon vent, et les matelots ramaient comme des hommes qui voulaient se sauver du péril imminent qui nous environnait. La chaloupe et la pirogue étaient à une certaine distance et essayaient de retourner à bord ; enfin M. de Chaumareys s'embarqua dans son canot par une des manœuvres de l'avant : quelques matelots s'y précipitèrent et larguèrent les amarrages qui le retenaient à la frégate. Aussitôt les cris des hommes qui restaient à bord redoublèrent, et M. Danglas, officier de troupe de terre, prit même une carabine pour faire feu sur le capitaine ; on le retint.

Au reste, la manière dont M. de Chaumareys abandonna tout son monde acheva de le montrer au-dessous de ses fonctions, ainsi qu'on avait déjà pu le juger durant tout le cours de la navigation. La lâcheté avec laquelle on le vit dans cet instant critique trahir tous ses devoirs, manquer non seulement aux obligations de sa place, mais même aux droits les plus sacrés de l'humanité, excita un soulèvement général d'indignation. On regrettait qu'on eût arrêté le bras de l'officier et des matelots armés pour prévenir ou punir tant de bassesse ; mais le mal était fait, il était irréparable. Le réparer n'était pas d'ailleurs la pensée du capitaine, et il ne pouvait plus revenir à bord, car il était sûr d'y trouver la mort qu'il cherchait à éviter au prix de l'honneur.

Le 5, vers les sept heures du matin, on fait d'abord embarquer tous les soldats sur le radeau, qui n'était pas entièrement achevé ; ces malheureux, entassés sur des morceaux de bois, ont de l'eau jusqu'à la ceinture.

Les dames Schmaltz s'embarquent dans leur canot, ainsi que M. Schmaltz.

Le désordre se met dans l'embarquement : tout le monde se précipite. Je recommande de ne point se hâter, et d'attendre patiemment son tour. J'en donne l'exemple, et j'en fus presque la victime. Toutes les embarcations, emportées par le courant, s'éloignent et entraînent le radeau. Nous restons encore une soixantaine d'hommes à bord. Quelques matelots, croyant qu'on les abandonne, chargent des fusils, veulent tirer sur les embarcations, et principalement sur le canot du commandant qui était déjà embarqué. J'eus toutes les peines du monde à les en empêcher : il fallut toutes mes forces et tout mon raisonnement. Je parvins à me saisir de quelques fusils chargés et à les jeter à la mer.

En me préparant à quitter la frégate, je m'étais contenté d'un petit paquet de ce qui m'était indispensable ; tout le reste était déjà pillé. J'avais partagé avec un camarade 800 livres en or, que j'avais encore en ma possession, et bien m'en arriva par la suite. Ce camarade était entré dans l'un des canots.

M. de Chaumareys néanmoins courut sur la chaloupe, et lui donna l'ordre de se charger de quinze à vingt hommes qui étaient restés sur la frégate. Quelques personnes de cette embarcation nous ont dit qu'on leur cria qu'il n'y en avait tout au plus qu'une vingtaine qui n'avaient pu s'embarquer ; mais la chaloupe démunie d'avirons, tenta inutilement de regagner la *Méduse*. Un canot essaya sans plus de succès de la remorquer ; elle ne parvint à gagner qu'en envoyant la pirogue chercher de longues manœuvres dont l'une des extrémités fut amarrée sur la frégate, et l'autre, portée à bord de cette chaloupe, qui se toua jusqu'à bâbord du navire. Le lieutenant de vaisseau, M. Espiau[1], qui commandait cette grande embarcation, fut surpris de rencontrer plus de soixante matelots et soldats, et non une vingtaine ; il a même dit le 15 juillet 1819, à M. Corréard, que s'il eût su qu'il y avait à bord soixante-trois hommes, il n'y serait certainement pas revenu. Ainsi ce fut la supercherie du capitaine qui servit les hommes abandonnés, et non le dévouement raisonné de M. Espiau ; cepen-

---

1. On ne peut prononcer dans ce Mémoire le nom de cet officier sans reconnaître les bons services qu'il a rendus en cette occasion. Plusieurs matelots et des militaires étaient restés à bord, il affronta mille périls pour les sauver, et il y parvint. En lui donnant un commandement, le ministère a acquitté la dette de l'État et de l'humanité.

dant cet officier monta à bord avec M. Brédif, ingénieur des mines dont les discours tendaient à rappeler à la raison ceux dont la présence du danger avait altéré les facultés intellectuelles. M. Espiau fit embarquer avec ordre les hommes qui étaient sur le pont ; dix-sept seulement, ainsi qu'on l'a dit, s'y refusèrent. Les uns craignaient de voir couler la chaloupe, avant qu'elle eût pu joindre le radeau et les embarcations qui s'éloignaient de plus en plus ; quelques autres étaient trop ivres pour penser à leur salut. Les craintes des premiers (et ce sont probablement ceux qui, d'après la déposition du nommé Dalès, remontèrent à bord), étaient fondées sur ce que la chaloupe était en très mauvais état et faisait eau de toutes parts. Après avoir promis aux hommes qui s'obstinèrent à rester, qu'on enverrait à leur secours dès qu'on serait au Sénégal, la bosse fut larguée, et cette embarcation partit pour venir rejoindre la petite division. Avant de quitter la frégate, M. Espiau avait fait hisser à la corne le grand pavillon national.

« Je commençais à croire que nous étions abandonnés, et que les embarcations, trop pleines, ne pouvaient plus prendre personne. La frégate était tout à fait remplie d'eau. Assurés qu'elle touchait au fond et qu'elle ne pouvait couler, nous ne perdîmes pas courage. Sans craindre la mort, il fallait faire tout ce que nous pouvions pour nous sauver. Nous nous réunîmes tous, officiers, matelots, soldats ; nous nommâmes pour chef un chef timonier ; nous jurâmes sur l'honneur de nous sauver tous, ou de périr tous ; M. Petit, officier, et moi, nous promîmes de rester les derniers.
« On pense à faire un autre radeau. On fait les dispositions nécessaires pour couper un des mâts,

afin de soulager la frégate. Épuisés de fatigue, il fallut songer à prendre de la nourriture ; la cuisine n'était pas noyée, on alluma du feu : déjà la marmite bouillait, quand nous crûmes voir que la chaloupe revenait près de nous. Elle était remorquée par deux autres embarcations plus légères : nous renouvelons le serment de nous embarquer tous ou de rester tous. Il nous semblait que notre poids ferait couler la chaloupe

« M. Espiau, qui la commandait, monte bientôt à bord de la frégate : il dit qu'il fera embarquer tout le monde. On commence par faire descendre deux femmes et un enfant ; les plus peureux se pressèrent ensuite : je m'embarquai immédiatement avant M. Espiau. Quelques hommes préférèrent de rester à bord du bâtiment échoué, plutôt, disaient-ils, que de couler avec la chaloupe*. Effectivement, nous y étions entassés au nombre de quatre-vingt-dix ; aussi fûmes-nous obligés de jeter à la mer nos petits paquets, les seules choses qui nous restassent. Nous n'osions nous donner aucun mouvement, de peur de faire chavirer notre frêle embarcation.

« J'avais fait embarquer des bidons d'eau et grand nombre de bouteilles de vin : j'avais tenu tout cela prêt d'avance. Les matelots cachèrent dans la chaloupe ce qui devait être pour tout le monde : ils burent tout dans la première nuit ; ce qui nous exposa dans la suite à mourir de soif. »

Lorsque cette embarcation partit pour venir nous joindre, nous étions au moins à une lieue et demie

---

* Mlle Chemot avait répété tant de fois à M. Brédif, son amant, qu'il n'était resté à bord de la *Méduse* que deux ou trois hommes, qu'il avait fini par le croire ; cependant il y en avait dix-sept.

au large. Depuis assez longtemps le canot du commandant était venu prendre la remorque et occupait la tête de la ligne. La plus petite des embarcations, la pirogue, ne prit point la touline ; elle allait en tête de la petite division, probablement pour sonder.

Aussitôt que toutes les embarcations eurent pris leur poste, les cris de *vive le Roi !* furent mille fois répétés par les gens du radeau, et un petit pavillon blanc fut arboré à l'extrémité d'un canon de fusil.

PLAN DU RADEAU DE LA MÉDUSE AU MOMENT DE SON ABANDON

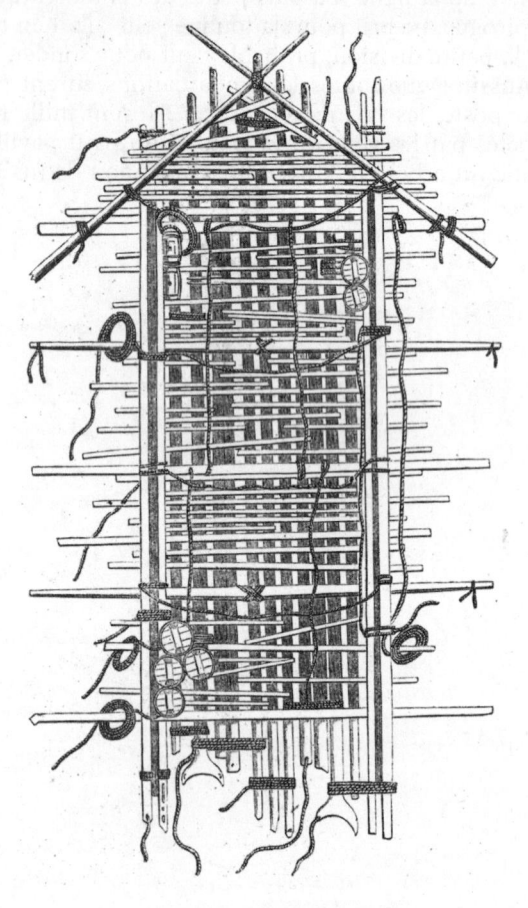

Le plan du radeau reconstitué par Corréard.
Photo © Collection Roger-Viollet

CHAPITRE IV

Mauvaise construction du radeau. — Précautions qu'on aurait dû prendre. — Le radeau enfonce d'un mètre. — Mauvais état de la chaloupe. — Les embarcations refusent de lui prendre quelques hommes et abandonnent le radeau.

Les chefs de la petite division qui devait nous conduire jusqu'à terre avaient juré de ne pas nous abandonner. Nous sommes loin d'accuser tous ces officiers d'avoir manqué aux lois de l'honneur ; néanmoins un enchaînement de circonstances les força de renoncer au plan généreux qu'ils avaient formé de nous sauver ou de mourir avec nous. Ces circonstances méritent d'être scrupuleusement examinées, et notre plume guidée par la vérité, ne doit pas craindre de tracer des faits que cette même vérité nous impose le devoir pénible de raconter à la France entière. Ils sont d'une nature si étrange, que ce n'est pas sans de grands combats avec nous-mêmes et de longues hésitations que nous nous sommes déterminés à les faire connaître. Il est cruel d'avoir été la victime de tels événements, et non moins affligeant d'en être l'historien. Nous avons à montrer jusqu'à quel point l'imagination de l'homme est susceptible d'être frappée par la présence du danger, et même de lui faire oublier quels sont les devoirs que lui impose l'honneur. Bien certainement nous admettons que dans l'abandon du radeau, les esprits étaient exaltés et que le désir de se soustraire au péril fit oublier que cent cinquante-deux infortunés allaient être abandonnés aux souffrances les plus cruelles. Nous raconterons les faits tels que nous les avons observés et tels qu'ils nous ont été transmis par quelques-uns de nos compagnons d'infortune.

Avant de poursuivre, faisons connaître comment était établi ce radeau auquel furent confiés cent cinquante individus.

Il était composé des mâts de hune de la frégate, vergues, jumelles, beaume, etc. Ces différentes pièces jointes les unes aux autres, par de très forts amarrages, étaient d'une solidité parfaite. Deux mâts de hune formaient les deux principales pièces, et étaient placés sur les côtés et les plus en dehors ; quatre autres mâts, dont deux de même longueur et de même force que les premiers, réunis deux à deux au centre de la machine, en augmentaient encore la solidité. Les autres pièces étaient comprises entre ces quatre premières, mais ne les égalaient pas en longueur. Des planches furent clouées par-dessus ce premier plan et formaient une espèce de parquet, qui, s'il eût eu plus d'élévation, nous eût été dans la suite du plus grand secours. Pour que notre radeau pût mieux résister à l'effort des vagues, on avait placé en travers de longs morceaux de bois, qui, de chaque côté, dépassaient au moins de trois mètres sur les parties latérales ; il y avait une petite drome pour servir de garde-fou. Son élévation n'était pas de plus de quarante centimètres ; on aurait pu y ajouter des chandeliers de bastingage qui auraient au moins formé des garde-corps assez élevés ; mais on ne le fit pas, parce que ceux qui firent construire la machine ne devaient probablement pas s'y exposer. Sur les extrémités des mâts de hune, on avait frappé deux vergues de perroquet, dont les bouts les plus en dehors étaient tenus par un fort amarrage, et formaient ainsi le devant du radeau. L'espace angulaire résultant de la séparation des deux vergues, était rempli par des morceaux de bois en travers et des planches assujetties ; cette partie antérieure qui avait au moins deux mètres de long, n'offrait que très peu de solidité et était continuellement submergée. Le derrière ne se terminait pas en pointe comme le devant, mais une assez longue étendue de cette partie ne jouissait pas d'une solidité plus grande, en sorte qu'il n'y avait que le centre sur lequel on pût réellement compter. Un fait peut-être donnera à juger des dimensions de ce centre. Lorsque nous ne fûmes plus que quinze, nous n'eûmes pas assez d'espace pour nous coucher, et encore étions-nous extrêmement près les uns des autres. Le radeau, depuis une extrémité jusqu'à l'autre, avait au moins vingt mètres, sur sept à peu près de large ; cette longueur pouvait faire croire au premier coup d'œil, qu'il était susceptible de porter près de deux cents hommes, mais nous eûmes bientôt des preuves cruelles de sa faiblesse. Il était sans voile et sans mâture. À notre départ de la frégate, on nous jeta cependant précipitamment le cacatois de perruche et le grand cacatois ; on le fit tellement à la hâte, que quelques hommes qui étaient à leur poste faillirent d'être blessés par la chute de ces voiles qui étaient enverguées : on ne nous envoya point de cordages pour installer notre mâture. Il y avait sur le radeau une grande quantité de quarts de farine qui y avaient été déposés la veille, non pour servir de vivres pendant le trajet de la frégate à terre, mais parce que les chapelets n'ayant pas réussi, on les déposa sur la machine pour qu'ils ne fussent pas entraînés par la mer ; six barriques de vin et deux petites pièces à eau : ces derniers objets, nous dit-on depuis, y avaient été mis pour l'usage des passagers.

> Qu'on nous permette une autre citation de M. Parisot, extraite du même ouvrage.
> « Pour bien apprécier, dit-il, la possibilité qu'il y avait de prendre une foule de précautions qui eussent assuré le salut de tout l'équipage, il est à propos d'observer que dix-sept hommes restés à bord de la frégate y eussent encore été retrouvés tous, à l'exception d'un seul, quand on y revint pour la première fois, cinquante-deux jours après, si treize d'entre eux n'avaient pas pris le parti de la quitter sur un second radeau qu'ils avaient fait ; et ces hommes, ayant pu tirer de la cale et des soutes une assez grande quantité de vivres, même du biscuit, il est clair que l'eau n'avait pas envahi la frégate de manière à ce qu'il fût absolument indispensable de l'abandonner à l'instant même où on l'a fait. Rien n'empêchait donc d'y demeurer le temps nécessaire pour compléter les préparatifs d'un voyage prévu d'ailleurs depuis trois jours.
> « Dès que la frégate fut échouée, et bien qu'il y eût la plus grande probabilité qu'on parviendrait à la remettre à flot, il fallait s'occuper activement de la construction du radeau, dernière ressource, unique espoir du salut pour une partie de l'équipage. Il fallait apporter les plus grands soins à le rendre aussi commode que solide. Il ne devait nullement servir à recevoir les objets dont on allégerait le bâtiment : tous ces objets, susceptibles de flotter, devaient être réunis en chapelets et mouillés au large sur des grappins ou des gueuses ; ceux qui ne flottent pas, et qu'on eût désiré reprendre, eussent été jetés au fond avec de forts orins pour

les relever, et de plus petits supportant de légères bouées pour indiquer leur place. Tous ces travaux pouvaient d'autant mieux marcher de front avec ceux nécessaires pour tâcher de renflouer la frégate, que son équipage était doublé par les passagers qu'elle portait au Sénégal. Le radeau, je le répète, devait avoir pour unique destination de recevoir le plus d'hommes et de vivres possible, dans le cas où la retraite deviendrait inévitable.

« Je me contenterai d'indiquer quelques dispositions utiles à la sûreté comme à la commodité des hommes qui sont destinés à s'embarquer sur une semblable machine, non pour apprendre quelque chose aux marins, mais parce qu'il paraît qu'aucune d'elles n'a été exécutée pour le radeau de la *Méduse*, qu'on a fait partir, même sans ancre et sans boussole : il convenait de placer au-dessous des mâtures, dont l'assemblage composait la masse du radeau, quelques rangs de barriques à eau, vides, à cause du grand nombre d'hommes qu'il devait recevoir, et dont le poids le fit enfoncer quand on s'y embarqua, en sorte que l'eau le couvrait en entier. Il fallait disposer les menus bois entre et par-dessus les pièces principales, de manière à établir une plate-forme la plus unie possible ; recouvrir le tout de planches bien clouées, employant celles du faux pont, et démolissant, au besoin, tous les caissons, coffres inutiles au voyage, cloisons, etc. : on formait ainsi une espèce de tillac. Des chandeliers de bastingage, installés tout autour du radeau, devaient supporter des filières en corde faisant garde-corps. Ces chandeliers, très multipliés à dessein, eussent d'ailleurs servi de tolets de nage, quand le temps eût permis de se servir des avirons de rechange des canots, qu'il ne fallait pas négliger d'emporter.

Dans le beau temps, un aviron de galère eût pu servir de gouvernail au radeau, qu'on pouvait au reste gouverner à l'aide des autres moyens employés par les marins pour suppléer au gouvernail, précaution bonne en cas de séparation, comme pour soulager les canots remorqueurs. Quelques pierriers devaient être établis, tant pour faire des signaux à des bâtiments dont on craindrait de n'être pas aperçu, que pour imposer aux canots dans le besoin. Le premier objet exigeait aussi un ou deux pavillons, et autant de fanaux. Après avoir installé le mât aussi solidement que possible, et embarqué une petite ancre ou un fort grappin étalingué sur un grelin ou une forte aussière, pour étaler une marée contraire sur des bas-fonds, approvisionner la machine était la première chose à laquelle on devait penser. Il fallait embarquer une quantité de vivres et d'eau, calculée sur le nombre total des hommes (afin de ne pas encombrer les canots de ces objets), sur l'éloignement présumé de la côte, et sur les ressources qu'elle pouvait présenter. Le biscuit, qui seul craint l'eau, demandait à être mis dans des barriques bien étanchées et soigneusement foncées. Il fallait ensuite placer sur le radeau un petit coffre enfermant la boussole, la sonde et les autres instruments nécessaires à la navigation ; un autre coffre contenant des outils de diverses espèces ; et enfin deux coffres d'armes et de munitions, garnis de celles nécessaires pour mettre la petite caravane à l'abri de toute insulte dans la route qu'elle aurait à faire par terre. J'ai déjà parlé de bien des choses ; mais je n'ai pas dit, à beaucoup près, tout ce qu'on aurait pu faire, en raison des moyens et du temps qu'on avait pour se préparer à un trajet peu considérable ; toutefois, je m'arrête ici.

« Je suppose le radeau entièrement prêt, c'est le capitaine qui doit le commander. Bien coupable est celui qui a pu l'oublier. Les hommes de l'équipage, suivant des listes dressées à l'avance, et qui fixent à chacun son poste, s'embarquent sur cette machine, dans la chaloupe et dans les canots, nul n'emportant d'autres effets que les vêtements qu'il a sur le corps. Chaque embarcation est commandée par un officier, secondé par un aspirant et un des premiers maîtres. Quelques hommes bien armés, et choisis seulement parmi les officiers mariniers, gabiers, chefs de pièces et chargeurs, se tiennent près d'eux. Sur le radeau se réunit, pour seconder le capitaine, tout ce qui reste d'officiers et d'aspirants disponibles, et des armes y sont distribuées à un petit nombre d'hommes d'élite pour maintenir l'ordre et la police. La yole (la plus petite embarcation), peu utile pour transporter des hommes ou pour remorquer le radeau, est commandée par le premier lieutenant, et destinée à voltiger pour porter dans toute la ligne les ordres du capitaine et en assurer l'exécution. Tout l'équipage embarqué, la chaloupe prend la remorque du radeau, et les canots viennent se donner une touline l'un à l'autre. Enfin le capitaine, assuré qu'il ne reste plus un seul homme à bord, en descend ; et, après avoir tourné un dernier regard vers son bâtiment, comme pour lui dire un éternel adieu, il donne le signal du départ ; la petite flottille s'ébranle, et désormais le salut de l'équipage ne peut plus être compromis que par une tempête, ou les dangers de la côte vers laquelle on se dirige.

Dans la plupart des naufrages, il est malheureusement impossible de procéder avec un tel ordre. Le bâtiment donne sur un écueil, il s'ouvre,

> s'emplit, et souvent est brisé en pièces dans peu d'instants. Alors l'équipage ne saurait tenter aucun effort pour se soustraire en totalité à la mort affreuse qui le menace ; et ceux qui survivent à un pareil désastre n'en réchappent d'ordinaire que par une adresse et surtout un bonheur bien rares. Mais, je le répète, si j'en juge par les documents que j'ai entre les mains, et l'état de la *Méduse* six semaines après l'échouage, il m'est permis de croire qu'on eût pu apporter plus de détails et de soins encore que je n'en indique dans l'évacuation de cette frégate. »

À peine fûmes-nous au nombre de cinquante sur le radeau, que ce poids le mit au-dessous de l'eau au moins à soixante-dix centimètres, et que, pour faciliter l'embarquement des autres militaires, on fut obligé de jeter à la mer tous les quarts de farine qui, soulevés par la vague, commençaient à flotter et étaient poussés avec violence contre les hommes qui se trouvaient à leur poste. S'ils eussent été fixés, peut-être en aurait-on conservé quelques-uns ; le vin et l'eau le furent seuls, parce que plusieurs personnes se réunirent pour leur conservation, et mirent tous leurs soins à empêcher qu'ils ne fussent aussi envoyés à la mer comme les quarts de farine. Le radeau, allégé par le poids en moins de ces barils, put alors recevoir d'autres hommes : nous nous trouvâmes enfin cent cinquante-deux. La machine s'enfonça au moins d'un mètre. Nous étions tellement serrés les uns contre les autres, qu'il était impossible de faire un seul pas : sur l'avant et l'arrière on avait de l'eau jusqu'à la ceinture. Au moment où nous débordions de la frégate, on nous envoya du bord vingt-cinq livres de biscuit dans un sac qui tomba à la mer. Nous l'en retirâmes avec peine ; il ne formait plus qu'une pâte. Nous le conservâmes cependant dans cet état. Quelques-uns de nous, comme on l'a dit plus haut, avaient eu la sage précaution de fixer les pièces à eau et à vin aux traverses du radeau, et nous y veillâmes avec une sévère exactitude. Voilà exactement quelle était notre installation, lorsque nous prîmes le large.

Le commandant du radeau était un aspirant de première classe, nommé Coudein. Quelques jours avant notre départ de la rade de l'île d'Aix, il s'était fait à la partie antérieure de la jambe droite, une grave contusion qui ne tendait nullement à sa guérison lorsque nous échouâmes, et qui le mettait dans l'impossibilité de se mouvoir. Un de ses camarades, touché de sa position, lui offrit de le remplacer ; mais M. Coudein, quoique blessé, aima mieux se rendre au poste dangereux qui lui fut assigné, parce qu'il était le plus ancien aspirant du bord. Dès qu'il fut sur le radeau, l'eau de mer irrita tellement les douleurs de sa jambe, qu'il manqua de se trouver mal. Nous fîmes part de son état au canot le plus voisin de nous ; on répondit qu'une embarcation allait venir prendre cet officier. Nous ne savons si l'ordre en fut donné ; mais il est certain que M. Coudein fut obligé de rester sur le fatal radeau.

La chaloupe que nous avons été forcés d'abandonner un moment pour entrer dans ces détails nécessaires, rallia enfin : ce fut elle qui, nous l'avons déjà dit, déborda la dernière de la frégate. Le lieutenant de vaisseau qui la commandait, craignant avec raison de ne pouvoir tenir la mer dans une embarcation délabrée, démunie d'avirons, fort mal voilée et faisant beaucoup d'eau, longea le premier canot en le priant de lui prendre quelques hommes ; on refusa. Cette chaloupe devait nous laisser des cordages pour installer notre mâture, ce qui, un instant auparavant nous avait été hélé du premier canot que nous avions au-devant de nous. Nous ignorons quelles furent les raisons qui l'empêchèrent de nous laisser des manœuvres ; mais elle passa outre, et courut sur la seconde embarcation, qui également ne voulut recevoir personne. Alors l'officier qui la commandait, voyant qu'on se refusait à lui prendre du monde, et tombant toujours sous le vent, parce que ses voiles orientaient fort mal et que les courants le drossaient, aborda le troisième canot commandé par l'enseigne de vaisseau nommé *Maudet*, dont nous avons déjà parlé plus haut. Celui-ci, ayant sous ses ordres une embarcation faible qui, la veille, avait eu un bordage enfoncé par une des pièces transversales du radeau (accident auquel on avait remédié en appliquant sur l'ouverture une large plaque de plomb), et d'ailleurs très chargée, pour éviter ce choc qui aurait pu lui être funeste, fut obligé de larguer la remorque qui le tenait au canot major, et divisa ainsi en deux la ligne que formaient les embarcations au-devant du radeau, en s'en séparant avec le canot du commandant qui était en tête. Lorsque le commandant et M. Maudet se furent dégagés, ils serrèrent le vent et revirèrent ensuite de bord pour venir prendre leur poste ; M. Maudet héla même à M. de Chaumareys : *Capitaine, reprenez votre touline*. Il reçut pour réponse : *Oui, mon ami*. Deux canots étaient encore à leur poste ; mais avant que les deux autres eussent pu les rejoindre, le canot major venait de se séparer. L'officier qui le commandait s'exprime ainsi sur cet abandon : « La touline n'a point été larguée de mon embarcation, mais bien du grand canot qui était derrière moi. » Ce second abandon nous en présageait un plus cruel ; car l'officier qui commandait dans le grand canot, après nous avoir remorqués seul un instant, fit larguer l'amarrage qui le tenait au radeau. Lorsque les remorques furent larguées, nous étions à deux lieues de la frégate ; la brise venait du large, la mer était aussi belle qu'on pouvait le désirer. Cette dernière remorque ne cassa point, comme le gouverneur s'est efforcé de le faire croire au ministre de la marine, et à plusieurs des réchappés du radeau. En se promenant sur la terrasse d'un négociant français au Sénégal, en présence de MM. Savigny et Coudein, le gouverneur l'expliquait ainsi : « Quelques hommes étaient sur le devant du radeau à l'endroit où était fixée la touline sur laquelle ils tiraient de manière à rapprocher les embarcations. Ils en avaient tiré à eux plusieurs brasses ; mais une lame étant survenue, donna une forte secousse ; les hommes furent obligés de lâcher. Les canots coururent alors avec plus de vitesse jusqu'à ce que l'amarrage fût tendu ; au moment où les embarcations en opéraient la tension, l'effort fut tel que la remorque cassa. » Cette manière d'expliquer ce dernier abandon est très adroite, et pourrait être facilement crue de ceux qui n'étaient pas sur les lieux ; mais il ne nous est pas possible de l'adopter, nous qui pourrions même nommer celui qui largua, M. R...

Quelques personnes des autres embarcations nous ont assuré que tous les canots venaient pour reprendre leur poste, et que le cri barbare de *Nous les abandonnons*, fut entendu. Nous tenons ce fait de plusieurs de nos compagnons d'infortune. Le désordre fut entièrement mis dans la ligne, et il n'y eut point de mesures prises pour y porter remède. Il est probable que si un des premiers chefs eût montré l'exemple, tout serait rentré dans le devoir ; mais chacun fut abandonné à soi-même ; de là plus d'ensemble dans la petite division ; chacun ne songea plus qu'à se soustraire à son péril personnel.

Rendons ici hommage au courage de M. Clanet, agent comptable de la frégate, qui se trouvait dans le canot du gouverneur. Si on l'eût écouté, cette remorque n'eût point été larguée. À chaque instant un officier qui était dans cette embarcation demandait hautement : *larguerai-je ?* M. Clanet s'y opposait, en répondant avec fermeté : *non, non*. Quelques personnes se réunirent à lui, mais ne purent rien obtenir ; la remorque fut larguée. Nous regardons comme chose certaine que les autres commandants des chaloupes, voyant le premier chef de l'expédition se dévouer courageusement, seraient revenus prendre leur poste ; mais on peut dire que chaque embarcation en particulier fut abandonnée des autres. Il eût fallu dans cette circonstance un homme d'un très grand sang-froid, et cet homme ne devait-il pas se trouver dans les premiers chefs ? Comment justifier leur conduite ? Il y a certainement quelques raisons à alléguer. Juges impartiaux des événements, nous allons les décrire, non comme des victimes malheureuses des suites de cet abandon, mais comme des hommes étrangers à tous ressentiments personnels, et qui n'écoutent que la voix de la vérité.

Le radeau tiré par toutes les embarcations réunies, les entraînait un peu en dérive ; il est vrai que nous étions au moment du jusant et que les courants portaient au large. Se trouver en pleine mer avec des embarcations non pontées, pouvait bien inspirer quelque crainte ; mais sous peu d'heures les courants devaient changer et nous favoriser : il fallait donc attendre ce moment, qui aurait évidemment démontré la possibilité de nous traîner jusqu'à terre dont nous n'étions pas éloignés de plus de douze lieues. Cela est si vrai, que le soir, vers six heures et demie [1], et au moment du coucher du soleil, des embarca-

---

1. Beaucoup de personnes qui étaient dans la chaloupe disent qu'on aperçut la terre à quatre heures du soir.

tions on aperçut la terre, c'est-à-dire, les dunes de sable élevées du Sahara, toutes resplendissantes de clarté et se montrant comme des amoncellements d'or et d'argent. La mer, dans l'intervalle de la frégate à la côte, paraissait avoir du fond ; les vagues étaient plus longues et plus creuses, comme si le banc d'Arguin se haussait vers l'ouest. Mais aux approches de terre, tout à coup le fond s'éleva, et ne trouvant plus que trois à quatre pieds d'eau, on prit le parti de mouiller en attendant le jour. Divers tertres épars, quelques rochers, des bancs desséchés, firent présumer que l'on était dans les lagunes formées par la rivière Saint-Jean. Cette opinion se vérifia par la vue du lac Mirick, qui paraît comme la continuation d'une haute colline, venant de l'intérieur, mais se relevant tout à coup à son approche de la mer ; à l'instar des courants volcaniques. En passant devant ce cap, au large et vers le couchant, la mer semblait se briser sur quelque haut-fond que l'on soupçonne être la queue méridionale du banc d'Arguin, qui, selon quelques personnes du Sénégal, se découvre à marée basse. Peut-être qu'on aurait été contraint de nous abandonner, la deuxième nuit après notre départ, si toutefois il eût fallu plus de vingt-quatre heures pour nous remorquer jusqu'à terre ; car le temps fut très mauvais. Mais nous nous serions trouvés alors très près de la côte, et il eût été très facile de nous sauver : nous n'aurions eu du moins que les éléments à accuser !... Nous sommes persuadés que peu de temps aurait suffi pour nous remorquer jusqu'à vue de terre, car le soir de notre abandon, le radeau se trouva précisément dans la direction de la route qu'avaient tenue les embarcations, entre la terre et la frégate, et au moins à cinq lieues de cette dernière. Le lendemain au matin nous n'apercevions plus la *Méduse*.

Nous ne crûmes réellement pas, dans les premiers instants, que nous étions si cruellement abandonnés ; nous nous imaginions que les canots avaient largué, parce qu'ils avaient aperçu un navire, et qu'ils couraient dessus pour demander du secours. La chaloupe était assez près de nous, sous le vent à tribord. Elle amena sa misaine à mi-mât ; sa manœuvre nous fit croire qu'elle allait reprendre la première remorque. Elle resta ainsi un moment, amena tout à fait sa misaine, mâtat son grand mât, hissa ses voiles, et suivit le reste de la division. Quelques hommes de cette chaloupe, voyant qu'on nous abandonnait, menacèrent de faire feu sur les autres canots, mais furent arrêtés par M. le lieutenant de vaisseau Espiau. Plusieurs personnes nous ont assuré que l'intention de cet officier était de venir reprendre la remorque, mais son équipage s'y opposa ; il eût au reste commis une grande imprudence. Ses efforts ne nous auraient été que de peu d'utilité, et ce dévouement n'eût fait qu'augmenter le nombre des victimes. Dès que cette chaloupe fut partie, nous n'eûmes plus alors de doute que nous étions abandonnés ; nous n'en fûmes cependant tout à fait convaincus que lorsque les embarcations eurent disparu.

Quand nous eûmes joint le radeau traîné par les autres embarcations, nous demandâmes à celles-ci que l'on nous prît au moins une vingtaine d'hommes ; que sans cela nous allions couler : elles nous répondirent qu'elles étaient elles-mêmes trop chargées. Les canots crurent, d'après un mouvement que nous fîmes sur eux, que le désespoir nous avait suggéré l'intention de les couler, et de couler avec eux. Comment les officiers ont-ils pu supposer un tel dessein à M. Espiau, qui venait de montrer un si beau dévouement ? Les canots, pour nous éviter, coupèrent les cordes qui les attachaient ensemble, et à pleines voiles s'éloignèrent de nous. Au milieu de ce trouble, la corde qui remorquait le radeau se rompt aussi, et cent cinquante hommes sont abandonnés au milieu des eaux, sans aucun espoir de secours. (Cela est faux, elle fut coupée par M. R..., d'après l'ordre qu'il reçut de M. le gouverneur Schmaltz.)

Ce moment fut horrible. M. Espiau, pour engager ses camarades à faire un dernier effort, vire de bord et fait un mouvement pour rejoindre le radeau. Les matelots veulent s'y opposer, et disent que les hommes du radeau se précipiteront sur nous et nous perdront tous. « Je le sais, mes amis, s'écrie-t-il ; mais je ne veux en approcher qu'autant qu'il n'y aura pas de danger ; si les autres bâtiments ne me suivent pas, je ne songerai plus qu'à votre conservation. Je ne puis l'impossible. » Effectivement, voyant qu'on n'imitait pas son mouvement, il reprend sa route. Les autres canots étaient déjà loin. « Nous coulerons, s'écrie encore M. Espiau, montrons du courage jusqu'à la fin ; faisons ce que nous pourrons : *vive le Roi !* » Ce cri, mille fois répété, s'élève du sein des eaux qui doivent nous servir de tombeau. Les canots le répètent aussi ; nous étions encore assez près pour entendre ce cri de *vive le Roi !* Quelques-uns d'entre nous ont trouvé que cet enthousiasme était insensé. Était-ce la plénitude du désespoir qui les faisait parler ainsi, ou bien était-ce l'effet de l'âme brisée par le malheur ? Je ne sais : mais moi j'ai trouvé sublime ce moment : ce cri était un cri de ralliement, un cri d'encouragement et de résignation.

C'est ici que nous eûmes besoin de toute notre fermeté, qui cependant nous abandonna plus d'une fois : nous crûmes réellement que nous étions sacrifiés, et d'un commun accord, nous nous écriâmes que cet abandon était prémédité. Nous jurâmes tous de nous venger si nous avions le bonheur de gagner la côte, et il n'est pas douteux que, si le lendemain nous avions pu joindre ceux qui s'étaient enfuis dans les embarcations, un combat terrible ne se fût engagé entre eux et nous [1].

Ce fut alors que plusieurs personnes qui avaient été désignées pour les embarcations, regrettèrent vivement d'avoir préféré le radeau, parce que le devoir et l'honneur leur avaient marqué ce poste. Nous aurions à citer quelques individus. Par exemple, M. Corréard entre autres devait aller dans une des embarcations ; mais douze des ouvriers qu'il commandait avaient été désignés pour le radeau, il crut qu'en sa qualité d'ingénieur-commandant, il était de son devoir de ne point se séparer de la majeure partie de ceux qui lui avaient été confiés, et qui lui avaient promis de le suivre partout où l'exigerait le besoin du service. Dès ce moment son sort devint inséparable du leur, et il fit auprès du gouverneur toutes les démarches possibles pour que ses ouvriers fussent embarqués sur la même chaloupe que lui ; mais voyant qu'il ne pouvait rien obtenir pour améliorer le sort de ces braves gens, il dit au gouverneur qu'il n'était pas fait pour commettre une lâcheté ; que puisqu'il ne voulait pas réunir ses ouvriers avec lui dans la même embarcation, il le priait de lui permettre d'aller avec eux sur le radeau, ce qui lui fut accordé.

Plusieurs officiers militaires suivirent cet exemple ; deux seulement de ceux qui devaient commander les troupes n'avaient pas jugé convenable de se placer

---

1. Plusieurs des personnes qui étaient dans les embarcations, et surtout de celles qui se trouvaient avec le gouverneur, nous ont dit qu'elles s'attendaient tellement à nous voir tirer sur les canots, qu'elles baissèrent la tête pour laisser passer les balles. Cette vengeance leur paraissait naturelle de la part d'un si grand nombre d'hommes si lâchement abandonnés.

Chapitre IV

sur le radeau dont l'installation devait à la vérité inspirer peu de confiance.

L'un deux, le capitaine Beinière, se plaça dans la grande chaloupe avec 36 de ses soldats. On nous avait dit que cette troupe était chargée de surveiller la marche des autres embarcations, et de faire feu sur celles qui voudraient abandonner le radeau. Il est vrai, comme on l'a vu plus haut, que quelques braves soldats, écoutant peut-être plus alors la voix de l'humanité et de l'honneur français que les rigoureuses maximes de la discipline, auraient voulu se servir de leurs armes contre les lâches qui nous abandonnaient, mais leur volonté et leur mouvement avaient été paralysés par l'obéissance passive qu'ils devaient à leurs officiers, qui s'opposèrent à cette résolution.

L'autre, M. Danglas, lieutenant, sortant des gardes du corps, s'était d'abord embarqué avec nous sur le radeau, où son poste était désigné ; mais lorsqu'il vit le danger qu'il courait sur cette effrayante machine, il se hâta de la quitter, sous prétexte qu'il avait oublié quelque chose sur la frégate, et ne reparut plus. Ce fut lui que nous vîmes s'armer d'une carabine et menacer de faire feu sur le canot du gouverneur lorsqu'il commença à s'éloigner de la frégate. Ce mouvement, et quelques autres démonstrations que l'on prit pour de la folie, manquèrent de lui coûter la vie ; car pendant qu'il se livrait ainsi à une sorte d'extravagance, le capitaine prit la fuite en l'abandonnant sur la frégate, parmi les soixante-trois hommes qu'il y laissa.

Lorsqu'il se vit ainsi traité, M. Danglas donna décidément des marques du plus furieux désespoir. On fut obligé de l'empêcher d'attenter à ses jours ; il invoquait à grands cris la mort qu'il croyait inévitable au milieu de périls si imminents. Il est certain que si M. Espiau, qui avait déjà sa chaloupe pleine, ne fût point revenu prendre à bord de la frégate les quarante-six hommes, du nombre desquels fut M. Danglas, celui-ci eût pu avec tous ses compagnons ne pas éprouver un meilleur sort que les dix-sept qu'on laissa définitivement sur la *Méduse*.

Géricault, *La révolte des matelots contre les officiers sur le radeau de la Méduse.*
Historisch Museum, Amsterdam. Photo du musée.

CHAPITRE V

Désespoir des naufragés du radeau. — Les vivres manquent. — Prière. — Gros temps pendant la nuit : plusieurs hommes sont emportés par les vagues. — Mort affreuse de douze autres. — Amour filial. — Trois hommes se précipitent dans les flots. — Vertige. — Sédition : combat. — Deux époux, jetés à la mer, sont sauvés par MM. Corréard et Lavillette. — Nouveau combat. — Les révoltés veulent rompre le radeau. — Le délire est général : il se calme un peu durant le jour et s'accroît pendant la nuit. — Soixante-cinq hommes périssent ; le reste éprouve les horreurs de la faim.

Après la disparition des embarcations, la consternation fut extrême. Tout ce qu'ont de terrible la soif et la faim se retraça à notre imagination, et nous avions encore à lutter contre un perfide élément qui déjà recouvrait la moitié de nos corps. De la stupeur la plus profonde les matelots et les soldats passèrent bientôt au désespoir ; tous voyaient leur perte infaillible et annonçaient par leurs plaintes les sombres pensées qui les agitaient. Nos discours furent d'abord inutiles pour calmer leurs craintes, que nous partagions cependant avec eux, mais qu'une plus grande force de caractère nous faisait dissimuler. Enfin une contenance ferme, des propos consolants, parvinrent

Chapitre V

peu à peu à les calmer, mais ne purent entièrement dissiper la terreur dont ils étaient frappés : car, selon la judicieuse réflexion qu'en a faite, en lisant notre déplorable récit, M. Jay, dont nous aimons à citer l'autorité, « pour supporter les maux extrêmes, et, ce qui est digne de remarque, les grandes fatigues, l'énergie morale est bien plus nécessaire que la force physique, que l'habitude même des privations et des travaux pénibles. Sur cet étroit théâtre, où tant de douleurs se réunissaient, où les plus cruelles extrémités de la faim et de la soif se faisaient sentir, des hommes vigoureux, infatigables, exercés aux professions les plus laborieuses, succombèrent l'un après l'autre sous le poids de la destinée commune, tandis que des hommes d'un faible tempérament, qui n'étaient point endurcis à la fatigue, trouvèrent dans leur âme la force qui manquait à leur corps, soutinrent avec courage des épreuves inouïes, et sortirent vainqueurs de cette lutte contre les plus horribles fléaux. C'est à l'éducation qu'ils avaient reçue, à l'exercice de leurs facultés intellectuelles, à l'élévation de leurs sentiments, qu'ils furent redevables de cette étonnante supériorité et de leur salut. »

Nous reprenons notre récit.

Lorsque la tranquillité fut un peu rétablie, nous nous occupâmes de chercher sur le radeau les cartes, le compas de route et l'ancre que nous présumions y avoir été déposés, d'après ce qu'on nous avait dit au moment où nous quittâmes la frégate. Ces objets de première nécessité n'avaient point été mis sur notre machine. Le défaut de boussole, surtout, nous alarma vivement, et nous poussâmes des cris de rage et de vengeance. M. Corréard se rappela alors d'en avoir vu une entre les mains d'un des chefs d'atelier des ouvriers qui étaient sous ses ordres ; il fit appeler cet homme qui lui répondit : « *Oui, oui, je l'ai avec moi.* » Cette nouvelle nous transporta de joie, et nous crûmes que notre salut dépendait de cette faible ressource. Ce petit compas était dans les mêmes dimensions qu'un écu de six livres et très peu exact. Celui qui n'a pas été en butte à des événements où son existence soit fortement menacée, ne peut que faiblement s'imaginer quel prix on attache alors aux choses les plus simples, avec quelle avidité on saisit les moindres moyens susceptibles d'adoucir la rigueur du sort contre lequel on lutte. Ce compas fut remis entre les mains du commandant du radeau ; mais un accident nous en priva pour toujours : il tomba, et disparut entre les pièces de bois qui composaient notre machine. Nous l'avions gardé quelques heures seulement ; nous n'eûmes plus alors de guide que le lever et le coucher du soleil.

Nous étions tous partis du bord sans avoir pris aucune nourriture ; la faim commença à se faire sentir impérieusement. Nous mêlâmes notre pâte de biscuit mariné avec un peu de vin, et nous la distribuâmes ainsi préparée. Tel fut notre premier repas et le meilleur que nous fîmes pendant tout notre séjour sur le radeau.

Un ordre par numéros fut établi pour la distribution de nos misérables vivres. La ration de vin fut fixée à trois quarts par jour. Nous ne parlerons plus du biscuit ; la première distribution l'enleva entièrement. La journée se passa assez tranquillement. Nous nous entretînmes des moyens que nous devions employer pour nous sauver ; nous en parlions comme d'une chose certaine, ce qui ranimait notre courage, et nous soutenions celui des soldats en le nourrissant de l'espoir de pouvoir sous peu nous venger sur ceux qui nous avaient si indignement abandonnés. Cet espoir de vengeance, il faut l'avouer, nous animait tous également, et nous vomissions mille imprécations contre ceux qui nous avaient laissés en proie à tant de maux et de dangers. L'officier qui commandait le radeau ne pouvant se mouvoir, M. Savigny se chargea de faire installer la mâture. Il fit couper en deux un des mâts de flèche de la frégate (mât de baume). Nous mîmes pour voile le cacatois de perruche. Le mât fut maintenu avec le cordage qui nous servait de remorque, et dont nous fîmes des étais et des haubans ; il était fixé sur le tiers antérieur du radeau. La voile orientait fort bien, mais son effet nous était de très peu d'utilité. Elle nous servait seulement lorsque le vent venait de l'arrière ; et, pour que le radeau conservât cette allure, il fallait qu'elle fût orientée, comme si le vent nous était venu de travers. Nous croyons qu'on peut attribuer cette position en travers qu'a continuellement conservée notre radeau, aux trop longs morceaux de bois qui dépassaient de chaque côté.

Le soir, nos cœurs et nos vœux, par un sentiment naturel aux infortunés, se portèrent vers le ciel. Environnés de dangers présents et inévitables, nous élevâmes nos voix vers cette puissance invisible qui a établi et qui maintient l'ordre de l'univers. Nous l'invoquâmes avec ferveur, et nous recueillîmes de notre prière l'avantage d'espérer en notre salut. Il faut avoir éprouvé des situations cruelles pour s'imaginer quel charme, au sein même du malheur, peut nous offrir l'idée sublime d'un Dieu protecteur de l'infortune. Une pensée consolante berçait encore nos imaginations : nous présumions que la petite division avait fait route pour l'île d'Arguin, et qu'après y avoir déposé une partie de son monde, elle reviendrait à notre secours. Cette pensée, que nous nous efforçâmes de faire goûter aux soldats et aux matelots, retint leurs clameurs. La nuit arriva sans que nos espérances fussent remplies ; le vent fraîchit, la mer grossit considérablement. Quelle nuit affreuse ! L'idée seule de voir les embarcations le lendemain consola un peu nos hommes qui, la plupart, n'ayant pas le pied marin, à chaque coup de mer tombaient les uns sur les autres. M. Savigny, secondé par quelques personnes qui, au milieu de ce désordre, conservaient encore leur sang-froid, plaça des filières (cordes attachées aux pièces du radeau). Les hommes les prirent à la main, et ayant un point d'appui ils purent mieux résister à l'effort de la lame ; quelques-uns furent obligés de s'attacher. Au milieu de la nuit, le temps fut très mauvais ; des vagues extrêmement grosses déferlaient sur nous et nous renversaient quelquefois très rudement. Les cris des hommes se mêlaient alors au bruit des flots, tandis qu'une mer terrible nous soulevait à chaque instant de dessus le radeau, et menaçait de nous entraîner. Cette scène était encore rendue plus affreuse par l'horreur qu'inspirait une nuit très obscure. Tout à coup nous crûmes, pendant quelques instants, découvrir des feux au large. Nous avions eu la précaution de pendre au haut du mât de la poudre à canon et des pistolets dont nous nous étions munis à bord de la frégate : nous fîmes des signaux, en brûlant une grande quantité d'amorces ; nous tirâmes même quelques coups de pistolet, mais il paraît que la vue de ces feux n'était qu'une erreur de vision, ou peut-être était-ce l'effet des brisants des vagues. Nous luttâmes contre la mort pendant toute cette nuit, nous tenant fortement aux filières qui étaient solidement amarrées. Roulés par les flots de l'arrière à l'avant et de l'avant à l'arrière, et quelquefois précipités dans la mer, flottant entre la vie et la mort, gémissant sur notre infortune, certains de périr, disputant néanmoins un reste d'existence à cet élément cruel qui menaçait de nous engloutir, telle fut notre position jusqu'au jour. L'on entendait à chaque instant les cris lamentables des soldats et des matelots ; ils se préparaient à la mort ; se faisaient leurs adieux en implorant la protection du ciel, et adressant de ferventes prières à Dieu. Tous lui faisaient des vœux, malgré la certitude où ils étaient de ne pouvoir jamais les accomplir. Affreuse position ! comment s'en faire une idée qui ne soit pas au-dessous de la réalité !

Vers les sept heures du matin, la mer tomba un peu ; le vent souffla avec moins de fureur, mais quel spectacle vint s'offrir à nos regards ! Dix ou douze malheureux, ayant les extrémités inférieures engagées dans les séparations que laissaient entre elles les pièces du radeau, n'avaient pu se dégager et y avaient perdu la vie ; plusieurs autres avaient été enlevés par la violence de la mer. À l'heure du repas, nous prîmes de nouveaux numéros pour ne pas laisser de vide dans la série ; il nous manquait vingt hommes. Nous n'assurerons pas pourtant que cette quantité soit très exacte ; car nous nous sommes aperçus que quelques soldats, pour avoir plus que leur ration, prenaient deux et même trois numéros. Nous étions tant de personnes confondues, qu'il était absolument impossible de réprimer ces abus.

Au milieu de ces horreurs, une scène attendrissante de piété filiale vint nous arracher des larmes : deux jeunes gens relèvent et reconnaissent leur père dans un infortuné sans connaissance étendu sous les pieds des hommes ; ils le crurent d'abord privé de la vie, et leur désespoir se signala par les regrets les plus touchants. On s'aperçut néanmoins que ce corps presque inanimé respirait encore ; on lui prodigua tous les secours qui étaient en notre pouvoir. Il revint peu à peu et fut rendu à la vie et aux vœux de ses fils qui le tenaient étroitement embrassé. Tandis qu'ici les droits de la nature et le sentiment de la conservation reprenaient leur empire dans cet épisode touchant de nos tristes aventures, et qui venait de nous faire un peu de bien au cœur, nous eûmes bientôt le douloureux spectacle d'un sombre contraste. Deux jeunes mousses et un boulanger ne craignirent pas de se donner la mort, en se jetant à la mer, après avoir fait leurs adieux à leurs compagnons d'infortune. Déjà le moral de nos hommes était singulièrement altéré ; les uns croyaient voir la terre, d'autres des navires qui venaient nous sauver : tous nous annonçaient par leurs cris ces visions fallacieuses.

Nous déplorâmes la perte de nos malheureux compagnons. Nous étions loin, dans ce moment, de prévoir la scène bien autrement terrible qui devait avoir lieu la nuit suivante ; loin de là nous jouissions d'une certaine satisfaction, tant nous étions persuadés que les embarcations allaient venir à notre secours. Le jour fut beau, et la tranquillité la plus parfaite régna toute la journée sur notre radeau. Le soir vint et les embarcations ne parurent point. Le découragement recommença à s'emparer de tous nos hommes, et dès lors l'esprit séditieux se manifesta par des cris de rage : la voix des chefs fut entièrement méconnue. La nuit survenue, le ciel se couvrit de nuages épais. Le vent qui, toute la journée, avait soufflé avec assez de violence, se déchaîna et souleva la mer qui, dans un instant, fut extrêmement grosse. La nuit précédente avait été affreuse, celle-ci fut plus horrible encore. Des montagnes d'eau nous couvraient à chaque instant et venaient se briser avec fureur au milieu de nous. Cette forte brise était ce même vent de *nord-ouest* qui, dans cette saison se lève, comme on l'a dit plus haut, tous les jours avec violence, après le coucher du soleil, mais qui, ce jour, commença plus tôt et continua jusqu'au lendemain vers quatre heures du matin que le calme lui succéda. Les deux canots qui y résistèrent ont, dans ce coup de vent, failli plusieurs fois d'être naufragés. Tant que dura cette bourrasque, la mer resta couverte d'une multitude remarquable de *galères* ou *physalides* (*physalis pelasgica*) qui, disposées pour la plupart en lignes droites et sur deux ou trois rangs, coupaient angulairement la direction des lames, et paraissaient en même temps présenter leurs crêtes au vent d'une manière oblique, comme pour être moins en prise à son impulsion. Il est vraisemblable que ces animaux, ainsi que plusieurs autres mollusques, ont la faculté de marcher par deux ou trois, et de se ranger en ordre régulier ou symétrique ; mais le vent avait-il surpris ceux-ci ainsi disposés à la surface de la mer, et avant qu'ils eussent eu le temps de descendre et de se mettre à l'abri dans ses profondeurs, ou bien la mer, agitée dans ces parages plus profondément qu'on ne le suppose, leur faisait-elle craindre, dans cette situation, d'être jetés à la côte ? Quoi qu'il en soit, l'ordre de leur marche, leur disposition par rapport à la force qui les poussait et à laquelle ils cherchaient à résister, la raideur apparente de leur voile ou crête, paraissaient aussi admirables que surprenants. Le même M. Rang, dont on a fait un bel éloge dans cet ouvrage, ayant eu la curiosité de saisir un de ces singuliers animaux, ne tarda pas à ressentir à la main des picotements et une chaleur brûlante qui le firent souffrir jusqu'au lendemain. Des os de *sèche gigantesque*, déjà blanchis par le soleil, passaient rapidement le long du bord et presque toujours avec quelques insectes qui, s'étant imprudemment trop éloignés de la terre, pour ne pas être submergés, s'étaient réfugiés sur ces îles flottantes. Dès que la mer se fut calmée, on commença à apercevoir quelques grands pélicans se balançant mollement sur les flots. Fort heureusement nous étions vent arrière, et la force de la lame était un peu amortie par la rapidité de notre marche ; nous courions alors sur la terre. Les hommes, par la violence de la mer, passaient rapidement de l'arrière à l'avant : nous fûmes obligés de nous serrer au centre, partie la plus solide du radeau : ceux qui ne purent le gagner périrent presque tous. Sur l'avant et l'arrière, les lames déferlaient impétueusement, et entraînaient les hommes malgré toute leur résistance. Au centre, le rapprochement était tel, que quelques infortunés furent étouffés par le poids de leurs camarades qui tombaient sur eux à chaque instant. Les officiers se tenaient au pied du petit mât, obligés à chaque instant, pour éviter la vague, de crier à ceux qui les environnaient de passer sur l'un ou l'autre bord ; car la lame, qui nous venait à peu près du travers, donnait à notre radeau une position presque perpendiculaire, en sorte que, pour faire contrepoids, on était obligé de se précipiter sur le côté soulevé par la mer.

Les soldats et matelots, effrayés par la présence d'un danger presque inévitable, ne doutèrent plus qu'ils ne fussent tous arrivés à leur dernière heure. Croyant fermement qu'ils allaient être engloutis, ils résolurent d'adoucir leurs derniers moments en buvant jusqu'à perdre raison. Nous n'eûmes pas la force de nous opposer à ce désordre ; ils se précipitèrent sur un tonneau qui était au centre du radeau, firent un large trou à l'une de ses extrémités, et avec de petits gobelets de fer-blanc, dont ils s'étaient munis à bord de la frégate, ils en prirent chacun une assez grande quantité. Mais ils furent obligés de cesser, parce que l'eau de mer embarqua par le trou qu'ils avaient fait. Les fumées du vin ne tardèrent pas à porter le désordre dans des cerveaux déjà affaiblis par la présence du danger et le défaut d'aliments. Ainsi excités, ces hommes, devenus sourds à la voix de la raison, voulurent entraîner dans une perte commune leurs compagnons d'infortune ; ils manifestèrent hautement l'intention de se défaire des chefs qui, disaient-ils, voulaient mettre obstacle à leur dessein, et de détruire ensuite le radeau, en coupant les amarrages qui en unissaient les différentes parties. Un instant après, ils voulurent mettre ce plan à exécution ; un d'eux s'avança sur les bords du radeau avec une hache d'abordage et commença à frapper sur les liens : ce fut le signal de la révolte. Nous nous avançâmes sur le derrière pour retenir ces insensés. Celui qui était armé de la hache, dont même il menaça un officier, fut la première victime ; un coup de sabre termina son existence. Cet homme était asiatique, et soldat dans un régiment colonial. Une taille colossale, les cheveux courts, le nez extrêmement gros, une bouche énorme et un teint basané, lui donnaient un air hideux. Il s'était d'abord mis au milieu du radeau, et à chaque coup de poing, il renversait ceux qui le gênaient ; il inspirait la terreur la plus grande, et personne n'osait l'approcher. S'il y en eût eu six comme lui notre perte était certaine.

Quelques hommes jaloux de prolonger leur existence se réunirent à ceux qui voulaient conserver le radeau et s'armèrent ; de ce nombre furent quelques sous-officiers et beaucoup de passagers. Les révoltés tirèrent leurs sabres, et ceux qui n'en avaient pas s'armèrent de couteaux. Ils s'avancèrent sur nous en déterminés ; nous nous mîmes en défense ; l'attaque allait commencer. Animé par le désespoir, un des rebelles leva le fer sur un officier ; il tomba sur-le-champ percé de coups. Cette fermeté en imposa un instant à ces furieux, mais ne diminua rien de leur rage. Ils cessèrent de nous menacer en nous présentant un front hérissé de sabres et de baïonnettes, et se retirèrent sur l'arrière pour exécuter leur plan. L'un deux feignit de se reposer sur les petites dromes qui formaient les côtés du radeau, et avec un couteau il en coupait les amarrages. Avertis par un domestique, nous nous élançons sur lui ; un soldat veut le défendre, menace un officier de son couteau, et en voulant le frapper, n'atteint que son habit. L'officier se retourne, terrasse son adversaire, et le précipite à la mer ainsi que son camarade.

Il n'y eut plus alors d'affaires partielles : le combat devint général. Quelques-uns crièrent d'amener la voile ; une foule d'insensés se précipitent à l'instant sur la drisse et les haubans et les coupèrent. La chute du mât faillit de casser la cuisse à un capitaine d'infanterie, qui tomba sans connaissance ; il fut saisi par les soldats qui le jetèrent à la mer. Nous nous en aperçûmes, le sauvâmes et le déposâmes sur une barrique, d'où il fut arraché par les séditieux qui voulurent lui crever les yeux avec un canif. Exaspérés par tant de cruautés, nous ne gardâmes plus de ménagements et nous les chargeâmes avec furie. Le sabre à la main, nous traversâmes les lignes que formaient les militaires, et plusieurs payèrent de leur vie un instant d'égarement. Plusieurs passagers, dans ces cruels moments, déployèrent beaucoup de courage et de sang-froid.

M. Corréard était plongé dans une sorte d'anéantissement ; mais entendant à chaque instant les cris : *Aux armes ! à nous, camarades ! nous sommes perdus !* joints aux gémissements et aux imprécations des blessés et des mourants, il fut bientôt arraché à sa léthargie. Tout cet horrible tumulte lui fit comprendre qu'il fallait se tenir sur ses gardes. Armé de son sabre, il rassembla quelques-uns de ses ouvriers sur l'avant du radeau, et leur défendit de faire du mal à qui que ce soit, à moins qu'ils ne fussent attaqués. Il demeura presque toujours avec eux, et ils eurent plusieurs fois à se défendre contre les attaques des révoltés qui, tombant à la mer, revenaient par l'avant du radeau, ce qui plaçait M. Corréard et sa petite troupe entre deux dangers, et rendait leur position très difficile à défendre. À chaque instant il se présentait des hommes armés de couteaux, de sabres et de baïonnettes ; plusieurs avaient des carabines dont ils se servaient comme de massues. Ils faisaient tous leurs efforts pour les arrêter, eu leur présentant la pointe de leurs sabres ; mais, malgré toute la répugnance qu'ils éprouvaient à combattre leurs malheureux compatriotes, ils furent cependant forcés de se servir sans ménagement de leurs armes. Plusieurs des révoltés les assaillaient avec furie ; il fallut les repousser de même. Quelques ouvriers reçurent dans cette action de larges blessures ; celui qui les commandait peut en compter un grand nombre reçues dans les différents combats qu'ils eurent à soutenir. Enfin leurs efforts réunis parvinrent à dissiper ces masses qui s'avançaient sur eux avec rage.

Pendant ce combat, M. Corréard fut averti par un de ses ouvriers, restés fidèles, qu'un de leurs camarades, nommé Dominique, s'était rangé parmi les révoltés, et qu'il venait d'être précipité dans la mer. Aussitôt, oubliant la faute et la trahison de cet homme, il s'y jette après lui à l'endroit d'où l'on venait d'entendre la voix de ce misérable demandant du secours ; il le saisit par les cheveux, et il a le bonheur de le ramener à bord. Dominique avait reçu dans une charge plusieurs coups de sabre dont un entre autres lui avait ouvert la tête. Malgré l'obscurité, nous reconnûmes cette blessure, qui nous parut très considérable. Un des ouvriers donna son mouchoir pour la panser et étancher le sang. Nos soins ranimèrent ce misérable ; mais dès qu'il eut repris de nouvelles forces, l'ingrat Dominique, oubliant encore une fois son devoir et le service signalé qu'il venait de recevoir de nous, alla rejoindre les révoltés. Tant de bassesse et de fureur ne restèrent point impunies ; et bientôt après il trouva, en nous combattant de nouveau, la mort, à laquelle il ne méritait pas en effet d'être arraché, mais qu'il eût probablement évitée, si, fidèle à l'honneur et à la reconnaissance, il fût demeuré parmi nous.

Au moment où nous finissions de mettre une espèce d'appareil sur les blessures de Dominique, une nouvelle voix se fit entendre : c'était celle de la malheureuse femme embarquée avec nous sur le radeau, et que les furieux avaient jetée à la mer, ainsi que son mari, qui la défendait avec courage. M. Corréard, désespéré de voir périr deux malheureux, dont les cris lamentables, surtout ceux de la femme, lui déchiraient le cœur, saisit une grande manœuvre qui se trouvait sur l'avant du radeau, avec laquelle il s'attacha par le milieu du corps, et se jeta une seconde fois à la mer, d'où il fut encore assez heureux pour retirer la femme, qui invoquait de toutes ses forces le secours de Notre-Dame-du-Laux, tandis que son mari était pareillement sauvé par le chef d'atelier Lavillette. Nous assîmes ces deux infortunés sur des corps morts et en les adossant à une barrique. Au bout de quelques instants ils eurent repris leurs sens. Le premier mouvement de la femme fut de s'informer du nom de celui qui l'avait sauvée, et de lui exprimer la plus vive reconnaissance. Trouvant sans doute encore que ses paroles rendaient mal ses sentiments, elle se ressouvint qu'elle avait dans sa poche un peu de tabac mariné, se hâta de le lui offrir... c'était tout ce qu'elle possédait. Touché de ce don, mais ne faisant point usage de cet anti-scorbutique,

M. Corréard en fit à son tour présent à un pauvre matelot, qui s'en servit trois ou quatre jours. Mais une scène plus attendrissante encore, et qu'il nous est impossible de dépeindre, c'est la joie que témoignèrent ces deux malheureux époux quand ils eurent recouvré assez de raison pour voir qu'ils étaient sauvés.

Les révoltés repoussés, comme on l'a dit plus haut, nous laissaient en ce moment un peu de repos. La lune éclairait de ses tristes rayons ce funeste radeau, cet étroit espace où se trouvaient réunis tant de peines déchirantes, tant de malheurs cruels, une fureur si insensée, un courage si héroïque, et les plus généreux, les plus doux sentiments de la nature et de l'humanité.

Ces deux époux, qui s'étaient vus tout à l'heure criblés de coups de sabre et de baïonnette, et précipités au même instant dans les flots d'une mer agitée, en croyaient à peine leurs sens en se retrouvant dans les bras l'un de l'autre. Ils sentaient, ils exprimaient si vivement cette félicité dont ils devaient, hélas ! si peu jouir, que ce spectacle touchant aurait arraché des larmes au cœur le plus insensible ; mais dans cet affreux moment où nous respirions à peine de l'attaque la plus furieuse, où il fallait être continuellement sur ses gardes, non seulement contre la violence des hommes, mais encore contre la fureur des flots, peu d'entre nous eurent, si on peut le dire, le temps de se laisser attendrir par cette scène d'amitié conjugale.

M. Corréard, l'un de ceux qu'elle avait le plus délicieusement ému, entendant la femme se recommander encore, comme elle l'avait fait dans la mer, à Notre-Dame-du-Laux, en lui disant à chaque instant : *Bonne Notre-Dame-du-Laux, ne nous abandonnez point*, se rappela qu'il existait en effet dans le département des Hautes-Alpes un lieu de dévotion de ce nom[1], et lui demanda si elle était de ce pays. Elle lui répondit affirmativement, et ajouta qu'elle en était sortie depuis vingt-quatre ans ; que depuis cette époque elle avait fait, comme cantinière, les campagnes d'Italie, etc. ; qu'elle n'avait jamais quitté nos armées. « Ainsi, poursuivait-elle, conservez-moi la vie. Vous voyez que je suis une femme utile. Ah ! si vous saviez combien de fois, et moi aussi, sur le champ de bataille, j'ai affronté la mort pour porter du secours à nos braves. » Elle prit alors plaisir à entrer dans quelques détails de ses campagnes : elle citait ceux qu'elle avait secourus, les vivres qu'elle leur avait fournis, l'eau-de-vie dont elle les avait régalés. « Qu'ils eussent de l'argent ou non, disait-elle, jamais je ne leur refusais ma marchandise. Quelquefois une bataille me faisait perdre quelques-unes de mes pauvres créances ; mais aussi, après la victoire, d'autres me payaient le triple et le double de la valeur des vivres qu'ils avaient consommés avant le combat. Ainsi, j'entrais pour quelque chose dans leur victoire. » L'idée de devoir en ce moment la vie à des Français, semblait ajouter encore à son bonheur. L'infortunée !! elle ne prévoyait pas quel sort affreux lui était réservé parmi nous.

Pendant ce temps, voyons ce qui se passait plus loin sur le radeau. Après le second choc, la furie des soldats s'était tout à coup apaisée et avait fait place à la plus insigne lâcheté. Plusieurs se jetèrent à nos

---

1. Notre-Dame-du-Laux se trouve dans le département des Hautes-Alpes, non loin de Gap. On y a fait bâtir une église dont la patronne est très célèbre dans le pays par ses miracles. Les boiteux, les goutteux, les paralytiques, etc., y trouvaient un secours qui, dit-on, ne leur a jamais manqué ; malheureusement ce pouvoir miraculeux ne s'étendait pas, à ce qu'il paraît, sur les naufragés ; du moins la malheureuse cantinière en tira bien peu d'effet.

genoux, et nous demandèrent un pardon qui leur fut à l'instant accordé.

C'est ici le cas de remarquer et de dire hautement, pour l'honneur de l'armée française, de cette armée qui s'est montrée aussi grande, aussi courageuse dans les revers, que redoutable dans les combats, que la plupart de ces misérables n'étaient pas dignes d'en porter l'uniforme. C'était le rebut de toutes sortes de pays ; c'était l'élite des bagnes, où l'on avait écumé ce ramassis impur, pour en former la force chargée de la défense et de la protection de la colonie. Lorsque, par mesure de santé, on les fit baigner à la mer, cérémonie à laquelle quelques-uns eurent la pudeur d'essayer de se soustraire, tout l'équipage put se convaincre par ses yeux que c'était ailleurs que sur la poitrine que ces *héros* portaient la décoration réservée aux *exploits* qui les avaient conduits à servir l'État dans les ports de Toulon, de Brest ou de Rochefort.

Ce n'est pas ici le moment, et il ne serait peut-être pas de notre compétence d'examiner si la peine de la flétrissure, telle qu'elle est rétablie dans notre Code actuel, est compatible avec le véritable but de toute bonne législation, celui de corriger en punissant, de ne frapper qu'autant qu'il est nécessaire pour prévenir et conserver, de faire sortir enfin le plus grand bien de tous, du moindre mal possible des individus. Ce que du moins la raison nous paraît démontrer, ce que nous permet de croire l'expérience de ce qui s'est passé sous nos yeux, c'est qu'il est aussi dangereux qu'inconséquent de remettre les armes protectrices de la société à ceux que cette société même a rejetés de son sein ; c'est qu'il implique contradiction de demander du courage, de la générosité et ce dévouement qui commande à un cœur noble de se sacrifier pour son pays ou pour ses semblables, à des misérables, flétris, dégradés par la corruption, chez qui tout ressort moral est détruit ou éternellement comprimé par le poids de l'opprobre ineffaçable qui les rend étrangers à la patrie, qui les sépare à jamais des autres hommes.

Nous eûmes bientôt sur notre radeau une nouvelle preuve de l'impossibilité de compter sur la permanence d'aucun sentiment honnête dans le cœur d'êtres de cette espèce. Croyant l'ordre rétabli, nous étions revenus à notre poste au centre du radeau ; seulement nous avions eu la précaution de conserver nos armes. Il était à peu près minuit. Après une heure d'une apparente tranquillité, les soldats se soulevèrent de nouveau. Leur esprit était entièrement aliéné : ils couraient sur nous en désespérés, le couteau ou le sabre à la main. Comme ils jouissaient de toutes leurs forces physiques, et que d'ailleurs ils étaient armés, il fallut de nouveau se mettre en défense. Leur révolte devenait d'autant plus dangereuse, que dans leur délire ils étaient entièrement sourds à la voix de la raison. Ils nous attaquèrent ; nous les chargeâmes à notre tour, et bientôt le radeau fut jonché de leurs cadavres. Ceux de nos adversaires qui n'avaient point d'armes, cherchaient à nous déchirer à belles dents ; plusieurs de nous furent cruellement mordus : M. Savigny le fut lui-même aux jambes et à l'épaule. Il reçut en outre un coup de pointe au bras droit, qui l'a privé longtemps de l'usage des doigts annulaire et auriculaire. Plusieurs autres furent blessés ; de nombreux coups de couteau et de sabre avaient traversé nos habits.

Un de nos ouvriers fut aussi saisi par quatre des révoltés qui voulaient le jeter à la mer. L'un d'eux l'avait saisi par la jambe droite, et lui mordait cruellement le tendon au-dessus du talon. Les autres l'assommaient à grands coups de sabre et de crosse de carabine ; ses cris nous firent voler à son secours.

Chapitre V

Dans cette circonstance, le brave Lavillette, ex-sergent d'artillerie à pied de la vieille garde, se comporta avec un courage digne des plus grandes éloges ; il fondit sur les furieux, à l'exemple de M. Corréard, et bientôt ils eurent arraché l'ouvrier au danger qui le menaçait. Quelques instants après, une nouvelle charge des révoltés fit tomber en leurs mains le sous-lieutenant Lozach, qu'ils prenaient dans leur délire pour le lieutenant Danglas, dont nous avons parlé plus haut, et qui avait abandonné le radeau lorsque nous fûmes sur le point de quitter la frégate. La troupe en général en voulait beaucoup à cet officier, qui n'avait jamais servi, et à qui les soldats reprochaient de les avoir traités durement pendant qu'ils tenaient garnison à l'île de Ré. La circonstance eût été favorable pour apaiser sur lui leur fureur, et la soif de vengeance et de destruction qui les dévorait : s'imaginant le trouver dans la personne de M. Lozach, ils voulaient le précipiter dans les flots. Au reste, les militaires n'aimaient guère plus ce dernier, qui n'avait servi que dans les bandes vendéennes de Saint-Pol-de-Léon. Nous croyions cet officier perdu, quand sa voix, qui se fit entendre, nous apprit qu'il était encore possible de le secourir. Aussitôt MM. Clairet, Savigny, Lheureux, Lavillette, Coudein, Corréard, et quelques ouvriers s'étant formés en petit peloton, s'élancèrent sur les insurgés avec tant d'impétuosité, qu'ils renversèrent tout sur leur passage, reprirent M. Lozach et le ramenèrent au centre du radeau.

La conservation de cet officier nous coûta des peines infinies. À tout instant les soldats demandaient qu'on le leur livrât, en le désignant toujours sous le nom de Danglas. Nous avions beau essayer de leur faire comprendre leur méprise, et de rappeler à leur mémoire que celui qu'ils demandaient avait remonté à leurs yeux, à bord de la frégate ; leurs cris étouffaient la voix de la raison ; tout était pour eux Danglas ; ils le voyaient partout ; ils demandaient sa tête avec fureur et sans relâche, et ce ne fut que par la force des armes que nous parvînmes à réprimer leur rage et à faire taire leurs épouvantables cris de mort.

Nuit affreuse ! tu couvris de tes sombres voiles ces odieux combats auxquels présidait le cruel démon du désespoir.

Nous eûmes aussi, dans cette circonstance, à trembler pour les jours de M. Coudin. Blessé, et fatigué des assauts qu'il avait soutenus avec nous, et où il avait montré un courage à toute épreuve, il se reposait sur une barrique, tenant dans ses bras un jeune marin de douze ans, auquel il s'était attaché. Les séditieux l'enlevèrent avec sa barrique et le lancèrent à la mer avec l'enfant qu'il ne lâcha pas. Malgré ce fardeau, il eut la présence d'esprit de se rattraper au radeau et de se sauver de ce péril extrême.

Nous ne pouvons encore concevoir comment une poignée d'individus a pu résister à un nombre aussi considérable d'insensés ; nous n'étions certainement pas plus de vingt pour combattre tous ces furieux. Qu'on ne pense pas cependant qu'au milieu de tout ce désordre nous ayons conservé notre raison intacte ; la frayeur, l'inquiétude, les privations les plus cruelles avaient fortement altéré nos facultés intellectuelles. Mais un peu moins aliénés que les malheureux soldats, nous nous opposâmes énergiquement à leur détermination de couper les amarrages du radeau. Qu'on nous permette, à cette occasion, de citer quelques observations sur les différentes sensations dont nous fûmes affectés.

Dès le premier jour, M. Griffon perdit tellement la raison, qu'il se jeta à la mer pour se noyer. M. Savigny le sauva de sa propre main. Ses discours étaient vagues et sans suite. Il se précipita une seconde fois à l'eau, mais par une espèce d'instinct, il retenait une des pièces transversales du radeau ; il fut encore retiré.

Voici ce que M. Savigny éprouva au commencement de la nuit. Ses yeux se fermaient malgré lui, et il sentait un engourdissement général. Dans cet état, des images assez riantes berçaient son imagination : il voyait autour de lui une terre couverte de belles plantations, et il se trouvait avec des êtres dont la présence flattait ses sens ; il raisonnait cependant sur son état, et il sentait que le courage seul pouvait l'arracher à cette espèce d'anéantissement. Il demanda du vin au maître canonnier de la frégate, qui lui en procura, et il revint un peu de cet état de stupeur. Si les infortunés qu'assaillaient ces premiers symptômes n'avaient pas la force de les combattre, leur mort était certaine. Les uns devenaient furieux ; d'autres se précipitaient à la mer, faisant à leurs camarades leurs derniers adieux avec beaucoup de sang-froid. Quelques-uns disaient : *Ne craignez rien ; je pars pour vous chercher du secours, et dans peu vous me reverrez*. Au milieu de cette démence générale, on vit des infortunés courir sur leurs compagnons, le sabre à la main, et leur demander une *aile de poulet* et du *pain* pour apaiser la faim qui les dévorait ; d'autres demandaient leurs hamacs pour aller, disaient-ils, dans *l'entrepont de la frégate prendre quelques instants de repos*. Plusieurs se croyaient encore à bord de la *Méduse*, entourés des mêmes objets qu'ils y voyaient tous les jours ; ceux-là voyaient des navires et les appelaient à leur secours ; ou bien une rade dans le fond de laquelle était une superbe ville. M. Corréard croyait parcourir les belles campagnes de l'Italie. Un des officiers lui dit : *Je me rappelle que nous avons été abandonnés par les embarcations ;*

mais ne craignez rien, je viens d'écrire au gouverneur, et dans peu d'heures nous serons sauvés. M. Corréard lui répondit sur le même ton, et comme s'il eût été dans un état ordinaire : *Avez-vous un pigeon pour porter vos ordres avec autant de célérité ?* Les cris, le tumulte nous arrachèrent bientôt à cet état comateux dans lequel nous étions comme absorbés ; mais dès que la tranquillité fut un peu rétablie, nous retombâmes encore dans le même anéantissement. Ce fut au point que le lendemain nous crûmes sortir d'un rêve pénible, et que nous demandâmes à nos compagnons si, comme nous, pendant leur sommeil, ils avaient vu des combats et entendu des cris de désespoir : quelques-uns nous répondirent que les mêmes visions les avaient continuellement tourmentés, et qu'ils étaient excédés de fatigue : tous se croyaient livrés aux illusions d'un songe effrayant. Le capitaine Dupont nous a raconté qu'il fut arraché à cet état d'anéantissement profond par un matelot entièrement aliéné qui voulait lui couper le pied avec un couteau ; la vive douleur qu'il éprouva le rappela à lui-même.

Lorsque nous nous retraçons ces scènes terribles, elles se présentent à notre imagination comme ces rêves funestes qui, quelquefois, nous frappent vivement, et dont, au réveil, nous nous rappelons les différentes circonstances qui ont rendu notre sommeil si agité. Tous ces événements horribles, auxquels nous avons miraculeusement survécu, nous paraissent comme un point dans notre existence ; nous les comparons encore à ces accès d'une fièvre brûlante qui a été accompagnée de délire. Mille objets se peignent à l'imagination du malade : rendu à la santé il se retrace quelquefois toutes les visions qui l'ont tourmenté pendant la fièvre qui le dévorait et exaltait ses esprits. Nous étions réellement atteints d'une véritable fièvre cérébrale, suite d'une exaltation morale poussée a l'extrême. Dès que le jour venait nous éclairer, nous étions beaucoup plus calmes ; l'obscurité ramenait le désordre dans nos cerveaux affaiblis. Nous avons observé sur nous-mêmes que la terreur si naturelle que nous inspirait la position cruelle dans laquelle nous étions, augmentait de beaucoup dans le silence des nuits : alors tous les objets nous paraissaient infiniment plus effrayants.

> Tous ces différents symptômes ont beaucoup de rapport avec ceux d'une affection particulière aux marins, lorsqu'ils voyagent sous des latitudes très chaudes, particulièrement dans le voisinage de la ligne équinoxiale ou vers les tropiques. Cette affection a été décrite par Sauvages, sous le nom de *calenture*.
> « L'invasion de cette maladie se fait pendant la nuit, et tandis que le sujet est endormi. L'individu se réveille privé de l'usage de sa raison : son regard étincelant, ses gestes menaçants expriment la fureur ; ses discours prolixes sont insignifiants et sans suite ; il s'échappe de son lit, s'éloigne de l'entrepont, et court sur le pont ou les gaillards du vaisseau : là il croit voir, au milieu des ondes, des arbres, des forêts, des prairies émaillées de fleurs. Cette illusion le réjouit, sa joie éclate par mille exclamations ; il témoigne le plus ardent désir de se jeter dans la mer ; il s'y précipite, en effet, croyant descendre dans un pré, et sa mort est certaine, lorsque ses camarades n'ont pas eu assez d'agilité ou n'ont pas été en nombre suffisant pour s'opposer au caprice de sa démence. Sa force est si extraordinaire dans cette crise, que souvent quatre hommes vigoureux ont peine à l'arrêter.

(Voyez *Dictionnaire des Sciences médicales*, article *Calenture*, ou IIe cahier des *Annales des Faits et Sciences militaires*, article *Calenture*, du docteur Fournier.) »

Dans une thèse présentée et soutenue à la faculté de médecine de Paris, en 1818, M. Savigny a émis les réflexions suivantes :

« Il y a beaucoup d'analogie entre le premier symptôme indiqué dans cet article et ce que j'ai observé. C'est effectivement pendant la nuit qu'éclata la démence qui nous frappa ; et dès que le jour venait nous éclairer, nous étions beaucoup plus calmes : mais l'obscurité ramenait le désordre dans nos cerveaux affaiblis. J'ai eu lieu de remarquer sur moi-même que mon imagination était beaucoup plus exaltée dans le silence des nuits : alors tout me paraissait extraordinaire et fantastique.

"L'individu se réveille, privé de l'usage de sa raison ; son regard étincelant, ses gestes menaçants expriment la fureur, etc. etc." Cette disposition n'était pas constante chez tous les individus qui m'entouraient. Pendant l'espèce de sommeil dans lequel j'étais plongé, à mon réveil même j'appréciais, d'une manière bien confuse à la vérité, toute l'étendue du danger auquel j'étais exposé, et je cherchais à éloigner de moi les songes trompeurs qui m'assiégeaient. Beaucoup de nos compagnons que j'ai interrogés ont éprouvé les mêmes sensations que moi, mais d'autres devenaient complètement aliénés. »

Tout ce qui est rapporté par le peu d'écrivains qui ont vu la calenture, prouve qu'elle n'est point, ainsi que l'ont pensé plusieurs médecins, le produit d'un coup de soleil : l'époque toujours nocturne de son invasion, et l'absence des signes extérieurs de l'insolation ruinent entièrement cette hypothèse vulgaire. Les faits recueillis concourent unanimement à établir que la calenture reconnaît pour cause la chaleur permanente, excessive, qui embrase l'atmosphère et se concentre dans l'intérieur des vaisseaux. Pendant la nuit, les écoutilles étant fermées, l'air ne peut être renouvelé ; il se corrompt incessamment par l'effet des émanations animales, des phénomènes de la respiration, dans un milieu que la chaleur seule de la zone torride rend délétère : le sang, déjà très raréfié par l'influence du climat, se porte en trop grande quantité dans l'organe encéphalique, et exerce sur les nerfs cérébraux une lésion qui, aidée par l'impureté de l'air vital, donne lieu à ce délire frénétique. » (*Dictionnaire des Sciences médicales*.)

« Je regarde comme chose certaine que les chaleurs excessives qui règnent sous le tropique aggravèrent singulièrement notre état de démence ; j'ose même assurer qu'un événement semblable qui aurait lieu dans les mers du nord, mais qui cependant ne durerait pas plus de trois à quatre jours, n'entraînerait pas après lui une catastrophe aussi terrible que celle qui eut lieu dans le même espace de temps sur notre radeau : si le terme se prolongeait, il est certain que les résultats seraient les mêmes. "Sous la zone torride, le sang, trop raréfié, se porte en trop grande quantité vers l'organe encéphalique, et exerce sur les nerfs cérébraux une lésion qui, aidée par l'impureté de l'air vital, donne lieu à ce délire frénétique." On ne peut, il est vrai, se figurer combien la circulation est accélérée, lorsqu'on est exposé aux feux du soleil de l'équateur. J'éprouvais des maux de tête insupportables ; je pouvais à peine maîtriser l'impétuosité de mes mouvements ; pour me servir d'une phrase très connue, mon sang bouillonnait dans mes veines. Tous mes compagnons étaient atteints de la même excitation ; chacun éprouvait le besoin d'exhaler ou sa rage ou son désespoir. J'ai couru de grands dangers dans les mers du nord (c'était aux mois de décembre et de janvier), mais jamais je n'ai éprouvé rien d'aussi pénible que ce que je ressentis lorsque la *Méduse* échoua. Je puis établir une comparaison exacte, puisque le même accident m'arriva par les 55° de latitude nord. Tels sont les rapports qui existent entre la calenture et l'aliénation qui frappa les tristes victimes du radeau ; les symptômes ont entre eux une analogie frappante, mais les causes sont-elles exactement les mêmes ? On dit que "la calenture reconnaît pour cause la chaleur excessive et permanente qui embrase l'atmosphère et se concentre dans l'intérieur des vaisseaux, les écoutilles et les sabords étant fermés". Mais sur notre fatale machine la chaleur ne pouvait être concentrée, puisque nous étions en plein air : il est bon aussi d'observer que, dans ces climats, les nuits sont extrêmement fraîches. Au reste, c'est bien une calenture (fièvre) qui nous attaqua, mais d'un genre particulier, et dont l'action était dirigée sur l'organe encéphalique ; d'ailleurs, je pense encore que cette fièvre peut attaquer des individus exposés aux feux du soleil équatorial, sans que la chaleur soit concentrée dans l'entrepont des vaisseaux ; car voici un exemple en tout semblable à ce que j'ai éprouvé moi-même, et qui m'a été fourni par M. Brédif, qui se sauva dans une chaloupe. Il s'exprimait ainsi. "Vers les trois heures du matin, la lune étant couchée, excédé de besoin, de fatigue et de sommeil, je cède à mon accablement, et je m'endors, malgré les vagues prêtes à nous engloutir : les Alpes et leurs sites pittoresques se présentent à ma pensée ; je jouis de la fraîcheur de l'ombrage ; je renouvelle les moments délicieux que j'y ai passés ; et, comme pour ajouter à mon bonheur actuel par l'idée du mal passé, le souvenir de ma bonne sœur fuyant avec moi, dans les bois de Kaiserlantern, les Cosaques, qui s'étaient emparés de l'établissement des mines, est présent à mon esprit ; ma tête était penchée au-dessus de la mer ; le bruit des flots qui se brisaient contre notre frêle barque produit sur mes sens l'effet d'un torrent qui se précipite du haut des montagnes ; je crois m'y plonger tout entier." Dans les canots, cependant, il ne se manifesta point de délire frénétique. Il est vrai que leur position était bien moins critique que la nôtre ; car, outre la certitude de gagner la terre, qu'ils apercevaient, ils avaient encore à leur disposition du biscuit, un peu d'eau douce et du vin. Mais ce que dit M. Brédif n'annonce-t-il pas une véritable fièvre cérébrale, ou calenture ? Concluons donc que si, comme je le pense, cette affection attaqua les victimes du radeau, elle fut sans doute aggravée par d'autres causes ; et la principale n'était-elle pas l'abstinence ? »

Après ces différents combats, accablés de lassitude, de besoin et de sommeil, nous essayâmes de prendre quelques instants de repos jusqu'au moment où le jour vint enfin éclairer cette scène d'horreur. Un grand nombre de ces aliénés s'étaient précipités à la mer ; nous trouvâmes que soixante à soixante-cinq hommes avaient péri pendant la nuit : nous estimâmes qu'un quart au moins s'était noyé de désespoir. Nous n'avions perdu que deux des nôtres, et pas un seul officier. L'abattement le plus prochain se peignait sur tous les visages ; chacun, revenu à lui-même, put sentir toute l'horreur de sa position ; quelques-uns de nous, en versant des larmes de désespoir, déploraient amèrement la rigueur de leur sort.

Un nouveau malheur nous fut encore révélé : les rebelles, pendant le tumulte, avaient jeté à la mer deux barriques de vin et les deux seules pièces à eau qu'il y eût sur le radeau[1]. Dès que M. Corréard s'était aperçu qu'on voulait jeter le vin à la mer, et que les barriques étaient déjà presque démarrées, il avait pris le parti de se placer sur l'une d'elles, où, suivant l'impulsion de la vague, il était continuellement ballotté ; mais il n'avait point lâché prise. Son exemple en entraîna quelques autres qui saisirent la seconde pièce et restèrent pendant plusieurs heures à ce poste dangereux. Après bien des peines, ils étaient parvenus à conserver ces deux barriques, qui, à chaque instant, poussées avec violence sur leurs jambes, leur faisaient de graves contusions : ne pouvant plus y tenir, ils firent des représentations à ceux qui, avec M. Savigny, employaient tous leurs efforts pour maintenir l'ordre et conserver le radeau ; quelques-uns de leurs camarades vinrent alors les remplacer ; mais ceux-ci trouvant ce service trop pénible, et, étant assaillis par les rebelles, avaient abandonné le poste. Après leur retraite les barriques furent envoyées à la mer.

Deux pièces de vin avaient déjà été consommées la veille. Il ne nous en restait plus qu'une ; et nous

---

[1]. Une des pièces à eau fut rattrapée, mais les rebelles y avaient fait un large trou, et l'eau de mer y pénétra ; en sorte que l'eau douce fut entièrement gâtée : nous conservâmes cependant le petit tonneau, aussi bien qu'une des barriques de vin qui était vide. Ces deux futailles nous servirent dans la suite comme on verra.

étions soixante et quelques hommes : il fallut se mettre à la demi-ration.

Au jour, la mer se calma, ce qui nous permit de rétablir notre mât. Nous fîmes alors notre possible pour nous diriger vers la côte. Soit délire, soit réalité, nous crûmes la reconnaître et distinguer l'air embrasé du désert de Sahara : il est en effet très probable que nous n'en étions pas très éloignés ; car nous avions eu des vents du large qui avaient soufflé avec violence. Dans la suite, nous présentâmes indistinctement la voile aux vents qui venaient ou de terre ou de large, en sorte qu'un jour nous nous rapprochions, et que le lendemain nous courions en pleine mer.

Dès que notre mât fut rétabli, nous fîmes une distribution de vin ; les malheureux soldats murmurèrent et nous accusèrent des privations que nous supportions cependant comme eux. Ils tombaient de lassitude ; depuis quarante-huit heures nous n'avions rien pris, et nous avions été obligés de lutter continuellement contre une mer orageuse. Comme eux, nous nous soutenions à peine, le courage seul nous faisait encore agir. Nous résolûmes d'employer tous les moyens possibles pour nous procurer des poissons ; nous recueillîmes toutes les aiguillettes des militaires ; nous en fîmes de petits hameçons ; nous recourbâmes une baïonnette pour prendre des requins : tout cela ne nous fut d'aucune utilité. Les courants entraînaient nos hameçons sous le radeau, où ils s'engageaient. Un requin vint mordre à la baïonnette et la redressa ; nous abandonnâmes notre projet. Mais il fallait un moyen extrême pour soutenir notre malheureuse existence : nous frémissons d'horreur en nous voyant obligés de retracer celui que nous mîmes en usage ; nous sentons notre plume s'échapper de nos mains ; un froid mortel glace tous nos membres et nos cheveux se hérissent sur nos fronts. Lecteurs ! nous vous en supplions, ne faites pas retomber sur des hommes déjà trop accablés de tous leurs maux, le sentiment d'indignation qui va peut-être s'élever en vous ; plaignez-les bien plutôt, et versez quelques larmes de pitié sur leur déplorable sort.

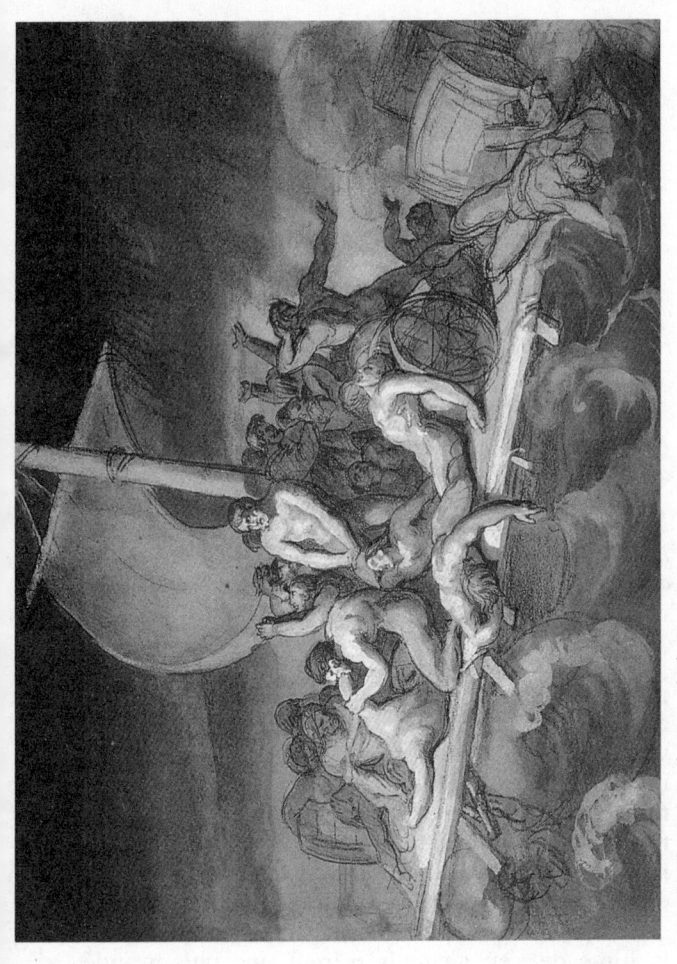

Géricault, *Scène de cannibalisme.*
Collection particulière.

CHAPITRE VI

On se résout à manger les morts : dix hommes expirent pendant la quatrième nuit. — On prend des poissons volants. — Complot découvert ; nouveau combat. — Il ne reste que trente hommes sur le radeau. — Deux militaires jetés à la mer. — Mort du jeune Léon. — Douze blessés sont aussi jetés à la mer. — L'apparition de quelques papillons annonce la terre. — Tourment de la soif.

Les infortunés que la mort avait épargnés dans la nuit désastreuse que nous venons de décrire se précipitèrent sur les cadavres dont le radeau était couvert, les coupèrent par tranches, et quelques-uns même les dévorèrent à l'instant. Beaucoup néanmoins n'y touchèrent pas ; presque tous les officiers furent de ce nombre. Voyant que cette affreuse nourriture avait relevé les forces de ceux qui l'avaient employée, on proposa de la faire sécher pour la rendre un peu plus supportable au goût. Ceux qui eurent la force de s'en abstenir prirent une plus grande quantité de vin. Nous essayâmes de manger des baudriers de sabres et des gibernes ; nous parvînmes à en avaler quelques petits morceaux. Quelques-uns mangèrent du linge ; d'autres des cuirs de chapeaux sur lesquels il y avait un peu de graisse ou plutôt de crasse ; nous fûmes forcés d'abandonner ces derniers moyens. Un matelot tenta de manger des excréments, mais il ne put y réussir.

Le jour fut calme et beau, un rayon d'espérance vint un moment calmer notre agitation. Nous nous attendions toujours à voir les embarcations ou quelques navires ; nous adressâmes nos vœux à l'Éternel, et mîmes en lui notre confiance. La moitié de nos hommes étaient extrêmement faibles, et ces malheureux portaient sur tous leurs traits l'empreinte d'une destruction prochaine. Le soir arriva sans qu'on fût venu à notre secours. L'obscurité de cette troisième nuit augmenta les inquiétudes : mais les vents étaient légers et la mer moins grosse. Nous prîmes quelques instants de repos, repos plus terrible encore que l'état de veille. Des rêves cruels nous assaillaient et augmentaient l'horreur de notre situation. Dévorés par la faim et la soif, nos cris plaintifs arrachaient quelquefois au sommeil l'infortuné qui reposait près de nous : l'eau nous venait alors jusqu'au genou, et par conséquent nous ne pouvions reposer que debout, serrés les uns contre les autres, pour former une masse immobile. Enfin le quatrième soleil, depuis notre départ, revint éclairer notre désastre, et nous montrer dix ou douze de nos compagnons gisants sans vie sur le radeau. Cette vue nous frappa d'autant plus vivement, qu'elle nous annonçait que sous peu nos corps, privés d'existence, seraient étendus sur la même place. Nous donnâmes à leurs cadavres la mer pour sépulture, n'en réservant qu'un seul, destiné à nourrir ceux qui, la veille, avaient serré ses mains tremblantes, en lui jurant une amitié éternelle. Cette journée fut belle ; nos esprits, avides de sensations plus douces, se mirent en harmonie avec l'aspect de la nature et du ciel, et s'ouvrirent à un nouveau rayon d'espoir. Le soir, vers les quatre heures, un événement inattendu nous apporta quelques consolations ; un banc de poissons volants passa sous le radeau, et comme les extrémités laissaient entre les pièces qui le formaient une infinité de vides, les poissons s'y engagèrent en très grande quantité. Nous nous précipitâmes sur eux, et nous fîmes une capture assez considérable ; nous en prîmes environ deux cents et les dépeçâmes dans un tonneau vide[1] ; à mesure que nous les attrapions, on leur ouvrait le ventre pour en tirer ce qu'on nomme la *laite*. Ce mets nous parut délicieux ; mais il en faudrait un millier pour un seul homme. Notre premier mouvement fut d'adresser à Dieu de nouvelles actions de grâces pour ce bienfait inespéré.

Une once de poudre à canon trouvée le matin avait été séchée au soleil, pendant la journée qui fut fort belle ; un briquet, des pierres à fusil et de l'amadou faisaient aussi partie du même paquet. Après des peines infinies, nous parvînmes à embraser des morceaux de linge sec. Nous fîmes une large ouverture sur l'un des côtés du tonneau vide ; nous plaçâmes dans son fond plusieurs effets mouillés, et sur cette espèce d'échafaudage nous établîmes notre foyer ; nous l'élevâmes ensuite sur une barrique, pour que l'eau de mer ne vînt pas éteindre le feu. Nous fîmes cuire des poissons et nous en mangeâmes avec une extrême avidité ; mais notre faim était telle, et notre portion de poissons si petite, que nous y joignîmes de ces viandes sacrilèges, que la cuisson rendit moins révoltantes ; ce sont celles auxquelles les officiers touchèrent pour la première fois. À compter de ce jour nous continuâmes à en manger ; mais nous ne pûmes plus les faire cuire, les moyens de faire du feu

---

[1]. Ces poissons sont très petits ; le plus gros n'égale en volume qu'un petit hareng.

nous ayant été entièrement enlevés ; car la barrique s'étant enflammée, nous l'éteignîmes sans pouvoir en conserver pour en rallumer le lendemain. La poudre et l'amadou étaient d'ailleurs entièrement consommés. Ce repas donna aux uns et aux autres de nouvelles forces pour supporter encore les nouvelles fatigues. La nuit fut passable et nous aurait paru heureuse, si elle n'avait pas été signalée par un nouveau massacre.

Des Espagnols, des Italiens et des Noirs, restés neutres dans la première révolte, et dont quelques-uns même s'étaient rangés de notre côté[1], formèrent le complot de nous jeter tous à la mer ; ils devaient nous surprendre pour exécuter leur dessein. Ces malheureux s'étaient laissé persuader par les Noirs qui leur assuraient que la terre était extrêmement près, et qu'une fois sur le rivage, ils leur répondaient de leur faire traverser l'Afrique sans danger. Le désir de se sauver, ou peut-être encore l'envie de s'emparer de l'argent et des bijoux qui avaient été mis dans un sac commun, suspendu au mât[2], avait monté l'imagination de cette bande. Il fallut de nouveau prendre les armes ; mais comment reconnaître les coupables ? Ils nous furent signalés par nos marins qui, restés fidèles, s'étaient rangés près de nous : l'un d'eux avait refusé d'entrer dans le complot. Le pre-

---

1. Ce complot, comme nous l'apprîmes ensuite, fut particulièrement formé par un sergent piémontais, qui, depuis deux jours, se rapprochait beaucoup de nous pour attirer notre confiance. La garde du vin lui fut confiée ; la nuit il en dérobait et en distribuait à quelques hommes de ses amis.
2. Nous avions tous mis, dans un sac commun, l'argent que nous possédions, afin d'acheter des rafraîchissements et payer des chameaux pour porter les plus malades, en cas que nous prissions terre sur les bords du désert. La somme s'élevait à 1 500 fr. Nous nous sauvâmes quinze, et chacun eut 100 francs : lorsque nous fûmes sauvés, ce fut le commandant du radeau et un capitaine d'infanterie qui firent le partage.

mier signal du combat fut donné par un Espagnol, qui, placé derrière le mât, l'embrassait étroitement, d'une main, faisait dessus une croix, invoquait le nom de Dieu, et de l'autre main tenait un couteau. Les matelots le saisirent et le jetèrent à la mer. Le domestique d'un officier de troupes était de ce complot ; c'était un Italien sortant de l'artillerie légère de l'ex-roi de son pays ; lorsqu'il s'aperçut que le complot était découvert, il s'arma de la dernière hache d'abordage qu'il y avait sur le radeau, il fit ensuite sa retraite sur l'avant, s'enveloppa dans une draperie qu'il portait croisée sur sa poitrine, et de son propre mouvement se précipita dans la mer. Les séditieux accoururent pour venger leurs camarades ; une lutte terrible s'engagea de nouveau, et de part et d'autre on combattit en désespérés. Bientôt le triste radeau fut jonché de cadavres et couvert d'un sang qui aurait dû couler pour une autre cause et par d'autres mains. Dans ce tumulte, des cris que nous connaissions déjà, se renouvelèrent, et nous reconnûmes les accents de la rage funeste qui demandait la tête du lieutenant Danglas. On sait que nous ne pouvions satisfaire cette rage insensée, puisque la victime désignée avait fui les dangers auxquels nous étions exposés ; mais quand bien même cet officier serait resté parmi nous, nous aurions bien certainement défendu ses jours aux dépens des nôtres, comme nous avions défendu ceux du sous-lieutenant Lozach. Mais ce n'était pas pour lui que nous étions réduits à déployer contre des furieux tout ce que nous pouvions avoir de valeur et de courage.

Nous répondîmes encore une fois aux cris des assaillants, que celui qu'ils demandaient n'était point avec nous ; mais nous ne réussîmes pas davantage à les persuader, et rien ne pouvant les faire rentrer en eux-mêmes, il fallut continuer de les combattre ; et d'opposer la force des armes à ceux sur lesquels la raison avait perdu tout empire. Dans cette mêlée, l'infortunée cantinière fut une seconde fois jetée à la mer. On s'en aperçut ; et M. Coudein, aidé de quelques ouvriers, l'en retira pour prolonger de quelques instants ses tourments et son existence.

Dans cette nuit horrible, Lavillette ne cessa de donner des preuves de la plus rare intrépidité. Ce fut à lui et à quelques-uns de ceux qui ont échappé à la suite de nos maux, que nous devons notre salut.

Enfin, après des efforts inouïs, les révoltés furent encore une fois repoussés, et le calme se rétablit. Sortis de ce nouveau danger, nous cherchâmes à prendre quelques instants de repos : le jour vint enfin nous éclairer pour la cinquième fois. Nous n'étions plus que trente ; nous avions perdu quatre ou cinq de nos fidèles marins ; ceux qui survivaient étaient dans l'état le plus déplorable. L'eau de la mer avait enlevé presque entièrement l'épiderme de nos extrémités inférieures ; nous étions couverts ou de contusions ou de blessures qui, irritées par l'eau salée, nous arrachaient à chaque instant des cris perçants, de sorte que vingt tout au plus d'entre nous étaient capables de se tenir debout et de marcher. Presque toute la provision de notre pêche était épuisée ; nous n'avions plus de vin que pour quatre jours, et il nous restait à peine une douzaine de poissons. Dans quatre jours, disions-nous, nous manquerons de tout, et la mort sera inévitable. Ainsi arriva le septième jour de notre abandon. Nous calculions que dans le cas où les embarcations n'auraient pas échoué à la côte, il leur fallait au moins trois ou quatre fois vingt-quatre heures pour se rendre à Saint-Louis ; il fallait ensuite le temps d'expédier des navires, et à ces navires celui de nous trouver ; nous résolûmes de tenir le plus longtemps possible. Dans le courant de la journée, deux militaires s'étaient glissés derrière la seule barrique de vin qui nous restât, ils l'avaient percée, et buvaient avec un chalumeau. Nous avions tous juré que celui qui emploierait de semblables moyens serait puni de mort. Cette loi fut à l'instant mise à exécution, et les deux infracteurs furent jetés à la mer [1].

Cette même journée vit terminer l'existence d'un enfant âgé de douze ans, nommé Léon ; il s'éteignit comme une lampe qui cesse de brûler faute d'aliment. Tout parlait en faveur de cette jeune et aimable créature, qui méritait un meilleur sort. Sa figure angélique, sa voix harmonieuse, l'intérêt d'un âge si tendre, augmenté encore par le courage qu'il avait montré, et les services qu'il pouvait compter, puisque déjà il avait fait, l'année précédente, une campagne dans les Grandes-Indes ; tout nous inspirait la plus tendre pitié pour cette jeune victime vouée à une mort si affreuse et si prématurée. Aussi nos vieux soldats et tous nos gens en général, lui prodiguèrent tous les soins qu'ils crurent propres à prolonger son existence ; ce fut en vain, ses forces finirent par l'abandonner ; ni le vin, qu'on lui donnait sans regret, ni tous les moyens qu'on put employer, ne l'arrachèrent à son funeste sort, et ce jeune élève expira dans les bras de M. Coudein, qui n'avait cessé d'avoir pour lui les attentions les plus empressées. Tant que les forces de ce jeune marin lui avaient permis de se mouvoir, il n'avait cessé de courir d'un bord à l'autre, en demandant à grands cris sa malheureuse mère, de l'eau et des aliments. Il marchait indistinctement sur les pieds ou les jambes de ses compagnons

---

[1]. Un de ces militaires était précisément le sergent dont nous venons de parler ; il mettait ses camarades en avant et se tenait caché, en cas qu'ils échouassent dans leurs projets.

d'infortune qui, à leur tour poussaient des cris douloureux, et à tout instant répétés. Mais très rarement ces plaintes étaient suivies de menaces ; on pardonnait tout à l'infortuné qui les avait excitées. D'ailleurs il était dans un véritable état d'aliénation, et dans son égarement non interrompu, on ne pouvait plus attendre de lui qu'il se comportât comme s'il lui fût resté quelque usage de la raison.

Nous ne restâmes donc plus que vingt-sept. De ce nombre, quinze seulement paraissaient pouvoir exister encore quelques jours ; tous les autres, couverts de larges blessures, avaient presque entièrement perdu la raison. Cependant ils avaient part aux distributions, et pouvaient avant leur mort, consommer, disions-nous, trente ou quarante bouteilles de vin qui, pour nous était d'un prix inestimable. On délibéra ; mettre les malades à demi-ration, c'était leur donner la mort de suite. Après un conseil présidé par le plus affreux désespoir, il fut décidé qu'on les jetterait à la mer. Ce moyen, quelque répugnant, quelque horrible qu'il nous parût à nous-mêmes, procurait aux survivants six jours de vin, à deux quarts par jour. Mais la décision prise, qui osera l'exécuter ? L'habitude de voir la mort prête à fondre sur nous, la certitude de notre perte infaillible sans ce funeste expédient : tout, en un mot, avait endurci nos cœurs devenus insensibles à tout autre sentiment qu'à celui de notre conservation. Trois matelots et un soldat se chargèrent de cette cruelle exécution ; nous détournâmes les yeux et nous versâmes des larmes de sang sur le sort de ces infortunés. Parmi eux étaient la misérable cantinière et son mari. Tous deux avaient été gravement blessés dans les différents combats ; la femme avait eu une cuisse cassée entre les charpentes du radeau, et un coup de sabre avait fait au mari une profonde blessure à la tête. Tout annonçait leur fin prochaine. Nous avons besoin de croire qu'en précipitant le terme de leurs maux, notre cruelle résolution n'a raccourci que de quelques instants la mesure de leur existence.

Cette femme, cette Française à qui des militaires, des Français donnaient la mer pour tombeau, s'était associée pendant vingt ans aux glorieuses fatigues de nos armées ; pendant vingt ans elle avait porté aux braves, sur les champs de bataille, ou de nécessaires secours, ou de douces consolations. Et elle... c'est au milieu des siens ; c'est par les mains des siens... Lecteurs, qui frémissez au cri de l'humanité outragée, rappelez-vous du moins que c'étaient d'autres hommes, des compatriotes, des camarades, qui nous avaient mis dans cette affreuse situation.

Cet expédient horrible sauva les quinze qui restaient ; car lorsque nous fûmes joints par le brick l'*Argus*, il ne nous restait que très peu de vin, et c'était le sixième jour après le cruel sacrifice que nous venons de décrire. Les victimes, nous le répétons, n'avaient pas plus de quarante-huit heures à vivre ; en les conservant sur le radeau, nous eussions absolument manqué de moyens d'existence, deux jours avant d'être rencontrés. Faibles comme nous l'étions, nous regardons comme chose certaine, qu'il nous eût été impossible de résister seulement vingt-quatre heures de plus, sans prendre quelque nourriture. Après cette catastrophe, nous jetâmes les armes à la mer ; elles nous inspiraient une horreur dont nous n'étions pas maîtres. On réserva cependant un sabre, en cas qu'on eût besoin de couper quelque cordage ou morceau de bois.

Nous avions à peine de quoi passer cinq ou six journées sur le radeau : elles furent les plus pénibles. Les caractères étaient aigris ; jusque dans les bras du sommeil, nous nous représentions le trépas affreux de tous nos malheureux compagnons, et nous invoquions la mort à grands cris.

Un nouvel événement, car tout était *événement* pour des malheureux pour qui l'univers était réduit à un plancher de quelques mètres, que les vents et les flots se disputaient au-dessus de l'abîme ; un événement donc vint apporter une heureuse distraction à la profonde horreur dont nous étions saisis. Tout à coup un papillon blanc du genre de ceux qui sont si communs en France, nous apparut voltigeant au-dessus de nos têtes, et se reposa sur notre voile. La première idée qui fut comme inspirée à chacun de nous, nous fit regarder ce petit animal comme l'avant-courrier qui nous apportait la nouvelle d'un prochain atterrage, et nous en embrassâmes l'espérance avec une sorte de délire. Mais c'était le neuvième jour que nous passions sur notre radeau ; les tourments de la faim déchiraient nos entrailles ; déjà des soldats et des matelots dévoraient d'un œil hagard cette chétive proie et semblaient près de se la disputer. D'autres regardant ce papillon comme un envoyé du ciel, déclarèrent qu'ils prenaient le pauvre insecte sous leur protection et empêchèrent qu'il ne lui fût fait de mal. Nous portâmes donc nos vœux et nos regards vers cette terre désirée que nous croyions à chaque instant voir s'élever devant nous. Il est certain que nous ne pouvions en être éloignés ; car les papillons continuèrent les jours suivants de venir voltiger autour de notre voile, et le même jour nous en eûmes un autre indice non moins positif, en apercevant un goéland qui volait au-dessus de notre radeau. Ce second visiteur ne nous permit pas de douter que nous ne nous fussions très approchés du sol africain, et nous nous persuadâmes que nous serions incessamment jetés sur le rivage par la force des courants. Combien de fois alors, et dans les jours suivants, n'invoquâmes-nous pas une tempête qui nous jetât à la côte, qu'il nous semblait que nous allions toucher.

L'espérance qui venait de pénétrer jusqu'au fond de notre être ranima aussi nos forces abattues et nous fit retrouver une ardeur, une activité dont nous ne nous serions pas crus capables. Nous recourûmes à tous les moyens que nous avions déjà employés pour la pêche du poisson. Nous convoitions principalement le goéland, qui parut plusieurs fois tenté de se reposer sur l'extrémité de notre machine. L'impatience de nos désirs redoubla quand nous vîmes plusieurs de ses compagnons se joindre à lui et rester à notre suite jusqu'à notre délivrance ; mais tous nos efforts pour les attirer jusqu'à nous furent inutiles, aucun ne se laissa prendre aux pièges que nous leur offrions. Ainsi notre destinée, sur le fatal radeau, était d'être sans cesse ballottés entre des illusions passagères et des tourments continus ; et nous n'éprouvions pas une sensation agréable qu'à l'instant même nous ne fussions en quelque sorte condamnés à l'expier par l'angoisse d'une nouvelle souffrance, par la douleur irritante de l'espérance toujours trompée.

Ce même jour un autre soin nous avait aussi occupés. Nous voyant réduits à un petit nombre, nous recueillîmes le plus de forces qui nous restait, nous détachâmes quelques planches qui étaient sur le devant du radeau, et avec des morceaux de bois assez longs, nous élevâmes au centre une espèce de parquet sur lequel nous nous reposâmes. Tous les effets que nous avions pu ramasser, avaient été étendus dessus et servaient à le rendre un peu moins dur. Cet appareil empêchait aussi la mer de passer avec autant de facilité par les intervalles qui étaient entre les différentes pièces du radeau ; mais la lame embarquait par le travers et nous recouvrait quelquefois entièrement.

Chapitre VI

Ce fut sur ce nouveau théâtre que nous nous décidâmes à attendre la mort d'une manière digne de Français, et avec une entière résignation. Les plus adroits d'entre nous, pour nous distraire et pour nous faire passer le temps avec plus de rapidité, mettaient leurs camarades à même de nous raconter leurs triomphes passés, et parfois ils leur faisaient établir des comparaisons entre les traverses qu'ils avaient essuyées dans leurs campagnes glorieuses, et les peines que nous souffrions sur notre radeau. Voici ce que nous disait à ce sujet le sergent d'artillerie Lavillette : « J'ai éprouvé dans les différentes campagnes de mer que j'ai faites, toutes les fatigues, toutes les privations et tous les dangers qu'il est possible de courir en mer : mais aucun de mes maux passés n'est comparable aux douleurs et aux privations extrêmes que nous supportons ici. Dans mes dernières campagnes de 1813 et 1814, en Allemagne et en France, j'ai partagé toutes les fatigues que nous occasionnèrent tour à tour, et les victoires et les retraites. J'étais aux glorieuses journées de Lutzen, de Bautzen, de Dresde, de Leipzig, d'Hanau, de Montmirail, de Champ-Aubert, de Montereau, etc., etc. Oui, continua-t-il, tout ce que nous éprouvâmes dans tant de marches forcées, et au milieu des privations qui en étaient la suite, n'était encore rien comparativement à tout ce que nous supportons sur cette épouvantable machine. Dans ces journées où la valeur française se montra dans tout son éclat, et toujours digne d'un peuple libre, nous n'avions guère à craindre la mort que pendant la durée des batailles ; mais ici nous avons eu souvent les mêmes dangers, et ce qui est plus affreux, nous avions des Français, des camarades à combattre. Il nous faut encore lutter contre la faim, la soif, contre une mer affreuse, remplie de monstres dangereux, et contre l'ardeur d'un soleil brûlant qui n'est pas le moindre de nos ennemis. Couverts de vieilles cicatrices et de nouvelles blessures sans pouvoir nous panser, il est physiquement impossible que nous puissions nous sauver de ce péril extrême, s'il se prolonge encore quelques jours. »

Les tristes souvenirs de la position critique de la patrie venaient aussi se mêler à nos douleurs ; et certes de tous les maux que nous ressentions, celui-ci n'était pas un des moindres, pour nous, qui presque tous ne l'avions abandonnée que pour n'être plus les témoins des dures lois, de l'affligeante dépendance sous laquelle l'ont courbée des ennemis jaloux de notre gloire et de notre puissance. Ces pensées, nous ne craignons pas de le dire et de nous en honorer, nous affligeaient encore plus que la fin inévitable que nous avions la presque certitude de trouver sur notre radeau. Plusieurs d'entre nous regrettaient alors de n'avoir pas succombé en défendant la France. Si du moins, disaient-ils, il nous eût été possible de nous mesurer encore une fois avec les ennemis de notre indépendance et de notre liberté ! D'autres trouvaient quelques consolations dans la mort qui nous attendait, en ce que nous n'aurions plus à gémir sous le poids honteux qui pèse sur la patrie. Ainsi se passèrent les dernières journées de notre séjour sur le radeau. Notre temps fut presque tout employé à parler de notre malheureux pays ; tous nos souhaits, nos derniers vœux étaient pour le bonheur de la France.

Les premiers jours de notre abandon, pendant les nuits, qui sont très fraîches dans ces pays, nous supportions assez facilement l'immersion ; mais durant les dernières que nous passâmes sur notre machine, toutes les fois qu'une vague déferlait sur nous, elle produisait une impression très douloureuse et nous arrachait des cris plaintifs ; en sorte que chacun employait tous les moyens pour l'éviter. Les uns élevaient leur tête sur des morceaux de bois, et faisaient avec ce qu'ils rencontraient une sorte de petit parapet où venait se briser la vague ; les autres se mettaient à l'abri derrière deux tonneaux vides qui se trouvaient placés l'un en long et l'autre en travers. Mais ces moyens étaient souvent insuffisants ; il fallait que la mer fût bien belle pour qu'elle ne vînt pas briser jusque sur nous.

Une soif ardente, redoublée dans le jour par les rayons d'un soleil brûlant, nous dévorait ; elle fut telle, que nos lèvres desséchées s'abreuvaient avec avidité d'urine qu'on faisait refroidir dans de petits vases de fer-blanc. On mettait le petit gobelet dans un endroit où il y avait peu d'eau, pour que l'urine refroidît plus promptement. Il est souvent arrivé que ces vases aient été dérobés à ceux qui les avaient préparés. On remettait bien le gobelet à celui auquel il appartenait, mais après avoir bu le liquide qu'il contenait. M. Savigny a observé que quelques-uns de nous avaient l'urine plus agréable à boire. Il y avait un passager qui ne put jamais se décider à en avaler ; il la donnait à ses compagnons ; elle n'avait pas réellement un goût désagréable. Chez plusieurs elle devint épaisse et extraordinairement âcre. Cette boisson produisait un effet tout à fait digne de remarque, c'est qu'à peine l'avait-on bue, qu'elle occasionnait une nouvelle envie d'uriner. Nous cherchâmes aussi à nous désaltérer en buvant de l'eau de mer. M. Griffon, secrétaire du gouverneur, en fit un usage continuel ; il en buvait dix et douze verres de suite. Mais tous ces moyens ne diminuaient notre soif que pour la rendre plus vive le moment d'après.

Un officier de troupes de terre trouva par hasard un petit citron, et l'on sent combien un pareil fruit lui devenait précieux ; aussi le réservait-il pour lui seul. Ses camarades, malgré les supplications les plus pressantes, ne pouvaient rien obtenir ; déjà s'élevaient dans tous les cœurs des mouvements de rage, et s'il ne se fût rendu en partie aux sollicitations de ceux qui l'entouraient, on le lui aurait certainement enlevé de force, et il eût péri victime de son égoïsme. Nous disputâmes aussi une trentaine de gousses d'ail qui étaient restées jusque-là au fond d'un petit sac ; toutes ces disputes étaient le plus souvent accompagnées de menaces énergiques, et si elles eussent été prolongées, peut-être en serions-nous venus aux dernières extrémités. On avait aussi trouvé deux petites fioles dans lesquelles il y avait une liqueur alcoolique pour nettoyer les dents ; celui qui les possédait les réservait avec soin, et accordait avec peine une ou deux gouttes de ce liquide dans le creux de la main. Cette liqueur qui, à ce que nous pensons, était une teinture de gaïac, de cannelle, de girofle et autres substances aromatiques, produisait sur nos langues une impression délectable, et faisait disparaître pour quelques instants la soif qui nous dévorait. Quelques-uns trouvèrent des morceaux d'étain, qui, mis dans la bouche, y entretenaient une sorte de fraîcheur. Un moyen qui fut généralement employé, était de mettre dans un chapeau une certaine quantité d'eau de mer ; on s'en lavait la figure pendant quelque temps, et en y revenant à plusieurs reprises ; on s'en mouillait également les cheveux ; nous laissions aussi nos mains plongées dans l'eau [1]. Le malheur nous rendait industrieux, et chacun imaginait mille moyens d'alléger ses souffrances. Exténués par les plus cruelles privations, la moindre sensation agréable était pour nous un bonheur suprême ; aussi recherchait-on

[1]. Des naufragés, dans une situation pareille à celle qui est décrite ici, ont éprouvé le plus grand soulagement en trempant leurs habits dans la mer et les portant tout imprégnés d'eau : ce moyen ne fut point employé sur le fatal radeau.

avec avidité un petit flacon vide que possédait un de nous, et dans lequel il y avait eu autrefois de l'essence de roses. Dès qu'on pouvait le saisir, on respirait avec délices l'odeur qu'il exhalait, et qui portait dans nos sens les impressions les plus douces. Plusieurs de nous, au moyen de petits vases de fer-blanc, conservaient leur ration de vin, et pompaient dans le gobelet avec un tuyau de plume. Cette manière de prendre notre vin nous faisait un grand bien et diminuait beaucoup plus notre soif que si nous l'eussions bu de suite. L'odeur seule de cette liqueur nous était extrêmement agréable. M. Savigny a observé que beaucoup de nous, après en avoir pris leur faible portion, tombaient dans un état voisin de l'ivresse, et que toujours, après les distributions, il régnait parmi nous beaucoup de mésintelligence.

En voici un seul exemple entre plusieurs que nous aurions pu citer. Le dixième jour que nous passâmes sur le radeau, à la suite d'une distribution, il prit à MM. Clairet, Coudein, Charlot, et un ou deux de nos matelots, la bizarre fantaisie de vouloir se détruire, mais de s'enivrer auparavant avec le reste de notre barrique. En vain le capitaine Dupont, secondé de MM. Lavillette, Savigny, Lheureux, et de tous les autres, leur opposaient les plus vives représentations et toute la fermeté dont ils étaient capables ; leurs cerveaux malades conservaient fixement la folle idée qui les dominait, et un nouveau combat était près de s'engager. Cependant, après des peines infinies, nous commencions à ramener MM. Clairet et Coudein à la raison, ou plutôt celui qui nous protégeait acheva de dissiper cette funeste querelle en détournant notre attention sur le nouveau danger qui vint nous menacer au moment où la cruelle discorde allait peut-être éclater parmi des malheureux déjà en proie à tant d'autres maux ; c'était une troupe de requins qui vinrent entourer notre radeau. Ils s'en approchaient de si près, que de dessus nous pûmes les attaquer à coups de sabre ; mais nous ne pûmes triompher d'un seul de ces ennemis, malgré la bonté de l'arme que nous possédions et l'ardeur avec laquelle s'en servait le brave Lavillette. Les coups qu'il portait à ces monstres les faisaient rentrer dans la mer, et quelques secondes après, ils reparaissaient à la surface, et ne semblaient nullement effrayés de notre présence : leur dos s'élevait d'environ 30 centimètres au-dessus de l'eau ; plusieurs nous parurent avoir au moins 10 mètres de longueur.

Trois jours se passèrent dans des angoisses inexprimables : nous méprisions tellement la vie, que plusieurs d'entre nous ne craignirent pas de se baigner à la vue des requins qui entouraient notre radeau ; quelques autres se mettaient nus sur le devant de notre machine qui était alors submergée : ces moyens diminuaient un peu l'ardeur de leur soif. Une espèce de mollusques, connue à bord des vaisseaux sous le nom de *galère*, était quelquefois poussée sur notre radeau en très grand nombre ; et lorsque leurs longues expansions se reposaient sur nos membres dépouillés, elles nous occasionnaient les souffrances les plus cruelles. Croirait-on qu'au milieu de ces scènes terribles, luttant contre une mort inévitable, quelques-uns de nous se soient permis des plaisanteries qui nous faisaient encore sourire, malgré l'horreur de notre situation. L'un, entre autres, dit en plaisantant : *Si le brick est envoyé à notre recherche, prions Dieu qu'il ait pour nous des yeux d'Argus,* faisant allusion au nom du navire que nous présumions devoir venir à notre recherche. Cette idée consolante ne nous abandonna pas d'un instant, et nous en parlions fréquemment.

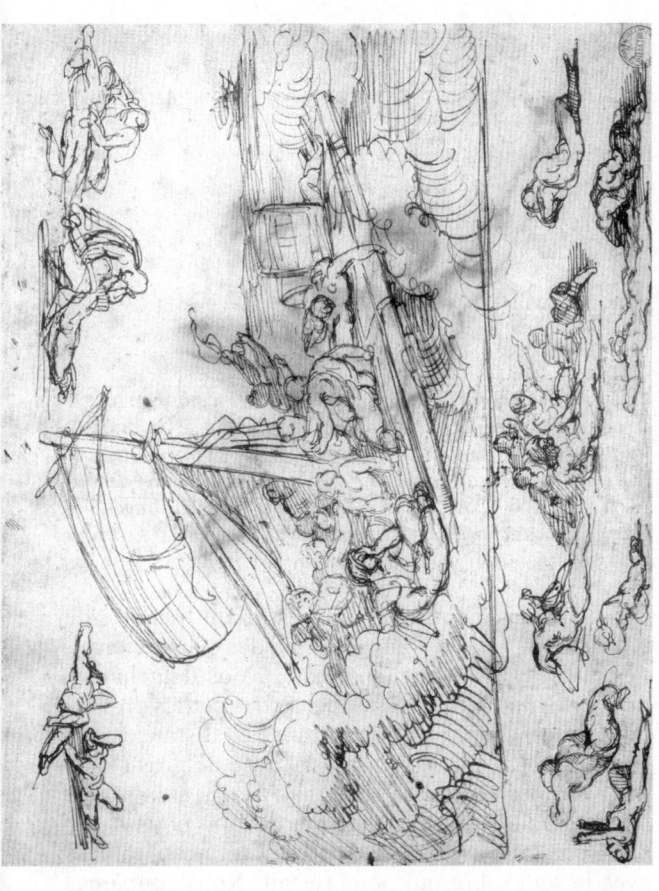

Géricault, *L'apparition de l'Argus avec études de corps.* (Étude pour la Méduse.)
Musée des Beaux-Arts, Rouen. Photo © RMN/Philippe Bernard.

CHAPITRE VII

Huit hommes construisent une frêle machine pour gagner le rivage : elle chavire ; ils restent sur le radeau. — Un brick se montre dans le lointain ; il disparaît. — On s'abrite sous une tente contre l'ardeur du soleil. — Le maître canonnier découvre l'Argus. — L'Argus embarque tous les naufragés. — Incendie dans le brick. — On aborde au Sénégal. — Liste des naufragés qui revirent la terre.

Le 16, dans la journée, nous estimant très près de terre, nous nous résolûmes, huit des plus déterminés, à essayer de gagner la côte. Nous détachâmes une forte jumelle qui faisait partie des petites dromes dont nous avons parlé ; de distance en distance nous fixâmes des planches en travers avec de gros clous, pour l'empêche de chavirer ; un petit mât et une voile furent établis sur le devant. Nous devions nous armer d'avirons faits avec les douves d'un tonneau, taillées avec le seul sabre qui nous restait. Nous coupâmes des morceaux de corde, les réduisîmes en étoupe et en fîmes des manœuvres moins grosses et plus faciles à manier. Un drap de hamac qui était par hasard sur le radeau, fut changé en une voile dont les dimensions pouvaient être de cent trente centimètres de large sur cent soixante de long. Le diamètre transversal de la jumelle était de soixante ou soixante-dix centimètres, et sa longueur de douze mètres à peu près[1]. Une certaine portion de vin nous fut assignée et, le départ fixé au lendemain 17 : le vin devait être mis dans une botte, seule chose qui fût susceptible de le contenir. La machine achevée, il fallut l'essayer. Un matelot voulant passer de l'avant en arrière, fut gêné par le mât, et plaça le pied sur l'une des planches transversales ; le poids de son corps fit chavirer le petit navire, et cet accident nous démontra la témérité de notre entreprise. Il fut alors décidé que nous attendrions tous la mort sur le radeau : on largua l'amarrage qui retenait la jumelle à notre machine, et elle s'en alla en dérive. Il est bien certain que si nous étions partis sur ce second radeau, faibles comme nous l'étions, nous n'aurions pu résister seulement six heures, les jambes dans l'eau et étant forcés d'agir continuellement pour ramer.

La nuit vint sur ces entrefaites, et ses sombres voiles ramenèrent dans nos esprits les plus affligeantes pensées. Nous étions convaincus qu'il ne restait dans notre barrique que douze ou quinze bouteilles de vin. Nous commencions à avoir un dégoût invincible pour les chairs qui nous avaient à peine soutenus jusque-là ; et nous pouvons dire que leur vue nous imprimait un sentiment d'effroi, sans doute amené par l'idée d'une destruction très prochaine.

Le 17 au matin, le soleil parut dégagé de tous nuages. Après avoir adressé nos prières à l'Éternel, nous partageâmes une partie de notre vin ; chacun savourait avec délices sa faible portion, lorsqu'un capitaine d'infanterie jetant ses regards à l'horizon, aperçut un

---

[1]. On nomme jumelle un long morceau de bois concave sur l'une de ses faces, et servant à être appliqué sur les côtés d'un mât lorsqu'il menace de se rompre : il est maintenu là par de forts amarrages.

navire, et nous l'annonça par un cri de joie. Nous reconnûmes que c'était un brick ; mais il était à une grande distance : nous ne pouvions distinguer que les extrémités de ses mâts. La vue de ce bâtiment répandit parmi nous une allégresse difficile à dépeindre ; chacun de nous croyait son salut certain, et nous rendîmes à Dieu mille actions de grâces. Cependant des craintes venaient se mêler à nos espérances ; nous redressâmes des cercles de barrique, aux extrémités desquels nous fixâmes des mouchoirs de différentes couleurs. Un homme avec nos secours réunis, monta au haut du mât, et agitait ces petits pavillons. Pendant plus d'une demi-heure, nous flottâmes entre l'espoir et la crainte ; les uns croyaient voir grossir le navire, et les autres assuraient que sa bordée le portait au large de nous. Ces derniers étaient les seuls dont les yeux n'étaient pas fascinés par l'espérance, car le brick disparut.

> M. Géricault a fait sur cet épisode un tableau dont voici la description.
>
> Le groupe principal est composé de M. Savigny au pied du mât, et de M. Corréard, dont le bras étendu vers l'horizon et la tête tournée vers M. Savigny, indique à celui-ci le côté où se dirige un bâtiment aperçu au large par deux matelots, qui lui font des signaux avec des lambeaux d'étoffes de couleur.
>
> Les expressions de ces différentes figures sont énergiques et tout à fait conformes à la vérité historique. Découragé et croyant remarquer que la corvette signalée fait une route opposée à celle qu'on espère, le chirurgien Savigny indique à ses amis qu'ils se flattent en vain ; son camarade, au contraire, par une inspiration qui eut la plus heureuse réalité, essaie de lui persuader que le bâti-

ment en vue étant à leur recherche, ne saurait manquer de virer de bord et de les rencontrer avant la fin du jour. Pendant cette petite scène, à laquelle trois personnages, rapprochés des deux que j'ai nommés, prennent part, chacun dans un sens bien marqué, les hommes qui agitent leurs signaux poussent des cris de joie, auxquels répond M. Coudein, qui se traîne jusqu'à eux. L'une des victimes, presque mourante, entend cette clameur, qui pénètre jusqu'au fond de son cœur ; elle lève sa tête décolorée et semble exprimer son bonheur par ces mots : *Au moins nous ne mourrons pas sur ce funeste radeau*. Derrière cet homme, abattu, exténué de maux et de besoin, un Africain n'entend rien de tout ce qui se passe autour de lui ; il est morne, et sa figure immobile accuse la situation de son âme. Plus loin, dans un état d'anéantissement et de douleur, un vieillard, tenant couché sur ses genoux le cadavre de son fils expiré, se refuse à toutes les impressions de la joie que peut faire éprouver la nouvelle de sa délivrance. Que lui importe la vie qu'il va recouvrer ? Ce jeune homme, qui faisait son espoir et sa consolation ; cet ami qui avait partagé tant de maux, vient de succomber ; il est condamné à lui survivre quelques jours, quelques heures seulement ; car les souffrances inouïes qu'il a éprouvées sont de sinistres précurseurs du trépas ; mais ce peu d'instants lui doit être à charge ; l'Océan va engloutir l'objet de toutes ses affections et de tous ses regrets. Cet épisode est des plus touchants ; il fait honneur à l'imagination de M. Géricault ; enfin çà et là, sur le premier et le second plan, des corps morts ou des malheureux prêts à rendre le dernier soupir. Telle est assez fidèlement la marche de cette vaste composition, à laquelle

> la variété des poses et la vérité des mouvements donnent un grand caractère.

Du délire de la joie nous passâmes à celui de l'abattement et de la douleur ; nous enviions le sort de ceux que nous avions vu périr à nos côtés, et nous disions, entre nous : « Lorsque nous manquerons de tout, et que nos forces commenceront à nous abandonner, nous nous envelopperons de notre mieux ; nous nous coucherons sur ce parquet, témoin des plus cruelles souffrances, et là nous attendrons la mort avec résignation. » Enfin pour calmer notre désespoir nous voulûmes chercher quelques consolations dans les bras du sommeil. La veille nous avions été dévorés par les feux d'un soleil brûlant ; ce jour-ci, pour fuir la vivacité de ses rayons, nous fîmes une tente avec le grand cacatois de la frégate. Dès qu'elle fut dressée, nous nous couchâmes tous dessous ; nous ne pouvions ainsi apercevoir ce qui se passait autour de nous. On proposa alors de tracer sur une planche un abrégé de nos aventures, d'écrire tous nos noms au bas de notre récit, et de le fixer à la partie supérieure du mât, dans l'espérance qu'il parviendrait au gouvernement et à nos familles. Après avoir passé deux heures, livré aux plus cruelles réflexions, le maître canonnier de la frégate voulut aller sur le devant du radeau, et sortit de dessous notre tente. À peine eut-il mis la tête au-dehors, qu'il revint à nous en poussant un grand cri. La joie était peinte sur son visage ; ses mains étaient étendues vers la mer ; il respirait à peine. Tout ce qu'il put dire, ce fut : *Sauvés ! voilà le brick qui est sur nous !* et il était en effet tout au plus à une demi-lieue, ayant toutes ses voiles dehors et gouvernant à venir passer extrêmement près de nous. Nous sortîmes de dessous notre tente avec précipitation ; ceux mêmes que d'énormes blessures aux membres inférieurs retenaient continuellement couchés depuis plusieurs jours, se traînèrent sur le derrière du radeau pour jouir de la vue de ce navire qui venait nous arracher à une mort certaine. Nous nous embrassions tous, avec des transports qui tenaient beaucoup de la folie, et des larmes de joie sillonnaient nos joues desséchées par les plus cruelles privations. Chacun se saisit de mouchoirs ou de différentes pièces de linge pour faire des signaux au brick qui s'approchait rapidement. Quelques autres prosternés remerciaient avec ferveur la Providence qui nous rendait si miraculeusement à la vie. Notre joie redoubla lorsque nous aperçûmes au haut de son mât de misaine un grand pavillon blanc ; nous nous écriâmes : « C'est donc à des Français que nous allons devoir notre salut. » Nous reconnûmes presque aussitôt le brick l'*Argus* ; il était alors à deux portées de fusil. Nous nous impatientions vivement de ne pas lui voir carguer ses voiles ; il les amena enfin, et de nouveaux cris de joie s'élevèrent de notre radeau. L'*Argus* vint se mettre en panne tribord à nous, à demi-portée de pistolet. L'équipage rangé sur le bastingage et dans les haubans, nous annonçait en agitant les mains et les chapeaux, le plaisir qu'il ressentait de venir au secours de leurs malheureux compatriotes. On mit de suite une embarcation à la mer ; un officier du brick, nommé M. Lemaigre s'y était embarqué pour avoir le plaisir de nous enlever lui-même de dessus notre fatale machine. Cet officier plein d'humanité et de zèle s'acquitta de sa mission d'une manière touchante, et prit lui-même les plus malades pour les transporter dans son canot. Après que tous les autres furent embarqués, M. Lemaigre revint encore lui-même prendre dans ses bras M. Corréard, comme étant le plus malade et le plus écorché ; il le plaça à côté de lui, dans son embarcation, lui prodigua tous les soins imaginables et lui adressa les discours les plus consolants.

En peu de temps nous fûmes tous transportés à bord du brick l'*Argus*, où nous rencontrâmes le lieutenant en pied de la frégate et quelques autres naufragés. L'attendrissement était peint sur tous les visages ; la pitié arrachait des larmes à tous ceux qui portaient leurs regards sur nous. Qu'on se figure quinze infortunés presque nus, le corps et la figure flétris de coups de soleil. Dix des quinze pouvaient à peine se mouvoir ; nos membres étaient dépourvus d'épiderme ; une profonde altération était peinte dans tous nos traits ; nos yeux caves et presque farouches, nos longues barbes nous donnaient encore un air plus hideux ; nous n'étions que les ombres de nous-mêmes. Nous trouvâmes à bord du brick de fort bon bouillon qu'on avait préparé, dès qu'on nous eut aperçus ; on releva ainsi nos forces prêtes à s'éteindre ; on nous prodigua les soins les plus généreux et les plus attentifs ; nos blessures furent pansées, et le lendemain, plusieurs des plus malades commencèrent à se soulever ; cependant quelques-uns eurent beaucoup à souffrir, car ils furent mis dans l'entrepont du brick très près de la cuisine, qui augmentait encore la chaleur presque insupportable dans ces contrées : le défaut de place dans un petit navire fut cause de cet inconvénient. Le nombre des naufragés était à la vérité trop considérable. Ceux qui n'appartenaient pas à la marine furent couchés sur des câbles, enveloppés dans quelques pavillons et placés sous le feu de la cuisine, ce qui les exposa à périr dans le courant de la nuit par l'effet d'un incendie qui se manifesta dans l'entrepont, vers les dix heures du soir, et qui faillit à réduire le navire en cendres. Mais des secours furent apportés à temps, et nous fûmes sauvés pour la seconde fois. À peine échappés, quelques-uns de nous éprouvèrent encore des accès de délire. Un officier de troupes de terre voulait se jeter à la mer pour aller chercher son portefeuille ; il eût exécuté ce dessein si on ne l'eût retenu ; d'autres eurent aussi des accès non moins violents.

Le commandant et les officiers du brick s'empressaient près de nous, et prévoyaient nos besoins avec attendrissement. Ils venaient de nous arracher à la mort en nous enlevant de dessus notre radeau ; leurs soins empressés ranimèrent chez nous le feu de la vie. Le chirurgien du bord, M. Renaud, se signala par un zèle infatigable. Il fut obligé de passer la journée entière à panser nos blessures ; et pendant les deux jours que nous restâmes sur le brick, il nous prodigua tous les secours de son art avec une attention et une douceur qui méritent de notre part une éternelle reconnaissance.

Il était vraiment temps que nous trouvassions un terme à nos souffrances ; elles duraient depuis treize jours d'une manière cruelle. Les plus vigoureux d'entre nous pouvaient vivre encore deux fois vingt-quatre heures au plus. M. Corréard sentait qu'il devait terminer sa carrière dans cette journée même ; il avait cependant un pressentiment que nous serions sauvés ; il disait qu'une série d'événements si inouïs ne devaient pas rester plongés dans l'oubli ; que la Providence conserverait au moins quelques-uns de nous, pour retracer aux hommes le tableau déchirant de nos malheureuses aventures.

Par combien d'épreuves terribles n'avons-nous pas passé ! Quels sont les hommes qui peuvent dire avoir été plus malheureux que nous ?

La manière dont nous fûmes sauvés est vraiment miraculeuse : le doigt de la Divinité est marqué d'une manière puissante dans cet événement si fortuné pour nous.

Le brick l'*Argus* avait été expédié du Sénégal pour porter des secours aux naufragés des embarcations et chercher le radeau. Pendant plusieurs jours il longea la côte sans nous rencontrer, et donna des vivres aux naufragés des embarcations qui traversaient le désert de Sahara. Croyant que ses recherches seraient désormais inutiles pour trouver notre machine, il fit voile pour la rade d'où il avait été expédié, afin d'y aller annoncer l'inutilité de ses perquisitions ; c'est quand il courait sa bordée sur le Sénégal que nous l'aperçûmes. Le matin il n'était plus qu'à quarante lieues de l'embouchure du fleuve, lorsque les vents passèrent au sud-ouest : le capitaine, comme par une espèce d'inspiration, dit qu'il fallait revirer de bord. Les vents portaient sur la frégate ; après avoir couru deux heures sur ce bord, les hommes de garde annoncèrent un navire ; quand le brick fut plus près, à l'aide de lunettes, on nous reconnut. Lorsque nous fûmes recueillis par l'*Argus*, notre première question fut celle-ci : « Messieurs, nous cherchez-vous depuis longtemps ? » On nous répondit qu'oui ; mais que cependant le capitaine n'avait point reçu d'ordre positif à ce sujet, et que nous devions au hasard seul le bonheur d'avoir été rencontrés. Nous nous faisons un vrai plaisir de citer une phrase de M. Parnajon, adressée à l'un de nous : *On m'aurait donné le grade de capitaine de frégate, que j'éprouverais un plaisir moins vif que celui que j'ai ressenti en rencontrant votre radeau.* Quelques personnes nous dirent franchement : *Nous vous croyions tous morts depuis plus de huit jours.* Nous disons que le commandant du brick n'avait pas reçu l'ordre positif de nous chercher ; voilà quelles étaient ses instructions. « M. de Parnajon, commandant du brick l'*Argus*, se rendra sur la côte du désert, avec son bâtiment, emploiera tous les moyens pour donner des secours aux naufragés qui doivent avoir fait côte ; il leur fera passer les vivres et les munitions dont ils pourront avoir besoin. Après s'être assuré du sort de ces infortunés, il tâchera de continuer sa route jusqu'à la frégate la *Méduse*, pour s'assurer si les courants n'auraient point porté le radeau vers elle. » Voilà tout ce qui était dit de notre misérable machine. Il est bien certain qu'à l'île Saint-Louis on ne comptait plus sur nous ; nos amis, depuis plusieurs jours, nous croyaient tous péris. Cela est si vrai, que quelques-uns d'eux, qui étaient à la veille de faire parvenir des lettres en Europe, annonçaient que cent cinquante malheureux avaient été déposés sur un radeau, et qu'il était impossible qu'ils se fussent sauvés. Il ne sera peut-être pas déplacé de faire connaître une conversation qui eut lieu à notre sujet. Dans un cercle assez nombreux, quelques personnes dirent : *Il est dommage qu'on ait abandonné ce radeau, il y avait dessus plusieurs braves garçons ; mais leurs peines sont finies ; ils sont plus heureux que nous, car nous ne savons comment tout cela va se passer.* Enfin notre rencontre fit décider de se diriger de nouveau sur le Sénégal, et le lendemain nous vîmes cette terre que pendant treize jours nous avions si ardemment désirée. Nous mouillâmes le soir sous la côte, et au matin, favorisés par les vents, nous fîmes route pour la rade de Saint-Louis, où nous jetâmes l'ancre le 19 juillet à deux ou trois heures d'après-midi.

Telle est l'histoire fidèle de ce qui se passa sur le mémorable radeau. De cent cinquante délaissés, quinze seulement ont été sauvés ; mais cinq n'ont pu survivre à tant de fatigues, et sont morts à Saint-Louis. Ceux qui existent encore sont couverts de cicatrices, et les cruelles souffrances auxquelles ils ont été en proie, ont singulièrement altéré leur constitution.

En terminant ce récit des maux inouïs contre lesquels nous avons lutté pendant treize jours, nous nous faisons un devoir de nommer ici ceux qui les ont partagés avec nous.

Noms des personnes existant lors du sauvetage, et renseignements sur leur sort ultérieur.

MM.

Dupont, capitaine d'infanterie	*En retraite.*
L'Heureux, lieutenant *idem*	*Fait capitaine et chevalier de Saint-Louis.*
Lozach, sous-lieutenant	*Mort.*
Clairet, idem	*Mort.*
Griffon du Bellay, ex-commis de marine	*Employé.*
Coudein, élève de marine	*Enseigne de vaisseau.*
Chariot, sergent-major (de Toulon)	*Mort au Sénégal.*
Courtade, maître canonnier	*Mort.*
Lavillette, chef d'atelier	*En France.*
Coste, matelot	*En France.*
Thomas, pilotin	Idem.
François, infirmier	*Dans l'Inde.*
Jean-Charles, soldat noir	*Mort.*
Corréard, ingénieur-géographe	*Sans emploi.*
Savigny, chirurgien	*Démissionnaire.*

Le gouverneur ayant été instruit de notre arrivée, nous expédia une grande embarcation pontée pour nous transporter à terre ; cette embarcation nous apportait aussi du vin et quelques rafraîchissements. Le patron ayant jugé que nous pourrions franchir dans la marée la barre qui est à l'embouchure du fleuve, on décida qu'on allait nous débarquer dans l'île. Les Noirs qui composaient l'équipage du petit navire, déposèrent dans leur cale ceux d'entre nous qui étaient les plus malades ; ces hommes quoique peu civilisés, laissaient couler des larmes en voyant l'état déplorable dans lequel nous étions. Nous abandonnâmes le brick l'*Argus* vers les six heures du soir, accompagnés de M. Parnajon. Lorsque nous approchâmes de la barre, on ferma les écoutilles sur ceux qui étaient couchés à fond de cale. Nous attendions avec impatience que nous eussions franchi ce mauvais pas dont le passage dura quelques minutes. Pendant ce temps le plus profond silence régnait à bord ; la voix seule du patron se faisait entendre. Dès que nous fûmes hors de danger, les Noirs recommencèrent leurs chants, qui ne cessèrent qu'au moment de notre arrivée à Saint-Louis.

On nous fit une réception des plus brillantes ; le gouverneur, plusieurs officiers, les uns français, les autres anglais, vinrent nous recevoir, et l'un de ceux qui composaient ce nombreux cortège nous tendit une main qui, quinze jours auparavant, nous avait plongé le poignard dans le sein en larguant la remorque.

Cependant tel est l'effet que produit la vue de malheureux qui viennent d'être miraculeusement sauvés, qu'il n'y eut personne, soit Anglais, soit Français, qui ne versât des larmes d'attendrissement en nous voyant dans l'état déplorable où nous étions réduits. Tous nous parurent vraiment touchés de notre triste position comme de l'intrépidité que nous avions déployée sur notre radeau. Nous ne pûmes cependant retenir notre indignation à la vue de quelques personnages de ce cortège.

Quelques-uns de nous furent accueillis par des négociants français qui leur prodiguèrent des attentions et des égards infinis. MM. Valentin et Lasalle se distinguèrent par un désintéressement sans égal. Ils suivirent cette impulsion si naturelle qui porte l'homme à assister son semblable, lorsqu'il est témoin de sa détresse extrême. Nous devons dire aussi que ce furent les seuls colons qui vinrent au secours des naufragés du radeau.

Les survivants du radeau de la Méduse sauvés par le brick l'Argus, juillet 1816. Gravure parue dans la presse de l'époque. Lithographie d'Engelmann.

Photo © Collection Roger-Viollet.

CHAPITRE VIII

Marche des embarcations. — Soixante-trois hommes de la chaloupe descendent au cap Mirick. — La chaloupe prend quinze hommes de la pirogue. — Tous les équipages abordent. — Fatigues et privations dans le désert. — Comment les Maures voyagent. — Insectes. — On rencontre des Maures. — Le brick apporte des vivres à la caravane. — Arrivée à Saint-Louis. — Conduite des Maures. — Mésintelligence entre les naufragés. — Délire. — Relation de la marche dans le désert, par M. Brédif.

Avant de passer à la seconde partie de notre ouvrage où nous comprendrons l'histoire du cap de Dakar et des malheureux naufragés qui restèrent dans les hôpitaux de Saint-Louis, rejetons encore un moment nos regards en arrière et faisons connaître ici quelles furent les manœuvres des embarcations, lorsque les remorques eurent été larguées et que le radeau fut abandonné à lui-même.

La chaloupe fut la dernière embarcation que nous vîmes disparaître. Elle eut connaissance de la terre et des îles d'Arguin à quatre heures du soir ; les autres canots durent donc nécessairement les voir aussi quelque temps auparavant, ce qui, à ce que nous pensons, prouve assez que, lorsque nous fûmes abandonnés, nous étions à une très petite distance de la côte. Deux embarcations parvinrent à gagner le Sénégal sans accident ; ce sont celles que montaient le gouverneur et le commandant de la frégate. Dans le mauvais temps qui força les autres canots à faire côte, elles eurent beaucoup à souffrir pour résister à une grosse mer et à un vent extrêmement fort. Deux jeunes marins, dans ce moment fort épineux, donnèrent des preuves de courage et de sang-froid, savoir : dans le grand canot, M. Barbotin, élève de marine, et dans celui du commandant, M. Rang[1], également élève de marine, aussi recommandable par ses connaissances que par le courage qu'il déploya dans cette circonstance. Tous les deux, tant que dura le mauvais temps, se tinrent au gouvernail et dirigèrent la marche des canots. Un nommé Thomas, chef de timonerie, et un nommé Lange, contremaître, montrèrent également beaucoup de courage et toute l'expérience de vieux marins. Ces deux embarcations arrivèrent le 9, vers dix heures du soir, à bord de la corvette l'*Écho*, qui, depuis quelques jours, était mouillée sur la rade de Saint-Louis. Un conseil fut tenu, on y fit choix des moyens les plus prompts et les plus sûrs pour donner des secours aux naufragés abandonnés dans les embarcations et sur le radeau.

Le brick l'*Argus* fut désigné pour cette mission. Le commandant de ce navire, brûlant du désir de voler au secours des infortunés naufragés, aurait voulu

1. La conduite de ce jeune marin eût mérité quelque récompense. À la fin de l'année 1816, il y eut une promotion de 80 enseignes, qui devaient être pris parmi les élèves qui comptaient le plus de service ; M. Rang avait déjà huit ans de grade et dix de service, ce qui le classait parmi les soixante-dix premiers ; ainsi, il devait être nommé de droit. À la vérité, on dit qu'il avait été porté sur la liste des candidats ; mais il en fut rayé, parce que quelques jeunes gens (qu'on nomme protégés) se présentèrent au ministère, et durent nécessairement l'emporter.

mettre sous voile à l'instant même ; mais des causes sur lesquelles nous garderons le silence, enchaînèrent son zèle. Quoi qu'il en soit, cet officier distingué exécuta les ordres qu'il reçut avec une rare activité.

Revenons à l'histoire des quatre autres embarcations, et suivons d'abord la marche de la principale, qui était la chaloupe. Dès qu'elle eut pris connaissance de la terre, elle revira de bord et prit le large, parce qu'elle était sur des hauts-fonds, et qu'il eût été imprudent de rester par 1 mètre ou 1 mètre 30 centimètres d'eau, pendant la nuit : elle avait touché deux ou trois fois. Le 6, vers les quatre heures du matin, se trouvant trop éloignée de la côte, et la mer étant très houleuse, elle revira de bord, et peu d'heures après on vit la terre pour la seconde fois. À huit heures on en fut extrêmement près, et les hommes désirant ardemment gagner le rivage, on mit à terre soixante-trois des plus décidés. On leur donna des armes et le plus de biscuit qu'on put ; ils commencèrent à faire route vers le Sénégal, en suivant les bords de la mer. Ce débarquement se fit dans le nord du cap Mirick, à quatre-vingts ou quatre-vingt-dix lieues de l'île Saint-Louis, et la chaloupe prit ensuite le large.

> La mer était à deux doigts du bord de la chaloupe, le moindre flot entrait dedans, de plus, elle faisait eau, il fallait continuellement la vider ; service auquel se refusaient les matelots et les soldats qui étaient avec nous : heureusement la mer était assez tranquille.
> Dès le soir même du 5 nous vîmes terre, et ce cri de *terre ! terre !* fut répété par tout le monde. Nous faisions voile rapidement vers les côtes d'Afrique, quand nous sentîmes que nous avions touché. Nouvelle détresse. Nous n'avions que trois pieds d'eau : mais nous serait-il possible de remettre la

chaloupe à flot et de la pousser au large ? Il n'y avait plus d'espoir de pouvoir gagner terre. Quant à moi, je ne voyais que danger sur les côtes d'Afrique, et j'aimais autant me noyer que d'être fait esclave et conduit à Maroc ou à Alger. Mais la chaloupe ne toucha qu'une fois ; nous revînmes sur notre chemin, et, à force de sondages et de tâtonnements, nous parvînmes au large vers la nuit.

La Providence avait décidé que nous éprouverions toutes les angoisses, et que nous ne péririons pas. Quelle nuit en effet ! La mer fut très grosse ; le talent de notre timonier nous sauva. Un seul mouvement faux, c'était fait de nous. Nous embarquâmes cependant en partie deux ou trois lames qu'il nous fallut vider à la hâte. Il était temps : toute chaloupe, dans la même circonstance, se serait perdue. Cette nuit, si longue et si affreuse, fit enfin place au jour.

Nous nous trouvâmes, au point du jour, en vue de terre. La mer se calma un peu : l'espoir revint dans l'âme des matelots abattus. Presque tout le monde demande à aller à terre. L'officier, malgré lui, cède à leurs vœux. Nous approchons des côtes, et nous jetons une petite ancre, afin de ne pas échouer. On file la corde, et nous sommes assez heureux pour venir près de terre, à deux pieds d'eau seulement. Soixante-trois hommes se jettent dans l'eau et gagnent le rivage, qui n'est qu'un sable aride et brûlant. Ce devait être à quelques lieues au-dessus de Portendic. Je me gardai bien de les imiter. Je restai, moi vingt-septième, dans la chaloupe, bien décidés tous à tâcher de gagner le Sénégal avec notre embarcation, qui se trouvait allégée de plus des deux tiers de son poids. C'était le 6 juillet, à neuf heures du matin.

Laissons aller ces soixante-trois malheureux qui viennent d'être déposés sur les sables du cap Mirick. Nous y reviendrons plus tard ; pour le moment, suivons les mouvements des autres canots. À midi, ayant couru quelques milles, la chaloupe eut connaissance des autres embarcations. On manœuvrait pour les reconnaître. La chaloupe fit son possible pour les rallier ; mais les canots employèrent tous les moyens pour éviter cette rencontre : on se méfiait les uns des autres. Leurs officiers se conduisaient ainsi, parce que quelques personnes avaient assuré que l'équipage de la chaloupe était révolté, et qu'il avait même menacé de faire feu sur les autres canots.

> Ce bruit de révolte parmi l'équipage de la chaloupe commença à courir dès qu'elle eut joint la ligne que formaient les embarcations au-devant du radeau. Voici ce qui nous a été raconté. Lorsque les canots nous eurent abandonnés, plusieurs hommes de la chaloupe, des sous-officiers des troupes passagères, s'écrièrent : *Faisons feu sur ceux qui s'enfuient*. Déjà les fusils étaient armés ; mais l'officier qui commandait eut assez d'empire sur eux pour les empêcher d'exécuter leur dessein. Il nous a également été rapporté que le nommé F..., quartier-maître, coucha en joue le commandant de la frégate. Voilà ce que nous avons pu recueillir sur cette prétendue révolte.

La chaloupe, au contraire, qui venait de débarquer une partie de son monde, s'avançait pour dire aux embarcations qu'elle était en état de leur en prendre, en cas qu'elles fussent trop chargées. Le canot du commandant et la pirogue furent les seuls qui s'approchèrent à portée de la voix. Le soir, à cinq heures, la mer devint houleuse et le vent très fort. La pirogue, ne pouvant tenir contre la violence du vent, demanda du secours à la chaloupe, qui revira de bord et se chargea de quinze personnes qui montaient cette faible embarcation. Voici ce que dit à cet égard M. Rédif :

« Une heure après le débarquement des soixante-trois hommes, nous aperçûmes derrière nous quatre de nos embarcations. M. Espiau, malgré les cris de son équipage qui s'y opposait, baisse les voiles et met en travers pour les attendre. *Ils nous ont refusé de prendre du monde ; faisons mieux maintenant que nous sommes allégés, offrons de leur en prendre.* Il leur fit en effet cette offre, lorsqu'elles furent à portée de la voix : mais au lieu d'approcher franchement, elles se tiennent à distance. La plus légère des embarcations (c'était une yole), va de l'un à l'autre pour les consulter. Cette défiance venait de ce qu'ils pensaient que, par une ruse de guerre, nous avions caché tout notre monde sous les bancs, pour nous élancer ensuite sur eux quand ils seraient assez près, et telle était cette défiance, qu'ils prirent le parti de nous fuir comme des ennemis, et de s'éloigner. Ils craignaient tout notre équipage, qu'ils croyaient révolté ; cependant nous ne mettions d'autres conditions, en recevant du monde, que de prendre de l'eau. La soif commençait à se faire sentir ; quant au biscuit, nous n'en manquions pas.

« Plus d'une heure s'étant écoulée depuis cet incident, la mer devint très grosse ; la yole ne put tenir. Obligée de demander du secours, elle arriva vers nous. Mon camarade de Chasteluz était un des quinze hommes qu'elle renfermait. Nous songeons d'abord à son salut ; il s'élance sur notre chaloupe, je le retiens par le bras et l'empêche de retomber à la mer. Nous nous serrâmes la main : quel langage !

« Singulière suite d'événements ! Si nos soixante-trois hommes n'avaient pas absolument voulu débarquer, nous n'aurions pu sauver les quinze hommes de la yole ; nous eussions eu la douleur de les voir périr devant nous sans pouvoir les secourir. Ce n'est pas tout ; voici ce qui me regarde particulièrement. Quelques instants avant de prendre les hommes de la yole, je me déshabillai afin de faire sécher mes habits qui, depuis quarante-huit heures étaient mouillés, pour avoir aidé à tirer l'eau de la chaloupe. Avant d'ôter mon pantalon, je touchai ma bourse qui contenait les 400 fr. ; un moment après, je ne l'avais plus : c'était le complément de toutes mes pertes. Quelle heureuse idée d'avoir partagé mes 800 fr ; M. de Chasteluz avait les 400 autres.

« La chaleur fut très forte pendant la journée du 6.

Nous étions réduits à une ration d'un verre d'eau sale ou puante. Encore si nous en avions eu en abondance ! Pour tromper notre soif, nous mettions un morceau de plomb dans la bouche ; c'était un triste expédient !

« La nuit vint encore ; elle fut la plus terrible de toutes ; le clair de lune nous faisait apercevoir une mer furieuse. Des lames longues et creuses menacèrent vingt fois de nous faire disparaître. Le timonier ne pouvait croire que nous pussions échapper à toutes celles qui arriveraient. Si nous en avions embarqué une seule, la fin était venue ; le timonier mettait le gouvernail en travers, et la chaloupe faisait capot. Ne valait-il pas mieux en effet disparaître d'un seul coup que de mourir lentement ?

« Vers le matin, la lune étant couchée, excédé de

besoin, de fatigue et de sommeil, je cède à mon accablement, et je m'endors malgré les vagues prêtes à nous engloutir. Les Alpes et leurs sites pittoresques se présentent à ma pensée. Je jouis de la fraîcheur de l'ombrage ; je renouvelle les moments délicieux que j'y ai passés, et comme, pour ajouter à mon bonheur actuel par l'idée du mal passé, le souvenir de ma bonne sœur, fuyant avec moi dans les bois de Kaiserlautern les Cosaques qui s'étaient emparés de l'établissement des mines, est présent à mon esprit. Ma tête était penchée au-dessus de la mer. Le bruit des flots qui se brisent contre notre frêle barque produit sur mes sens l'effet d'un torrent qui se précipite du haut des montagnes : je crois m'y plonger tout entier. Cette douce illusion ne fut pas complète ; je me réveillai, et quel réveil, grand Dieu ! Ma tête se releva douloureusement, je décolle mes lèvres ulcérées, et ma langue desséchée n'y trouve qu'une croûte amère de sel, au lieu d'un peu de cette eau que j'avais vue dans mon rêve. Le moment fut affreux, et mon désespoir extrême. Je pensai à me jeter à la mer, et à terminer en un instant toutes mes souffrances : ce désespoir fut court ; il y avait plus de courage à souffrir.

« Un bruit sourd qu'on entendait au loin, ajouta aux horreurs de cette nuit. La crainte que ce ne fût le bruit de la barre du Sénégal, empêcha qu'on ne fît tout le chemin qu'on aurait pu faire. Nous n'avions aucun moyen de savoir où nous étions. L'erreur était grande ; ce bruit n'était que celui des brisants qui se trouvent sur toutes les côtes d'Afrique. Depuis, nous avons su que nous étions encore à plus de soixante lieues du Sénégal. »

Dans la journée du 8, à deux heures du soir, les hommes, tourmentés par une soif ardente et une faim qu'ils ne pouvaient satisfaire, forcèrent, par leurs demandes réitérées, à faire côte, ce qui eut lieu dans la soirée du même jour. L'intention de l'officier était de continuer sa route jusqu'au Sénégal ; il eût réussi sans doute, mais les cris des soldats et de matelots qui, déjà, murmuraient hautement, décidèrent la manœuvre qui fut faite, et l'équipage débarqua à quarante lieues à peu près de l'île Saint-Louis. Le canot major et celui du Sénégal, qui s'étaient beaucoup rapprochés de la côte et qui n'avaient pu résister à la violence du gros temps, d'ailleurs dépourvus de vivres, avaient également été obligés de faire côte, dans la journée du 8, le premier à cinq heures du soir, et le second à onze heures du matin.

Écoutons encore M. Bredif.

« Notre position ne changea pas jusqu'au 8 ; la soif nous tourmentait de plus en plus. L'officier me parla de faire la liste et d'appeler les personnes pour les rations d'eau ; tout le monde s'approchait et buvait ce qui lui était distribué. Je tenais mon registre au-dessous du gobelet de fer-blanc pour recevoir les gouttes qui tombaient et en humecter mes lèvres. Quelques-uns essayèrent de boire de l'eau de mer ; je pense qu'ils ne faisaient que hâter le moment de leur destruction.

« Vers le milieu du 8 juillet, un de nos canots fit route avec la chaloupe. Il souffrait plus que nous, et résolut de faire de l'eau à terre, si cela était possible ; mais les marins révoltés exigèrent qu'on y débarquât tout à fait : il y avait deux jours qu'ils n'avaient bu. L'officier voulait s'y opposer ; les matelots avaient le sabre à la main. Une boucherie épouvantable fut sur le point d'avoir lieu à bord de ce malheureux canot. Les deux voiles furent hissées pour aller échouer plus promptement à la côte ; tout le monde arriva à terre ; le bateau s'emplit d'eau et fut abandonné.

« Cet exemple funeste pour nous, donna à nos

matelots l'envie d'en faire autant. M. Espiau consentit à les mettre à terre ; il espérait pouvoir ensuite, avec le peu d'eau qui restait, et en manœuvrant nous-mêmes, aller jusqu'au Sénégal. Nous entourons donc ce peu d'eau, et nous nous armons d'épées pour la défendre. On se porte près des brisants ; on jette l'ancre, et l'officier donne l'ordre de filer la corde doucement ; les marins, au contraire, lâchèrent la corde ou la coupèrent. La chaloupe, n'étant plus arrêtée, est entraînée dans un premier brisant. L'eau passe par-dessus nos têtes, et emplit la chaloupe aux trois quarts ; elle ne coule pas. Sur le champ on déploie une voile qui nous emporte à travers les autres brisants. La chaloupe s'emplit tout à fait ; nous coulons ; mais il n'y avait plus que quatre pieds d'eau : tout le monde se jette à la mer et personne ne périt.

« Avant que l'on songeât à aller à terre, je m'étais déshabillé pour faire sécher mes habits, et j'aurais pu me revêtir ; mais la nouvelle résolution étant prise, je crus que, sans vêtements, je serais plus dispos en cas de besoin. M. de Chasteluz ne savait pas nager : il s'attacha une corde dont je pris un bout, et au moyen de laquelle je devais l'attirer à moi, dès que j'aurais atteint la terre. Quand la chaloupe coula, je me jetai dans les flots ; je ne fus pas peu satisfait de toucher le fond, car j'étais inquiet de mon camarade. Je retournai à la chaloupe ; je cherchai mes habits et mon épée. Une partie m'était déjà volée ; je ne retrouvai que mon habit et un des deux pantalons que j'avais mis sur moi. Un Noir voulut bien me vendre pour 8 fr. une vieille paire de souliers : car il m'en fallait une pour marcher.

« Les matelots avaient sauvé le baril d'eau. Aussitôt que nous fûmes à terre, ils se battirent entre eux pour boire. Je me précipite au milieu de la mêlée, et me fais jour jusqu'à celui qui tenait le baril au-dessus de sa bouche ; je le lui arrache, et je trouvai le temps, en y appliquant la mienne, d'avaler deux gorgées. Le baril me fut ensuite enlevé : mais ces deux gorgées me valurent deux bouteilles : sans elles, je ne pouvais plus vivre que quelques heures.

« Ainsi je me trouvai sur la côte d'Afrique, presque mouillé jusqu'aux os, n'ayant dans mes poches que quelques galettes de biscuit trempées d'eau salée, pour la nourriture de plusieurs jours, sans eau au milieu d'un désert de sables brûlants où errent des hommes cruels ; c'était quitter un danger pour un autre plus grand.

« Nous résolûmes de suivre toujours le bord de la mer, la brise nous rafraîchissant un peu ; de plus, le sable mouillé était plus doux que le sable fin et mouvant dans l'intérieur. Avant de commencer notre route, nous attendîmes l'équipage du canot qui avait fait côte avant nous.

« Nous marchions depuis une demi-heure, lorsque nous vîmes un autre canot qui s'avançait à pleines voiles ; il vint échouer. Il renfermait toute la famille Picard, composée de Monsieur, de Madame, de trois grandes demoiselles, et de quatre petits enfants en bas âge, dont un à la mamelle. Je me déshabille et me jette à la mer pour aider cette malheureuse famille ; je contribue à mettre M. Picard à terre : tout le monde est conservé. Je reviens chercher mes habits que je ne trouve plus ; j'entre dans une colère violente, et témoigne en termes énergiques l'indignité de voler en de telles circonstances. Je suis réduit à ma chemise et à mon caleçon. J'ignore si mes cris, mes accents donnèrent du remords au voleur ; mais je retrouvai mon habit et mon pantalon étendus un peu plus loin sur le sable. »

Les officiers réunirent leurs équipages, les rangèrent en ordre et firent route pour le Sénégal. Mais ils étaient dans l'abandon, dépourvus de toutes ressources, sans guide sur une côte peuplée de barbares. La soif et la faim les assaillaient d'une manière cruelle ; les rayons d'un soleil ardent qui se réfléchit sur ces immenses plaines de sable, aggravaient encore leurs souffrances. Le jour, accablés par une chaleur excessive, ils pouvaient à peine faire un pas ; la fraîcheur du soir et du matin pouvait seule favoriser leur pénible marche. Ayant, après des peines infinies, franchi les dunes, ils trouvèrent de vastes plaines où ils eurent le bonheur de découvrir de l'eau, après avoir fait dans le sable des trous à une certaine profondeur : ce liquide bienfaisant leur rendit l'espérance et la vie.

Cette manière de se procurer de l'eau est indiquée dans plusieurs voyages, et pratiquée dans plusieurs pays. Tout le long des côtes de la Sénégambie et jusqu'à quelque distance dans les terres, on trouve ainsi, en creusant le sable à la profondeur de cinq à six pieds, une eau blanche et saumâtre, la seule en usage dans toute cette contrée pour la boisson ordinaire et les besoins domestiques, à l'exception des eaux du Sénégal, dont on peut se pourvoir à Saint-Louis, lors de la crue ou inondation.

Les Maures ont entre eux des signes convenus pour s'avertir, hors de la portée de la voix, lorsqu'ils ont trouvé de l'eau. Comme les sables du désert sont disposés par ondulations, et que le relief de ces plaines présente l'image d'une mer brisée en grandes ondes qui seraient tout à coup, comme par un soudain enchantement, restées suspendues avant d'avoir pu retomber, c'est sur le dos de ces flots immobiles qu'en général les Maures voyagent, à moins que la direction de ces espèces de vagues, trop écartée de la route qu'ils veulent tenir, ne force les voyageurs à les traverser. Mais d'ailleurs, comme ces arêtes elles-mêmes ne sont pas toujours disposées d'une manière parallèle, et se croisent souvent entre elles, les Maures ont constamment quelques-uns des leurs en avant pour servir de guides et indiquer, par divers signes de mains, à chaque croisement, de quel côté il faut prendre, comme aussi tout ce que la prudence exige que l'on connaisse d'avance, ainsi que les eaux ou plutôt l'humidité et la verdure que l'on peut apercevoir. En général, ces peuples qui se rapprochent des bords de la mer pendant les vents et les ouragans du solstice d'été, se tiennent rarement sur le rivage, proprement dit, parce qu'ils sont trop tourmentés, ainsi que leurs animaux, par des myriades de mouches extrêmement importunes et qui n'abandonnent point les bords de la mer. Dans cette même saison, l'apparition des cousins ou maringouins, les porte à s'éloigner du Sénégal ; car leur bétail alors, sans cesse piqué par ces insectes, en devient furieux et malade.

Les nôtres rencontrèrent quelques-uns de ces Maures, et les forcèrent en quelque sorte à leur servir de guides. Après avoir continué leur marche en longeant les bords de la mer, le 11 au matin, ils aperçurent le brick l'*Argus* qui croisait pour donner des secours à ceux qui avaient fait côte. Le brick les eut à peine découverts, qu'il vint très près du rivage et mit en travers ; il envoya une embarcation à terre et leur fit parvenir du biscuit et du vin. Le 11 au soir, ils rencontrèrent d'autres indigènes et un Irlandais, nommé Karnet, capitaine marchand, qui, de son propre mouvement, était parti de Saint-Louis dans l'intention de porter des secours aux naufragés ; il parlait la langue du pays et avait pris les mêmes habillements que les Maures. Après les souffrances et les privations les plus cruelles, ceux de ces infortunés qui composaient les équipages du canot major, de celui dit du Sénégal, vingt-cinq hommes de la chaloupe et quinze personnes de la pirogue arrivèrent à Saint-Louis, le 13 juillet, à sept heures du soir, après avoir erré pendant cinq journées entières au milieu de ces déserts affreux qui, de toutes parts, n'offraient à leurs yeux que la plus profonde solitude et l'aspect d'une destruction inévitable.

Pendant le trajet qu'ils parcoururent, ils eurent à lutter contre tout ce qu'ont d'horrible la faim et la soif poussées à l'extrême. Leur soif était telle, que la première fois que plusieurs d'entre eux découvrirent de l'eau dans le désert, l'égoïsme fut poussé au point, que ceux qui avaient trouvé ces sources bienfaisantes, s'agenouillaient quatre ou cinq près du trou qu'ils venaient de creuser. Là, les yeux fixés sur l'eau, ils faisaient signe de la main à leurs compagnons de ne pas s'en approcher, qu'ils avaient trouvé les sources, et qu'eux seuls avaient droit de s'y désaltérer. Ce n'était qu'après les plus grandes supplications qu'ils accordaient un peu d'eau au malheureux dévoré d'une soif brûlante. Lorsqu'ils rencontrèrent des Maures, ceux-ci leur procurèrent quelques secours ; mais ces barbares poussaient l'inhumanité jusqu'à ne pas vouloir leur indiquer les sources qui sont répandues sur le rivage. Une avarice sordide les faisait ainsi agir envers les malheureux naufragés ; car lorsque ceux-ci avaient passé un des puits, les Maures en tiraient de l'eau qu'ils leur vendaient jusqu'à une gourde le verre. Ils exigeaient le même prix d'une petite poignée de mil.

Lorsque le brick vint près de la côte pour secourir ces infortunés, une grande quantité de naturels du pays couronnèrent les hauteurs ; leur nombre était si grand qu'il inspira des craintes aux Français, qui aussitôt se formèrent en bataille sous les ordres d'un capitaine d'infanterie. Deux officiers se détachèrent et allèrent demander aux chefs des Maures quelles étaient leurs intentions, s'ils voulaient la paix ou la guerre. On leur fit entendre que loin de vouloir agir comme des ennemis, ils s'offraient au contraire à procurer aux naufragés tous les secours qui étaient en leur pouvoir ; mais ces barbares déployèrent dans toutes les circonstances une perfidie qui n'appartient qu'aux peuples de ces climats. Lorsque le brick eut envoyé du biscuit à terre, ils en pillèrent la moitié, et quelques instants après ils le vendaient au poids de l'or à ceux mêmes auxquels ils l'avaient dérobé. S'ils rencontraient quelques matelots ou soldats qui eussent eu l'imprudence de s'éloigner de la troupe, ils les dépouillaient entièrement et ensuite les maltraitaient. Il n'y avait que le nombre qui, leur inspirant de l'effroi, ne recevait d'eux aucune insulte. D'ailleurs il existe entre les chefs de ces peuples nomades et le gouvernement qui possède l'île Saint-Louis, un traité où il est stipulé qu'une forte récompense sera accordée aux Maures qui trouveront des naufragés dans le désert et les ramèneront au comptoir européen : l'intérêt guidait donc ces barbares ; et s'ils ramenaient les hommes égarés, ce n'était que dans l'espoir du prix qu'ils en attendaient.

Des femmes et de jeunes enfants inspiraient la pitié la plus grande. Ces faibles êtres ne pouvaient poser leurs pieds délicats sur des sables brûlants, et d'ailleurs n'étaient pas capables de marcher longtemps. Les officiers eux-mêmes vinrent au secours des enfants et les portèrent alternativement ; leur exemple entraîna quelques personnes qui les imitèrent. Mais ayant rencontré les Maures, qui ne voyagent jamais dans ces déserts sans avoir avec eux leurs chameaux et leurs ânes, tout ce qui n'était pas en état de faire route monta sur ces animaux. Pour l'obtenir il fallait payer jusqu'à deux gourdes pour une journée ; en sorte qu'il était impossible à M. Picard, qui avait une famille nombreuse, de subvenir à tant de dépense : ses respectables filles furent donc obligées de marcher à pied. Un jour à l'heure de midi, qui était le moment de halte, l'aînée, excédée de fatigue, chercha la solitude pour prendre quelques instants de repos, et s'endormit sur le rivage. Pour se garantir des moustiques, elle s'était recouverte la poitrine et la figure avec un grand châle. Pendant que tout le monde se livrait au sommeil, un Maure de ceux qui servaient de guides, soit par curiosité, soit par un tout autre sentiment, s'approcha d'elle tout doucement, examina soigneusement ses formes, et après cette première inspection, qu'il ne trouva pas sans doute suffisante, il s'avisa de soulever le voile qui recouvrait sa poitrine, y fixa attentivement ses regards, resta pendant quelques instants comme un homme vivement étonné. Après l'avoir bien observée, il laissa retomber le voile et revint à sa place, où tout joyeux il raconta à ses camarades ce qu'il venait de voir. Plusieurs Français s'étant aperçus de la démarche du Maure, en firent part à M. Picard, qui se décida (d'après les offres obligeantes des officiers) à revêtir ces dames d'habits militaires, ce qui par la suite prévint toute tentative de la part des habitants du désert.

Avant d'arriver au Sénégal, l'officier irlandais dont nous avons déjà parlé, fit l'achat d'un bœuf. On le tua à l'instant même ; on ramassa le plus qu'on put de matières susceptibles de s'enflammer, et lorsque l'animal fut divisé en autant de parties qu'il y avait d'individus, ceux-ci fixèrent leur part à l'extrémité de leurs sabres ou de leurs baïonnettes, et préparèrent ainsi un repas qui fut délicieux pour eux.

Pendant tout le temps qu'ils restèrent dans le

désert, du biscuit, du vin et de l'eau-de-vie, en très petite quantité, avaient été leur principale subsistance. Quelquefois, à force d'argent, ils obtenaient des Maures du lait et du mil ; mais ce qu'il y avait de plus pénible pour eux, c'est qu'au milieu de ces plaines de sables, il leur était absolument impossible de se dérober aux rayons d'un soleil de feu qui embrase l'atmosphère de ces régions désertes. Assiégés par une chaleur insupportable, manquant presque des premiers besoins, quelques-uns d'eux perdirent un peu la raison ; l'esprit de révolte se manifesta même pendant quelques instants, et deux officiers, dont la conduite est cependant irréprochable, étaient désignés pour les premières victimes : fort heureusement qu'on n'en vint pas aux mains. Beaucoup de ceux qui ont traversé le désert nous ont assuré qu'ils avaient eu des moments d'absence.

Écoutons M. Brédif : « Nous continuâmes notre route dans le reste de la journée du 8 juillet : la soif accablait plusieurs d'entre nous. Quelques-uns, les yeux hagards, n'attendaient plus que la mort. On creusa dans le sable, mais on n'en tira qu'une eau plus salée que celle de la mer. Un homme but de son urine.

« On se décida enfin à passer les dunes de sable ; on rencontra ensuite une plaine de sable presque aussi basse que l'Océan. Ce sable présentait un peu d'herbe sèche et dure. On creusa un premier trou à trois ou quatre pieds, et l'on trouva une eau blanche et d'une mauvaise odeur. Je la goûte, elle était douce. Je m'écrie : nous sommes sauvés ! et ce mot est répété par toute la caravane qui se réunit autour de cette eau, que chacun avalait des yeux. Cinq ou six autres trous sont bientôt faits, et chacun se gonfle de ce liquide bourbeux. On resta deux heures en cet endroit et on tâcha de manger un peu de biscuit, pour se conserver quelques forces.

« Vers le soir, on reprend le bord de la mer. La fraîcheur de la nuit permettait de marcher ; mais la famille Picard ne pouvait nous suivre. On porte les enfants ; pour engager les matelots à les porter tour à tour, nous donnons l'exemple. La position de M. Picard était cruelle ; ses demoiselles et sa femme montrent un grand courage ; elles se mettent en hommes. Après une heure de marche, M. Picard demande qu'on s'arrête : son ton est celui d'un homme qui ne veut pas être refusé ; on y consent, quoique le moindre retard puisse compromettre la sûreté de tous. Nous nous étendons sur le sable ; nous dormons jusqu'à trois heures du matin.

« Nous nous remîmes aussitôt en route. Nous étions au 9 juillet. Nous suivons toujours le bord de la mer ; le sable mouillé permet une marche plus facile ; on se repose toutes les demi-heures à cause des dames.

« Sur les huit heures du matin, nous entrons un peu dans les terres pour reconnaître quelques Maures qui s'étaient montrés. Nous rencontrons deux ou trois misérables tentes où étaient quelques Mauresses presque toutes nues : elles étaient aussi affreuses et aussi laides que les sables qu'elles habitaient. Elles vinrent à notre secours, nous offrant de l'eau, du lait de chèvre, et du millet, leur seule nourriture. Elles nous eussent paru belles, si c'eût été pour le plaisir de nous obliger. Mais ces êtres rapaces voulaient que nous leur donnassions tout ce que nous avions. Les marins, chargés de nos dépouilles, étaient plus heureux que nous autres : un mouchoir leur valait un verre d'eau ou de lait, ou une poignée de mil. Ils avaient plus d'argent que nous ; et donnaient des pièces de cinq ou dix francs pour des choses pour lesquelles nous offrions vingt sols. Au reste, ces Mauresses ne connaissaient pas la valeur de l'argent, et livraient plus à celui qui leur donnait deux ou trois petites pièces de dix sols qu'à celui qui leur offrait un écu de six livres. Malheureusement nous n'avions pas de monnaie, et je bus plus d'un verre de lait au prix de six francs par verre.

« Nous achetâmes plus cher que nous n'eussions acheté de l'or, deux chevreaux qu'on fit bouillir tour à tour dans une petite marmite de fonte qui appartenait aux Mauresses. Nous retirâmes les morceaux à moitié cuits, pour les dévorer comme de véritables sauvages. Les matelots, ces hommes détestables [1], pour qui nous avions acheté ces chevreaux, laissent à peine la part de leurs officiers, pillent ce qu'ils peuvent et se plaignent encore d'en avoir trop peu. Je ne pus m'empêcher de leur parler comme ils le méritaient. Aussi m'en voulaient-ils, et ils me menacèrent plus d'une fois.

« À quatre heures du soir, après avoir passé la grande chaleur du jour sous les tentes dégoûtantes des Mauresses, étendus à côté d'elles, nous entendons crier : *aux armes, aux armes* ! Je n'en avais point : je m'armai d'un grand couteau que j'avais conservé et qui valait bien une épée. Nous avançons vers des Maures et des Noirs qui avaient déjà désarmé plusieurs des nôtres qu'ils avaient trouvés se reposant sur le bord de la mer. On était sur le point de s'égorger, lorsque nous comprîmes que ces hommes venaient s'offrir à nous pour nous conduire au Sénégal.

« Quelques âmes craintives se défiaient de leur intention. Pour moi, ainsi que les plus prudents

---

1. M. Brédif se trompe ; tous les matelots ne sont point des hommes détestables. Nous pourrions en citer un grand nombre de très généreux et de très braves.

parmi nous, je pensai qu'il fallait entièrement se confier à des hommes qui se présentaient en petit nombre et se confiaient eux-mêmes à nous, tandis qu'il leur eût été si facile de venir en assez grand nombre pour nous accabler. On le fit et l'on s'en trouva bien.

« Nous partons avec nos Maures qui étaient des gens très bien taillés et superbes dans leur genre. Un Noir, leur esclave, était un des plus beaux hommes que j'aie vus. Son corps, d'un beau noir, était vêtu d'un bel habit bleu dont on lui avait fait cadeau. Ce costume lui allait à merveille ; sa démarche était fière, et son air inspirait la confiance. La défiance de quelques-uns d'entre nous qui avaient leurs armes nues, et la crainte marquée sur le visage d'un certain nombre, le faisaient rire. Il se mettait au milieu d'eux, et plaçant la pointe des armes sur son estomac, il ouvrait les bras pour leur faire comprendre qu'il n'avait pas peur, et qu'ils ne devaient pas non plus le craindre.

« Après avoir marché quelque temps, la nuit étant venue, nos guides nous conduisirent un peu dans les terres, derrière les dunes, où étaient quelques tentes habitées par un assez grand nombre de Maures. Beaucoup de gens de notre caravane s'écrient qu'on les conduit à la mort. Mais nous ne les écoutons pas, persuadés que de toutes les manières nous sommes perdus, si les Maures veulent notre perte ; que d'ailleurs ils ont un véritable intérêt à nous conduire au Sénégal, et qu'enfin la confiance est le seul moyen de salut.

« La peur fait que tout le monde nous suit. Nous trouvons dans le camp, de l'eau, du lait de chameau et du poisson sec ou plutôt pourri. Quoique tout cela coûtât l'impossible, nous étions trop heureux de le trouver. J'achetai pour 10 francs un de ces poissons qui puaient horriblement. Je l'enveloppai du seul mouchoir que j'avais, pour l'emporter avec moi. Nous n'étions pas sûrs de trouver toujours si bonne auberge sur la route.

« Nous nous couchons dans notre lit accoutumé, c'est-à-dire étendus sur le sable. On se reposa jusqu'à minuit. On prit quelques ânes pour la famille Picard et pour quelques hommes que la fatigue avait mis hors d'état d'aller plus loin.

« J'ai remarqué que les hommes les plus épuisés de lassitude étaient précisément ceux qui paraissaient les plus robustes. À leur figure et à leur force apparente, on les aurait crus infatigables : mais la force morale leur manquait ; celle-là seule soutient. Pour moi je fus étonné de supporter aussi bien tant de fatigues et de privations. Je souffrais, mais avec courage. Mon estomac, à ma grande satisfaction, ne souffrait point du tout. J'ai tout supporté de la même manière jusqu'à la fin.

« Le sommeil seul, mais le plus accablant des sommeils pensa causer ma perte. C'était à deux ou trois heures du matin qu'il s'emparait de moi ; je dormais en marchant. Aussitôt qu'on criait *halte*, je me laissais tomber sur le sable, et je me trouvais dans la plus profonde léthargie. Rien ne m'était plus pénible que d'entendre, au bout d'un quart d'heure : *debout, en route*.

« Je fus une fois tellement accablé que je n'entendis rien. Je restai étendu par terre pendant que toute la caravane passait à mes pieds. Elle était déjà très loin, quand un traîneur m'aperçut heureusement : il me pousse et me réveille enfin. Sans lui, mon sommeil aurait duré sans doute plusieurs heures. Lorsque je me serais réveillé seul au milieu du désert, ou le désespoir aurait terminé mes souffrances, ou j'aurais été fait esclave par les Maures, ce que je n'aurais pu supporter. Pour éviter ce malheur, je priai un de mes amis de veiller sur moi, et de se charger de me tirer du sommeil à chaque station, ce qu'il fit.

« Le 10 juillet, vers les six heures du matin, nous marchions sur le bord de la mer, quand nos conducteurs nous prévinrent d'être sur nos gardes et de prendre nos armes. Je saisis mon couteau ; on rallie tout le monde. Le pays était habité par des Maures pauvres et pillards, qui n'auraient pas manqué d'attaquer les traîneurs. La précaution était bonne. Quelques Maures se montrent sur les dunes : leur nombre augmente, et bientôt surpasse le nôtre. Pour leur en imposer, nous nous mîmes en rang sur une ligne avec les épées et les sabres en l'air. Ceux qui n'avaient pas d'armes agitaient les fourreaux, pour faire croire que nous étions tous armés de fusils. Ils n'approchaient pas : nos conducteurs vont au-devant à moitié chemin. Ils laissent un seul homme et se retirent : les Maures en font autant de leur côté. Les deux parlementaires s'entretiennent pendant quelque temps ; puis ils reviennent chacun à leur troupe. L'explication fut satisfaisante, et les Maures ne tardent pas à venir nous trouver sans la moindre défiance.

« Leurs femmes nous apportent du lait, qu'elles nous vendent horriblement cher ; la rapacité de ces Maures est étonnante ; ils demandent jusqu'à partager le lait qu'ils nous ont vendu.

« Cependant nous vîmes une voile qui cinglait vers nous ; nous fîmes toutes sortes de signaux pour en être aperçus, et nous fûmes assurés qu'on nous répondait. Notre joie fut vive et bien fondée ; c'était le brick l'*Argus* qui venait à notre secours. Il baisse les voiles et met une embarcation à la mer. Quand elle est auprès des brisants, un de nos Maures se jette à la nage, muni d'un billet qui peignait notre détresse. Le canot prend le Maure à bord, et retourne porter le billet au capitaine. Après une demi-heure, le canot revient chargé d'un gros baril et de deux petits... Lorsqu'il est arrivé à l'endroit où il avait pris le Maure, ce dernier se remet à la nage, apportant avec lui la réponse, elle nous annonce qu'on va mettre à la mer un tonneau de biscuit et de fromage, et deux autres contenant du vin et de l'eau-de-vie.

« Une autre nouvelle nous comble de joie : les deux embarcations, qui n'étaient pas échouées comme nous à la côte, étaient arrivées au Sénégal après avoir essuyé les temps les plus orageux. Sans perdre un instant, M. le gouverneur avait expédié l'*Argus*, et pris toutes les mesures pour secourir les naufragés, et aller jusqu'à la *Méduse*[1]. De plus, on avait envoyé par terre des chameaux chargés de vivres, que nous devions rencontrer ; enfin les Maures étaient prévenus de nous respecter et de nous porter secours. Tant de bonnes nouvelles nous rendent à la vie et nous donnent un nouveau courage.

« Quand les trois barils annoncés eurent été abandonnés à la mer, nous les suivions des yeux, nous craignions que les courants, au lieu de les amener à la côte, ne les envoyassent au large. Enfin nous ne doutons plus qu'ils ne s'approchent de nous ; nos Noirs et nos Maures les vont chercher en nageant, et les poussent vers le rivage, où nous nous en emparons.

« Le gros baril fut défoncé ; le biscuit et le fromage furent distribués. Nous ne voulûmes pas défoncer ceux de vin et d'eau-de-vie ; nous appréhendions que les Maures, à une telle vue, ne pussent se contenir et ne se précipitassent sur cette proie. Nous marchâmes, et une demi-lieue plus loin sur le bord de la

---

1. M. Brédif se trompe, puisque le gouverneur, M. Schmaltz, est resté deux fois vingt-quatre heures sans faire partir l'*Argus*.

mer, nous fîmes un repas des dieux. Nos forces réparées, nous continuâmes notre route avec plus d'ardeur.

« Vers la fin du jour, le pays change un peu d'aspect ; les dunes s'abaissent, nous apercevons dans le lointain une surface d'eau, nous croyons, et ce n'est pas pour nous une satisfaction légère, que c'est le Sénégal qui faisait un coude en cet endroit pour couler parallèlement à la mer. De ce coude s'échappe le bras du fleuve appelé le Marigot des Maringoins : pour le passer un peu plus haut, nous quittons le bord de la mer. Nous arrivons dans un endroit où il se trouvait un peu de verdure et de l'eau : on résolut d'y rester jusqu'à minuit.

« À peine y étions-nous que nous voyons venir un Anglais nommé Karnet, et trois ou quatre marabouts (prêtres de ce pays). Ils ont des chameaux : ils sont envoyés sans doute par le gouverneur anglais du Sénégal à la recherche des naufragés. On fait partir aussitôt un des chameaux chargé de vivres. Ceux qui le conduisent iront, s'il le faut, jusqu'à Portendick réclamer nos compagnons d'infortune, ou au moins en savoir des nouvelles.

« L'envoyé anglais a de l'argent pour nous acheter des vivres. Il nous annonce encore trois jours de marche jusqu'au Sénégal. Nous pensions en être plus près ; les plus fatigués sont effrayés de cette grande distance. Nous dormons tous réunis sur le sable. On ne laisse personne s'éloigner, à cause des lions qui, dit-on, étaient dans cette contrée. Cette crainte ne me tourmente guère, et ne m'empêche pas de dormir assez bien.

« Le 11 juillet, après avoir marché depuis une heure du matin jusqu'à sept heures, nous venons dans un lieu où l'Anglais comptait trouver un bœuf.

Par un malentendu il n'y en avait point ; il fallut *se serrer le ventre* ; mais nous eûmes un peu d'eau.

« La chaleur était insupportable ; le soleil était déjà brûlant. On fit halte sur le sable blanc des dunes, comme étant plus sain pour une station que le sable mouillé de la mer ; mais ce sable était si chaud que les mains ne pouvaient l'endurer. Vers midi, le soleil, d'aplomb sur nos têtes, nous torréfiait. Je n'y pus trouver de remède qu'au moyen d'une plante rampante poussant çà et là sur ce sable mouvant. D'anciennes tiges me servent de montant, et par-dessus j'établis mon habit et des feuilles. Je mets ainsi ma tête à l'ombre, le reste du corps était cuit. Le vent renversa vingt fois mon léger édifice.

« Cependant l'Anglais, sur son chameau, était allé à la recherche d'un bœuf. Il ne fut de retour que sur les quatre ou cinq heures. Il nous annonce que nous trouverions cet animal à quelques heures de chemin. Après une marche des plus pénibles et à la nuit, nous trouvons en effet un bœuf petit, mais assez gras. On cherche loin de la mer un endroit où l'on croyait qu'il y avait une fontaine, ce n'était qu'un trou que les Maures avaient abandonné depuis peu d'heures. Là nous nous établissons : une douzaine de feux sont allumés autour de nous. Un Noir tord le cou à notre bœuf comme nous l'aurions fait à un poulet. En cinq minutes il est écorché et coupé en parties que nous faisons griller à la pointe des épées ou des sabres. Chacun dévore son morceau.

« Après ce léger repas, chacun s'étend à terre, et cherche le sommeil. Pour moi, je ne le trouvai pas. Le bruit importun des moustiques, et leurs piqûres cruelles s'y opposèrent, malgré l'extrême besoin que j'en avais.

« Le 12, nous nous remîmes en marche à trois heures du matin. J'étais mal disposé, et pour m'achever, il fallait cheminer sur le sable mouvant de la pointe de Barbarie. Rien, jusque-là, n'avait été plus fatigant : tout le monde se récria ; nos guides maures assurèrent que c'était le plus court de deux lieues. Nous préférâmes retourner sur le rivage, et marcher sur le sable que l'eau de la mer rendait ferme. Ce dernier effort fut presque au-dessus de mes forces. Je succombais, et sans mes camarades, je restais sur le sable.

« On voulait absolument gagner le point où le fleuve vient rencontrer les dunes. Là, des embarcations qui remontaient le fleuve devaient venir nous prendre et nous conduire à Saint-Louis. Près d'arriver à ce lieu, nous franchissons les dunes et nous jouissons de la vue de ce fleuve tant désiré.

« Pour surcroît de bonheur, la saison est celle où l'eau du Sénégal est douce. Nous nous désaltérâmes à souhait. On s'arrête enfin ; il n'était que huit heures du matin. Nous n'eûmes d'autre abri, pendant toute la journée, que quelques arbres qui m'étaient inconnus, et qui portaient un triste feuillage. Je me mis souvent dans le fleuve, mais sans oser aller au large ; la peur que nous avions des caïmans nous empêchait de nous éloigner du bord.

« Vers les deux heures, arrive une petite embarcation ; le maître demande M. Picard : envoyé par un des anciens amis de celui-ci, il lui apporte des vivres avec des habits pour sa famille. Il nous annonce à tous de la part du gouverneur anglais, deux autres embarcations chargées de vivres. Je ne puis, en attendant qu'elles arrivent, rester auprès de la famille Picard. Je ne sais quel mouvement se passait dans mon âme en voyant couper ce beau pain blanc, et couler ce vin qui m'aurait fait tant de plaisir. À quatre heures, nous pûmes aussi manger du pain ou de bon biscuit, et boire d'excellent vin de Madère, que l'on nous prodigua même avec peu de prudence. Nos matelots étaient ivres ; ceux mêmes d'entre nous qui en usèrent avec plus de réserve, ou dont les têtes étaient meilleures, étaient au moins fort gais. Aussi, que ne dîmes-nous pas en descendant le fleuve, dans nos barques ! Après une courte et heureuse navigation, nous abordâmes à Saint-Louis vers les sept heures du soir.

« Mais que faire ? où aller ? Telles étaient nos réflexions en mettant pied à terre ! Elles ne furent pas longues : nous trouvâmes de nos camarades de nos embarcations arrivés avant nous, qui nous conduisirent et nous distribuèrent chez différents particuliers chez lesquels tout était préparé pour nous bien recevoir. Je me rappellerai toujours la tendre hospitalité que nous ont donnée en général les habitants de Saint-Louis, Anglais et Français. Tous, nous fûmes accueillis ; nous eûmes tous du linge blanc pour changer, de l'eau pour nous laver les pieds ; une table somptueuse nous attendait. Pour moi, je fus reçu avec plusieurs compagnons de voyage, chez MM. Durécu et Potin, négociants de Bordeaux. Tout ce qu'ils possédaient nous fut prodigué [1]. On me donna du linge, des habits légers, enfin tout ce qu'il me fallait. Je n'avais plus rien. Honneur à celui qui sait aussi bien secourir les malheureux ; à celui surtout qui sait le faire avec autant de simplicité et si peu d'ostentation que le faisaient ces messieurs. Il semblait que c'était un devoir pour eux de secourir tout le monde. Ils auraient voulu ne rien laisser aux autres du bien qui était à faire. Des officiers anglais réclamèrent avec ardeur le plaisir,

---

1. M. Brédif écrivit ses notes avant que MM. Durécu et Potin eussent présenté à chaque naufragé la note de leurs dépenses, lesquelles se sont élevées à 8 fr. 50 c. par jour. Voilà quelle a été la générosité des deux négriers dont parle ici M. Brédif.

disaient-ils, d'avoir quelques naufragés ; quelques-uns de nous eurent des lits ; d'autres de bons matelas étendus sur des nattes, dont ils se trouvèrent très bien. Je dormis mal cependant, j'étais trop fatigué et trop agité ; je me croyais toujours ou ballotté par les flots, ou sur des sables brûlants. »

Route de la *Méduse* et des naufragés

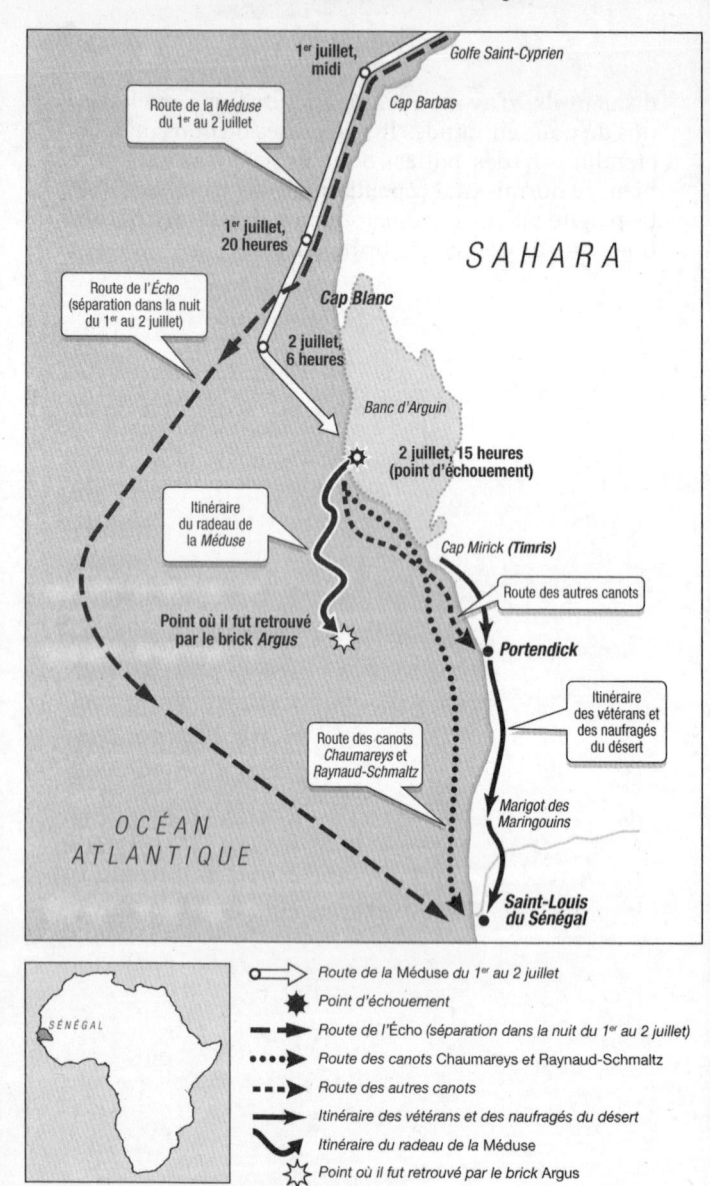

- Route de la Méduse du 1er au 2 juillet
- Point d'échouement
- Route de l'Écho (séparation dans la nuit du 1er au 2 juillet)
- Route des canots Chaumareys et Raynaud-Schmaltz
- Route des autres canots
- Itinéraire des vétérans et des naufragés du désert
- Itinéraire du radeau de la Méduse
- Point où il fut retrouvé par le brick Argus

Lieux mentionnés : Golfe Saint-Cyprien, Cap Barbas, Cap Blanc, SAHARA, Banc d'Arguin, Cap Mirick (Timris), Portendick, Marigot des Maringouins, Saint-Louis du Sénégal, OCÉAN ATLANTIQUE, SÉNÉGAL.

Dates indiquées : 1er juillet, midi ; 1er juillet, 20 heures ; 2 juillet, 6 heures ; 2 juillet, 15 heures (point d'échouement).

D'après Philippe Masson, *L'Affaire de la Méduse*, Tallandier, 2000.

CHAPITRE IX

Aventures des soixante-trois naufragés

Désert de Sahara. — Ordre de marche. — Mottes d'Angel. — Privations. — Songes. — Souffrances. — Abattement. — Mort. — Délire. — Captivité. — Portrait d'un chef maure. — Il conduit les naufragés au Sénégal. — Le prince Hamet les enlève et les envoie à son camp. — Méchanceté des enfants et des femmes. — Hamet conduit ses captifs à Saint-Louis. — Espoir déçu. — M. Karnet. — L'Argus envoie du biscuit. — Arrivée à Saint-Louis.

Les soixante-trois qui débarquèrent à huit lieues nord environ des Mottes d'Angel, eurent de plus longues fatigues à supporter ; ils avaient quatre-vingts ou quatre-vingt-dix lieues à faire dans le désert de Sahara. Il est borné au nord par les royaumes de Maroc, Tunis et Tripoli ; à l'est par les royaumes de Bournou ; au sud par la Nigritie ; à l'ouest par l'Océan atlantique. La surface a plus de 80 000 lieues carrées.

Cette immense région est couverte d'une épaisse couche de sable mobile et blanc qu'embrasent les rayons du soleil et que bouleversent des ouragans capricieux. Quelques tristes oasis, répandues de loin en loin, sont les délices de cette contrée stérile, où l'on éprouve jusqu'à 60° de chaleur.

Les Maures, joignant l'audace à la force et à la perfidie, s'érigent en maîtres du désert ; ils combattent avec un égal succès et les autres peuplades, et les lions énormes, et toutes les bêtes féroces ; ils respirent impunément un air enflammé, se contentent du sol le plus aride et savent s'orienter au milieu de leurs montagnes changeantes.

Telle est la côte où débarquèrent soixante-trois infortunés, sans vivres, sans guides, sans la moindre connaissance de la route qu'ils devaient tenir.

On convint sur-le-champ et à l'unanimité, de conférer le commandement de la troupe à l'adjudant Petit, homme ferme et intelligent. Il s'occupa aussitôt de reconnaître les lieux : ayant gravi un monticule et promenant autour de lui ses regards inquiets, il vit de tous côtés l'affreux désert s'étendre jusqu'à la mer ou à l'horizon ; il ne put se défendre des plus sinistres pressentiments, mais il sut les cacher à ses compagnons d'infortune déjà trop accablés de leurs propres terreurs.

Les soldats avaient apporté dix fusils et un baril de poudre ; un matelot s'était muni de quelques planches de plomb en passant de la frégate dans la chaloupe, et les avait conservées ; tout le monde s'était armé d'épées ou de baïonnettes. M. Petit remit les mousquets aux plus adroits tireurs et donna à la caravane une sorte d'organisation militaire. Un sergent avec quatre hommes composaient l'avant-garde ; quelques caporaux éclairaient le flanc gauche, l'Océan couvrait le flanc droit : un caporal, fermant la marche avec quatre soldats, avait ordre de ramasser les traîneurs.

Cette précaution était bien nécessaire pour empêcher la dispersion de la compagnie, car déjà trois personnes s'étaient écartées et perdues, comme le prouva la liste suivante, dressée par un sergent-major au moment de se mettre en route, et où figurent seulement cinquante-sept des soixante-trois individus débarqués de la chaloupe.

MM.

  1 Petit, adjudant sous-officier,
     commandant la caravane   âgé de 28 ans
  1 Laboulet, payeur du Sénégal   57
  1 Leichenaux, cultivateur-naturaliste   58
  1 Lerouge, commis de marine   49
  1 Deforment aîné, directeur d'hôpital   21
  1 Deforment jeune, guetteur   18
  1 Danglas, lieutenant   29
  1 Mitier, fourrier   25
  6 Caporaux.
42 Marins et soldats.
  1 Femme d'un caporal.
57

L'ordre établi par le commandant ne permettait plus de craindre une surprise. La force de la troupe laissait présumer qu'il serait facile de repousser les Maures et les bêtes féroces ; mais comment se défendre contre les rayons du soleil africain ? La chaleur fut de 50° à 60° ! Les voyageurs sentirent leurs cerveaux s'enflammer, leurs langues se dessécher, et ils ne découvrirent ni source, ni abri. Du moins le soleil ne devait les brûler qu'un temps connu, mais quand pourront-ils étancher la soif qui les tourmente ? cette réflexion ajoutait à la douleur actuelle le supplice de l'inquiétude.

On marchait tristement. Le soir on atteignit trois collines de sable situées au bord de la mer et appelées les Mottes d'Angel. Quand l'Océan est calme, il dort près de leur pied ; quand il se courrouce, on craint qu'il ne les surmonte ; chaque flot qui se retire en entraîne quelque partie ; chaque flot qui vient menace de les emporter dans l'abîme. Le Maure lui-même ne passe jamais sans émotion entre ces dunes et la mer ; et il fallait qu'à peine échappée d'un naufrage, la caravane franchît ce périlleux défilé ! La terreur l'arrêta un instant ; mais bientôt on passa outre ; on ne tarda point à découvrir quelques cabanes, dont on s'approcha, non sans de grandes précautions. Elles étaient inhabitées ; l'on n'y trouva que des têtes et des pattes de sauterelles, en assez grande quantité pour autoriser à croire que les Maures s'en nourrissent quand ils habitent ces contrées à l'époque du passage de ces insectes.

Les cabanes servent de retraite aux Maures, qui viennent pêcher dans ces parages ; elles étaient incommodes et malpropres ; on devait craindre le retour des barbares ; cependant aucune considération ne put empêcher les malheureux voyageurs de profiter du premier abri qu'ils eussent trouvé pour se reposer un instant. Si l'on n'avait ni bu, ni mangé de toute la journée, depuis trois jours on n'avait pas fermé l'œil ; le sommeil triompha de la faim et même de la soif. On dormait, lorsque des lions vinrent rugir aux environs des cabanes : tout le monde s'apprêta donc à se défendre ; mais en attendant l'ennemi, chacun se fiant à la vigilance de son voisin, se rendormit près de ses armes. De nouveaux rugissements donnèrent de nouvelles alertes, toujours suivies d'un nouveau somme, et l'on en fut quitte pour la peur.

Le 7, vers deux heures du matin, la compagnie se remit en route. La soif et la faim se faisaient cruellement sentir ; tout affaibli qu'on était, on courait de tous côtés pour tâcher de découvrir un peu d'eau et quelques racines. Enfin ces recherches ne procurant que de la fatigue, quelques-uns se mirent à boire de l'eau de mer. Elle leur donna d'horribles coliques, avec de violents vomissements, et irrita leur soif au lieu de l'apaiser. D'autres songèrent à boire de l'urine. Cette ressource fut bientôt épuisée, quoique les plus délicats ne voulussent pas y porter les lèvres. Enfin d'autres s'avisèrent de creuser de petits puits au bord de la mer ; il s'y trouva une eau bourbeuse moins salée et moins nuisible que celle de l'Océan.

La nuit ayant rafraîchi l'atmosphère, toute la caravane, abritée derrière une dune, s'endormit bientôt, mais d'un sommeil agité par des songes presque tous pénibles et qui nous ont été racontés. Un ancien militaire voyait se reproduire les malheurs de l'invasion, et braquer des canons prussiens sur les ponts de Paris ; un autre recommençait la conquête de l'Égypte ; un troisième se sentait broyé dans la gueule des lions qui l'avaient réveillé la nuit précédente ; d'autres rentraient au sein de leurs familles et n'y trouvaient que des morts ; quelques-uns rêvaient l'hymen et les amours ; ceux-là, tout à coup transportés devant un large buffet, buvaient, mangeaient gloutonnement et cachaient des provisions ; ceux-ci se croyaient condamnés à mourir de faim ; et tous ces malheureux devaient en se réveillant se retrouver côte à côte, en proie aux mêmes douleurs dans le même désert.

Enfin le soleil reparut aussi ardent que jamais ; il redoubla leurs souffrances. Exténués de besoin et de fatigues, ils avaient tous la peau aride, les lèvres gercées, le gosier sec et durci, la langue noire et retirée. Il n'est guère donné à l'homme de conserver sa force morale en un pareil excès de mal physique prolongé plusieurs jours, surtout sous la main de la mort, dans un désert, entre les rugissements des lions et les murmures de l'Océan. Aussi la plupart des voyageurs ne soupiraient plus qu'après la rencontre des Maures, qui pouvaient bien les réduire en esclavage, mais qui du moins leur donneraient un peu d'eau et de nourriture. Sans doute quelques-uns de ces mêmes hommes auraient en Europe sacrifié leur vie pour rester libres, en Afrique même ils se seraient peut-être donné la mort s'ils n'avaient pu autrement briser leurs chaînes ; mais dans leurs souffrances actuelles ils veulent avant toute chose étancher leur soif et apaiser leur faim. De toute la journée on ne trouva rien à manger que des crabes ; la forme de cet animal est si hideuse et sa chair donne de si fortes coliques, surtout quand on la mange crue, que peu de personnes osèrent en goûter.

La nuit se passa comme la précédente, mais on entendait siffler beaucoup de serpents.

Le lendemain 9, vers deux heures du matin, on reprit la route du Sénégal. Cette quatrième journée passée dans le désert fut la plus terrible. Chacun sentant ses forces entièrement épuisées, ne s'attendait plus qu'à mourir. Pourtant quelques-uns se déterminèrent enfin à manger des crabes. Par la liste donnée au commencement de ce chapitre on a pu voir qu'il n'y avait qu'une femme dans la caravane, c'était celle d'un caporal. Cette malheureuse, exténuée de fatigue, se laissa tomber par terre, et déclara ne pouvoir aller plus loin. L'idée de l'abandonner à la voracité des lions où à la brutalité des Maures, révoltait son mari ; il pensa que la peur lui rendrait peut-être la force de continuer la route, et la menaça de lui passer son sabre à travers le corps, si elle ne se relevait à l'instant. Elle voulut obéir, parvint à peine à se soulever, retomba épuisée de cet effort, et pria son mari de la tuer : Frappe, lui dit-elle, et que je cesse de souffrir. On la laissa en proie aux horreurs de la faim ; mais pour ne pas la voir succomber au même genre de mort auquel on se croyait réservé soi-même, et si prochainement, on se traîna vers un marigot d'eau salée, près duquel on passa une nuit troublée par les cris des oiseaux de proie, les sifflements des reptiles, et les rugissements des lions. Le caporal était retourné auprès de sa femme ; il l'avait vue expirer, et ne revenait, dit-il, qu'après s'être bien assuré qu'elle n'était plus.

Le 10, lorsqu'on donna le signal du départ, la moitié de la troupe ne put se relever ; ce n'était d'abord qu'un engourdissement dans les jambes ; des douleurs aiguës survinrent, et avec elles le découragement. MM. Danglas et Leichenaux, désespérant d'achever la route, demandaient instamment à être fusillés. On ne put se résoudre à leur accorder cette horrible grâce. La douce chaleur du soleil levant les réchauffa, leur rendit l'usage de leurs membres, et ils se traînèrent comme le reste de la troupe.

Pendant la nuit du cinquième au sixième jour, presque tous nos voyageurs tombèrent dans le délire ; parfois leur langue perdait sa flexibilité ; ils ne s'entendaient plus que par signes. Plusieurs demandèrent la mort, et surtout M. Danglas, que l'excès de la douleur jetait dans une horrible frénésie. Enfin quelqu'un imagina de se déchirer le bout des doigts et de sucer son propre sang : il fut imité aussitôt par tous les autres ; mais un si déplorable expédient n'empêcha pas que six de ces infortunés ne périssent cette nuit même.

Le 11, vers deux heures du matin, l'adjudant Petit venait de se mettre en route avec l'avant-garde, lorsqu'il découvrit des cabanes d'où s'élancèrent aussitôt une quarantaine de Maures armés de poignards, de sabres et de sagaies, et poussant de grands cris. Ils n'eurent point de peine à prendre la faible avant-garde ; M. Petit eut seul l'adresse de rejoindre la caravane ; il annonça l'arrivée des barbares. À cette nouvelle, la troupe entière, qui avait ramassé toutes ses forces pour continuer le voyage, resta comme frappée de la foudre ; la résistance et la fuite étaient également impossibles. Au milieu de la consternation générale, une voix s'écrie : « Eh bien ! les Maures nous donneront à boire. » Et d'un même temps, tout le monde s'avance au-devant de cette bande, qui tout à l'heure inspirait tant d'effroi. Elle accourait elle-même comme une meute à la curée. En un clin d'œil, les naufragés furent dépouillés de leurs vêtements et même de leurs chemises. Ils se prêtaient de la meilleure grâce possible à cette honteuse opération, craignant que la moindre résistance, le moindre mot, ou seulement un air de regret n'indisposât les brigands à qui ils demandaient en suppliant un peu d'eau et de mil. Enfin on conduisit les captifs à un marigot caché dans un fond. L'eau en était amère et couverte de mousse ; cependant ces malheureux, pressés à l'entour, ne pouvaient se rassasier de cette espèce de bourbe, que leur estomac affaibli rejetait à mesure qu'ils la buvaient. On les mena ensuite vers les cabanes ; le chef des Maures demanda le commandant ; on lui montra M. Petit. Il lui prit la main et le fit asseoir à son côté, pendant que les femmes partageaient le butin ; ensuite toute la horde, guerriers, femmes et enfants, commença les danses mêlées des cris et des contorsions par lesquels ils témoignent ordinairement leur allégresse.

Selon M. Lerouge, le chef de la tribu avait la taille moyenne, mais bien prise, la figure noble, le front très haut, les cheveux courts et bouclés, une barbe d'environ deux pouces, un costume ressemblant à celui des anciens Romains, avec la démarche d'un homme libre sur la terre de l'esclavage. Il portait un cimeterre turc, quatre ou cinq poignards, et, par-dessus ses autres vêtements, un grand manteau à capuchon, formé de plusieurs peaux de chèvres.

Il voulut savoir le pays des naufragés, d'où ils venaient, où ils allaient ; comment ils étaient parvenus à la côte ; ce que contenait leur vaisseau ; ce qu'il était devenu, etc. Satisfait sur tous ces points, il consentit à conduire les naufragés au gouverneur du Sénégal, à condition qu'on lui donnerait des toiles de Guinée, de la poudre, des fusils, du tabac. Il leur fit distribuer un peu de poisson, déjà fourmillant de vers, et donna le signal du départ.

Vers onze heures du soir, on trouva des cabanes, ou plutôt des cavernes creusées dans le sable, que soutenaient des ronces, dont les rameaux et les racines s'étendaient fort loin. C'était l'empire du chef qui conduisait les naufragés ! Pourtant, ils purent à peine obtenir un peu d'eau saumâtre et bourbeuse. Pendant deux heures ils cherchèrent le sommeil, et pendant deux heures, les femmes et les enfants, acharnés après eux comme des insectes importuns qu'on n'oserait écraser, ne leur permirent point de clore la paupière. Enfin, n'y pouvant plus tenir, ils demandèrent à se remettre en route.

Le 12, après quelques heures de marche, on rencontra une autre bande de Maures, beaucoup plus forte que la première ; celle-ci voulut pourtant résister ; elle fut vaincue, et son chef renvoyé avec la barbe et les cheveux rasés, sans doute en signe de mépris.

Hamet était le nom du vainqueur. « Je suis, dit-il en mauvais anglais, votre maître et le prince des Maures pêcheurs ; vous allez être conduits à mon camp. » On y arriva vers le soir, sous la garde de quatre sauvages ; mais on n'y trouva, au milieu de quelques chétives cabanes, que des femmes et des enfants, laissés à la garde des troupeaux, et on n'eut pour boisson que de l'eau bourbeuse et amère, et pour nourriture que des crabes crus et des racines filandreuses. Le prince Hamet ne revenait point ; cependant le défaut ou la mauvaise qualité des aliments, l'air embrasé qu'on respirait ; ce soleil, dont les rayons perpendiculaires grillent la peau des Européens, la privation du sommeil, d'affreux souvenirs, de plus terribles inquiétudes avaient allumé le sang des malheureux voyageurs ; leur corps se couvrit de cloques qui crevaient d'elles-mêmes. Ils étaient réduits à coucher sur l'arène, et comme ils n'avaient pas un vêtement, pas un linge pour étendre sous eux, le sable, imprégné de vapeurs salines, s'attachait à toutes ces plaies cuisantes, et irritait leurs souffrances à tel point que tous résolurent de se laver dans la mer ; elle emporta le sable ; mais cette eau, chargée de sel et de bitume, produisit sur les chairs vives des douleurs mille fois plus atroces. Dès lors, ne voyant plus aucun moyen de se laver, ni la possibilité de se coucher sans se remplir de sable, il fallut, malgré l'état de faiblesse où l'on se trouvait, tâcher de rester debout.

Enfin le prince Hamet revint le 16, distribua aux naufragés dix gros poissons avec à peu près deux verres d'eau, et demanda ce qu'ils lui donneraient pour les conduire au Sénégal : on le pria de dire lui-même ce qu'il désirait : on lui promit davantage, et sur-le-champ on se mit en route, lui enchanté de sa bonne fortune, les captifs trop heureux de quitter cet odieux repaire.

Nous avons dit une partie des misères qu'ils y souffrirent, mais il est difficile d'imaginer combien les naturels prenaient plaisir à les vexer. On leur faisait arracher des racines, charger et décharger les chameaux, panser les bestiaux, etc. ; et quand enfin le sommeil, plus fort que toutes les douleurs, venait fermer leurs paupières, les femmes et les enfants s'amusaient à les pincer jusqu'au sang, à leur arracher les cheveux et les poils de la barbe, à jeter du sable dans leurs plaies, et se délectaient surtout à entendre leurs cris et leurs gémissements. Cependant, comme la curiosité de l'homme ne cesse qu'avec lui, on remarqua que le prince avait une tente beaucoup plus belle que les autres ; qu'il y couchait, environné de ses femmes favorites, qui gardaient un silence respectueux pendant qu'il fumait gravement. Pour réunir à la fois toutes les douleurs humaines, il ne manquait plus aux pauvres captifs que les angoisses de l'espoir déçu ; ils les éprouvèrent le 17. Au lever du soleil, on aperçoit un navire, on le voit forcer de voile vers la côte ; il approche rapidement : on reconnaît le pavillon français ; tous les cœurs palpitent de désir et d'espérance ; chacun s'empresse de faire des signaux ; le navire s'approche toujours, et tout à coup, changeant de route, il s'éloigne, disparaît, et laisse les Français confondus, foudroyés.

C'était l'*Argus*, qui cherchait les naufragés pour les ramener au Sénégal, mais il n'avait pas vu les signaux qu'on lui faisait du rivage. Ce fut un bonheur pour les naufragés du radeau, car ayant continué sa route, il les rencontra par hasard ce jour-là même, au moment où ils allaient expirer de besoin.

La caravane se remit en route. Le 18 et le 19 on fut réduit à boire de l'urine de chameau, mêlée avec un peu de lait, et l'on trouva cette boisson préférable aux eaux du désert.

Enfin, le 19 on rencontra un marabout qui annonça l'arrivée prochaine de M. Karnet, dont on a déjà parlé. M. Karnet, toujours en habit de Maure, et monté sur un chameau, parut bientôt avec quatre autres marabouts. Ce philanthrope irlandais venait à travers mille périls apporter aux naufragés des vivres qu'il leur distribua en arrivant. Personne n'ayant la patience de laisser cuire le riz, on l'avala tout cru ; et aux tourments de la faim succédèrent de douloureuses indigestions, qui n'empêchèrent pourtant pas d'acheter un bœuf et de le faire cuire à la manière des Maures. Voici en quoi elle consiste : on creuse un grand trou ; on y allume un feu de racines (seuls combustibles que présente la côte) ; puis on y jette l'animal ; on le recouvre de sable ; et par-dessus on entretient un feu ardent. M. Petit et quelques soldats contenaient les plus affamés, qui voulaient déterrer le bœuf et le dévorer sans plus attendre. Enfin, on le partagea. Cette viande coriace, mangée avidement, produisit de funestes effets. Un Italien s'en gorgea au point de se faire enfler le ventre et d'en mourir le lendemain. M. Danglas, M. Leichenaux et plusieurs autres tombèrent dans une véritable démence : le premier prenait toutes les manières d'un petit garçon, demandait en pleurant qu'on ne l'abandonnât point dans le désert. Aussi l'excellent M. Karnet le traitait en enfant gâté, et lui donnait du sucre et des petits pains américains.

Le même jour l'*Argus* reparut à une lieue environ. Ayant entendu quelques coups de fusil tirés par M. Karnet, il s'approcha du rivage autant qu'il put, et envoya à terre une embarcation. Comme elle tentait en vain de franchir les brisants, M. Karnet, le prince Hamet et son frère les passèrent à la nage, et parvinrent au canot, qui les porta au brick. Le capitaine, M. Parnajon, leur remit un baril de biscuit avec quelques bouteilles d'eau-de-vie, et les renvoya dans un autre canot, qui, non plus que l'autre, ne put traverser les brisants. Alors ils se mirent à la mer avec leur cargaison, et parvinrent à la pousser devant eux jusqu'au rivage. Aussitôt l'adjudant Petit fit une distribution de biscuits et d'eau-de-vie, et chargea le reste sur des chameaux. Ce fut alors qu'on apprit de l'*Argus* le malheureux sort des naufragés du radeau, et qu'on n'était plus qu'à une vingtaine de lieues du Sénégal.

Le 20, dès le matin, il fallut se débarrasser de M. Danglas ; car, dans son délire, il voulait absolument commander la caravane. On lui fit entendre qu'il était bien plus glorieux pour lui d'aller en ambassade auprès du gouverneur, annoncer l'arrivée prochaine de la compagnie. Il partit donc en avant avec le marabout Abdalla, qui devait prier les autorités anglaises d'envoyer des ânes et des chameaux pour les hommes les plus fatigués. Mais le 21, la faiblesse de M. Danglas retardant la marche d'Abdalla, ce dernier dépêcha un jeune Maure au gouverneur[1]. Les montures demandées au gouverneur furent mises en route. La caravane les rencontra à sept à huit lieues de Saint-Louis.

Le 22, à sept heures du soir, M. Danglas et le marabout Abdalla arrivèrent au petit village de Guétandar, situé en face de Saint-Louis, sur la pointe de Barbarie, qui sépare le fleuve de la mer : un lapto lui offrit sa pirogue pour traverser le fleuve. M. Danglas, en descendant sur la rive opposée s'écria, *une voile, sauvée !* et il oublia entièrement ses compagnons d'infortune. Abdalla le conduisit au gouverneur, qui le logea chez ses dignes amis Potin et Durécu. Quand M. Danglas arriva, il avait pour tout vêtement un mauvais pantalon ; son corps était couvert de plaies et de cicatrices ; et il ne parla aux naufragés du radeau que des confitures qu'il avait achetées à Saint-Louis.

Le 23 juillet, à midi, la caravane, réduite à cinquante-quatre hommes, entra dans Saint-Louis. En

---

1. Un Maure fait à pied trente lieues par jour, trottant sans cesse, et soutenant ses bras avec un bâton placé en travers sur ses épaules.

tête marchaient M. Karnet avec le prince Hamet. Cinq hommes et une femme avaient péri ; trois hommes s'étaient égarés presque en débarquant ; on trouvera plus loin le récit de leurs aventures.

Les malheureux qui avaient enduré tant de fatigues et de privations, n'obtinrent que du biscuit pour toute nourriture, tandis que tous les jours les lâches qui les avaient abandonnés faisaient ripaille chez les négriers Potin, Durécu et Schmaltz.

CHAPITRE X

MM. Kummer et Rogery quittent la caravane ; le premier rencontre le fils du roi Zaïde, et ensuite le roi lui-même. — Rogery conduit au même prince. — Maures marabouts. — Gris-Gris. — Portrait du roi Zaïde. — M. Kummer raconte la dernière révolution française. — Narration du roi Zaïde. — Les deux naufragés sont conduits à Saint-Louis. — Péril de M. Rogery. — Aventure d'une Noire. — Arrivée à Saint-Louis. — Le gouverneur anglais retarde la remise de la colonie. — Ses motifs présumés.

Quelques personnes s'étant écartées de la troupe, furent enlevées par les naturels du pays et emmenées dans le camp des Maures. Un militaire, entre autres, resta plus d'un mois parmi eux et fut ensuite ramené à l'île Saint-Louis. Le naturaliste Kummer et M. Rogery ayant commis la même imprudence, furent forcés d'errer de peuplade en peuplade et furent ensuite ramenés au Sénégal. Leur histoire, que nous allons donner de suite, sera le complément de celle des naufragés qui ont traversé le désert.

Après l'échouement de la chaloupe, M. Kummer quitta la caravane que formaient les naufragés, et prit la direction de l'est, dans l'espérance de rencontrer des Maures qui lui donneraient des aliments pour satisfaire la faim et la soif qu'il éprouvait depuis deux jours. Un instant après son départ, M. Rogery prit la même résolution que notre naturaliste, et suivit une route parallèle à celle que parcourait M. Kummer. Celui-ci marcha toute la journée sans rencontrer personne : vers le soir, il aperçut au loin des feux qui couronnaient les hauteurs qui ordinairement bordent les marigots. Il tressaillit de joie et conçut l'espérance de rencontrer enfin des Maures qui voudraient bien le conduire à l'île Saint-Louis et lui donner des aliments dont il avait un pressant besoin. Il s'avança d'un pas ferme et rapide, et aborda les Maures qui étaient sous leurs tentes, avec beaucoup d'assurance, en prononçant, tant bien que mal, quelques mots d'arabe, dont il avait eu des leçons, et qu'il accompagnait de profonds saluts. « Recevez, leur dit-il, sous vos tentes, le fils d'une infortunée mahométane que je vais rejoindre dans la Haute-Égypte. Un naufrage m'a jeté sur vos côtes, et je viens au nom du grand Prophète vous demander l'hospitalité et des secours. » Au nom du grand Prophète, M. Kummer se prosterna la face contre terre et fit le salut d'usage ; les Maures en firent autant, et ne doutèrent plus qu'ils n'eussent devant les yeux un sectateur de Mahomet. Ils l'accueillirent avec joie et le prièrent d'entrer dans leurs tentes et de leur raconter en abrégé ses aventures. Du lait, des couscous lui furent aussi présentés, et cette nourriture lui redonna des forces. Ce fut alors que les Maures lui firent promettre qu'il les conduirait à l'endroit où était échouée la grande chaloupe ; ils concevaient l'espérance de s'emparer des débris et d'une grande quantité d'effets que les naufragés, à ce qu'ils croyaient, avaient été obligés d'abandonner sur le rivage. Cette promesse faite, M. Kummer alla examiner les tentes et les troupeaux du chef de cette tribu, qui le conduisait lui-même, et lui vantait ses richesses et ses dignités. Il lui dit qu'il était le prince Fune-Fahdime Muhammed, fils de Liralie Zaïde, roi des peuples maures nommés Trazas ; que lorsqu'ils seraient de retour des bords de la mer, il le conduirait devant le roi son père, et que là il verrait ses nombreux esclaves, ses immenses troupeaux. En parcourant les différentes positions du camp, le prince Muhammed s'aperçut que M. Kummer avait une montre ; il demanda à la voir, et il fallut bien la montrer sans résistance. Le prince la prit, et après une première inspection, il dit à M. Kummer qu'il la lui rendrait quand ils seraient arrivés à Andar, ce qui fut par la suite ponctuellement exécuté. Ils arrivèrent enfin à la tête du troupeau, et notre naturaliste fut témoin des soins extraordinaires que ces peuples donnent à leurs bestiaux. Les chevaux et les chameaux étaient dans un lieu particulier, et tout le troupeau était répandu sur les bords d'un grand marigot salé. Derrière eux les esclaves avaient formé une ligne de feu très étendue, pour chasser les moustiques et les autres insectes qui tourmentent ces animaux : tous étaient d'une rare beauté. En parcourant avec le chef des Maures les divers quartiers du camp, M. Kummer ne vit pas sans être extrêmement étonné, la manière dont ils nettoient leurs bestiaux. Le prince donne l'ordre ; aussitôt des hommes commis à cet emploi prennent des bœufs très forts par les cornes, et les renversent sur le sable avec une facilité étonnante. Des esclaves désignés se saisissent de suite de l'animal, lui enlèvent de dessus le corps tous les insectes qui, malgré les feux dont sont entourés les troupeaux, parviennent à se glisser dans les poils des animaux qu'ils tourmentent. Après cette première opération, on les lave avec soin, principalement les vaches, qu'ensuite on se met à traire. Ces diverses opérations occupent ordinairement les esclaves et même les maîtres, jusqu'à onze heures du soir. M. Kummer fut ensuite invité à se reposer sous la tente du prince ; mais avant qu'il pût se livrer au sommeil, il fut assailli d'une foule de questions. L'histoire de la révolution française est parvenue jusque chez ces peuples, et ils firent à notre naturaliste des questions qui le surprirent beaucoup. Ils lui demandèrent en outre pourquoi nos navires ne venaient plus à Portendick et aux îles d'Arguin : après quoi ils le laissèrent prendre quelques instants de repos. Mais le pauvre Toubabe (nom que les Maures donnent aux Blancs) n'osait se livrer au sommeil ; il redoutait la perfidie de ses hôtes et leur esprit de rapine. Cependant, accablé par trois jours de fatigues continuelles, il s'endormit quelques instants ; mais il ne put goûter qu'un sommeil très agité, pendant lequel les barbares lui enlevèrent sa bourse, qui contenait encore trente pièces de 20 francs, sa cravate, son mouchoir, sa redingote, ses souliers, son gilet et quelques autres effets qu'il portait dans ses poches. Il ne lui resta plus qu'un mauvais pantalon et une veste de chasse : ses souliers lui furent remis.

Le lendemain, au lever du soleil, les Maures firent leur salam (prière mahométane) ; puis, sur les huit heures, le prince, quatre de ses sujets, M. Kummer et un esclave partirent pour les bords de la mer, dans l'intention d'y retrouver la chaloupe échouée. Ils se dirigèrent d'abord vers le sud, puis vers l'ouest, ensuite au nord, ce qui fit croire à M. Kummer qu'on le conduisait à Maroc. Les Maures n'ont point d'autre méthode, pour se reconnaître dans leurs chemins, que de courir d'une butte à l'autre, ce qui les oblige à prendre toutes sortes de directions. Après qu'ils eurent fait cinq ou six lieues dans la dernière, ils reprirent celle de l'ouest, puis celle du sud-ouest. Ayant encore marché assez longtemps, ils arrivèrent sur le rivage, où ils trouvèrent peu de chose. Des morceaux de cuivre furent les objets qui fixèrent plus particulièrement leur attention. Ils les emportèrent, se promettant de revenir pour enlever les débris de la chaloupe et plusieurs barriques que les courants avaient poussées à la côte. Après s'être emparés de tous les objets dont ils purent se charger, ils reprirent la route de l'est, et au bout d'environ deux lieues, ils rencontrèrent d'autres Maures, sujets également du prince Muhammed. Ils s'arrêtèrent, et couchèrent sous leurs tentes. Le prince occupa la plus belle, et ordonna que des rafraîchissements fussent donnés au Toubabe, qui était exténué de fatigue et de besoin. Ici M. Kummer fut tourmenté par les femmes et les enfants, qui venaient le toucher à tout instant pour s'assurer de la finesse de sa peau, et pour tâcher de lui enlever quelques lambeaux de sa chemise et du peu d'effets qui lui restaient. On lui demanda, pendant la soirée, de nouveaux renseignements sur les guerres terribles que la France a eu à soutenir : il fallut alors qu'il en retraçât le récit sur le sable en caractères arabes. Ce fut cette excessive complaisance, et sa prétendue qualité de fils d'une mahométane et d'un chrétien, qui le mirent très bien avec le prince Muhammed, et en général avec tous les Maures qu'il rencontra dans son voyage. À chaque instant du jour, le prince priait M. Kummer de faire marcher les rouages de sa montre, dont les mouvements étonnaient singulièrement les Maures : notre voyageur n'était pas moins surpris de voir, au milieu des hordes, des enfants âgés de cinq ou six ans qui écrivaient parfaitement l'arabe[1].

---

1. Il n'y a pas de doute que la méthode d'enseignement mutuel nous vient des peuples nomades, qui tous écrivent sur le sable et suivent exactement les règles adoptées dans nos nouvelles écoles.

Le lendemain, 8 juillet, au petit jour, les Maures furent se placer sur le sommet d'une hauteur. Là, prosternés et la face tournée du côté de l'orient, ils attendaient le lever du soleil pour faire ensuite leur salam, qu'ils commencent à l'instant où l'astre paraît à l'horizon. M. Kummer les suivit, les imita dans toutes leurs cérémonies, et ne manqua jamais, par la suite, de faire les prières en même temps qu'eux.

La cérémonie achevée, le prince et sa suite continuèrent leur route dans la direction du *sud-est*, ce qui effraya de nouveau le pauvre Toubabe ; il crut que les Maures allaient reprendre la route du *nord*, et que définitivement on le conduirait à Maroc. Alors il fit son possible pour faire part de ses inquiétudes au prince Muhammed, qui finit par le comprendre ; mais pour plus de sûreté, M. Kummer traça sur le sable une partie de la carte d'Afrique. Cependant il entendait toujours prononcer le mot *Andar*, ce qui ne diminuait en rien ses alarmes ; mais par les lignes qu'il traça, il comprit bientôt que les Maures voulaient désigner *l'île Saint-Louis*, ce dont il fut convaincu lorsqu'il eut écrit le nom du comptoir européen à côté de celui d'Andar. Les Maures lui témoignèrent qu'il les avait compris, et firent éclater une grande joie de ce qu'un Blanc pût entendre leur langage.

À midi la troupe s'arrêta sur les bords d'un marigot. M. Kummer, qui était extrêmement fatigué, se coucha sur le sable, et s'endormit à l'instant. Durant son sommeil, les Maures se mirent à la recherche d'un fruit, produit d'un arbrisseau qui croît ordinairement sur les bords des marigots ; ce sont des petites grappes rouges très rafraîchissantes [1], les Maures

---

1. Les fruits dont il est ici fait mention sont probablement des jujubes à leur dernier degré de maturité. L'auteur de cette note a rencontré dans les sables de la bande de Barbarie, et à l'ombre des acacias, quelques jujubiers communs ; mais outre ce fruit, les seuls de couleur rouge

Chapitre X

les recherchent beaucoup et en font un grand usage.

Pendant ce temps, le hasard voulut que M. Rogery, qui avait également été pris par les Maures, s'arrêtât dans le même lieu ; il était emmené par des naturels du pays qui le conduisaient aussi à leur souverain Zaïde. Il aperçut bientôt M. Kummer, couché le visage contre terre, et le crut mort : à cette vue, un frisson mortel parcourut tous les membres du désolé Rogery. Il déplorait vivement la perte d'un ami, d'un compagnon d'aventures ; il s'approcha en tremblant, et passa bientôt du désespoir à la joie, lorsqu'il se fut aperçu que son ami respirait encore. Il le saisit et le tint étroitement embrassé. Ces deux infortunés étaient transportés d'une joie mutuelle de rencontrer au milieu de leurs malheurs un compatriote ; ils se racontèrent réciproquement leurs aventures. M. Rogery avait tout perdu ; on lui avait pris environ quarante pièces de 20 francs, sa montre et tous ses effets ; il ne lui restait plus que sa chemise, un très mauvais pantalon et un chapeau. Les femmes des Maures, et principalement les enfants, l'avaient beaucoup tourmenté ; ces derniers le pinçaient continuellement et l'avaient empêché de prendre un instant de repos. Son caractère en était singulièrement aigri, et ses facultés morales un peu altérées. Ces deux amis, après s'être raconté leurs peines, s'endormirent à côté l'un de l'autre ; quelques heures après les Maures les rejoignirent et leur donnèrent de ces petites grappes dont nous avons parlé plus haut. La caravane se mit bientôt en marche, et prit

---

ou rougeâtre qu'il ait remarqués dans cette contrée, sont ceux de quelques caparidées fort acides, des icaques avant leur maturité, le tampus ou sebestenier d'Afrique, et les bois d'un prasium fort commun dans la plupart des lieux arides, et dont le calice gonflé, succulent et couleur d'orange, est bon à manger et fort recherché des naturels.

la route du *sud-est*, qui conduisait au camp du roi Zaïde. Le même soir, ils y arrivèrent ; mais le monarque était absent. Le bruit de notre naufrage était parvenu dans son camp ; et Zaïde, qui veut tout voir par lui-même, s'était rendu sur le rivage pour faire donner des secours aux naufragés qu'il pourrait y rencontrer. Le roi ne revint que vingt-quatre heures après, ce qui donna le temps à nos voyageurs de se reposer, et au prince Muhammed de faire un marché avec les deux Blancs, pour les conduire jusqu'à l'île Saint-Louis. Le prince demanda pour sa peine, y compris les frais de nourriture et de voyage, huit cents gourdes à chacun, et les obligea, avant de se remettre en route, de passer un engagement par écrit en langue arabe. M. Kummer y consentit, et dit à M. Rogery : « Une fois rendu à l'île Saint-Louis, nous leur donnerons ce que nous voudrons. » Ce dernier hésitait, et plus scrupuleux que son compagnon, il ne voulut point d'abord accéder à un pacte qu'il craignait de ne pouvoir exécuter. Mais voyant que les Maures se décidaient à le garder parmi eux, il se résolut à accepter la proposition absolue du prince, et les conventions furent signées.

Nos deux voyageurs passèrent une partie de leur temps à examiner les coutumes de ces peuples. Nous citerons quelques traits qui les frappèrent plus particulièrement. Ils remarquèrent que les enfants commandent impérieusement à leurs pères ou à leurs mères, mais principalement à ces dernières, qui jamais ne s'opposent à leurs désirs ; de là, sans doute, vient cet esprit de despotisme qui est poussé chez eux jusqu'au dernier degré. Un refus ou un retard dans l'exécution de leurs ordres les irrite, et leur colère est si forte, que dans le premier moment, le malheureux esclave qui aurait excité leur emportement, courrait les risques d'être poignardé sur-le-champ. De là aussi, sans doute, cette mâle fierté qui les caractérise, et qui semble commander à ceux qui les environnent le respect et la soumission.

Sous tous les rapports, les Maures sont bien supérieurs aux Noirs ; plus braves qu'eux, ils les réduisent à l'esclavage et les emploient aux travaux les plus pénibles. Ils sont en général d'une taille avantageuse, parfaitement proportionnés, et leurs figures sont très belles et pleines de caractère. Cependant on peut aussi observer que les Maures des deux sexes paraissent au premier coup d'œil comme un peuple composé de deux races distinctes, qui n'ont de commun que la couleur extrêmement basanée de leur épiderme, et le noir lustré de leurs cheveux. La plus grande partie d'entre eux, il est vrai, sont doués de cette stature et de ces traits nobles, mais sévères, qui rappellent les figures de quelques grands peintres italiens ; mais parmi eux il s'en trouve plusieurs, et c'est à la vérité le plus petit nombre, dont le crâne et le profil contrastent singulièrement avec les autres. Leur tête est remarquablement allongée, leurs oreilles petites : le front qui, dans les premiers, est très élevé et imposant par ses belles dimensions, se rétrécit dans ceux-ci, et devient, vers le sommet, d'une protubérance choquante. Leurs yeux sont enfoncés et comme obliquement disposés, ce qui ne contribue pas peu à leur donner l'air farouche qu'on leur reproche, et leur mâchoire inférieure a de la tendance à s'allonger. Dans quelques-uns, à la vérité, on retrouve le front haut et développé des premiers, mais il en diffère toujours par son enfoncement à la base, et l'on continue à remarquer cette sorte d'allongement de la boîte osseuse, qui est alors comme latéralement comprimée et sans saillie postérieure fort distincte. Ces derniers seraient-ils les descendants des aborigènes de cette contrée, dont le type reparaîtrait, nonobstant leur alliance avec tant d'étrangers ? L'histoire nous a bien transmis quelques-uns des usages de ces Numides, tour à tour ennemis ou alliés des Romains, mais elle a dédaigné de nous faire leur portrait. *Juvénal* cite quelque part les mains desséchées des Maures, *manus ossea Mauri*. Mais outre que cela est général chez les habitants des pays chauds, cette description peut aussi s'entendre de la maigreur d'esclaves mal nourris. Nos gens remarquèrent d'ailleurs qu'il n'y a pas de différence entre la nourriture très frugale des esclaves, qui sont tous noirs, et celle des maîtres.

Les pères et les mères, aussi bien que les marabouts (espèce de prêtres), passent leurs moments de récréation à instruire leurs enfants dans les principes de leur religion, ainsi qu'à leur apprendre à écrire sur le sable. Les femmes du roi Zaïde, dont le nombre est assez grand, obéissent passivement à Fatimme, qui est la favorite ou première femme.

Nos voyageurs évaluèrent, par aperçu, le nombre d'hommes, femmes, enfants et esclaves, à sept ou huit cents individus. Les troupeaux leur parurent très nombreux ; c'est ce qui constitue une partie de la fortune de Zaïde, qui, en outre, en possède une grande quantité sur les différents points de son royaume, dont la surface est assez considérable : il a à peu près soixante lieues de côtes, et une profonde étendue dans l'intérieur du désert. Ces peuples, comme nous l'avons dit, se nomment *Trasas*, et professent la religion mahométane. Ils chassent les lions, les tigres, les léopards et tous les autres animaux féroces, qui sont en grande quantité dans cette partie de l'Afrique. Leur commerce consiste en pelleteries et en plumes d'autruche. Ils fabriquent de plus des basanes, qui sont assez bien préparées ; ils en font des portefeuilles auxquels ils donnent des formes différentes, mais principalement celle d'une sabretache. Ils s'habillent aussi de peaux de chèvres, et en unissent plusieurs pour leur donner plus d'ampleur : elles sont connues sous le nom de *peaux de Maures*, sont superbes, et garantissent parfaitement de la pluie. Leur forme se rapproche assez de l'habillement d'un capucin.

> Les Maures tannent des peaux avec les gousses desséchées de l'acacia gommifère : ainsi préparées elles passent pour impénétrables à la pluie, et on peut assurer que, pour leur souplesse autant que pour la finesse et le brillant de leur poil, elles pourraient devenir en Europe des fourrures de prix, soit d'utilité, soit d'ornement. Les plus belles de ces peaux paraissent provenir de chevreaux arrachés du ventre de leur mère avant la gestation complète. La quantité considérable de ces animaux, répandus partout à l'entour des lieux habités, permet d'en sacrifier beaucoup à cette sorte de luxe, sans dépense extraordinaire. Les manteaux à capuchon, dont il est parlé dans ce Mémoire, sont composés de plusieurs de ces peaux, rassemblées et artistement cousues avec de petites lanières, et extrêmement déliées. Ces vêtements, destinés à garantir du froid et de la pluie, *sont ordinairement noirs* ; mais on en voit aussi de rougeâtres qui sont moins beaux et plus lourds ; ceux-ci sont fabriqués avec des peaux de cette espèce de brebis connues sous le nom de *moutons de Guinée*, qui ont du poil au lieu de laine. Quant à l'orfèvrerie de ces peuples, elle est exécutée par des ouvriers ambulants qui sont tout à la fois armuriers, taillandiers, forgerons et bijoutiers. Pourvus d'une outre munie d'un tuyau de fer et gonflée d'air, qu'ils expriment et rem-

plissent alternativement, en la plaçant sous leur cuisse, qu'ils font mouvoir sans cesse en chantant ; assis devant un trou creusé dans le sable, et à l'ombre de quelques feuilles de dattier recroisées sur leur tête, ils exécutent sur une petite enclume, et à l'aide d'un marteau et de quelques pointes de fer, non seulement toutes les réparations nécessaires aux armes à feu, aux sabres, etc., fabriquent des couteaux ou poignards, mais font encore des bracelets, des colliers, des boucles d'oreilles en or qu'ils ont l'art de tirer en fil délié, et d'arranger pour l'ornement des femmes d'une manière où, à défaut de goût, on ne peut s'empêcher d'admirer au moins l'adresse de l'ouvrier, surtout lorsqu'on réfléchit à l'espèce et au petit nombre d'outils qu'il emploie.

Les Maures, comme les Noirs mahométans, sont, pour la plupart, chargés d'une plus ou moins grande quantité de *gris-gris*, espèce de talismans qui consistent en paroles ou versets écrits du Coran, auxquels ils attribuent la propriété de les garantir de maladies, maléfices ou accidents, et qu'ils achètent de leurs prêtres ou marabouts. Des Espagnols de Ténériffe, qui vinrent au Cap-Vert lorsque l'expédition française y était réfugiée, nous frappèrent tous par leur ressemblance avec ces Africains. Ce n'était pas seulement par leur teint rembruni qu'ils s'en rapprochaient ; mais c'était aussi par leurs longs chapelets contournés de même autour du bras, à la croix près conformes à ceux des Maures, par le grand nombre d'amulettes ou de gris-gris d'une autre espèce qu'ils portaient au cou, et par lesquels ils semblaient vouloir rivaliser de crédulité avec les infidèles. Il existe donc encore dans le sud de l'Europe, comme dans le nord de l'Afrique, une

> classe d'hommes qui voudrait tenir son autorité de l'ignorance, et fonder ses revenus sur la superstition.

Ils vendent tous ces objets dans l'intérieur, mais leur principal commerce, et qui est très étendu, consiste en sels qu'ils portent à Tombouctou et à Sego, villes grandes et très populeuses, situées dans l'intérieur de l'Afrique et assises, la dernière sur le Niger, et l'autre non loin de ses bords. Tombouctou est à six cents lieues, et Sego à cinq cents environ à l'est de l'île Gorée. Les marabouts, qui sont presque tous marchands, poussent souvent leurs courses jusque dans la Haute-Égypte. Les Maures et les Noirs respectent infiniment ces prêtres, qui fabriquent en peau, de petits étuis, des sachets et de petits portefeuilles auxquels ils donnent le nom de *gris-gris*. Au moyen de paroles magiques prononcées sur le gris-gris, et des petits billets écrits en langue arabe qu'ils y renferment, celui qui le porte sur soi est à l'abri de la morsure des animaux féroces. Ils en font pour préserver des serpents, des crocodiles, des lions, etc, et les vendent extrêmement cher. Ceux qui les possèdent y attachent un très grand prix. Le roi, les princes ne sont pas moins superstitieux que ceux qu'ils commandent ; il en est qui portent jusqu'à une vingtaine de ces gris-gris fixés au cou, aux bras et aux jambes.

Après une journée de séjour, le roi Zaïde arriva. Il n'avait aucun ornement qui le distinguât, mais il est d'une haute taille ; il a une physionomie ouverte, et trois grosses dents du côté gauche, faisant partie de la mâchoire supérieure, qui dépassent d'une ligne au moins sur la lèvre inférieure, ce que les Maures regardent comme une grande beauté. Il était armé d'un grand sabre, d'un poignard et d'une paire de pistolets ; ses soldats l'étaient de sagaies ou lances, et de petits sabres à la turque. Le roi a toujours à ses côtés son Noir favori, qui porte un collier de perles rouges, et se nomme *Billaï*. Zaïde accueillit les deux Blancs avec bonté, ordonna qu'ils fussent bien traités, et qu'on laissât tranquille M. Rogery, qui continuellement était tourmenté par les enfants. M. Kummer était beaucoup plus gai, et s'étourdissait sur ses malheurs. Il écrivait l'arabe, de plus il s'était fait passer pour le fils d'une mahométane ; tout cela plaisait beaucoup aux Maures, qui le traitaient bien, tandis que M. Rogery, profondément affecté de son sort, et venant de perdre ses dernières ressources, se livrait à ses inquiétudes sur la bonne foi des Maures. Dans la journée, le roi ordonna à M. Kummer de lui faire part des événements de notre révolution ; déjà il connaissait ceux de la première. M. Kummer ne comprenait pas très bien ce que le roi exigeait de lui. Zaïde ordonna à son premier ministre de tracer sur le sable la carte d'Europe, la Méditerranée et la côte d'Afrique qui borde cette mer ; il lui désigna l'île d'Elbe, et lui ordonna de raconter les circonstances qui avaient eu lieu dans l'invasion de 1815, depuis le moment où Napoléon en était sorti. M. Kummer profita de ce moment pour réclamer sa montre, et le roi ordonna à son fils de la rendre au Toubabe, qui alors commença sa narration ; et comme dans le récit, il nommait l'ex-empereur tantôt Bonaparte, tantôt Napoléon, un marabout, au nom de Bonaparte, l'interrompit, et lui demanda si c'était ce général dont il avait vu les armées dans la Haute-Égypte, en allant faire son pèlerinage à La Mecque. M. Kummer répondit oui. Alors le roi et toute sa suite s'extasièrent de surprise ; ils ne concevaient pas comment un simple général d'armée avait pu s'élever à la dignité d'empereur : il paraît que ces peuples avaient cru jusqu'alors que Napoléon et Bonaparte étaient deux personnages différents. On demanda également à M. Kummer si son père avait fait partie de l'armée d'Égypte ; il répondit que non, que c'était un marchand très paisible qui n'avait jamais porté les armes. M. Kummer continua son récit. Il étonna de plus en plus le roi des Trasas et toute sa cour. Le lendemain Zaïde voulut encore voir les deux Blancs, de qui il apprenait toujours quelque chose de nouveau. Il renvoya les Maures ses sujets qui avaient amené M. Rogery, et ordonna à son fils, le prince Muhammed, accompagné d'un de ses ministres, de deux autres Maures de sa suite et d'un esclave, de conduire les deux Blancs à Andar. Ils avaient avec eux des chameaux pour les porter, ainsi que leurs provisions. Zaïde, avant de les congédier, les fit rafraîchir, leur donna des vivres pour faire une partie de leur route, et conseilla à M. Kummer de confier sa montre à son fils, disant que par là, il éviterait que les Maures ne s'en emparassent, et qu'il la lui rendrait à son arrivée à Saint-Louis. M. Kummer obéit de suite ; le prince exécuta fidèlement les ordres de son père.

Avant le départ des deux Français, le roi voulut leur montrer son respect pour les lois qui régissent ses États. Sachant bien que cette qualité est celle que les peuples désirent toujours trouver dans ceux qui les gouvernent, il crut, avec raison, qu'il ne pourrait donner une plus haute idée de ses vertus, et se faire connaître d'une manière plus honorable, qu'en les convainquant qu'il en était le protecteur et le plus fidèle observateur. Pour le leur prouver, il leur raconta l'anecdote suivante.

« Deux princes de mes sujets avaient une affaire en litige depuis longtemps ; ils résolurent, pour la terminer, de venir me prier de leur servir d'arbitre. Mais la décision que je leur donnai, quoiqu'elle me parût tout à fait raisonnable, ne fut goûtée ni de l'un ni de l'autre ; de manière qu'à la suite de mes propositions, il s'engagea une forte querelle entre les deux parties. Il s'ensuivit une provocation, et les deux princes sortirent de ma tente pour soumettre leur cause au sort des armes. En effet, l'affaire s'engagea en ma présence ; l'un d'eux, le plus petit, fut terrassé par son adversaire, qui le poignarda sur-le-champ : c'était mon ami. J'eus la douleur de le voir mourir, et malgré toute ma puissance, il me fut impossible, d'après nos lois, qui permettent le duel, et d'après le respect que j'ai pour elles, de tirer vengeance de la mort de ce prince que je chérissais. Jugez, d'après ce trait, combien je suis scrupuleux observateur des lois par lesquelles je régis mes États, et qui règlent les droits des princes, ainsi que ceux des citoyens et des esclaves. »

Le troisième ou le quatrième jour après qu'ils eurent quitté le camp du roi Zaïde, nos voyageurs se reposaient, comme c'est la coutume, pour laisser passer la plus forte chaleur du jour. Au moment du repas, le ministre qui portait les engagements contractés entre le prince et les deux Français, tira de son grand *gris-gris*, ou portefeuille, celui de M. Rogery, qui s'en empara et le mit en mille pièces ; aussitôt un des Maures s'élança sur lui, le saisit d'une main par le cou, le renversa parterre, et de l'autre, armée d'un poignard, voulut l'en percer. Fort heureusement que le prince, à la considération de M. Kummer, qu'il chérissait particulièrement, accorda la grâce de celui qui avait osé manquer si gravement à un de ses ministres. Mais pendant les quatre ou cinq jours du reste du voyage, on ne cessa de le tourmenter. Ils ne lui donnaient que le quart de ce qu'il lui fallait pour sa nourriture, au point que cet infortuné fut obligé plusieurs fois de ronger les os dont les Maures ne voulaient plus ; ils le forcèrent aussi à faire tout le chemin à pied : cette route fut assez longue. Nos voyageurs, à leur arrivée à Saint-Louis, l'évaluèrent à cent quarante lieues au moins, par les détours considérables que les Maures leur firent faire.

Le respectable M. Rogery, homme d'une probité rare, était agité par le souvenir de l'engagement qu'il avait contracté avec Muhammed dans un moment difficile, sachant trop bien ne pouvoir jamais le remplir. Il croyait son honneur compromis et lié étroitement par ce traité, quoiqu'il l'eût détruit. Ce souvenir et son impuissance de payer lui donnaient des attaques de nerfs : à cela se joignait la crainte que le traité ne fût connu de ses compatriotes, et c'est ce qui le porta à cet acte de désespoir qui faillit lui coûter la vie, et priver l'humanité d'un des plus zélés partisans de la liberté et de l'abolition de la traite des Noirs.

Le 19 au matin, ils arrivèrent dans un village situé sur les bords de l'un des bras du Sénégal, qu'on nomme *Marigot des Maringouins*, et qui paraît être l'ancienne bouche du fleuve, lorsqu'il se rendait directement à la mer avant qu'il se fût détourné pour se porter vers le sud. Cet emplacement peut acquérir un jour de l'importance, si la Sénégambie vient enfin à se coloniser.

En effet, nos compagnons remarquèrent que les bords de ce bras du fleuve sont très bien cultivés. La campagne est couverte de plantations de cotonniers, de champs de maïs et de mil : on y rencontre parfois des bouquets de bois qui la rendent agréable et salubre. M. Kummer pense que ces contrées seraient propres à la culture des denrées coloniales. C'est là que commence la Nigritie, et l'on peut dire le pays des bonnes gens ; car dès ce moment nos voyageurs ne manquèrent plus d'aliments, et les Noirs leur donnèrent tout ce dont ils avaient besoin.

> Est-ce bien du maïs (zea) que l'on a remarqué vers ce marigot et par grandes plantations ? Ce nom est si souvent donné aux variétés du sorgho et du dourha des Noirs, qu'il est vraisemblable qu'on s'est trompé. On a déjà imprimé, depuis cette expédition, que le maïs était cultivé en plein champ par les Noirs du Cap-Vert, tandis que leur culture en graines se borne à deux espèces de houlques, auxquelles ils ajoutent çà et là, mais en champ moins étendu, une espèce de haricot, le *dolique unguiculé*, qu'ils recueillent en octobre, et dont ils vendent une partie à Gorée et à Saint-Louis, soit en gousses, soit en semences. Les mets qu'ils préparent avec ce dolique sont assaisonnés de feuilles de baobab mises en poudre, et de casse à feuilles obtuses et encore fraîches. Quant aux couscous, manger ordinaire des Noirs, c'est de la bouillie faite avec de la farine de sorgho et du lait. Pour obtenir cette farine, ils pilent le mil dans un mortier, et avec un pilon dur et lourd de bois de mahogon, qui vient aux bords de la Sénégambie. Le mahogon, ou mahogoni, qui a, selon les naturalistes, beaucoup d'affinité avec la famille des méliacées, et qui se rapproche du genre des cedrelles, se trouve dans l'Inde, ainsi que dans le golfe du Mexique, où il commence à devenir rare. À Saint-Domingue, on le regarde comme une espèce d'acajou, et on lui en donne le nom. Le mahogoni jaune de l'Inde fournit le bois de satin : il y a le mahogon fébrifuge, dont l'écorce remplace le kina. Lamarque a observé que le mahogon du Sénégal n'a que huit étamines ; les autres espèces en ont dix.

Dans le premier village qu'on nomme Vu, ils rencontrèrent une bonne femme noire, qui leur offrit du lait et du couscous (farine de mil) ; elle fut attendrie et versa des larmes lorsqu'elle vit ces deux malheureux Blancs presque nus, et surtout lorsqu'elle sut qu'ils étaient français. Elle commença par vanter notre nation ; c'est l'usage de ces peuples, et ensuite elle leur fit une courte histoire des malheurs qu'elle avait éprouvés. Cette bonne femme avait été faite esclave par les Maures qui l'avaient arrachée des bras de sa mère : aussi elle les détestait et les nommait les brigands du désert. Elle disait, en très bon français, aux deux Blancs : « N'est-ce pas que ce sont là de vilains Messieurs ? Oui, lui répondirent nos malheureux compatriotes. Eh bien, continua-t-elle, ces brigands m'enlevèrent, malgré les efforts de mon malheureux père, qui me défendait avec courage. Ils portèrent ensuite la dévastation dans notre village, qui l'instant d'auparavant goûtait le bonheur et la tranquillité. Nous vîmes dans cette triste journée des familles entières qui furent enlevées, et nous fûmes tous conduits à cet horrible marché de Saint-Louis, où les Blancs exercent l'exécrable métier de marchands d'hommes. Le sort voulut bien me favoriser, et m'éviter d'aller chercher la mort en Amérique, à travers les tempêtes qui couvrent la mer qui la sépare du sol africain ; j'eus le bonheur de tomber entre les mains du respectable général Blanchot, dont le nom et le souvenir seront toujours chers aux habitants de Saint-Louis. Ce digne gouverneur me garda pendant quelques années à son service ; mais voyant que je pensais toujours à mon pays et à mes parents, et qu'enfin je ne pouvais pas m'habituer à vos usages, il me rendit la liberté, et depuis ce moment j'ai voué mon amitié à tout ce qui porte le nom français. »

La probité et la justice du général Blanchot étaient tellement reconnues par les habitants de Saint-Louis, que lorsque la mort le frappa et priva pour toujours la colonie de son plus ferme appui, tous les commerçants et les employés du gouvernement se réunirent pour lui faire élever un monument dans lequel reposent encore les restes de ce brave général. Ce fut peu de temps après sa mort que les Anglais s'emparèrent de Saint-Louis, et tous les officiers de cette nation voulurent coopérer aux frais qu'exigeait l'érection du monument, sur lequel on remarque une épitaphe qui commence par ces mots : *Ici reposent les restes du brave et intègre général Blanchot*, etc.
Nous croyons qu'il n'est pas hors de propos de faire connaître un trait qui prouvera jusqu'à quel point le général Blanchot portait la justice : l'homme sensible s'arrête avec plaisir au récit d'une belle action, surtout quand elle appartient à un héros de sa nation.
Quelque temps avant que le Sénégal fût livré aux Anglais, Saint-Louis était étroitement bloqué, de manière que les communications avec la France étaient absolument impossibles. En peu de temps la colonie fut en partie privée de toute espèce de vivres. Il fallut employer des moyens extrêmes. Le prudent général convoqua un conseil extraordinaire, auquel furent appelés tous les notables de la ville et les employés du gouvernement. On y décida qu'il ne fallait pas attendre que la colonie fût dénuée de vivres, et qu'afin de tenir jusqu'à la dernière extrémité, tous les habitants, sans distinction de couleur, de rang et de grade, seraient mis au quart de ration pour le pain, et à deux onces de riz ou de mil par jour. Pour exécuter cet

arrêté, toutes les denrées furent transportées dans les magasins du gouvernement, et le général donna des ordres pour qu'il fût ponctuellement suivi. Quelques jours après que ces mesures furent prises, le gouverneur invita, comme à son ordinaire, les autorités à venir dîner chez lui ; il était bien entendu que chacun apporterait sa ration de pain et de riz. Néanmoins, on servit un pain entier sur la table du général. Dès qu'il l'aperçut, il demanda à ses domestiques qui avait pu donner l'ordre au garde-magasin de suspendre à son égard l'arrêté du conseil général. Tous les convives prirent alors la parole, et lui dirent que le conseil n'avait jamais eu l'intention de le rationner, et qu'il devait souffrir cette exception. Le général répondit, en se tournant du côté d'un de ses aides de camp : Allez dire au garde-magasin que je le mets provisoirement aux arrêts pour avoir outrepassé mes ordres ; et vous, messieurs, sachez que je ne suis pas fait pour ravir les moyens d'existence qu'ont les malheureux esclaves, qui manqueraient certainement de vivres, tandis que j'aurais du superflu sur ma table ; apprenez qu'un général français sait aussi bien supporter les privations que les braves soldats qu'il a sous ses ordres. Pendant tout le temps de la pénurie, qui dura quatre mois, le général ne voulut jamais souffrir qu'on lui donnât une plus forte ration que celle qui revenait au dernier des esclaves : son exemple fit que personne ne murmura et qu'on parvint à sauver la colonie. Pendant qu'on éprouvait les plus fortes privations, la récolte avançait, et vint enfin délivrer Saint-Louis de la disette ; des navires arrivèrent en même temps de France et y répandirent l'abondance. Mais quelque temps après, les Anglais revinrent assiéger Saint-Louis et s'en emparèrent.

> Quoique cette note nous ait un peu éloignés de notre sujet, nous n'avons pas voulu passer sous silence un trait aussi beau : c'est un hommage rendu à la mémoire du brave général Blanchot. Nous pouvons ajouter qu'après avoir été gouverneur pendant très longtemps, il mourut sans fortune. Combien compte-t-on d'hommes comme Blanchot ?

Nos deux Blancs furent très attendris de cette touchante rencontre ; ils se crurent dès ce moment au milieu de leurs compatriotes. Après quelques heures de repos, ils continuèrent leur route et ils eurent effectivement à se louer des Noirs, qui ne les laissèrent manquer de rien. À mesure qu'ils approchaient de la ville, les Maures devenaient beaucoup plus doux ; et lorsqu'ils furent sur le point de passer le fleuve pour entrer à Saint-Louis, le prince Muhammed remit à M. Kummer la montre qui lui appartenait. Le gouverneur français accueillit très bien le prince et sa suite. Il leur fit donner environ 60 francs en pièces de deux sous ; cette somme leur parut énorme, car ils en furent très satisfaits. Cela porte à croire qu'ils ne connaissaient pas la valeur de la gourde lorsqu'ils en demandèrent huit cents pour la rançon de chacun de nos deux voyageurs. Ce fut le 22 juillet qu'ils arrivèrent, après avoir erré pendant seize jours dans les sables brûlants du désert de Sahara, et avoir supporté tout ce que peuvent avoir d'affreux la soif et la faim, principalement l'infortuné M. Rogery, qui eut à subir tous les caprices des Maures.

Tous les naufragés échappés à ces désastres se trouvant rassemblés à Saint-Louis, nous comptions entrer de suite en possession de nos établissements.

Mais après que le gouverneur anglais, M. Beurthonne, eut appris notre naufrage, soit de son propre mouvement, soit qu'il eût reçu des ordres de son gouvernement à cet égard, il refusa de rendre la colonie. Ce contretemps força le chef supérieur de l'expédition française à prendre des mesures pour attendre de nouveaux ordres de France. Il lui fut enjoint de faire partir sur-le-champ tous les naufragés qui arrivaient dans l'île de Saint-Louis.

Tout nous porte à croire que le retard qui fut apporté à la restitution de nos établissements, dépendit du gouverneur anglais, qui y mit des obstacles toutes les fois que les circonstances le lui permirent. Il allégua d'abord qu'il n'avait pas reçu l'ordre de rendre la colonie, et qu'en outre il manquait de navires pour transporter ses troupes et tous les objets qui appartenaient à sa nation. Cette dernière allégation suffit seule pour prouver combien peu il était disposé à se retirer de l'île Saint-Louis ; car le gouverneur français, afin d'aplanir toutes ses difficultés, lui proposa la flûte la *Loire* pour servir de transport, et il fut refusé. Nous croyons avoir deviné la cause de ce retard dans la remise de la colonie, et nous pouvons en présenter deux raisons qui nous paraissent d'autant mieux fondées, qu'elles prennent leur source dans cette politique britannique qu'on voit en toute circonstance ne suivre d'autre règle que celle de l'intérêt de sa puissance ou de son commerce. Nous ne les livrons d'ailleurs que comme des présomptions ; mais ces présomptions semblent si bien confirmées par les événements auxquels elles ont rapport, que nous n'hésitons pas à les soumettre à nos lecteurs.

Nous pensons donc que M. Beurthonne avait reçu l'ordre de rendre les îles Saint-Louis et de Gorée à l'escadre française, qui devait se présenter pour en prendre possession ; mais nous pensons aussi qu'il lui était recommandé de ne les évacuer que le plus tard qu'il pourrait, dans le cas où le commerce et le gouvernement anglais pourraient tirer quelques avantages d'un retard.

En effet, si M. Beurthonne n'avait pas reçu d'instructions pour rendre la colonie, il lui était bien certainement inutile d'alléguer qu'il manquait de moyens de transport. Aux instances du gouvernement français, il n'avait qu'à faire une réponse toute simple et sans réplique, celle que son gouvernement ne lui avait donné aucun ordre. C'est donc par l'espèce de vacillation qu'il mit dans ses réponses, qu'il nous a lui-même mis sur la voie de l'opinion que nous nous sommes formée ; c'est d'après ses paroles et ses actions que nous avons dû croire ce que nous avons osé avancer. Mais enfin, dira-t-on, quel avantage ce délai pouvait-il procurer au gouvernement anglais ? Voici, comme nous le disions plus haut, ce qu'il nous est bien permis de conjecturer à cet égard.

La traite des gommes était à la veille de se faire ; il était bien juste que les commerçants anglais qui étaient dans le Sénégal enlevassent cette récolte, qui eût appartenu au commerce français si la colonie eût été rendue.

Un second motif, non moins puissant, c'est que nous étions au moment de la mauvaise saison, et que les établissements anglais sur la rivière de Gambie (lieu où devait se rendre une partie de la garnison anglaise) sont extraordinairement malsains : des maladies presque toujours mortelles y règnent pendant l'hivernage, et enlèvent communément les deux tiers des Européens nouvellement arrivés. Tous les ans le ravage est le même, et tous les ans on est obligé de transporter de nouvelles garnisons : ceux qui ont le bonheur de résister à ces terribles épidémies viennent en convalescence à l'île de Gorée, où l'air est assez salubre. Telles sont les raisons qui, selon nous, ont occasionné le retard de la remise des établissements sur la côte d'Afrique.

Au demeurant, et sans nous épuiser davantage en conjectures, terminons par une dernière remarque ; c'est que le commandant anglais obéit peut-être plus, en cette circonstance, à la politique coutumière de son gouvernement, qu'à des considérations locales et particulières. Qu'on se rappelle en effet ce qui s'est passé lors de la restitution de nos établissements d'outre-mer à la paix de 1802 et à celle de 1814, et l'on verra que le ministère britannique, sans trop s'inquiéter d'en donner des raisons, s'est fait un principe très fidèlement suivi de ne pas aimer à se dessaisir[1].

Le naufrage de la frégate la *Méduse* favorisa les desseins du gouverneur ; car quelle sensation pouvait produire l'arrivée d'une expédition dont la principale voile n'existait plus, et dont les trois autres navires ne parurent que les uns après les autres ? Si les Anglais avaient eu l'intention de nous rendre la colonie à notre arrivée, le désordre dans lequel nous nous présentâmes eût suffi seul pour leur faire naître l'idée de ne pas se presser à se retirer de l'île Saint-Louis. Mais ce que nous concevons à peine, c'est que ce gouverneur, après un bon accueil de quelques jours, ait exigé que les troupes françaises fussent éloignées de la colonie. Et quelles étaient ces troupes ? des malheureux presque nus, exténués par de longues fatigues et les privations qu'ils avaient eu à

---

[1]. Tout le monde connaît le proverbe populaire, qui rend très bien notre idée : *Ce qui est bon à prendre est bon à garder*.

supporter au milieu des déserts : presque tous étaient sans armes. Craignait-il l'esprit des colons et même des Noirs, qui n'étaient pas en sa faveur, et qui virent avec le plus grand plaisir l'arrivée des Français ? Cela n'est guère supposable.

CHAPITRE XI

Premier voyage d'une goélette vers la Méduse. — *Deuxième et troisième voyages.* — *On trouve encore trois hommes sur la frégate ; perte de treize autres.* — *Retour de la goélette.* — *Vente publique des effets des naufragés.* — *Quatre goélettes vont à la* Méduse. — *Le gouverneur anglais renvoie tous les Français au camp de Dakar.*

Tous les naufragés étant donc rassemblés à Saint-Louis, comme nous l'avons déjà dit, notre gouverneur, deux jours avant son départ pour le Cap-Vert, songea à envoyer un navire à bord de la *Méduse*, pour y chercher une somme de 100 000 fr., apportée pour être le trésor de la colonie [1], ainsi que des provisions

---

1. On ne saurait croire à combien de bruits populaires ont donné lieu ces 100 000 fr. Il est des gens qui ne croient pas encore qu'ils aient jamais été embarqués sur la frégate. Comment expliquent-ils cette supposition ? C'est en demandant comment se seraient conduits autrement que l'ont fait certaines personnes, des gens qui auraient vendu les intérêts de leur pays, et leur honneur à des intérêts étrangers. Nous ne doutons pas, pour nous, que ce bruit ne soit une fable. La sottise, l'orgueil, l'entêtement, qui nous ont conduits sur le banc d'Arguin, n'ont pas besoin qu'on leur prête d'autre crime. D'ailleurs, s'il est quelquefois des gens qui vendent leur honneur, il n'en est point qui vendent en même temps leur vie ; et ceux qu'on voudrait accuser de quelque chose de plus que d'une haute incapacité ont assez prouvé, dans les dangers qui leur étaient personnels, qu'ils savaient très bien pourvoir à leur propre sûreté.

qui s'y trouvaient en quantité, et dont on manquait pour ainsi dire dans les établissements français. On parlait très peu des hommes qui étaient restés à bord, et auxquels on avait juré de les envoyer chercher dès qu'on serait arrivé à Saint-Louis ; mais déjà on ne pensait presque plus à ces infortunés. M. Corréard rapporte que le premier jour qu'il fit une promenade dans la ville, étant allé rendre une visite à la famille du gouverneur, pendant la conversation on vint à parler de la goélette qu'on allait expédier, et de la possibilité de retrouver les 100 000 fr., des vivres et des effets. Voyant qu'on ne disait rien des dix-sept infortunés qui étaient restés sur la frégate, il ne put s'empêcher de dire : « Mais un objet plus précieux dont on ne parle pas, ce sont les dix-sept malheureux qui ont été abandonnés ! — Bah ! répondit Mlle Schmaltz, dix-sept ! il n'en reste pas trois. — N'en restât-il que trois, répliqua-t-il, qu'un seul, sa vie est préférable à tout ce qu'on peut retirer de la frégate. » Et il sortit indigné.

Lorsque, dans la première partie de cet ouvrage, nous avons présenté Mme et Mlle Schmaltz seules impassibles lors de l'échouement de la frégate, et semblant s'élever au-dessus de la consternation générale, on a pu leur faire honneur d'une grandeur d'âme peu commune et d'un courage plus que viril. Pourquoi faut-il que nous soyons obligés de détruire ici l'illusion honorable que nous avons pu causer ? pourquoi, lorsque ces dames ont porté l'indifférence jusqu'à se soustraire aux plus ordinaires devoirs de l'humanité, en s'abstenant de rendre la moindre visite aux malheureux déposés dans l'hôpital de Saint-Louis, nous ont-elles révélé elles-mêmes que leur calme sur la frégate n'était qu'une profonde insensibilité ?

Nous pourrions au reste, sinon excuser, au moins nous expliquer cette dernière marque de leur dureté.

Quel spectacle en effet les attendait dans ce triste séjour, sur le nouveau théâtre où les tristes victimes d'une première inhumanité avaient à lutter contre les nouvelles misères que leur préparaient l'indifférence, l'incurie de leurs semblables ? La vue d'hommes qui tous portaient dans leur cœur le souvenir des fautes d'un mari, d'un père, ne devait pas être un objet que leurs regards fussent très avides de chercher ou de rencontrer ; et à cet égard, le soin qu'elles mirent à éviter l'hôpital nous paraît presque pardonnable. Mais ce qui ne l'est point, ce qui ne saurait l'être, ce que nous n'avons pu apprendre qu'avec une inexprimable surprise, c'est que Mlle Schmaltz, nous jugeant sans doute d'après une manière de penser qui n'était pas la nôtre, et ne croyant pas possible que les fautes de son père et la conduite inhumaine d'elle et de sa mère ne fussent pas un jour connues en France, se soit hâtée de prévenir cette publication, en écrivant à ses amis, à Paris une lettre justificative de ses rapports avec les naufragés du radeau, et en cherchant à dévouer ces malheureux au mépris, à la haine publique. Elle avouait dans cette lettre singulière qui a circulé dans les sociétés de Paris, que la vue de ces naufragés lui inspirait une horreur dont elle n'était pas maîtresse. « Il m'était, disait-elle, réellement impossible de supporter la présence de ces hommes, sans que j'éprouvasse un moment d'indignation. »

Quel était donc notre crime aux yeux de Mlle Schmaltz ! Ah ! sans doute celui de trop bien connaître les véritables coupables de nos malheurs. Oui, à ce titre, toutes les fois que Mlle Schmaltz nous voyait, ce qui était excessivement rare, notre présence devait faire sur elle l'effet de la foudre. Elle pouvait se dire : Voilà les hommes qui tiennent dans leurs mains le sort de mon père. S'ils parlent, s'ils font entendre des plaintes qu'ils retiennent jusqu'ici, si on les écoute (et comment ne les écouterait-on pas dans un pays où la loi seule doit régner ?), au lieu d'être la fille d'un gouverneur, je ne suis plus qu'une misérable orpheline ; au lieu de ces honneurs dont il m'est si doux de me voir entourée, je retombe dans l'abaissement et l'oubli qui attend d'ordinaire la triste famille d'un grand coupable.

Il est certain que si nous avions écouté nos douleurs, si nous avions poursuivi devant le tribunal des lois les auteurs de nos maux, il est difficile de croire qu'ils eussent échappé aux rigueurs de l'inflexible justice[1]. Ainsi donc, selon que les historiens du cœur humain l'ont trop souvent observé, *il est plus facile de pardonner l'injure qu'on a reçue que celle que l'on a faite.*

Voici un petit trait qui donnera de nouveau la mesure de la sensibilité des dames Schmaltz. Le 12 juillet, M. Valentin père reçut l'ordre de M. le gouverneur d'aller à bord de la corvette l'*Écho* pour y prendre ces dames et les ramener à Saint-Louis. M. Valentin montait une goélette qui remorquait une péniche dans laquelle il y avait huit *sopftos* (matelots noirs). Malgré le mauvais temps, M. Valentin parvint à franchir la barre du fleuve, et à une heure il fut rendu à la corvette. Les dames Schmaltz, et M. Coureau, leur aide de camp, s'embarquèrent de suite sur la goélette. Nous devons dire aussi qu'on n'oublia pas les fameuses malles qu'on avait sauvées du naufrage préférablement à des hommes. On fit de suite

---

1. Il est vrai que cela n'est qu'ajourné, et que le jour où le règne de la loi cessera d'être illusoire, nous ferons traduire nos bourreaux devant la justice. Mais nous avons été trop généreux, et c'est pour cela qu'on nous opprime ! Cependant, nous ne devons pas nous dissimuler que nos assassins pourraient bien l'emporter sur leurs victimes, puisque les égorgeurs du maréchal Brune et des généraux Lagarde et Ramel respirent encore.

voile pour le Sénégal ; mais la barre était tellement grosse, qu'il y avait réellement beaucoup de dangers à la franchir dans un semblable moment ; aussi, à peine fut-on engagé que la remorque de la péniche cassa par suite d'un violent coup de mer : la péniche vint passer tout près de la goélette ; mais il fut impossible de donner du secours aux malheureux Noirs, sous peine de périr tous ensemble. Les hommes des deux navires s'entêtèrent et continuèrent leur route plutôt que de revenir sur leurs pas. Un deuxième coup de mer, encore plus violent que le premier, fit chavirer la péniche ; elle vint passer tout près de la goélette sans que celle-ci pût encore recueillir les *sopftos*. Quelques minutes après, on ne vit plus ni hommes ni péniche ; on crut que tout était perdu ; fort heureusement que ce petit navire était fort léger, et que c'était au commencement du jusant, moment où la mer se retire au large : aussi les infortunés Noirs en profitèrent ; ils se mirent tous les huit à cheval sur la quille ; les courants les avaient dérivés à deux lieues environ à l'ouest de la barre. À huit heures du soir ils étaient à une lieue d'un gros navire (la *Médée*), qui était à l'ancre à une distance respectueuse de la côte. À minuit les courants entraînèrent la péniche près du navire où, au moyen d'un canot qu'on mit en mer, on recueillit les huit naufragés. Le lecteur attendri croit sans doute que les dames Schmaltz sont au désespoir de voir périr des hommes qui venaient tout exprès pour leur service ; point du tout, elles font même semblant de ne pas s'apercevoir qu'ils sont disparus. Elles ne laissent pas échapper une seule larme, pas le moindre signe d'attendrissement, rien qui dénote la moindre sensibilité. Ces dames, d'une espèce toute particulière, arrivèrent le même soir à cinq heures, à

Saint-Louis, où tout le monde apprit en peu de jours à les connaître.

Le petit navire choisi pour aller à la frégate était une goélette commandée par M. Renaud, lieutenant de vaisseau : des plongeurs noirs et quelques passagers composaient son équipage. Elle partit de Saint-Louis le 26 juillet, ayant à son bord des vivres pour huit jours ; en sorte qu'ayant éprouvé des vents contraires, elle fut obligée de rentrer dans le port, après avoir inutilement lutté sept ou huit jours pour se rendre à bord de la *Méduse*.

Cette goélette partit de nouveau, après avoir fait, cette fois, à peu près pour vingt-cinq jours de vivres ; mais comme la voilure était très délabrée, et que le propriétaire de ce bâtiment ne voulait point la faire changer avant qu'elle fût entièrement hors d'état de servir, on fut obligé de remettre en mer après quelques légères réparations seulement. Ayant éprouvé au large un assez fort coup de vent, les voiles furent presque détruites, et il fallut rentrer dans le port après quinze jours environ de navigation, sans avoir pu en atteindre le but. Alors on fit faire une nouvelle voilure, ce qui demanda à peu près dix jours. Dès qu'elle fut installée, on sortit pour la troisième fois, et l'on atteignit la *Méduse*, cinquante-deux jours après son abandon.

Une réflexion toute simple se présente ici à l'esprit le plus inattentif ; il est certain que tout lecteur doit présumer qu'il n'y avait dans la colonie que cette seule goélette. Il est de notre devoir de le détromper ; plusieurs autres négociants offrirent leurs navires, mais ils furent refusés. Le gouverneur aima mieux traiter avec une seule maison, que d'avoir des comptes à régler avec une partie des négociants de la colonie, qui cependant voulurent mettre à sa disposition tout ce qui était en leur pouvoir. MM. Durécu et Potin furent les commerçants favorisés[1] : ils firent au gouverneur, en vivres et en argent, de fortes avances, qui se sont élevées à 50 000 fr. ; ils eurent continuellement dans leur maison M. Schmaltz, sa famille et une suite nombreuse. L'opinion générale était que ces MM. Durécu et Potin avaient tiré de leurs actes de générosité un bénéfice honnête de 100 pour 100 ; cela est si vrai que M. Valentin père offrit la même qualité de vin à 250 fr. la barrique, tandis qu'on la payait 400 fr. à M. Durécu ; et cependant on refusa les offres de M. Valentin, ainsi que celles de tous les marchands de Saint-Louis : néanmoins M. Durécu fut récompensé, à la demande du gouverneur son digne ami, par cette décoration qu'une action d'éclat (et non un coup de commerce très lucratif) semble seule devoir mériter.

Voici l'extrait d'une lettre que m'écrivit M. Valentin père, le 9 avril 1818, qui justifie parfaitement ce que nous venons de dire :

« Cinq jours après mon arrivée à Gorée, M. Danglas, qui était malade, me fit appeler par son domestique : il me demanda si j'avais des comestibles à lui vendre. Sur ma réponse affirmative, il envoya de suite prendre dans mon magasin tout ce dont il avait besoin ; ce qui me mit en relation d'affaires avec lui, et m'engagea à aller le voir au moment de son départ pour la France : il s'entretint avec moi et me témoigna un très grand mécontentement envers M. Schmaltz, attendu que celui-ci l'avait traité on ne peut plus mal, lorsque M. Danglas était au camp de Dakar. Il me parla aussi de M. Durécu, et se plaignit de ce qu'il lui avait vendu des objets bien chers, et

---

[1]. Cette maison fait tout le commerce du Sénégal ; sa *raison* y a remplacé la compagnie d'Afrique, surtout depuis qu'elle fait la traite des Noirs.

que le vin qu'il avait cédé au gouvernement n'était point potable. »

J'espère que personne ne contredira M. Danglas, qui est un homme tout à fait monarchique, et qui, je pense, a parlé d'après sa conscience. Du reste, à cette époque, il ne s'était pas encore déclaré le champion de MM. Schmaltz, Potin et Durécu, comme il l'a fait par la suite. Mais revenons à notre goélette. Quel fut l'étonnement de ceux qui la montaient de retrouver encore à bord de la *Méduse* trois infortunés à la veille d'expirer ! Bien certainement on était loin de s'attendre à cette rencontre ; mais, comme nous l'avons dit, il y en eut dix-sept d'abandonnés. Que sont devenus les quatorze qui manquaient ? Essayons de retracer l'histoire de leur triste sort.

Dès que les embarcations et le radeau furent débordés de la frégate, ces dix-sept malheureux cherchèrent à se procurer des moyens de subsistance, en attendant qu'on vînt à leur secours ; ils fouillèrent tous les lieux où l'eau n'avait pas encore pénétré, et parvinrent à rassembler assez de biscuit, de vin, d'eau-de-vie et de lard salé pour exister pendant un certain temps. Tant que les vivres durèrent, la paix régna parmi eux ; mais quarante-deux jours s'écoulèrent sans qu'ils vissent paraître les secours qu'on leur avait promis. Alors douze des plus décidés, se voyant à la veille de manquer de tout, résolurent de gagner la terre. Pour y parvenir, ils construisirent un radeau avec les différentes pièces qui restaient sur la frégate, le tout maintenu, comme le premier, par des amarrages solides. Ils s'y embarquèrent, et dirigèrent leur route sur la côte ; mais comment pouvoir manœuvrer sur une machine dépourvue, sans doute, des rames et des voiles nécessaires ? Il est indubitable que ces malheureux, qui n'avaient pris qu'une très petite quantité de vivres, n'auront pu longtemps résister, et qu'accablés de désespoir et de besoin, ils auront été victimes de leur témérité. On a dû être convaincu que tel aura été le résultat de leur funeste tentative, par les restes de leur radeau, qui furent trouvés sur la côte du désert de Sahara, par les Maures sujets du roi Zaïde, lesquels vinrent à Saint-Louis annoncer cette nouvelle. Ces infortunés auront été la proie des monstres marins, qui sont en très grande quantité sur ces rivages de l'Afrique.

Victimes malheureuses ! nous déplorons la rigueur de votre sort ! Comme nous, vous avez été en butte aux plus affreux tourments ! comme nous, livrés au hasard sur un radeau, vous avez eu à lutter contre ces besoins si pressants que l'homme ne peut maîtriser, la faim et la soif poussées à l'extrême ! Notre imagination nous reporte sur votre funeste machine ; nous y voyons votre désespoir, vos fureurs ; nous apprécions enfin toute l'étendue de vos souffrances, et vos malheurs nous arrachent des larmes. Il est donc vrai que l'infortune d'autrui frappe plus vivement celui qui a déjà eu à combattre la rigueur d'un sort pareil ! L'homme heureux croit à peine au malheur, et souvent accuse celui dont il a causé les désastres.

Un matelot qui s'était refusé à s'embarquer sur ce radeau, voulut aussi gagner la terre, quelques jours après les premiers ; il se mit dans une cage à poules, mais à une demi-encablure de la frégate il fut submergé.

Quatre hommes se décidèrent à ne pas abandonner la *Méduse*, alléguant qu'ils aimaient mieux mourir à bord que d'aller affronter de nouveaux dangers, qu'il leur paraissait impossible de surmonter. Un de ces quatre venait de mourir de besoin quand la goélette arriva ; son corps avait été jeté à la mer. Les trois autres étaient très faibles, et deux jours plus tard on n'aurait trouvé que leurs cadavres. Ces malheureux occupaient chacun un endroit séparé, et n'en sortaient que pour aller chercher des vivres qui, dans les derniers jours, ne consistaient qu'en un peu d'eau-de-vie, du suif et du lard salé. Quand ils se rencontraient, ils couraient les uns sur les autres, et se menaçaient de coups de couteau. Tant que le vin avait duré avec les autres provisions, ils s'étaient parfaitement soutenus ; mais dès qu'ils furent réduits à l'eau-de-vie pour boisson, ils s'affaiblirent de jour en jour.

> Ces abandons ne sont malheureusement pas très rares dans les fastes de la marine. La frégate l'*Utile* échoua, en 1760, à l'île aux Sables, et quatre-vingt-sept malheureux furent abandonnés, malgré les promesses de venir les chercher que leur firent les trois cent vingt naufragés, qui se sauvèrent presque tous à Madagascar. Quatre-vingts Noirs ou Noires périrent faute de secours, les uns de misère, les autres en essayant de se sauver sur des radeaux : sept Noires et un enfant, qui restèrent pendant quinze années dans l'île aux Sables, furent exposés à toutes les rigueurs de la plus cruelle position, et ont été sauvés en 1776 par M. de Tromelin, commandant la corvette la *Dauphine*.
>
> Le bot le *Favori*, commandé par le capitaine Moreau, en 1757, rencontra, le 26 mars de la même année, l'île Adu : il envoya un canot, monté par huit hommes, commandé par M. Rivière, officier de marine ; mais Moreau les abandonna, parce que les courants le drossaient sur l'île, et revint à celle de France, où il ne fit aucune démarche auprès du gouvernement pour qu'on leur portât du secours. Le brave Rivière et tous ses matelots parvinrent à se sauver à la côte du Malabar

> au moyen d'un radeau et de son canot. Il débarqua à Cranganor, près Calicut.
> On conçoit que, dans un premier moment, la présence subite d'un danger inévitable puisse égarer la raison et faire abandonner du monde sur un navire ; mais ne pas aller au secours des siens, lorsqu'on est soi-même hors de danger, ou mettre du retard à y voler, c'est ce qui ne se conçoit pas.

On prodigua à ces trois hommes les soins qu'exigeait leur état, et tous les trois sont maintenant en pleine santé.

Après avoir donné les secours nécessaires aux malheureux dont nous venons de parler, on s'occupa de retirer du corps de la frégate tous les objets susceptibles d'être saisis. On la saborda, et au moyen de cette vaste ouverture, on put sauver des farines, du vin et plusieurs autres objets. M. Corréard a eu la bonhomie de penser que les naufragés allaient recouvrer au moins quelques-uns de leurs effets, puisqu'un bâtiment du roi était parvenu jusqu'à la frégate. Mais qu'on se détrompe ! ceux qui le montaient se déclarèrent corsaires, et mirent, pour ainsi dire, au pillage tous les effets qu'ils purent rattraper. Un d'eux, M. Renaud, enleva plusieurs malles pleines et quatre hamacs contenant toutes sortes d'objets, le tout à son profit.

Ayant complété l'entière cargaison de la goélette, et les tentatives pour retrouver les cent mille francs dont nous avons déjà parlé ayant été inutiles, l'on cingla vers le Sénégal. Nous vîmes arriver ce petit bâtiment, et nos cœurs palpitèrent de joie : nous comptions tous revoir nos infortunés compatriotes, qui avaient été abandonnés sur la frégate, et en outre recouvrer quelques hardes dont nous manquions entièrement. La goélette franchit la barre, et en moins de quelques heures, elle eut parcouru l'espace qui la séparait de nous. Courir au port, aborder le bâtiment et demander combien il y avait d'infortunés de sauvés, fut l'affaire d'un instant. On nous répondit que trois existaient encore, et que quatorze étaient morts depuis notre départ : cette réponse nous atterra. Nous nous informâmes ensuite s'il avait été possible de sauver des effets ; on nous répondit que *oui*, mais qu'ils étaient de *bonne prise*. Nous ne concevions pas cette réponse, mais on nous la répéta ; et nous apprîmes, pour la première fois, que nous étions en guerre avec des Français, parce que nous avions été excessivement malheureux.

Dès le lendemain la ville fut transformée en une foire publique qui dura pendant au moins huit jours. Là, on vendait des objets appartenant à l'état, et à ceux des malheureux naufragés qui avaient péri ; ici, c'étaient les habillements de ceux qui vivaient encore ; plus loin, c'était l'ameublement de la chambre du commandant lui-même ; ailleurs, on voyait les pavillons du bord (série de signaux composée de pavillons de diverses couleurs) que des Noirs achetaient pour se faire des pagnes ou des manteaux ; autre part, on vendait le gréement et la voilure de la frégate ; puis venaient des draps de lit, des cadres, des hamacs, des couvertures, des livres, des instruments, etc., etc.

Mais une chose sacrée, respectée de tout homme qui sert avec honneur, ce signe de ralliement sous lequel on doit trouver la victoire ou la mort, le pavillon enfin, qu'est-il devenu ?... Il a été sauvé... Est-il tombé entre les mains d'un Français ?... Non !... Celui qui avilit un signe respectable qui représente une nation, celui-là ne peut appartenir à cette même nation. Eh bien ! ce signe fut employé à des usages domestiques[1]. Des vases qui appartenaient au commandant de la frégate même, furent également sauvés, et passèrent de son buffet sur la table de l'honnête gouverneur, où M. de Chaumareys les reconnut, et c'est de lui que nous tenons ces détails ; il est vrai que les dames du gouverneur les avaient reçus à titre de cadeau de la part du lieutenant Renaud, qui commandait à bord de la goélette.

L'on ne voyait plus dans la ville que des Noirs affublés, les uns de vestes et de pantalons, les autres de grandes capotes grises ; d'autres portaient des chemises, des gilets, des bonnets de police, etc., tout enfin rappelait le désordre et la confusion. Tel fut en partie le produit de l'expédition de la goélette. Les vivres qu'elle rapporta furent d'ailleurs du plus grand secours au gouverneur français, qui était à la veille d'en manquer.

Quelques jours après, les commerçants de Saint-Louis furent autorisés à se rendre à bord de la *Méduse* avec leurs navires, aux conditions suivantes : ils devaient faire les armements de leurs bâtiments à leurs frais, et tous les objets qu'ils parviendraient à sauver de la frégate devaient être partagés en deux portions égales, l'une pour le gouvernement et l'autre pour les armateurs. Quatre goélettes partirent de Saint-Louis, et, en peu de jours, parvinrent à leur destination. Elles rapportèrent dans la colonie une grande quantité de barils de farine, de viandes salées, de vin, d'eau-de-vie, de cordage, de voiles, etc., etc. Cette expédition fut terminée en moins de vingt jours[2]. À mesure que les goélettes arrivaient dans le

---

1. Entre diverses personnes que nous pourrions nommer, lesquelles divisèrent le grand pavillon, en firent des serviettes, des draps, etc., citons, avec la distinction qu'elles méritent, les nommées Sophie, Négresse du gouverneur, et Marguerite, domestique blanche.
2. Il fut recueilli encore une autre pièce de la frégate ; ce fut le mât d'artimon, qui arriva à Saint-Louis le 24 octobre. Il avait été coupé dans

Sénégal, il était naturel de les décharger et de mettre les objets en magasin, en attendant l'arrivée du gouverneur français, qui était absent ; il nous semble en effet que, dans les partages qui devaient avoir lieu, sa présence ou celle de toute autre autorité était nécessaire. Mais soit que les armateurs ne voulussent pas attendre le retour du gouverneur, soit qu'ils fussent pressés de posséder ce qui leur revenait dans les cargaisons des navires, ils se présentèrent chez M. Potin, agent ou associé de la maison Durécu, et le prièrent de vouloir bien faire le partage des objets sauvés de la frégate. Nous ignorons si M. Potin fut autorisé à faire ces partages ; mais qu'il y ait été autorisé ou non, nous croyons qu'il ne pouvait les faire sans la coopération d'un ou de plusieurs employés de l'administration, puisqu'il était lui-même l'un des armateurs. Il eût été d'autant plus facile de faire surveiller ces partages par un agent du gouvernement, qu'il y en avait alors quatre ou cinq à Saint-Louis, entre autres le greffier et le payeur ; mais aucun d'eux ne fut appelé pour assister à ces diverses opérations, qui durèrent cependant plusieurs jours. Quoi qu'il en soit, ceux auxquels appartenaient les navires se montrèrent bien plus généreux envers les naufragés que les hommes qui allèrent à bord de la frégate sur la première goélette : le peu de livres et d'effets divers qu'ils purent sauver furent restitués à ceux des naufragés qui les réclamèrent.

Peu après que ces déprédations furent terminées, quelques officiers et soldats français de terre et de mer qui étaient encore à Saint-Louis, reçurent ordre

---

une des expéditions qui allèrent à bord de la *Méduse* ; mais on ne put réussir à l'embarquer, et on l'abandonna. La mer, à la longue, ayant fait considérablement rouler le bâtiment, en détacha ce mât et le poussa sur la côte, vis-à-vis de l'île Saint-Louis. Les habitants de Guétandar le tirèrent de la mer et le ramenèrent dans l'île.

du gouverneur anglais de se rendre de suite au camp de Dakar ; c'était vers le 1er octobre. À cette époque M. Corréard resta seul de Français à l'hôpital de Saint-Louis, où il attendait son entier rétablissement. Nous ignorons absolument quelles furent les raisons qui engagèrent ce gouverneur à employer des mesures aussi sévères, pour une vingtaine de malheureux naufragés, dont trois officiers avaient fait partie du triste radeau. Cependant il permit aux employés de l'administration de demeurer dans la ville.

CHAPITRE XII

Générosité de M. Lasalle. — Les naufragés du radeau à l'hôpital de Saint-Louis. — Inhumanité du gouverneur anglais ; humanité de ses officiers. — M. Corréard délaissé quarante jours. — Le major Peddy et ses officiers viennent à son secours. — Mort de M. Clairet.

Jetons ici encore un coup d'œil rapide sur les nouveaux malheurs auxquels furent en proie quelques infortunés échappés au radeau et au désert, et qui restèrent plongés dans un hôpital affreux, sans secours, sans consolation, avant de passer à l'histoire du camp de Dakar, qui terminera ce tableau. On peut se rappeler que ce fut le 23 juillet que se trouvèrent réunis les hommes du radeau et les soixante-trois qui furent débarqués par la chaloupe près des môles d'Angel.

M. Coudein, commandant du radeau, et M. Savigny, furent d'abord accueillis au Sénégal par M. Lasalle, négociant français, qui, dans toutes les circonstances, leur prodigua les soins les plus généreux, et qui leur épargna les nouvelles souffrances qu'éprouvèrent leurs compagnons d'infortune ; aussi M. Lasalle a-t-il des titres éternels à leur reconnaissance.

Quant à M. Corréard, dès qu'il fut rendu à l'île Saint-Louis, lui et quelques autres de nos compagnons, tout couverts de blessures, ne tenant plus à la vie que par un fil, furent couchés sur des lits de sangle, dont les matelas n'étaient que des couvertures de laine ployées en quatre, et garnis de draps d'une malpropreté dégoûtante. Les quatre officiers de troupe furent aussi placés dans une des salles de l'hôpital, et les soldats et matelots dans une autre salle voisine de la première, et couchés de la même manière que les officiers. Le soir de leur arrivée, le gouverneur, accompagné du commandant de la frégate et d'une nombreuse suite, vint leur rendre visite : l'air compatissant avec lequel il les aborda les toucha vivement. Dans ce premier moment, on leur promit des toiles de Guinée pour les vêtir, du vin pour rétablir leurs forces, des armes et des munitions pour les distraire, lorsqu'ils seraient en état de sortir. Promesses frivoles : ce ne fut qu'à la pitié des étrangers que, pendant cinq mois ils durent leur existence. Le gouverneur annonça son départ pour le camp de Dakar, en disant à ces tristes délaissés qu'il avait donné des ordres pour que rien ne leur manquât pendant son absence. Tous les Français en état de s'embarquer venaient de partir avec le gouverneur.

Livrés à eux-mêmes dans l'affreux séjour qu'ils habitaient ; entourés d'hommes auxquels leur cruelle position n'inspirait aucune pitié, nos compatriotes, encore une fois abandonnés, gémissaient et se répandaient en plaintes inutiles. En vain ils représentèrent au médecin anglais que la ration ordinaire de simple soldat qu'on leur avait donnée jusque-là, ne leur convenait sous aucun rapport, d'abord en ce que leur santé altérée exigeait, si toutefois on voulait les rétablir, une nourriture moins grossière que celle qu'on donne à un soldat bien portant dans sa caserne ;

qu'ensuite les officiers, dans tous les pays, jouissaient de quelques distinctions, et qu'en conséquence il était prié d'avoir égard à la juste réclamation de ses malades.

Le docteur fut impitoyable ; il répondit qu'il n'avait pas reçu d'ordre et qu'il ne changerait rien. Alors ils adressèrent leurs plaintes au gouverneur anglais, qui y fut aussi peu sensible. Il est cependant probable que le gouverneur français, avant son départ, avait invité cet officier à procurer tous les secours qu'exigeait la position de ceux qu'il laissait à la garde de sa loyauté. Si cette prière lui a été faite, il faut convenir que ce M. Beurthonne a un cœur bien peu accessible aux sentiments d'humanité. Quel contraste entre la conduite de ce lieutenant-colonel et celle des autres officiers de sa nation faisant partie de l'expédition de l'intérieur de l'Afrique, auxquels se joignirent ceux de la garnison ! C'est à leurs soins généreux que les officiers provenant du radeau durent des soulagements, et la vie peut-être. Au reste, il n'est pas rare de voir les mêmes circonstances donner lieu à la même observation. Dans ces sortes d'occasions un grand nombre de simples particuliers anglais étonnent par l'excès de leur générosité envers leurs ennemis, tandis qu'au contraire les agents du Gouvernement et les individus qui croient sans doute entrer dans ses vues, semblent faire gloire d'une conduite diamétralement opposée.

Ces messieurs, quelques jours après l'arrivée des naufragés, ayant appris leur cruelle position, vinrent dans l'hôpital, et emmenèrent avec eux les quatre officiers qui déjà étaient en état de sortir ; ils les invitèrent à partager leur repas en attendant la remise de la colonie[1].

---

1. Presque tous les jours ils mangeaient avec les officiers anglais ; mais le soir il fallait rentrer dans le funeste hôpital, où gémissaient une

Quarante jours s'étaient passés depuis que les compatissants Anglais étaient venus au secours de ses quatre compagnons d'infortune, sans que l'affligé Corréard en eût personnellement ressenti les effets. Sa santé était fortement ébranlée, par suite des souffrances inouïes qu'il avait éprouvées sur le radeau. Ses blessures lui occasionnaient des douleurs très vives, et il était obligé de garder l'infirmerie ; d'ailleurs il manquait absolument de vêtements, n'ayant rien autre chose pour se couvrir que le drap de son lit dans lequel il s'enveloppait. Depuis le départ du gouverneur il n'avait point entendu parler des Français, ce qui l'inquiétait surtout et redoublait l'envie qu'il avait de se rapprocher de ses compatriotes, dans l'espérance de trouver près d'eux des consolations et quelques adoucissements ; car il comptait des amis parmi les officiers et passagers qui étaient au camp de Dakar. Il était dans cette disposition, et dans la triste situation qu'il vient de dépeindre, réduit à la ration de simple soldat, pendant les quarante jours qui venaient de s'écouler, lorsqu'il fit demander à un capitaine de la marine marchande américaine, s'il voulait lui faire le plaisir de le conduire au Cap-Vert, lieu où il devait se rendre. La réponse du capitaine fut affirmative, et le départ fixé à deux jours. Dans cet intervalle, le naturaliste Kummer eut occasion d'exprimer en présence du major Peddy, commandant en chef l'expédition anglaise pour l'intérieur de l'Afrique, les craintes que lui faisait concevoir le départ de son ami, et les inquiétudes que lui donnait, pour une santé aussi délabrée que l'était celle de M. Corréard, l'insalubrité du camp de Dakar, où il

---

infinité de victimes. S'il arrivait qu'un de ces convalescents manquât de venir, leurs hôtes généreux et bienveillants envoyaient à l'hôpital s'informer avec sollicitude de la cause de son absence.

devait se rendre. À peine le sensible M. Kummer eut-il cessé de parler, que le major Peddy partit précipitamment, rentra dans son appartement, y prépara de suite du linge, des vêtements et de l'argent. Pendant qu'il arrangeait ces différents objets, ce vrai philanthrope versait des larmes sur le sort du malheureux qu'il ne connaissait pas, maudissant ceux qui l'avaient impitoyablement abandonné. Son indignation venait de ce qu'on lui avait assuré que depuis le départ du gouverneur français, M. Corréard n'avait plus entendu parler de lui, ni de ses compatriotes. Respectable major ! digne ami de l'humanité ! en partant pour l'intérieur de l'Afrique, vous avez emporté les regrets et la reconnaissance d'un cœur où sont gravés vos nobles bienfaits.

Pendant ces apprêts de secours inattendus, assis sur le pied de son grabat, M. Corréard était accablé par la pensée de sa misère et livré aux plus déchirantes réflexions. Tout ce qu'il voyait l'affectait plus profondément que les scènes affreuses qui s'étaient passées sur le radeau. Dans la plus grande chaleur des combats, se disait-il, la douleur de mes blessures n'était point accompagnée de ce sombre découragement qui m'abat, et qui, par une marche lente, mais sûre, me conduit à la mort ! Il y a deux mois, j'étais un homme intrépide, capable de résister à toutes les fatigues ; aujourd'hui, renfermé dans cet affreux séjour, mon courage s'est évanoui ; tout m'abandonne. J'ai en vain demandé quelques secours à ceux qui sont venus me voir, non par humanité, mais par une froide curiosité : c'est ainsi qu'on allait voir, à Liège, le brave Goffin, après que, par son courage, il se fut tiré des éboulements des mines de houille où il avait été enseveli. Mais lui, plus heureux que moi, fut récompensé de la décoration de la Légion d'honneur et d'une pension qui lui assura l'existence.

L'événement de la houillère de Beaujon, ainsi que l'a fort bien dit un journaliste (*Annales du 29 décembre 1817*), « assure une longue célébrité au nom du brave Goffin, dont l'Académie française, par un prix de poésie, et la ville de Liège, par un grand tableau historique exposé au salon, ont consacré la mémoire ». Ah ! sans doute, le dévouement de Goffin fut sublime ; mais, d'ailleurs, Goffin n'était victime que d'un accident de la nature ; aucun sentiment d'honneur et de devoir ne l'avait précipité volontairement, comme quelques-uns des naufragés du radeau, dans un danger imminent, et que plusieurs d'entre eux auraient pu éviter. Goffin, n'accusant que le sort et ces lois physiques qui entourent l'homme, dans toutes les positions, de causes permanentes de destruction, n'avait point à défendre son âme de tout ce que peuvent offrir d'odieux et de terrible toutes les passions déchaînées du cœur humain ; la haine, la trahison, la vengeance, le désespoir, le fratricide, toutes les furies, enfin, ne promenaient pas autour de lui leurs spectres hideux et menaçants. Combien cette différence dans la nature de leurs souffrances comparées, n'en suppose-t-elle pas dans les âmes de ceux qui eurent à triompher de ces dernières ? et cependant quel contraste dans les résultats ! Goffin fut honoré et dut l'être : les naufragés du radeau, proscrits une première fois, semblent abandonnés sans retour. D'où vient donc cette fidélité du malheur à les persécuter ? Est-ce que quand la puissance a été une fois injuste, il n'est pour elle d'autre moyen d'effacer son injustice que d'y persister, d'autre secret pour réparer ses torts que de les aggraver ?

Si j'étais en France, se disait-il encore, mes parents, mes compatriotes adouciraient mes peines. Mais ici, sous un ciel brûlant, où tout m'est étranger, entouré de ces Africains endurcis par le spectacle habituel des maux qu'occasionne la traite des Noirs, rien ne me soulage ; au contraire, la longueur des nuits, la continuité de mes souffrances, la vue de celles de mes compagnons d'infortune, la malpropreté dégoûtante à laquelle je suis livré, les mauvais soins d'un soldat infirmier, continuellement ivre et négligent, l'insupportable dureté d'un mauvais lit à peine abrité des injures de l'air, tout m'annonce une fin inévitable. Il faut donc m'y résigner et l'attendre avec courage ! J'étais moins à plaindre sur le radeau ; là, l'imagination exaltée, à peine je jouissais de mes facultés intellectuelles ! Mais ici, je ne suis plus qu'un homme ordinaire, un homme avec toute la faiblesse de l'humanité. Mon esprit se perd dans de mornes réflexions ; mon âme se fond dans de continuelles souffrances, et je vois chaque jour ceux qui partagèrent mon sort malheureux me précéder dans la tombe[1].

C'est au moment même où ce soliloque désespérant l'absorbait en entier, qu'il vit entrer dans la salle où il était deux jeunes officiers accompagnés de trois ou quatre esclaves chargés de différents effets. Ces deux militaires s'approchèrent avec un air de bonté du triste et immobile Corréard. Recevez, lui dirent-ils, ces faibles dons ; c'est le major Peddy et le capitaine Campbell qui vous les envoient ; et nous, Monsieur, nous avons voulu jouir du bonheur de vous

---

[1]. Trois malheureux provenant du radeau moururent en fort peu de temps : ceux qui ont traversé le désert s'étant trouvés trop malades pour se rendre à Dakar, étaient en assez grand nombre dans cet hôpital, et y périssaient successivement.

apporter les premiers secours. Nous avons la mission de la part de tous nos camarades d'obtenir de vous la vérité sur les besoins que vous pouvez avoir ; en outre, vous êtes invité à partager notre table, pendant tout le temps que nous passerons ensemble. Le major et tous les officiers vous engagent à rester ici, et à ne point vous rendre au camp pestiféré de Dakar, où une maladie mortelle vous enlèverait en peu de jours. Il y aurait de l'ingratitude à ne pas nommer ici ces deux jeunes gens ; l'un porte le nom de Beurthonne, sans être le parent du gouverneur de ce nom, l'autre se nomme Addam.

Tandis que ces généreux officiers remplissaient avec tant de politesse et de prévenance ces actes d'humanité, M. le major Peddy entra dans la salle, suivi d'autres esclaves, chargés également d'effets qu'il venait encore offrir à l'ami du naturaliste Kummer, dont il était accompagné. Le major s'approcha de l'infortuné Corréard, qui semblait sortir d'un rêve ; il le serra dans ses bras en versant des larmes et lui jurant une amitié qui ne s'est pas démentie pendant tout le temps qu'il resta avec lui. Quelle image sublime qu'un bel homme, de près de deux mètres de hauteur, qui verse des larmes d'attendrissement à l'aspect d'un malheureux qui n'était pas moins vivement ému, et qui en répandait aussi d'abondantes, mais que rendaient bien douces la reconnaissance et l'admiration dont il était pénétré. Après s'être remis du trouble que lui avait occasionné le spectacle de la triste situation de l'étranger qu'il venait d'arracher à la détresse, M. le major lui fit les offres les plus obligeantes ; et pour que M. Corréard ne les refusât pas, il lui protesta d'avance qu'il avait trouvé, ainsi que plusieurs de ses camarades, de semblables secours auprès des Français, et que leur compatriote lui devait l'honneur de lui permettre de s'acquitter, si toutefois cela était possible, envers leur nation, des soins généreux qu'il en avait reçus [1]. Des offres aussi noblement faites ne pouvaient qu'être acceptées, en témoignant au bienfaiteur combien on s'estimerait heureux de pouvoir mériter l'amitié qu'il venait d'offrir, et que l'on ne désirait rien tant que d'être un jour à même d'en prouver sa reconnaissance d'une manière digne de lui-même et d'un Français. À partir de là, M. Corréard reçut tous les secours imaginables de la part du major et de ses officiers, et on peut dire avec vérité qu'il leur doit la vie, ainsi que les quatre officiers français qui étaient avec lui.

Le 24 du mois d'août, M. Clairet paya son tribut à la nature. Il y avait trente-cinq jours que nous étions arrivés à l'île Saint-Louis. M. Corréard eut la douleur de le voir mourir à ses côtés. Ce malheureux jeune homme lui dit, avant sa mort, qu'il mourait satisfait, puisqu'il avait eu le temps de recommander à son père un fils naturel qu'il chérissait. À cette époque les secours de M. Peddy n'avaient pas encore soulagé M. Corréard ; il était nu, de manière qu'il ne put assister aux funérailles de son infortuné camarade qui venait de succomber, exténué par les souffrances qu'il avait éprouvées sur le radeau.

Les restes de ce jeune officier reçurent les honneurs qui lui étaient dus. MM. les officiers anglais, et particulièrement le major Peddy, dans cette circonstance, se comportèrent d'une manière digne d'éloges. Peut-être les lecteurs ne seront-ils pas fâchés de retrouver ici quelques détails de cette lugubre cérémonie. C'est M. Corréard qui les a tracés, et

---

1. Le major Peddy avait combattu contre les Français aux Antilles et en Espagne. La bravoure de nos soldats, et l'accueil qu'on lui avait fait en France, lors de nos désastres lui avaient inspiré une très grande vénération pour nos compatriotes, qui, dans plus d'une circonstance, s'étaient montrés généreux à son égard.

qui trouve encore un douloureux plaisir à se rappeler ces moments, qui durent lui faire, et lui firent en effet une si profonde impression.

Le corps du malheureux Clairet fut exposé dans une salle souterraine de l'hôpital, où se portait une foule immense, pour voir encore une fois la dépouille mortelle de celui qu'on regardait presque comme un homme extraordinaire, et qui devait en ce moment à nos cruelles aventures, l'intérêt puissant dont la faveur publique entourait ceux qui avaient si miraculeusement échappé à tous les fléaux réunis contre eux sur l'affreux radeau.

« Vers quatre heures du soir, dit M. Corréard, que nous laissons ici parler lui-même, j'entendis les sons lugubres d'une musique guerrière sous les fenêtres de la pharmacie. Le coup fut terrible pour moi, non pas tant à cause qu'il m'avertissait du sort prochain qui m'était infailliblement destiné, mais parce que ce signal funèbre m'annonçait le moment de la séparation éternelle qui m'ôtait le compagnon de nos souffrances et l'ami que m'avait donné la société du malheur, lorsque je passai avec lui les moments les plus affreux de ma vie. À ce bruit, je m'enveloppai de mon drap de lit, et me traînai jusqu'au balcon de ma fenêtre pour lui faire mes derniers adieux et le conduire des yeux aussi loin qu'il me serait possible. Je ne sais quel effet mon apparition put produire ; mais, quand j'y pense moi-même aujourd'hui, je m'imagine qu'on dût croire que c'était un spectre qui faisait à un cadavre les honneurs du séjour des tombeaux.

« Quant à moi, malgré ma vive émotion, le sacrifice que j'avais fait de ma vie me permit de contempler et de suivre en détail le triste spectacle dont mes regards presque éteints se repaissaient. Je distinguai une foule d'esclaves empressés, qui avaient obtenu de leur maître la permission d'assister à la cérémonie. Un peloton de soldats anglais était placé en ligne ; après eux venaient deux ligues de soldats et de matelots français qui formaient la haie. Immédiatement après, quatre soldats européens portaient le cercueil sur leurs épaules, à la manière des anciens. Un pavillon national le recouvrait et retombait jusqu'à terre ; quatre officiers, dont deux Français et deux Anglais, placés aux angles diagonalement opposés, en soutenaient les coins : sur le cercueil on avait placé l'uniforme et les armes du jeune guerrier et les signes distinctifs de son grade. À droite et à gauche, des officiers français de terre et de mer et tous les officiers de l'administration rangés sur deux files, formaient le cortège. Le corps de musique était placé à leur suite ; après, venait l'état-major anglais ayant à sa tête le respectable major Peddy, et le corps des bourgeois conduits par le maire de la ville : enfin les officiers du régiment et un détachement commandé par l'un d'eux, fermaient la marche. Ainsi fut conduite au champ du repos cette autre victime du funeste radeau, enlevée à la fleur de l'âge, à ses amis et à la patrie, par la mort la plus funeste, et digne, par ses belles qualités et son courage, d'un moins déplorable sort. »

Ce brave militaire, qui n'était âgé que de vingt-huit ans, comptait huit années de service ; il avait été décoré de la Légion d'honneur au Champ de mai, en récompense des services qu'il avait rendus aux journées de Talavera de la Reina, de la Sierra-Morena, de Saragosse, de Montmirail, de Champ-Aubert et de Montereau : il s'était aussi trouvé à la trop déplorable journée de Waterloo, et il était alors officier porte-drapeau de son régiment.

Tels étaient les événements qui se passaient à l'île Saint-Louis. La mauvaise saison qui, dans ces contrées, est si fatale aux Européens, commençait à répandre cette foule d'affections terribles dont la mort est fréquemment la compagne. Portons maintenant nos regards sur les malheureux rassemblés au camp de Dakar, non loin du village de ce nom, situé sur la presqu'île du Cap-Vert.

CHAPITRE XIII

L'Écho ramène en France cinquante-trois naufragés. — Camp de Dakar. — Maladies. — Le gouverneur français habite à Saint-Louis. — Dernière entrevue du major Peddy et du capitaine Campbell avec M. Corréard. — Retour de M. Corréard. — Ses nouveaux dangers. — Son entrée à l'hôpital de Rochefort.

Le gouverneur français, comme nous l'avons déjà dit, ne pouvant entrer en possession de la colonie, s'était décidé à aller camper sur le Cap-Vert, dont la propriété était reconnue à la France. Le 26 juillet, le brick l'*Argus*, et un trois-mâts appartenant à MM. Potin et Durécu, se chargèrent des restes de l'équipage de la *Méduse* : c'étaient les hommes qui étaient débarqués près de Portendick, et quelques personnes du radeau ; les plus malades étaient restés à l'hôpital de Saint-Louis. Ces deux navires mirent sous voile ; le gouverneur s'était embarqué sur le trois-mâts. Ils arrivèrent en la rade de Gorée, le soir à la nuit. Le lendemain, les hommes furent transportés sur le Cap-Vert. Déjà plusieurs militaires et matelots y étaient arrivés ; c'étaient ceux qui les premiers avaient traversé le désert : la flûte la *Loire* les y avait transportés, depuis quelques jours, avec le commandant de la frégate. Elle avait également mis à terre les troupes de débarquement qu'elle avait à son bord, et qui consistaient en une compagnie de soldats coloniaux. Le commandement du camp fut confié à M. de Fonsain, respectable vieillard, qui y mourut victime de son zèle. Ce qui lui valut cette fatale distinction, ce fut la résolution que prit le gouverneur d'habiter l'île de Gorée pour être, disait-il, à portée de surveiller le camp et les navires, et sans doute pour ménager sa santé.

> M. le gouverneur, qui n'aimait pas, à ce qu'il paraît, l'approche des malheureux, devait cependant ne pas craindre d'affecter trop vivement sa sensibilité. Il s'était élevé sur les petites misères de la vie, du moins quand elles ne le touchaient pas, à une hauteur d'impassibilité qui aurait honoré le plus rude stoïcien, et qui indique sans doute la tête de l'homme d'État, dans laquelle les plus grands intérêts et la pensée du bien public ne laissent plus de place aux intérêts vulgaires, aux détails bourgeois, à des soins à accorder à la conservation d'un chétif individu. Aussi, quand on venait lui annoncer la mort d'un malheureux Français, tout ce que cette nouvelle lui causait de distraction se réduisait à dire à son secrétaire, sans interrompre autrement ses grandes méditations : *Écrivez que Monsieur un tel est mort.*
>
> M. le gouverneur n'est sans doute pas, au fond, un homme insensible ; car, par exemple, il ne passait jamais devant le portrait de Louis XVIII qu'il ne versât, quand il était en présence d'étrangers, des larmes d'attendrissement. Mais la grande application aux affaires, les occupations sans nombre, les entreprises diverses qui ont agité sa vie, ont, si l'on peut le dire, dissipé si longtemps

sa pensée, qu'il aura fini par sentir la nécessité de la concentrer tout entière sur lui-même.

Voici ce qu'on lira dans la *Biographie pittoresque et contemporaine des hommes de mer et d'eau douce*, par M. Royou, membre de la Légion d'honneur. (1811.)

SCHMALTZ. — Tripoteur nautique, qui donnerait des leçons d'intrigue à Figaro. Ce reptile amphibie est, par cela même, difficile à saisir. Nous allons pourtant essayer d'en esquisser quelques traits.

Ce héros d'antichambre naquit à Lorient, d'une famille allemande qui y faisait le commerce du temps de la compagnie des Indes. Très jeune encore il partit pour l'Île-de-France. Il paraît qu'il y trouva établi un frère, homme d'un grand mérite. Schmaltz lui dut la connaissance d'un langage *technologique*, avec lequel il étourdit souvent ses auditeurs ; mais à la vérité Schmaltz n'a que de la superficie. Gardez-vous de creuser, il n'a pas un pouce d'épaisseur ! Son jargon scientifique ne le mena d'abord qu'à être commis marchand, puis courtier de commerce. Il se dégoûta bientôt de ces professions. Il se fit volontaire à bord d'un corsaire ; il débarqua à Batavia, où il exerça l'état de droguiste médecin. Il était dans sa destinée de descendre encore dans la hiérarchie sociale, car il fut piqueur d'ouvriers hollandais. Il parvint à se faire nommer ensuite officier d'ouvriers ; ce qui plus tard l'aida singulièrement à se faire passer pour officier du génie, lui qui ne subirait pas l'examen d'admission à l'École polytechnique ! Quoi qu'il en soit, il ne parvint pas à se maintenir dans son grade équivoque, et par des querelles particulières il se fit renvoyer de son corps et passa à Sourabaya, où il fut cinq ans simple passementier. Lorsque les Anglais attaquèrent en dernier lieu l'île de Java, il offrit ses services au général anglais Yenssens ; mais deux ou trois jours après la colonie fut prise. Il aurait pu y rester ; il aima mieux suivre les prisonniers, parce qu'il eut l'adresse de se faire embarquer comme capitaine du génie hollandais, quoiqu'il se fût donné ce grade à la manière de *Rico*. Arrivé à Calcutta avec les prisonniers, le flexible Schmaltz se hâta de fournir aux Anglais beaucoup de renseignements sur les Moluques, et surtout sur Java. Ainsi, encore officier hollandais il trahissait la Hollande. Aussi, dès son arrivée en Angleterre il reçut le prix de sa trahison, et obtint la faveur d'être renvoyé en France.

Le contre-amiral Linois avait connu Schmaltz dans l'Inde ; mais ce qui valait encore mieux pour notre grand cosmopolite, c'est qu'il eut le bonheur, dans ce pays, de guérir, comme médecin, le parent de l'inévitable Forestier. Cet éternel tuteur du ministre présent comme du ministre à venir, est capable de tout, même de reconnaissance ! la sympathie, d'ailleurs, l'attirait vers Schmaltz. Ce fut peu de le protéger lui-même, il lui valut encore son protecteur, le succulent Lareinty, le plus moelleux des intendants d'armées navales chimériques. Qui peut s'étonner maintenant de ce que l'ex-passementier fît reconnaître la qualité de capitaine du génie qu'il avait prise, de son autorité privée ? Dès lors on avait trouvé des rapports cachés au vulgaire entre la fabrication d'un galon et le tracé d'un ouvrage à cornes, comme on a trouvé depuis une relation intime entre la régie d'un *tabac usurpateur* et le commandement d'*une frégate légitime*. Après avoir fait reconnaître le grade de capitaine, qu'il n'eut jamais, Schmaltz reçut réellement celui de chef de bataillon. C'est en cette qualité qu'il obtint du général Linois, gouverneur de la Guadeloupe, le commandement de place de la Basse-Terre. La vipère amphibie se repliant, enlaça si bien son général, qu'elle le détermina à arborer le drapeau tricolore en 1815. Le motif de cette belle détermination a été, assurent nos Mémoires, le désir de seconder l'amiral anglais Durham, affamé d'un prétexte pour prendre et rançonner la Guadeloupe. Cependant l'amiral Linois ne tarda point à envoyer Schmaltz en France, afin d'y avoir un agent sûr. Il l'expédia en conséquence sur la goélette commandée par M. Bianchi, le 4 juillet 1815. Schmaltz partit, bien convaincu qu'il trouverait le trône impérial debout, et déterminé à faire valoir à Bonaparte le dévouement qu'il avait montré à la Guadeloupe. Plein des idées de son élévation future, qu'il faisait partager à sa femme et à sa fille, embarquées avec lui, il arrive à l'entrée de la rivière de Bordeaux. Un bâtiment anglais l'arrête et dissipe ces vains songes de gloire ; mais bientôt remis de sa surprise, il jette ses paquets impériaux à la mer et fabrique à l'instant des pièces monarchiques, les antidate et les adresse au ministre du Roi ; on a été même jusqu'à dire qu'il était parti des colonies avec des dépêches doubles qui n'exigeaient qu'un léger changement d'adjectif à l'épithète de majesté. Quoi qu'il en soit, ne se croyant pas en sûreté à Bordeaux, où il craignait d'être considéré comme bonapartiste, il se rendit à Paris, et fut de suite employé au ministère de la Marine. Il y prépara toutes les pièces de la procédure de MM. Linois et Boyer, sur lesquels M. le colonel Donatien de Sesmaisons établit son rapport. Parmi les pièces se trouvent le rapport de Schmaltz au Roi, et une lettre de M. l'intendant Guilhermy, que celui-ci a désavouée publiquement, comme une calomnie dirigée contre M. de Vaugiraud.

C'est pour récompenser Schmaltz d'avoir si bien justifié l'amiral Linois en sacrifiant le général Boyer, que les grands plumifères aquatiques le firent nommer commandant administrateur du Sénégal et de Gorée.

Voici enfin, à force d'intrigue et de charlatanisme de tous les genres, le Figaro nautique sur un théâtre un peu plus vaste que l'atelier d'un passementier. Cependant, comme on revient toujours à ses premières habitudes, et que lorsqu'on prend du galon on n'en saurait trop prendre, le droguiste-ingénieur-commandant-administrateur débute, en arrivant au Sénégal, par tout bouleverser. Pour mieux organiser le désordre, il arrange aussi, pour son usage particulier, une petite collection de maximes. Il place à leur tête celle-ci, sur laquelle tout le monde est d'accord : « Quand on appartient à la marine, c'est pour pêcher en eau trouble. »

On va voir combien la digne créature des Forestier, des Carpentier, des Portier, a été fidèle à la maxime favorite de tous nos tripoteurs nautiques : et qu'on ne vienne point ici élever le moindre doute sur l'exactitude de nos assertions ; les faits sont puisés dans les écrits de MM. Giudicelly et Morenas, adressés aux deux Chambres. Ces deux courageux citoyens, honorés des injures de M. Courvoisier, demandent à grands cris une enquête sur les affaires du Sénégal : on se gardera bien de l'ordonner. À défaut d'une flétrissure légale, attachons du moins au carcan de l'opinion publique tous les marchands de chair humaine.

Sur le premier plan de ce hideux tableau se présente Schmaltz. En partant de France pour son gouvernement, ses discours respiraient la philanthropie la plus pure. Il devait, arrivé au Sénégal, employer un système de culture qui n'admettrait que des mains libres. C'était par elles, et par elles seulement, que les déserts arides de Sahara devaient s'ombrager bientôt des cotonniers Fleuriau. Ce plan était absurde ; mais que ne fait-on pas croire à ce bon Mauduit ? Schmaltz avança, avec un aplomb imperturbable, que M. Potin avait déjà planté un million de pieds de coton, et qu'en 1818 il en planterait deux millions. Ce qui ajoutait au dégoût, dans ce mensonge impudent, c'est qu'il n'était jamais question que de faire travailler des hommes libres au moment même où les captiveries de M. Potin regorgeaient d'esclaves destinés à être portés en Amérique ; et ils le furent en effet. Que la traite se soit faite ostensiblement au Sénégal ; il n'y a qu'un Courvoisier au monde qui ait eu l'audace de le nier à la tribune. Mais Schmaltz y a-t-il contribué ?

Cette seconde proposition nous paraît aussi évidente que la première, quand on rassemble les preuves morales. En vain M. Mackau, homme de mer avec les hommes du monde, homme du monde avec les hommes de mer, a-t-il affirmé, dans un rapport d'une éloquence officieuse et officielle, que les captiveries étaient des chimères. Si M. le baron Mackau n'a rien vu, c'est que l'ambition a aussi son bandeau. M. Morenas, qu'on n'ose pas mettre en jugement, affirme que M. Courau était chargé de vendre les esclaves de la captiverie d'une maison de Bordeaux. Eh bien ! lecteur, ce courtier d'un commerce infâme était aide de camp de Schmaltz, commandant de la place de Saint-Louis, et de plus chargé de la police, et pour de bonnes raisons ! M. Morenas va plus loin que d'accuser Schmaltz d'avoir favorisé et soutenu tous ceux qui faisaient la traite ostensiblement ; tels que les Bastides et les Potins. Cet écrivain courageux affirme, aussi bien que l'abbé Giudicelly, que le gouverneur du Sénégal excitait les Maures à attaquer les Nègres, pour procurer à bas prix, au marché Saint-Louis, les esclaves dont il avait besoin. Il cite à ce sujet un certain F. Pelegrin, ami de Schmaltz, prêtant des embarcations aux Maures d'une manière si scandaleuse, que Schmaltz fut obligé de le faire arrêter, pour la forme seulement ; car après avoir été consigné quelques jours chez le gouverneur, il fut rendu à la liberté, sans nul égard à l'indignation générale. Il ne suffisait point à Schmaltz de moissonner sur le commerce lucratif de la traite, il glanait encore sur le salaire des malheureux ouvriers, en les forçant de prendre en paiement des marchandises dont il fixait lui-même la valeur. Cette peccadille aurait pu rester longtemps impunie ; mais la traite dénoncée par le gouvernement anglais, força le ministère français à rappeler Schmaltz à Paris. À son arrivée, il rejeta l'odieux de cette dénonciation sur le lieutenant colonel Gavot, commandant de Gorée. Il calomnia ce brave officier, spectateur impuissant des turpitudes qu'il était fort loin d'approuver. Nous avons eu sous les yeux une lettre de M. Gavot qui ne laisse aucun doute sur son innocence et sur la culpabilité de l'ex-passementier-ex-gouverneur. Mais tel est le train de ce monde, que M. Gavot est menacé dans sa vieillesse de la misère et de son hideux cortège, tandis que Schmaltz marche le front levé et assiège la commission chargée de l'acquisition de Chambord, pour être nommé architecte dirigeant les réparations qu'on doit y faire. S'il y parvient, on peut compter qu'au lieu d'architecture, il s'occu-

pera beaucoup d'histoire naturelle. Voici une anecdote dont nous garantissons l'authenticité. L'amiral Linois, voulant obtenir une carte topographique d'une petite province de l'Inde, chargea Schmaltz d'aller faire les levées convenables. Les plaisirs de la table avaient plus de charmes pour lui que le maniement d'un graphomètre, et il n'arpentait que du jardin à la salle à manger. Un marchand ambulant lui porta un jour un morceau de charbon de terre, et Schmaltz s'extasie sur la découverte d'un combustible précieux, là précisément où l'on croyait en manquer. Il écrit à l'amiral des Mémoires détaillés ; il fait dresser des plans pour l'exploration d'une mine du plus grand prix : il séduit tellement le général Linois, qu'il le rappelle près de lui pour avoir plus de détails sur la découverte d'une mine inépuisable, et le renvoie bientôt pour en commencer l'exploitation. De retour sur les lieux, Schmaltz demande sa mine, on lui rit au nez ; il demande son marchand, il était parti ; et l'amiral en fut pour des frais de voyage, des dessins, des plans de machine, exécutés d'une manière dispendieuse, pour l'exploitation d'une mine qui n'existait pas.
L'ex-gouverneur n'est pas plus heureux comme ingénieur-constructeur que comme ingénieur des mines. Pendant qu'il commandait au Sénégal, il lui prit fantaisie de faire construire un navire d'après ses plans, et qui fut nommé l'*Élisa* ; mais la conception de ce bâtiment était tellement contraire à toutes les lois de l'hydrostatique, qu'il fut démoli avant d'être mis à flot, acte de prudence de la part de l'auteur. Comme agriculteur, il a obtenu aussi peu de succès. Il saisit avec transport une idée de Fleuriau, et fit planter des cotonniers à Saint-Louis, mais aux yeux de toute la colonie,

les *cotonniers-fleuriau* jetèrent le plus vilain coton du monde. Tel est l'homme qui est sur le point d'être nommé architecte-restaurateur de Chambord ; il n'a aucun droit pour obtenir un pareil emploi, il est incapable de le remplir, raison excellente pour qu'il lui soit donné ; ce sera une branche de plus à ajouter à toutes celles qu'il a cultivées d'une manière si brillante ; et comme il a, ou du moins ne peut tarder à avoir des lettres de noblesse, nous lui proposons pour devise :

J'ai fait tant de métiers, d'après le naturel,
Que je puis m'appeler un homme universel.

Le naufrage de la frégate ayant diminué de beaucoup le nombre de la garnison, et occasionné la perte d'une grande quantité de vivres dont elle était chargée, il fallut expédier un navire pour la France, afin d'obtenir des secours ainsi que de nouveaux ordres, d'après les difficultés survenues de la part du gouverneur anglais. Le choix tomba sur la corvette l'*Écho*, qui mit sous voile le 29 juillet au soir. Elle avait à son bord cinquante-trois naufragés, dont trois officiers de marine, le chirurgien-major, l'agent comptable, trois élèves de marine et un chirurgien en sous-ordre. Après trente-cinq jours de traversée, cette corvette mouilla sur la rade de Brest. M. Savigny dit que, depuis six ans qu'il est dans la marine, il n'a jamais vu un bâtiment aussi bien tenu, et où le service se fit avec autant de régularité qu'à bord de la corvette l'*Écho*. Revenons au nouvel établissement qui rassemblait nos débris sur le Cap-Vert.

Un camp y fut assis pour les recevoir, près d'un village habité par des Noirs et nommé Dakar, ainsi qu'il a été dit ci-dessus. Les naturels du pays parurent voir avec plaisir les Français s'établir sur cette côte.

Peu de jours après, les soldats et les matelots ayant eu quelque mésintelligence, on rappela les derniers, et ils furent distribués sur la flûte la *Loire* et le brick l'*Argus*.

Les hommes que renfermait le camp furent bientôt assaillis par les maladies du pays. Ils étaient mal nourris, et beaucoup venaient de supporter de longues fatigues. Quelques poissons, du rhum très mauvais, un peu de pain ou du riz, tels étaient leurs vivres : la chasse pourvoyait aussi à leurs besoins ; mais les courses qu'ils faisaient pour se procurer du gibier devenaient souvent de nouvelles causes de l'altération de leur santé. Dès les premiers jours de juillet, la mauvaise saison avait commencé à se faire sentir. Des maladies cruelles attaquèrent les malheureux Français : et avec quels progrès ces affections terribles ne marchèrent-elles pas, lorsqu'elles assaillirent des infortunés exténués par de longues privations ! Les deux tiers furent terrassés par des fièvres putrides ; la marche rapide de l'invasion laissait à peine aux médecins le temps de faire usage de ce médicament précieux, présent du Pérou, dont, par un vice d'administration, les hôpitaux se trouvèrent presque dénués. Ce fut dans ces pénibles circonstances que M. de Chaumareys vint prendre le commandement du camp. De nouvelles mesures y furent ordonnées, et le quinquina ne fut plus soustrait des hôpitaux ; mais des dysenteries souvent mortelles se répandaient partout.

Le quina, que l'on commença à administrer dès lors, avait été avarié ou plutôt volé ; mais à défaut de cette écorce, on cherchait à la remplacer par celle dont les Noirs font usage pour se guérir de la dysenterie, et qu'ils apportent des environs de Rufisque. Cette écorce, dont ils faisaient mystère, semble provenir de quelques térébinthacées, et peut-être des mombins, communs vers cette partie de la côte. Dans les fièvres d'hivernage qui ont eu lieu à Gorée, au Cap-Vert, etc. on suivit deux méthodes de traitement qui eurent des effets différents. Ces fièvres étaient souvent compliquées de spasmes d'estomac, de coliques et de diarrhée. La première de ces méthodes consistait à faire vomir, à purger et à administrer ensuite le quina, auquel on ajoutait parfois du musc, lorsque le mal empirait. Dans ce cas, lorsque la mort ne terminait pas la maladie, la dysenterie succédait souvent à la fièvre, ou ceux qui se croyaient guéris étaient sujets à des rechutes. La seconde manière que le docteur Bergeron suivit avec plus de succès, était opposée à la première ; il ne faisait que peu ou point vomir, cherchait à calmer les symptômes, à relever les forces par des amers, et enfin administrait le quina.

Les Noirs qui ont, comme tous les peuples, leur médecine et leur pharmacopée, et qui dans cette saison sont sujets aux mêmes maladies que les Européens, ont recours tout d'abord à un remède plus héroïque, et ceux des soldats campés à Dakar qui en ont fait usage, s'en sont généralement bien trouvés. Le prêtre ou marabout qui leur offrait souvent le secours de son art, dès l'invasion de la fièvre, leur faisait prendre un grand verre de punch au rhum très chaud, avec une légère infusion de ce petit piment, connu sous le nom de poivre de Cayenne. Une transpiration extraordinaire terminait le plus souvent cet accès. On évitait ensuite pendant quelques jours de se promener au soleil, et on se nourrissait en petite quantité de poisson rôti et de couscous dans lequel on avait mêlé une suffisante quantité de feuilles de casse, d'espèces différentes, pour purger lentement. Afin d'entretenir la sueur, et selon le docteur noir, pour fortifier la peau, on faisait de temps à autre des lotions chaudes de feuilles de palma-christi et de casse-puante. Cet emploi du rhum, réprouvé par la religion musulmane, et qui est pour ce pays une production étrangère, fait croire que ce remède n'est pas fort ancien chez les Noirs.

De tous côtés, ce n'était que des malheureux qui se livraient au désespoir et qui soupiraient après leur patrie ; à peine pouvait-on trouver du monde pour le service du camp. Ce qu'il y a d'extraordinaire, c'est que les équipages des navires qui étaient sur la rade de Gorée, ne se ressentirent presque pas de l'influence de la mauvaise saison. Il est vrai que ces équipages étaient mieux nourris, mieux habillés, et abrités des injures de l'air ; il est d'ailleurs assez constant que cette rade est saine, tandis que les maladies du pays règnent à terre. Telle était la situation du camp de Dakar, lorsque, le 20 novembre, le gouverneur français fut autorisé par le gouverneur-général des établissements anglais (M. Macarty) à habiter, sur la côte des ex-possessions françaises, le lieu qui lui conviendrait le mieux. M. Schmaltz choisit Saint-Louis[1].

N'étant resté ni l'un ni l'autre au camp de Dakar, nous n'avons pu rendre un compte détaillé de tous les événements qui s'y passèrent, et pour ne parler que des choses dont nous avons une parfaite connaissance, nous avons été obligés de glisser un peu légèrement sur cette partie de notre relation.

M. Corréard, qui était resté à l'île Saint-Louis, s'empressa de rendre ses devoirs au gouverneur, lorsque celui-ci fut venu, en vertu de l'autorisation de M. Macarty, habiter cette ville. Il rapporte, à cette occasion, que ce chef supérieur l'accueillit très bien,

---

1. La remise de la colonie n'eut lieu que six mois après notre naufrage. Ce fut le 25 janvier 1817 que nous prîmes possession de nos établissements de la côte d'Afrique.

le plaignit beaucoup et lui protesta que s'il n'avait pas été mieux soigné, ce n'était point sa faute. M. Schmaltz convint qu'il avait été le plus mal traité de tous les naufragés, chose qu'il savait depuis longtemps ; « mais, ajouta-t-il, vos malheurs sont terminés, et désormais vous ne manquerez de rien. Je vous enverrai tous les jours de très bonnes rations de riz, de viande, de bon vin et d'excellent pain : d'ailleurs sous peu je vous mettrai en pension chez M. Monbrun, où vous serez parfaitement. » Ces dernières promesses n'ont pas eu plus d'effet que les premières. Cependant un jour, dans un accès de fièvre, M. Corréard céda à l'idée d'envoyer son domestique porter au gouverneur un billet, dans lequel il demandait une bouteille de vin et une d'eau-de-vie : il reçut effectivement ce qu'il avait demandé ; mais revenu de son délire, il voulut renvoyer ces liqueurs ; cependant, après avoir réfléchi, il jugea que le procédé serait inconvenant, et il se décida à les garder. Voilà tout ce qu'il put obtenir des autorités françaises, en cinq mois de temps qu'il resta malade à Saint-Louis. Il est même probable qu'il serait revenu en France sans avoir coûté la moindre chose à son gouvernement, s'il ne lui était pas survenu cet accès de fièvre qui lui fit perdre la raison, et pendant lequel il fit cette demande, qui lui parut ensuite indiscrète et inopportune.

Le 23 ou le 24 novembre, il revit ses deux bienfaiteurs, le major Peddy et le capitaine Campbell ; ils partaient pour leur grand voyage de l'intérieur de l'Afrique. Au moment de leur séparation le respectable major Peddy s'empressa encore de donner à M. Corréard les dernières marques d'un véritable intérêt, non seulement par son inépuisable générosité, mais encore par des conseils que l'événement a rendus très remarquables pour nous, et que, par cette raison, nous croyons devoir consigner ici. Voici donc à peu près le discours que tint à M. Corréard le bon major, à leur dernière entrevue. « Puisque votre intention, lui dit-il, est de retourner en France, veuillez bien, avant tout, me permettre de vous donner un conseil ; je suis persuadé que si vous voulez le suivre, vous pourrez un jour vous en féliciter. Je connais les hommes, et sans prétendre deviner au juste quelle sera la conduite de votre ministre de la marine à votre égard, je ne m'en crois pas moins bien fondé à présumer que très probablement vous n'obtiendrez aucun secours de lui : car rappelez-vous bien qu'un ministre qui a fait une faute et surtout une faute grave, ne veut jamais qu'on lui en parle, ni même qu'on lui présente les individus et les objets qui pourraient lui rappeler son impéritie. Ainsi, croyez-moi, mon ami : au lieu de prendre la route de Paris, prenez celle de Londres. Là vous trouverez une foule de philanthropes qui viendront à votre secours, et je puis vous assurer que désormais vous ne manquerez de rien. Vos malheurs ont été portés à un si haut degré qu'il n'est pas d'Anglais qui ne se fasse un véritable plaisir de venir à votre secours. Tenez, Monsieur, voilà 300 francs pour faire votre voyage, soit que vous vous rendiez à Paris ou à Londres. D'ailleurs réfléchissez un instant au parti que je vous propose, et si votre détermination est telle que je voudrais vous la voir prendre, faites-m'en part sur-le-champ, afin que je puisse vous donner des lettres de recommandation pour tous mes amis ainsi que pour mes protecteurs, qui se feront un vrai plaisir de vous être utiles. »

M. Corréard était vivement pénétré de ce qu'il venait d'entendre : la noble générosité de l'homme de bien auquel il devait déjà la vie et qui descendait avec une bonté si parfaite à tous les détails des moyens qu'il croyait les plus propres à achever son ouvrage et assurer le bonheur de son pauvre naufragé, remplissait le cœur de celui-ci d'attendrissement et de reconnaissance. Cependant, le dirons-nous ? le conseil d'aller à Londres, que vient de lui donner le major, avait eu quelque chose d'attristant pour son cœur : il ne l'avait pas entendu sans se souvenir aussitôt qu'il était français, et je ne sais quel confus murmure d'amour-propre et d'orgueil national lui disait qu'un Français qui avait servi son pays, à qui un malheur inouï donnait tant de titres à la justice ainsi qu'à la bienfaisance de son propre gouvernement, ne pourrait, sans une sorte d'insulte à ses compatriotes, commencer par aller en Angleterre se mettre à la merci de la pitié publique. Ce furent donc ces sentiments, sur lesquels il s'en rapporta bien plus à son cœur qu'à sa raison, qui lui dictèrent sa réponse au major.

Il ne lui en coûta rien de lui exprimer avec feu toute la reconnaissance qu'il lui devait pour la manière noble et délicate avec laquelle il était venu chercher et soulager son infortune. « Quant au secours pécuniaire que vous me destinez encore, poursuivit-il, je l'accepte avec plaisir, parce que des bienfaits de votre part ne peuvent qu'honorer celui qui les reçoit, et que j'espère pouvoir un jour acquitter cette dette et en payer les intérêts à vos compatriotes, si jamais j'en rencontre qui puissent avoir besoin de mon assistance. Mais quant à votre autre proposition, M. le major, permettez-moi de ne pas être de votre avis, et d'avoir un peu plus de confiance dans la générosité de mon gouvernement ainsi que dans celle de mes compatriotes. Si j'en agissais autrement, ne serait-ce pas vous autoriser à mal penser du caractère français, et dès lors, c'est à vous-même que j'en appelle, généreux Anglais, n'aurais-je pas perdu mes titres à votre estime ? Croyez, M. le major, que notre belle France s'enorgueillit aussi d'un grand nombre d'hommes dont le patriotisme et les sentiments d'humanité peuvent rivaliser avec ceux qu'on trouve si fréquemment dans la Grande-Bretagne. Comme vous, nous sommes libres ; comme vous, nous nous sommes formés aux sentiments, aux devoirs dont se compose le véritable amour de la patrie et de la liberté. En retournant en France, je crois fermement retourner au sein d'une grande famille. Mais si, contre mon attente, il était possible que je me visse un jour abandonné de mon gouvernement, comme nous le fûmes de quelques hommes qui n'ont de français que l'habit ; si la France qui accueillit si souvent et si noblement l'infortune étrangère, pouvait refuser sa commisération et ses secours à ses propres enfants, alors, M. le major, forcé d'aller chercher ailleurs un meilleur sort et une nouvelle patrie, il n'y a nul doute que ce serait celle de mes généreux bienfaiteurs que je choisirais de préférence à toute autre. »

Le major Peddy ne répondit à M. Corréard que par des larmes. L'élan patriotique auquel celui-ci s'était naturellement abandonné, avait trouvé, comme on peut l'imaginer, le cœur du noble Breton en harmonie avec celui de son protégé ; il en éprouvait une satisfaction visible et une émotion qu'il ne cherchait point à dissimuler. Le major embrassa étroitement M. Corréard, en lui faisant ses adieux pour toujours : il semblait que ce digne homme prévoyait sa fin prochaine.

Il ne devait pas en effet résister aux fatigues du voyage qu'il allait entreprendre.

Cette expédition était composée, outre le major, commandant en chef, et le capitaine, commandant en second et chargé des observations astronomiques, d'un jeune médecin, commandant en troisième, du naturaliste Kummer (Saxon, naturalisé Français), d'un mulâtre servant d'interprète, de trente soldats blancs, presque tous ouvriers, de cent soldats noirs, et d'environ dix chameaux, de cent cinquante chevaux, d'autant d'ânes et de bœufs porteurs ; ce qui élevait à peu près à cent trente le nombre des hommes et à quatre cents celui des animaux. Tous les équipages furent embarqués sur six petits bâtiments qui remontèrent la rivière de Rio-Grande, à quarante lieues dans l'intérieur.

Le respectable chef de cette expédition ne put résister à la rigueur du climat : il fut atteint d'une maladie cruelle qui termina son existence, peu de jours après son départ de l'île Saint Louis. De semblables hommes devraient être immortels [1].

Qu'aurait dit notre bon major s'il eût su que notre ministre de la Marine, M. Dubouchage, s'était bien

---

1. En livrant cette feuille à l'impression, nous apprenons par les papiers publics que cette expédition a échoué ; qu'elle n'a pu s'avancer à plus de cinquante lieues dans l'intérieur, et qu'elle est revenue à Sierra Leone, après avoir perdu plusieurs officiers, et notamment son second chef, le capitaine Campbell, qui en avait pris le commandement après la mort du major Peddy. Ainsi les bons succombent, et les Thersites vivent et sont même souvent honorés. Le capitaine Campbell fut un de nos bienfaiteurs. Puissent ses mânes être sensibles à nos regrets, et que ses compatriotes et sa famille nous permettent de mêler à leur juste douleur ce faible tribut d'un hommage par lequel nous nous efforçons de payer, autant qu'il est en nous, la dette sacrée de la reconnaissance ! Kummer est mort à Sierra Leone, par suite des fatigues de son voyage. On attribue le mauvais succès de l'expédition aux obstacles qu'y ont apportés les naturels de l'intérieur. On voit dans les géographes, que dans le haut de Rio Grande habite la nation belliqueuse des Sousous, que quelques-uns appellent Foullahs de Guinée. Leur capitale se nomme Téembo. Ils sont mahométans, et font la guerre aux peuplades idolâtres qui les environnent, pour vendre les prisonniers. Une institution remarquable, nommée le *pouarh*, paraît avoir un grand rapport avec l'ancien tribunal secret de l'Allemagne. Le pouarh est formé d'initiés qui ne sont admis qu'après des épreuves terribles. L'association exerce le droit de vie et de mort ; tout le monde abandonne celui dont elle a proscrit la tête. Il pourrait se faire que ce fût par cette espèce de gouvernement, qui paraît ne pas manquer de force, qu'eût été arrêtée l'expédition anglaise.

autrement exposé à l'embarras de cette espèce de honte qu'il lui supposait, en confiant sept ou huit expéditions à des officiers qui ne font pas moins d'honneur à son choix et à son discernement, que lui en a fait l'expédition du Sénégal.

Outre la *Méduse*, qui fut conduite si droit sur le banc d'Arguin par M. le vicomte de Chaumareys, chevalier de Saint-Louis et de la Légion d'honneur, et, dans l'intervalle de ses campagnes, receveur des droits réunis à Bellac (Haute-Vienne), tout le monde sait que le *Golo*, partant de Toulon pour Pondichéry, a manqué de périr sur la côte par l'ineptie de son capitaine, M. le chevalier d'Amblard, chevalier de Saint-Louis et de la Légion d'honneur, et qui pour ne pas perdre de vue les choses de la mer, s'était fait marchand de sel près de Toulon. On se rappelle aussi le début de M. le vicomte de Cheffontaine, qui, à la sortie de Rochefort, d'où il devait faire voile pour l'île Bourbon, alla relâcher à Plymouth pour y refaire sa mâture, qu'il avait perdue au bout de trois ou quatre jours de mer. Qui ne sait enfin qu'il ne tiendrait qu'à nous de multiplier ces citations ?

Nous épargnons au lecteur français ces souvenirs toujours pénibles ; d'ailleurs, que pourrait ajouter notre faible voix aux accents éloquents dont a retenti, dans la session précédente, la tribune de la Chambre des députés, lorsqu'un membre, ami de la patrie et de sa gloire, y signala les aberrations du ministère de la Marine, et s'éleva contre ces *ombres d'officiers* que la faveur portait aux postes les plus importants. Il représenta, avec raison, combien il était préjudiciable au gouvernement que le commandement des vaisseaux et des colonies fût distribué au gré du caprice et pour satisfaire les prétentions d'un vain orgueil, tandis que les officiers expérimentés étaient ou méconnus ou dédaigneusement repoussés, condamnés à ne plus figurer que sur les états des demi-soldes, des réformes, des retraites, même avant que le temps les eût appelés à un repos nécessaire ou du moins légal. Combien, en effet, ne sont pas onéreuses à l'état ces retraites qui rendent inutiles des hommes à qui leur zèle et leurs talents n'en devaient assurer d'autre que leur bord ; qui n'ambitionnaient que d'y consacrer leur vie à un service sans relâche ; qui s'en seraient fait un tombeau, le seul digne d'un marin français, plutôt que d'y rien souffrir contre le devoir et l'honneur. Au lieu de cela, on a vu les titres tenir lieu de savoir, le repos d'expérience, et la protection de mérite. Des hommes, tout glorieux de trente ans d'obscurité, les font figurer sur les états comme temps de présence sous des drapeaux imaginaires, et ce service de nouvelle nature fonde pour eux le droit d'ancienneté. Ces hommes tatoués de rubans de toutes couleurs, qui comptaient très bien le nombre de leurs aïeux, mais auxquels il eût été inutile de demander compte de leurs études, appelés aux commandements supérieurs, n'ont su qu'y montrer leurs décorations et leur impéritie. Ils ont fait plus : ils ont eu le privilège de perdre les vaisseaux et les hommes de l'État, sans qu'il ait été possible aux lois de les atteindre. Et comment, après tout, un tribunal les aurait-il condamnés ? Ils auraient pu répondre à leurs juges qu'ils ne s'étaient pas amusés à étudier les règles du service, ni les lois de la marine, et que, s'ils avaient péché, ils l'avaient fait sans connaissance de cause et sans intention. En effet, il eût été difficile de leur supposer celle de se perdre eux-mêmes : ils ont trop bien prouvé qu'ils savaient pourvoir à leur propre salut. Et, enfin, qu'aurait-on eu à leur répliquer, s'ils eussent borné leur défense à ces deux mots ? Ce n'est pas nous qui nous sommes nommés : ce n'est pas nous qui sommes coupables.

Cela est très vrai, et le ministère craignait tellement cette réponse, que pour clore la bouche à M. de Chaumareys, lorsqu'il fut condamné à la dégradation, à trois ans d'emprisonnement, et jugé incapable de servir, pour avoir seulement perdu la *Méduse*, il fit, le 18 avril 1818, nommer son fils, Toussaint-Paul, élève au collège de Limoges, d'après la recommandation de M. le comte d'Escar, employé dans la maison de Louis XVIII.

Les médecins anglais voyant que la santé de M. Corréard, loin de s'améliorer, semblait, au contraire, s'affaiblir de plus en plus, le déterminèrent à retourner en France. Ces messieurs lui donnèrent à cette fin un certificat tel que le gouverneur français ne pouvait point s'opposer à son départ. En effet, il accueillit parfaitement bien cette demande, et deux jours après le passage lui fut assuré : mais on verra plus tard quel était le motif de cet accueil favorable.

Le 28 novembre au matin, il s'embarqua sur un cotre qui devait le conduire à bord de la flûte la *Loire*, destinée pour la France. Il ne fut pas plutôt embarqué, que la fièvre le prit, comme elle le faisait presque tous les jours. Il était dans une situation affreuse, affaibli par cinq mois de maladie, dévoré par une fièvre brûlante, jointe à l'ardeur du soleil du midi, qui lui tombait perpendiculairement sur la tête ; il crut qu'il allait mourir. Il éprouvait avec cela des vomissements douloureux produits par la chaleur et par une indigestion de poisson dont il avait fait son déjeuner avant son départ. Le petit navire franchit la barre du fleuve ; mais le calme étant survenu au-delà, il ne put plus marcher. On s'en aperçut du bord de la *Loire*, et on expédia aussitôt un grand canot pour aller retirer les passagers de l'ardeur du soleil. Pendant que ce canot venait, M. Corréard s'endormit sur un tas de câbles placés sur le pont du cotre ; mais avant qu'il fût entièrement assoupi, il entendit quelqu'un qui disait : « *En voilà un qui n'ira jamais jusqu'en France.* » Le canot arriva, après un petit quart d'heure de route ; tous ceux qui entouraient le malade s'embarquèrent dans le canot, sans que personne eût la générosité de l'éveiller. Ils le laissèrent plongé dans le sommeil et exposé aux rayons du soleil, et il passa cinq heures dans cet état, après le départ de l'embarcation. De sa vie il n'avait autant souffert, si l'on en excepte les treize jours du radeau. Quand, à son réveil, il demanda ce qu'étaient devenus ses compagnons, on lui répondit qu'ils étaient partis, et que pas un d'eux n'avait manifesté l'intention de l'emmener. La brise s'étant élevée, le cotre arriva enfin à bord de la *Loire*, et là, sur le pont, en présence des matelots, il fit à ceux qui l'avaient abandonné les reproches les plus amers, en leur disant même des choses offensantes. Ces sorties, suites de son exaspération, le firent considérer comme fou, et personne ne se formalisa des dures vérités par lesquelles il venait d'exalter hautement sa juste colère.

La *Loire* mit à la voile le 1er décembre, et nous arrivâmes en France le 27 du même mois : nous eûmes pendant notre traversée un temps assez beau, à l'exception de trois ou quatre jours de gros temps, pendant lesquels nous fûmes à la cape ; nous étions alors entre les Açores et le cap Finistère ; et la mer fut si forte, que nous perdîmes presque tous les animaux qu'il y avait à bord : la majeure partie fut écrasée par des caisses qui roulaient dans l'entrepont, et par une infinité d'objets qui se trouvaient déplacés par les grandes secousses qu'éprouvait le navire.

La majeure partie de ces animaux, qui étaient presque tous très rares et fort curieux par leur beauté ou par leur intelligence, appartenaient en grande partie au colonel Beurthonne dont nous avons déjà parlé ; il retournait en Angleterre pour y rétablir sa santé. Nous avions encore à notre bord le commandant Poincignon, homme d'un talent distingué, ayant des connaissances générales sur tout, et s'occupant plus particulièrement d'histoire naturelle, dont il a fait une étude approfondie. Mais par compensation, nous avions aussi le digne M. de Chaumareys, ex-commandant de la *Méduse*, retournant en France pour y rendre compte de sa mission. Ce dernier, en se promenant sur le pont, eut plusieurs fois occasion de m'adresser la parole (à M. Corréard) ; sa conversation était des plus singulières ; elle avait toujours pour but de prouver son innocence ; il rejetait tous nos malheurs sur le gouverneur Schmaltz : il rappelait avec juste raison, la mésintelligence qu'il avait semée dans son état-major, lorsqu'il voulut faire donner le poste de lieutenant en pied à M. Espiau, en remplacement de M. Renaud. Il me disait que tous nos malheurs dérivaient de là : et peut-être avait-il raison ; car à bord d'un bâtiment, le lieutenant en pied a presque toujours l'entière confiance du capitaine ; et dans ce cas-ci M. Renaud possédait tout entière celle de M. de Chaumareys qui, par un instinct singulier reconnaissait son insuffisance. Or, il fallait un Schmaltz pour parvenir à brouiller un officier avec son capitaine, au point de préférer de voir périr le vaisseau, plutôt que d'instruire le commandant du véritable danger qui nous menaçait. M. de Chaumareys voulait en suite prouver son habileté comme marin ; mais il puisait ses preuves dans les campagnes qu'il avait faites étant très jeune ; et pour justifier ses assertions, il me citait le mérite des jeunes officiers de la marine de Napoléon ; il me disait obligeamment qu'il ne différait avec eux que par l'opinion ; et qu'il était bien malheureux pour la France qu'ils fussent tous de jeunes jacobins. Dans son délire, il ajoutait : Il ne leur manque que le bonnet rouge, oui, rien que cet affreux bonnet ; et que si la *Méduse* avait été perdue, c'était leur faute, attendu que lui capitaine ne pouvait pas répondre des fautes de ses officiers, surtout en plein jour, et dans un moment où il était dans sa chambre, occupé à des travaux qui absorbaient tout son esprit : puis il ajoutait encore : Je considère mon affaire, pour moi seulement, comme une bagatelle ; cela ne sera rien, non, cela ne sera rien. Il ne doutait pas un moment de son absolution, mais il craignait pour tous les autres naufragés. Il offrait à ceux qui voulaient bien lui parler, l'assistance de ses puissants protecteurs ; il comptait aussi que sa malheureuse aventure serait utile pour le service du *Roi*, attendu qu'il voulait proposer que tous les bâtiments du *Roi* fussent commandés par des officiers de *l'ancienne Roche*, c'était son expression ; et qu'on mît sous leurs ordres les jeunes *jacobs*, pour être corrigés et élevés dans les bons principes.

Le 26, nous aperçûmes un peu à tribord de nous, une tour, que l'on prit pour celle de Cordouan, mais qui était celle de Chassiron ; et à bâbord de nous, un instant après, nous vîmes une seconde tour qu'on prit pour celle de Chassiron, mais c'était celle des Bollenots. Toute la nuit on courut des bordées entre ces deux tours, de manière que pendant la nuit nous eûmes un coup de vent terrible, qui dura environ une heure, et qui dut nous conduire tout près des Roches-Bonnes, car le lendemain, d'après les reconnaissances qu'on fit à bord et les différentes observations, il se trouvait que nous avions passé sur ces roches, et que nous avions couru toute la nuit l'açore du banc de rochers dits *les Bollenots*. Il est vraiment surprenant et même inconcevable, que notre bâtiment ne se soit pas perdu pendant cette nuit. Le jour nous montra les fautes de la nuit, et cependant on continua à faire des bévues. Notre pilote, et l'on pourrait dire notre capitaine, car selon moi, tout officier doit connaître l'entrée du port auquel il est attaché, croyant entrer dans le pertuis d'Antioche, nous avait fait entrer dans le pertuis Breton ; et ce qu'il y a de plus fort, c'est qu'on ne s'est aperçu de cette erreur, qu'après avoir couru les plus grands dangers sous les murs de la ville de Saint-Martin-de-Ré. Une demi-heure avant notre entière conviction, le maître canonnier avait reconnu notre faute, mais les officiers ne voulurent point en convenir, et le traitèrent d'imbécile : il fallut cependant avouer que cet homme avait raison, et appeler un pilote du pays pour venir nous tirer de cet embarras. Alors on tira le canon d'alarme, et en moins d'une demi-heure, le nouveau pilote fut à bord. Le même soir nous entrâmes en rade de l'île d'Aix. À peine l'ancre fut-elle mouillée, que nous jetâmes à la mer un matelot qui était venu mourir à une demi-lieue de sa maison bâtie sur la rade.

Je dois à la justice de dire que je fus, pendant la traversée, parfaitement soigné par le docteur Bergeron ; mais d'un autre côté, je dois dire aussi que je n'eus jamais l'honneur d'avoir provoqué la moindre marque d'attention de la part de M. Giguel-Destouches, lieutenant commandant la flûte la *Loire*. Cependant ma position était bien faite pour émouvoir les entrailles de l'homme le plus endurci au malheur. Cet homme n'est frère que de nom du fameux capitaine de vaisseau Destouches, qui a une si belle réputation comme savant, comme habile constructeur de vaisseaux, et comme habile marin, et doué, dit-on, par-dessus tout, de beaucoup de philanthropie.

Rendu à Rochefort, M. Corréard se présenta chez M. l'intendant de la marine, qui l'accueillit avec bonté, et l'autorisa à passer à l'hôpital tout le temps qu'il jugerait convenable pour son rétablissement. Il fut placé dans une salle d'officiers, où il reçut les soins les plus attentifs des officiers de santé en chef de cet hôpital, qui, outre les secours de leur art, lui témoignèrent tous les égards imaginables, et allégèrent ses maux par de douces consolations. M. Savigny voyait tous les jours son compagnon d'infortune, qui lui répétait souvent : « Je suis heureux, j'ai enfin trouvé des Français sensibles à mes malheurs. » Après trente-trois jours passés dans ce superbe hôpital, il crut sa santé assez bien rétablie, et il demanda à en sortir pour se rendre dans sa famille.

Nous terminerons ici l'histoire de notre relation nautique ; mais comme depuis notre retour en France, des circonstances particulières, et une série d'événements que nous étions loin de prévoir, ont, pour ainsi dire, prolongé la chaîne de nos aventures, nous ne croyons pas qu'il soit mal à propos de terminer notre ouvrage par un récit succinct de ce qui nous est arrivé depuis que nous avons revu notre patrie.

CHAPITRE XIV

Publication de la relation de M. Savigny ; ses suites. — Manœuvres du gouverneur du Sénégal pour la démentir. — Ressentiment du ministre de la Marine contre M. Savigny, qui donne sa démission. — M. Corréard s'achemine vers Paris. — Inutiles sollicitations.

M. Savigny crut qu'après avoir essuyé des malheurs sans exemple, il lui était bien permis de décrire toutes les souffrances auxquelles, pendant treize jours, lui et ses compagnons d'infortune avaient été en proie. A-t-on jamais interdit la plainte aux malheureux ! Eh bien, les nouvelles épreuves qui l'ont atteint, et qu'il va mettre sous les yeux des lecteurs, proviennent de ce qu'il n'a pu garder le silence sur ces événements désastreux.

Pendant sa traversée sur la corvette l'*Écho*, il écrivit le récit de nos tristes aventures : son intention était de déposer son narré au ministère de la Marine. Arrivé en France au mois de septembre, on lui conseilla d'aller à Paris, où, disait-on, « *Vos malheurs vous attireront la bienveillance du ministre* », et l'on regardait comme chose certaine que quelque récompense lui ferait oublier les pertes considérables qu'il venait de faire, les dangers auxquels il venait d'échapper, et les douleurs que lui occasionnaient ses blessures ; car il avait encore, à cette époque, le bras droit en écharpe. Il écouta les conseils qu'on lui donnait, parce qu'ils venaient de personnes très sensées, et il se mit en route pour la capitale, emportant avec lui son manuscrit. Il arriva à Paris le 11 septembre. Son premier soin fut de se présenter au ministère, où il déposa tous les écrits qu'il avait rédigés sur le naufrage de la *Méduse*. Mais quel fut son étonnement de voir le lendemain dans le *Journal des Débats* du 13 septembre, un extrait de sa relation, copié presque littéralement. Il chercha alors d'où les rédacteurs de ce journal avaient pu tenir ces détails : il lui fallut peu de temps pour trouver le mot de cette énigme.

On n'exposera point ici par quel moyen son manuscrit a été connu du rédacteur de ce journal. On se borne à dire que M. Savigny étant encore à Brest, M. de Venancourt, capitaine de frégate, qui a des relations avec le ministère, dans l'intention de lui être utile, lui demanda une copie de son mémoire que, par la voie d'un homme en place, il ferait parvenir au ministre de la Marine ; cet homme est M. Forestier, conseiller d'État et directeur d'une des divisions de l'Administration de la marine, intendant de la maison de Louis XVIII. Cette copie de nos aventures fut donc confiée à M. de Venancourt, et par lui envoyée à Paris. M. Savigny n'avait pris ce parti que parce que son intention était alors de se rendre dans sa famille, sans passer par la capitale. Cette pièce fut accueillie avec empressement par l'adroit courtisan Forestier, qui voulut la faire servir à son ambition ; et voici comment. À cette époque M. Decazes était déjà favori, et très souvent il était contrarié dans le conseil par M. Dubouchage, alors ministre de la Marine. Un homme médiocre peut entendre la vérité sans en être offensé ; mais un jeune ambitieux, qui veut marcher sur les traces de l'homme le plus extraordinaire que la terre ait produit, n'eut point cette force de caractère : dès lors, il conçut le projet de faire chasser M. Dubouchage du ministère de la Marine. L'événement du naufrage de la *Méduse* était admirable. Le courtisan Forestier était l'ami intime de M. Decazes, et ce dernier, dit-on, lui avait promis le ministère de la Marine. On pense bien qu'ils agissaient de concert, et, pour atteindre leur but, ils adressèrent au rédacteur du *Journal des Débats* la relation que M. Savigny avait rédigée. Au reste, celui qui la reçut à Brest était loin de vouloir nuire à l'auteur de cet écrit. S'il avait eu la moindre idée de tous les désagréments qu'occasionna la publicité qu'il donna à sa relation, en la montrant à plusieurs personnes, il l'eût plus soigneusement conservée, ou du moins il l'eût remise immédiatement au ministre de la Marine, à qui elle était destinée. Cette publicité, par la voie du *Journal des Débats*, attira à M. Savigny les plus vives remontrances. Dès le jour même il fut appelé à la marine. On lui dit que son excellence était mécontente, et qu'il eût à prouver de suite qu'il était innocent de la publication de nos malheurs, dont toute la France s'affligeait en s'intéressant au sort des victimes. Mais tout avait changé pour celle-ci : au lieu de l'intérêt que devait inspirer sa position, M. Savigny venait d'appeler sur lui la sévérité du ministre, et il lui fallait se justifier d'avoir osé écrire qu'il avait été très malheureux par la faute d'autrui. La réception qu'on lui fit au ministère l'affecta tellement, que, sans les conseils de quelques personnes, il donnait sur-le-champ sa démission. Enfin il n'y avait qu'un moyen de prouver que ce n'était pas lui qui avait donné sa relation au rédacteur du *Journal des Débats*, c'était d'avoir l'aveu même de ce rédacteur. Fort de sa conscience, il alla le trouver ; et sans hésiter, cet écrivain rendit loyalement hommage à la vérité par le certificat transcrit ci-après :

Je certifie que ce n'est point de M. Savigny que je tiens les détails du naufrage de la Méduse, *insérés sur la feuille du 13 septembre 1816.*
Signé, *le rédacteur du* Journal des Débats[1].

Ce certificat fut remis entre les mains de M. Carpentier et par lui présenté à son excellence, qui ne parut cependant pas satisfaite, parce que cette pièce, tout en lui prouvant que ce n'était pas M. Savigny qui avait rendu publique l'histoire de nos aventures, n'apprenait nullement par quelle voie le manuscrit avait pu être connu du rédacteur[2]. Un des chefs du ministère lui ayant laissé entrevoir l'opinion de son excellence, qui trouvait insuffisante cette justification, M. Savigny eut recours de nouveau au rédacteur du même journal, qui ne lui refusa pas de lui délivrer un second certificat ; il était ainsi conçu : « Je certifie que ce n'est point de M. Savigny que je tiens les détails insérés sur la feuille du 13 septembre, mais bien du ministère de la Police. » Après cette nouvelle preuve, on ne douta plus que M. Savigny avait été victime d'une indiscrétion ; et on lui dit qu'il pouvait se rendre dans son port. Il quitta donc la capitale, après avoir éprouvé bien des contrariétés ; mais toutes celles que devait lui occasionner la publication de nos malheurs n'étaient pas encore à leur fin.

Les Anglais traduisirent les détails donnés par le journal du 13 septembre, et les insérèrent dans une

---

1. Le rédacteur ne voulut jamais insérer dans son certificat qu'il tenait l'article de M. Decazes.
2. Maintenant Son Exc. n'ignorera plus les noms de ceux qui l'ont, par ce petit tour d'adresse, arrachée du ministère.

de leurs gazettes qui parvint au Sénégal. Dans cette traduction amplifiée, il y avait des choses assez fortes qui furent loin de plaire au gouverneur et à M. Renaud, l'un des officiers de la frégate. L'on sentit qu'il n'y avait qu'un moyen de combattre la relation ; c'était de tâcher de persuader qu'elle était fausse en plusieurs points. On travailla donc à Saint-Louis à un nouveau rapport ; on l'apporta, pour le signer, à M. Corréard, qui, après l'avoir parcouru, s'y refusa, parce qu'il le trouvait contraire à la vérité. Le secrétaire du gouverneur revint plusieurs fois à l'hôpital pour obtenir sa signature ; il fut toujours inébranlable. Le gouverneur lui-même le pressa vivement. Un jour qu'il était allé solliciter son départ, il lui répondit que jamais il ne consentirait à signer une relation tout opposée à la vérité ; et il retourna à son hôpital. Le lendemain il vit entrer son ami M. Kummer, qui venait l'inviter à retourner chez le gouverneur et à signer enfin ce rapport, parce qu'on l'avait averti que, s'il persistait dans son refus, il ne retournerait pas en France. Cette pièce était donc d'un bien grand intérêt aux yeux de ces Messieurs, pour qu'ils fussent réduits à employer de semblables moyens envers un malheureux exténué par une longue maladie, et dont le rétablissement dépendait de son retour en Europe, puisque l'on prétendait ne lui en accorder la permission qu'au prix de sa signature apposée à une narration fausse et contraire à ce qu'il avait vu et éprouvé. Un paragraphe en effet était employé à vouloir prouver que la remorque avait *cassé*. Pouvait-il le signer, lui, témoin oculaire, et qui tenait de plus de vingt personnes qu'elle avait été *larguée*. Outre ce mensonge, dans un autre endroit, on disait que, lorsque le radeau fut délaissé, les mots barbares *nous les abandonnons* ne furent pas prononcés, et dans un autre passage, que M. Savigny, en publiant sa relation, s'était montré ingrat envers des chefs qui avaient tout fait pour le sauver personnellement ; il y avait d'ailleurs quelques personnalités inconvenantes. M. Corréard fut surtout très étonné de voir figurer au bas de cet écrit la signature d'un homme à qui M. Savigny, de sa propre main, avait sauvé la vie[1]. La persévérance de M. Corréard à refuser sa signature triompha de l'injustice, et son passage en Europe cessa d'être retardé. Mais les mêmes manœuvres

---

1. Cette remarque sur la conduite d'un de nos compagnons, que nous avions connu sous des rapports estimables, nous avait coûté quelque peine ; aussi n'avions-nous pas désigné expressément dans la première édition celui qu'elle concernait. Aujourd'hui, en nommant M. Griffon, nous croyons remplir une obligation que ses sentiments actuels nous imposent.

Un homme d'honneur, surtout dans l'état de faiblesse et de maladie morale et physique où nous étions plongés, a pu être un moment égaré ; mais quand il répare cette erreur, pour ainsi dire involontaire, avec la générosité qui a dicté la lettre suivante, nous le répétons, il n'y a plus de crime à avoir erré ainsi, et c'est une justice, c'est pour nous un devoir bien doux de rendre hommage à la franchise, à la loyauté de M. Griffon, et de nous féliciter d'avoir retrouvé l'âme du compagnon de nos malheurs telle que nous l'avions connue, avec tous ses titres à notre estime.

Voici donc la lettre qu'il vient d'adresser à M. Savigny, et qui devient pour nous une preuve précieuse de la vérité de nos récits.

Extrait d'une lettre de M. Griffon à M. Savigny.

Actuellement, Monsieur, je vous dois un témoignage de reconnaissance pour votre attention à me prévenir. Je sais qu'à vos yeux je ne devais pas mériter autant de générosité de votre part ; il est beau d'oublier le mal qu'on nous a fait, et de faire du bien à ceux qui ont voulu nous nuire : votre conduite avec moi est admirable. Je confesse que, quoique mes réclamations fussent justes au premier abord, je me suis trop laissé aller au premier mouvement d'une imagination faible et montée, qui me portait à décrier mon malheureux compagnon d'infortune, et cela, parce que je m'étais figuré que la relation qu'il avait faite de nos malheurs pouvait nous rendre odieux à tous nos parents et amis (*). Telles sont les raisons que je vous ai alléguées à Rochefort, et vous dûtes alors vous apercevoir que je vous parlais avec franchise, puisque je ne vous ai rien caché. Je ne suis pas à présent sans me repentir de n'avoir pas attendu à être mieux instruit pour agir contre quelqu'un qui, par sa fermeté, n'a pas peu contribué à nous sauver la vie.

GRIFFON-DUBELLAY.

Bourgneuf, le 7 janvier 1818.

(*) On employa les mêmes moyens auprès de M. Corréard.

eurent plus de succès d'un autre côté, et MM. Dupont, Lheureux, Charlot, Jean-Charles et Touche-Lavillette ne purent échapper au piège qui leur fut présenté. Ils étaient attaqués de cette fièvre terrible qui moissonnait les Français avec tant de rapidité, quand ils furent invités, de la part du gouverneur, à signer sa relation. Les uns cédèrent à la crainte qu'ils avaient de déplaire à son excellence ; d'autres conçurent l'espoir d'obtenir par ce moyen sa protection, ce qui n'est pas un petit avantage dans les colonies ; enfin les autres étaient si faibles, qu'ils ne purent pas même prendre connaissance de l'importance de la pièce à laquelle on leur demandait d'attacher leur nom. Ce fut ainsi que nos compagnons furent induits à témoigner contre eux-mêmes, à certifier le contraire de ce qu'ils avaient vu, de tout ce qui s'était fait pour nous perdre. On vient de voir plus haut le noble désaveu fait par M. Griffon, des fausses impressions qui l'avaient abusé à notre égard ; pour achever d'éclairer l'opinion du lecteur sur le rapport dirigé contre nous, nous consignons ici une pièce non moins précise et non moins décisive : c'est une déclaration de M. Touche-Lavillette qui reconnaît avoir signé de confiance une pièce dont il ignorait le contenu, aussi bien que la fin qu'on s'était proposée en la rédigeant [1].

1. Je soussigné chef d'atelier des ouvriers sous les ordres de M. Corréard, ingénieur-géographe, l'un des membres de la commission déléguée par son Exc. le ministre de la Marine et des Colonies, pour aller reconnaître le Cap-Vert et ses environs, certifie qu'il m'a été présenté, dans le mois de novembre 1816, un Mémoire à signer, par ordre du gouverneur du Sénégal ; qu'à cette époque, étant à l'hôpital de l'île de Gorée, pour me faire traiter d'une fièvre épidémique qui régnait alors sur le Cap-Vert, elle m'occasionnait parfois des accès de folie ; qu'en conséquence, l'altération de mes facultés morales, et même l'état de démence dans lequel je me trouvais, a fait que j'ai signé cette pièce sans en prendre connaissance ; il paraît qu'elle tendait en partie à désapprouver la conduite de M. Savigny sur le radeau, et pour laquelle je ne lui dois que des éloges ; il paraît encore, d'après ce qui m'a été dit, qu'on m'a fait certifier que la remorque s'était cassée, et n'avait point été

Ainsi appuyé d'autorités dont chacun peut maintenant apprécier la valeur, ce rapport aussi tardif qu'inexact, fut adressé au ministre de la Marine. M. Corréard, à son débarquement à Rochefort, en prévint M. Savigny, et lui donna un certificat de ce qui vient d'être dit. Ce dernier en recueillit deux autres, qui lui furent délivrés par ceux des naufragés du radeau qui se trouvaient en France.

Muni de ces trois certificats, M. Savigny sollicita une permission de se rendre à Paris, afin d'être à portée de faire voir au ministre de la Marine qu'on cherchait à le tromper. Deux mois se passèrent sans nouvelles. Sur ces entrefaites, M. Corréard partit pour la capitale, chargé par son compagnon d'une lettre pour un employé du ministère, à qui elle fut remise, et qui ne donna point de réponse décisive sur ce qu'on lui demandait. Enfin M. Savigny reçut une lettre de Paris, dans laquelle on lui annonçait *que non seulement il n'aurait pas la permission qu'il sollicitait, mais que tant que le ministre actuel serait à la tête des affaires, il n'aurait pas d'avancement.* Cette lettre, longtemps attendue, était datée du 10 mai 1817. M. Savigny, dégoûté par tout ce qu'il venait d'éprouver, donna sa démission, après avoir servi pendant six ans, et fait autant de campagnes de mer. En se retirant du service, cet officier de santé, qui déjà avait manqué de périr plusieurs fois dans les flots, a emporté les regrets des chefs sous lesquels il a été employé, ce dont on peut juger par la copie du

---

larguée ; je déclare que ma signature apposée au bas de ce Mémoire m'a été subtilisée, et comme telle est nulle et non avenue : en foi de quoi j'ai délivré le présent certificat, pour servir à repousser toute attaque qui pourrait être dirigée contre M. Savigny, au moyen de ce Mémoire.

TOUCHE-LAVILLETTE.

Fait à Paris, le 1er novembre 1817.

certificat qu'ils lui ont délivré, lorsqu'il s'est démis de son poste.

Tel fut pour M. Savigny le résultat de ses démarches auprès des autorités. Voyons maintenant quel sort était réservé à M. Corréard, depuis son départ de Rochefort jusqu'au moment où il a pu se réunir à son compagnon d'infortune, pour écrire ensemble la relation de leur naufrage.

Le 4 février 1817, se croyant totalement rétabli, il se décida à partir pour Paris, où des affaires d'intérêt l'appelaient ; mais comme ses moyens pécuniaires étaient faibles, et qu'il lui fallait faire des dépenses assez fortes pour s'habiller (car il était presque nu en descendant de la flûte la *Loire*), il crut pouvoir faire la route à pied. La première journée de marche, il n'éprouva que de légères douleurs ; la seconde, le malaise augmenta, et à la troisième, la fièvre se déclara. Il était alors à trois lieues de Poitiers, très près d'un petit village. Se trouvant exténué de fatigue et accablé par la fièvre, il résolut d'aller chez le maire, demander un billet de logement ; ce fonctionnaire était absent, et son épouse répondit que dans tous les cas, il fallait avant tout obtenir l'agrément de M. le marquis de Fayolle [1], colonel de la garde nationale. Le voyageur languissant ne vit aucun inconvénient à se rendre auprès de M. le marquis : il fut trompé dans son attente. M. le colonel lui fit un fort mauvais accueil, et resta insensible à ses prières ; il eut beau lui montrer ses certificats, sa feuille de route, ses blessures ; même lui présenter son bras tremblant qu'agitait la fièvre, rien ne put le fléchir. Désespéré,

---

1. Ce marquis de Fayolle est le même qui, en sa qualité de maire de la commune de Colombier, étant assisté de trois membres du conseil municipal, condamna, le 15 août 1816, le sieur Henri Dusouil à l'amende de 5 fr., pour avoir fait cuire trois pains le jour du dimanche, délit prévu par l'art. 5 de la loi mémorable du 18 novembre 1814.

le malheureux malade se retira, en maudissant une inhumanité qu'il ne s'attendait pas à trouver dans un chef de la garde nationale, et se promettant de n'oublier jamais son illustre nom, et la manière impitoyable avec laquelle il avait répondu à ses prières. Tout épuisé qu'il était, il fut obligé de se traîner encore à pied pendant une mortelle lieue, pour atteindre une auberge où il pût se reposer. Le lendemain il gagna avec peine Poitiers. Il eut le bonheur de trouver une âme sensible dans M. le maire, qui prit un intérêt touchant à sa triste position. Elle était bien faite en effet pour intéresser, car, quelques minutes après son entrée dans l'hôtel de ville, il se trouva mal ; mais les secours les plus charitables lui furent prodigués par une dame respectable, et il revint bientôt de cet évanouissement. Un des commis ne tarda pas à lui donner un billet de logement, lui assurant qu'il l'avait destiné pour une des meilleures maisons de la ville, ce qui était vrai ; le pauvre malade est convenu que de sa vie il n'avait reçu de soins plus affectueux que ceux qu'il éprouva chez M. Maury, propriétaire de l'hôtel des Antiquités Romaines. Poitiers fut donc pour lui un lieu de bonheur. On sut bientôt dans la ville qu'un des naufragés du radeau était dans ses murs, et pendant toute la journée, il ne fut question que de ce triste événement. Deux personnages connus par leurs talents et les fonctions éminentes qu'ils ont remplies, MM. Eberard et Desbordes, vinrent au secours de M. Corréard. L'un et l'autre avaient été autrefois exilés, ils connaissaient le malheur et surent compatir à celui d'un infortuné qui venait d'en éprouver d'extraordinaires. Ils lui offrirent de passer toute la belle saison à leurs maisons de campagne ; mais désirant se rendre promptement à Paris, il refusa des offres généreuses qui lui furent faites, et après s'être reposé trois jours à Poitiers, il en partit par la diligence, et arriva enfin dans la capitale.

À son arrivée, ses premières démarches furent dictées par la reconnaissance : il se rappelait les services signalés qu'il avait reçus des officiers anglais pendant son séjour à Saint-Louis ; et ce fut un besoin pour son cœur de s'informer près de M. l'ambassadeur de leur nation, s'il n'avait pas reçu de nouvelles de ses bienfaiteurs. Après s'être acquitté de ce premier devoir, il s'occupa de former auprès du ministère de la Marine les demandes nécessaires pour obtenir un emploi dans la capitale. On lui répondit que la chose était impossible, et qu'on l'engageait à faire une demande pour les colonies, principalement pour Cayenne. Trois mois se passèrent en sollicitations inutiles, pour obtenir cet emploi, ainsi que la décoration de la Légion d'honneur, qu'on lui avait fait espérer.

Pendant ce temps, il ne négligea rien de ce qui lui semblait devoir concourir à lui faire atteindre le but qu'il avait cru pouvoir se proposer, sans être accusé de prétentions exagérées.

Poussé par les conseils d'un grand nombre de personnes qui, par leurs lumières, ainsi que par leurs nobles et généreux sentiments, lui commandaient la plus entière confiance, il prit le parti de remonter aux sources mêmes des grâces, de porter dans le palais des rois le spectacle de son étrange infortune, d'appeler sur lui cette bonté héréditaire dans la famille des Bourbons, et qu'à la vérité bien d'autres malheureux n'ont pas sollicitée en vain. Mais l'influence maligne de l'astre ennemi qui, depuis si longtemps, poursuivait M. Corréard, continua sans doute encore ici de se manifester. Ni lui, ni personne n'en accusera le cœur des personnages auxquels il adressa ses vœux ; mais soit que la timidité, compagne ordinaire du malheur, ou une certaine délicatesse l'aient empêché de multiplier des instances qu'il craignait de rendre importunes ; soit que, comme dans la foule de solliciteurs qui assiégent les princes, il est humainement impossible qu'il n'y en ait pas quelques-uns d'oubliés ou de moins remarqués, son mauvais sort ait placé M. Corréard dans cette catégorie moins favorisée ; soit l'effet de toute autre cause malfaisante inconnue, il ne recueillit encore de ce côté que de vaines espérances, ainsi qu'une juste idée des obstacles de toute nature dont les meilleurs princes sont comme enveloppés à leur insu, et qui repoussent ou détournent le bienfait, toujours prononcé dans leur cœur au moment où il est près de s'en échapper.

Il présenta une première demande à S.A.R. MONSIEUR. Il y sollicitait la décoration de cet ordre, institué pour récompenser tous les genres de mérite civil ou militaire, pour répandre dans toutes les classes de la société les nobles flammes de l'émulation ; de cet ordre qui fut offert à Goffin, dont la fermeté sut forcer ses compagnons abattus à espérer au secours qu'on leur préparait ; qui vient d'être décerné à plusieurs des naufragés de la *Caravane*[1] qui se sont montrés dans leur désastre aussi généreux qu'intrépides, mais qui, d'ailleurs, ne peuvent se plaindre que des éléments, et n'ont eu à combattre que la tempête.

Il a tout lieu de croire que MONSIEUR eut la bonté d'apostiller sa demande ; mais il n'a pu découvrir où, ni comment elle s'était égarée en chemin, sans par-

---

1. La flûte la *Caravane*, commandée par M. Lenormand de Kergrist, a péri dans le terrible coup de vent qui s'est fait sentir à la Martinique et à quelques autres îles, du 21 au 22 octobre dernier. MM. Fournier, lieutenant de vaisseau ; Legrandais et Lespert, enseignes ; Paulin, contre-maître, ont reçu la décoration de la Légion d'honneur pour leur conduite dans cette circonstance. (Voyez *le Moniteur* du 12 janvier.)

venir à sa destination. Les recherches qu'il fit au secrétariat du prince, ne lui firent rencontrer qu'un jeune homme de dix-huit à vingt ans, déjà décoré de cette même marque de mérite que M. Corréard réclamait, et qui ne lui montra qu'un étonnement plus que désobligeant sur l'objet de cette réclamation, en lui demandant s'il comptait vingt-cinq ans de service. À cette réception, M. Corréard, éprouvant de son côté quelque chose de plus que de l'étonnement, crut devoir se retirer, non sans avoir fait observer à ce très jeune homme que lui, qui paraissait si difficile sur les titres des autres, avait dû, selon les apparences, pour entrer dans la Légion d'honneur, se faire compter les années de service de ses aïeux.

Ses amis lui persuadèrent encore de réclamer auprès de Mgr. le duc d'Angoulême, duquel, en sa qualité de grand amiral de France, ces mêmes amis pensaient que M. Corréard pouvait attendre une intervention plus efficace pour le succès de ses demandes au ministère de la Marine. Il se rendit donc aux Tuileries le 8 mai, et il eut l'avantage, malgré la difficulté de marcher que lui causaient ses blessures, de joindre le prince au sortir d'une revue, et de lui présenter un mémoire à son passage. S.A.R. l'accueillit avec intérêt, témoigna sa satisfaction de voir un des réchappés du funeste radeau, et lui serrant la main de la manière la plus affable : « Vous avez, mon ami, lui dit-il, éprouvé de bien grands malheurs. Il paraît qu'au milieu de ces désastres, vous vous êtes bien comporté. » Après avoir parcouru le mémoire, le prince voulut bien ajouter encore : « Voilà comme on doit servir le roi ; je vous recommanderai à S. M., et je lui ferai connaître votre conduite et votre position. »

Ces marques de bonté ont été, jusqu'à ce jour, pour M. Corréard, le seul résultat de ce mémoire. Cependant S.A.R. le fit passer au ministère de la Marine ; mais il y a tout lieu de croire qu'il s'y sera englouti dans le gouffre des cartons, ce qui pourrait faire présumer que les recommandations des princes sont assez négligemment accueillies des commis des ministères, et que leurs bureaux sont l'écueil où viennent échouer les suppliques des malheureux : aussi un homme de beaucoup d'expérience, à qui M. Corréard faisait part de cette mésaventure, lui disait qu'il aimerait mieux, en pareille affaire, avoir la protection du plus mince commis que celle du premier prince du sang[1].

Nous croyons superflu d'arrêter plus longtemps le lecteur sur deux ou trois autres tentatives encore plus malheureuses et qui ne réveilleraient que des souvenirs pénibles dans l'âme de M. Corréard.

Sur ces entrefaites, il reçut enfin une lettre du ministre de la Marine, en date du 4 juin. C'était un coup de foudre, car on lui faisait à peu près comprendre que toutes ses démarches devaient rester sans succès.

Cependant, le 20 juillet, il reçut un billet de M. Jubelin, par lequel on l'invitait à passer à la marine de la part de M. le baron Portal. Son cœur s'ouvrit à cette lueur d'espérance. C'était simplement pour savoir « s'il était vrai qu'il eût reçu une conduite pour se rendre de Rochefort dans ses foyers ». Il répondit affirmativement, et l'on en parut fort étonné, car on venait d'en refuser une à M. Richefort, qui la sollicita en vain, quoiqu'étant également un des naufragés. Il profita de l'occasion pour s'infor-

---

1. « Que les hommes frémiraient au premier mal qu'ils font, s'ils voyaient qu'ils se mettent dans la triste nécessité d'en toujours faire, d'être méchants toute leur vie, pour avoir pu l'être un moment, et de poursuivre jusqu'à la mort les malheureux qu'ils ont une fois persécutés. » *Lettres écrites de la Montagne*.

mer si l'expédition de Cayenne était sur le point de partir. Aux réponses vagues qu'on lui fit, il représenta combien lui et les autres naufragés du radeau étaient malheureux de ne pouvoir rien obtenir, tandis que quelques officiers de la frégate avaient été nommés à des commandements [1]. M. Jubelin lui répondit que le ministère ne leur devait rien, à lui particulièrement ; qu'il était parti de sa propre volonté, et s'était engagé à ne demander au ministre rien autre chose sinon les objets convenus et portés sur le traité du 16 mai 1816, par lequel son excellence faisait aux explorateurs une foule de concessions, qu'il serait trop long de rapporter ici, aux conditions qu'ils correspondraient avec son excellence par l'intermédiaire du gouverneur du Sénégal ; qu'ils seraient placés sous les ordres de ce même gouverneur, et qu'ils ne pourraient rien entreprendre sans sa volonté.

Le public impartial jugera si, après de pareilles conventions, après avoir reçu des gratifications et des conduites de la part du gouvernement, il était présumable que l'on répondrait à celui qui a été traité ainsi, qu'on ne lui devait rien, pas même des secours.

Il apprit dans les bureaux que M. le conseiller d'État baron Portal avait eu l'intention de lui faire

[1]. Il paraîtra au moins extraordinaire que plusieurs officiers de la frégate aient obtenu des récompenses, tandis que nous, mutilés, affaiblis par nos malheurs, sommes forcés de nous créer des moyens d'existence. M. Savigny, depuis notre catastrophe, est continuellement accablé de vives douleurs ou de fièvres qui, sur un mois, l'enlèvent au moins quinze jours à ses occupations, et c'est dans cet état que, pour échapper au besoin, il est obligé de se livrer à tout ce qu'a de pénible l'exercice de la médecine dans les campagnes.

M. le lieutenant en pied a obtenu le commandement de la gabarre la *Gironde* et la croix de Saint-Louis ; le second lieutenant, celui de la flûte la *Panthère* et la croix de Saint-Louis ; un enseigne de vaisseau, celui du transport le *Baïonnais* ; un aspirant, celui d'un petit brick ; un autre aspirant a été mis en supplément à bord d'un navire, pour faire une campagne de l'Inde.

MM. Lapérère et Maudet, que nous avons cités dans le cours de notre relation, n'ont point joui des faveurs ministérielles.

obtenir la décoration de la Légion d'honneur ; qu'à cet effet il avait fait rédiger un rapport en sa faveur ; mais que le ministre écrivit en marge : *je ne puis faire cette demande au roi*. Ainsi la voix de l'infortuné Corréard ne put parvenir jusqu'au trône, le ministre ne le voulut pas. Oh ! sans doute, si Sa Majesté eût été instruite que de malheureux Français échappés au radeau de la *Méduse*, sollicitaient en vain son ministre depuis longtemps, sa bonté paternelle leur aurait donné des preuves de sa justice et de sa bienveillance. Sa main secourable, qui s'ouvre même pour des coupables, en répandant ses bienfaits sur nous, ses fidèles sujets, nous eût fait oublier nos malheurs et nos blessures. Mais non ; un pouvoir désobligeant et plus que désobligeant, comme on le verra un peu plus bas, élevait entre le trône et nous une barrière inflexible où venaient s'arrêter nos supplications [1].

M. Corréard, persuadé de l'inutilité de faire de nouvelles pétitions, renonça, pour le moment à continuer de solliciter ce qu'il avait si bien mérité par son courage et ses services. Il attendit un moment plus favorable. Le changement de ministre fit renaître ses espérances : une lettre reçue de ce département lui annonça que son excellence saisirait volontiers l'occasion de lui être utile.

---

1. « Souvent l'injustice et la fraude trouvent des protecteurs ; jamais elles n'ont le public pour elles. C'est en ceci que la voix du peuple est la voix de Dieu ; mais malheureusement cette voie sacrée est toujours faible dans les affaires contre le cri de la puissance, et la plainte de l'innocence opprimée s'exhale en murmures méprisés par la tyrannie. Tout ce qui se fait par brigue et séduction se fait par préférence au profit de ceux qui gouvernent ; cela ne saurait être autrement. La ruse des préjugés, l'intérêt, la crainte, l'espoir, la vanité, les couleurs spécieuses, un air d'ordre et de subordination ; tout est bon pour des hommes habiles constitués en autorité et versés dans l'art d'abuser le peuple. Quand il s'agit d'opposer l'adresse à l'adresse, ou le crédit au crédit, quel avantage immense n'ont pas dans un État les premières familles, toujours unies pour dominer. » J.-J. Rousseau, *Lettres écrites de la Montagne*.

Un ministre, quand il le veut bien, trouve facilement l'occasion d'employer un malheureux qui demande peu.

Telles sont les disgrâces que nous avons éprouvées depuis notre retour en France.

Maintenant rentrés dans la classe des citoyens, réduits à l'inaction, après avoir épuisé nos ressources au service, dégoûtés, oubliés, nous n'en sommes pas moins toujours dévoués à notre patrie : Français, nous savons que nous lui devons et notre fortune et notre sang. C'est par l'expression sincère de ces sentiments que nous terminerons l'histoire de nos aventures.

CHAPITRE XV

Sénégambie. — Productions. — Naturels. — Saint-Louis. — Fort de Guétandar. — Respect des Noirs pour les tombeaux. — Île de Sor. — Baobab. — Île de Babagué. — Entretien de M. Corréard et du vieillard Sambadurand. — Île de Gorée. — Cap-Vert. — Sénat du Cap-Vert. — Considérations générales sur les colonies d'Afrique.

Le lecteur ne sera pas fâché de rencontrer ici quelques données sur les établissements français de la côte d'Afrique. Comme ces établissements nous ont paru d'un grand intérêt, nous allons examiner d'une manière rapide cependant, et les lieux et les avantages qu'on pourrait en retirer.

Ces détails feront une heureuse diversion aux tristes récits de nos infortunes ; et comme ils ont un grand but d'utilité publique, ils ne seront point déplacés à la fin d'un ouvrage où moins encore pour notre intérêt que pour celui du service de l'État, nous avons cru devoir consacrer nos faibles moyens à la manifestation de la vérité.

La partie de la côte, à commencer du cap Blanc, jusqu'au bras du fleuve Sénégal nommé *Marigot des Maringouins*, est d'une aridité telle, qu'elle n'est propre à aucun genre de culture ; mais depuis ce même Marigot, jusqu'à l'embouchure de la Gambie, espace qui peut avoir environ cent lieues de longueur, sur une profondeur de plus de deux cents, on rencontre un vaste pays que les géographes nomment *Sénégambie*.

Remarquons cependant, avant d'aller plus loin, que nonobstant toute la stérilité des côtes de cette partie, elles ne sont pas sans importance par rapport à la fécondité de la mer qui les baigne. *L'agriculture des eaux*, comme l'a dit un naturaliste célèbre, promet trop d'avantages pour que les lieux propres à cette sorte d'exploitation ne soient pas remarqués. Cette partie de la mer connue sous le nom de golfe d'Arguin est surtout notable par l'immense quantité de poissons qui s'y rendent dans diverses saisons, ou qui habitent continuellement ces parages. Ce golfe, compris entre les caps Blanc et Mirick et la côte du Sahara, sur laquelle, outre l'île d'Arguin, jadis occupée, on en voit plusieurs autres à l'embouchure de ce que l'on appelle la rivière Saint-Jean, se trouve comme fermé au couchant dans toute son ouverture, par le banc qui porte son nom. Ce banc, qui rompt l'impétuosité des vagues soulevées par les vents du large, contribue, en assurant la tranquillité ordinaire des eaux, à en faire comme un lieu de retraite pour les poissons, en même temps qu'il devient ainsi favorable aux pêcheurs. C'est en effet de ce golfe que sortent toutes les salaisons qui font la principale nourriture des habitants des Canaries, et qu'ils viennent y faire tous les ans, au printemps, sur des embarcations d'une centaine de tonneaux environ et montés de quinze à vingt hommes d'équipage, en complétant leur cargaison avec une telle rapidité, qu'ils y mettent rarement plus d'un mois. Les pêcheurs de Marseille et de Bayonne pourraient tenter ces expéditions. Enfin, quel que soit le parti que l'on cherche aujourd'hui à tirer de ce golfe si poissonneux, on peut le considérer comme le vivier ou *le banc de Terre-Neuve africain*, lequel pourra contribuer un jour à alimenter les ateliers de la Sénégambie, si les Européens parviennent à la mettre en rapport. Parmi les espèces de poissons qui s'y trouvent, il en est une qui lui paraît particulière ; c'est celle que l'on prenait à bord de la *Méduse*, et qui forme l'objet principal de la pêche de ces parages. On en avait fait une description exacte, et M. Kummer l'avait soigneusement dessinée ; mais tout cela a été perdu avec la frégate. Tout ce qu'on se rappelle de cette description, c'est que ces poissons, qui ont de deux à trois pieds de long, sont du genre *gade* ou *morue* ; que leurs caractères ne les rapportent à aucune des espèces citées dans M. Lacépède, et qu'ils appartiennent à la section dans laquelle le merlan est placé.

D'où vient le nom d'Arguin ? qui l'a imposé à ce golfe ? En faisant attention à l'ardeur du soleil qu'on y éprouve, et au scintillement des dunes de sable qui en forment les côtes, on ne peut s'empêcher de remarquer qu'*arguia*, en phénicien, désigne ce qui est *lumineux* ou *brillant*, et qu'en celte, *guin* signifie ardent. Si ce nom vient des Carthaginois qui ont pu fréquenter ces parages, ils ont dû surtout être frappés de leur ressemblance avec les fameuses Syrtes de leur voisinage, que les navigateurs prenaient tant de soin d'éviter.

Exercitas aut petit Syrtes noto.

Quelque division de territoire ou de pâturages entre les hordes du désert, a sans doute autrefois fait choisir par les Européens qui désiraient faire la traite de la gomme, la baie dangereuse de Portendick, entourée d'un vaste amphithéâtre de sables brûlants, plutôt que le cap Mirick. Les Trasars d'ouest ne pourraient peut-être s'avancer au nord de cette baie sans querelle avec les autres Maures qui fréquentent le cap Blanc. Ce cap Mirik paraît toutefois préférable pour ce commerce, soit comme comptoir avec les Maures, soit aussi comme lieu de protection pour les marchands et pour la pêche. Son relief et sa disposition présentent, pour s'y défendre, des facilités que n'offre pas Portendick, où il n'existe pas aujourd'hui la plus légère apparence de végétation.

L'Estuaire de la rivière Saint-Jean, placé au revers de ce cap, n'est jamais d'ailleurs entièrement privé de verdure et d'humidité, et le sel abonde dans ses environs. Mais c'est, comme nous l'avons dit plus haut, en s'enfonçant un peu dans les terres qu'une immense contrée, riche des dons de la nature, appelle l'industrie européenne, et offre les plus heureuses espérances aux cultures coloniales. Le sol y est bon dans certaines parties ; tous les colons venus des Antilles, qui ont visité ces contrées, pensent que les unes sont très propres à la culture de toutes les espèces de denrées coloniales, et les autres à la culture du coton et de l'indigo. Cet immense pays est arrosé par le Sénégal et la Gambie qui le bornent au *nord* et au *sud*. La rivière Falémé le traverse dans la partie de l'est, ainsi que beaucoup d'autres moins considérables, qui, coulant dans différents sens, arrosent principalement cette partie recouverte de petites montagnes, et qu'on appelle le haut pays, ou le pays de Galam. Toutes ces petites rivières retombent ensuite dans les deux principales, dont nous venons de parler.

Ces contrées sont habitées par des peuples nombreux, en général doux et hospitaliers. Leurs villages sont en si grand nombre, qu'il est presque impossible de faire deux lieues sans en rencontrer de très étendus et très peuplés. Néanmoins nous n'avons plus que deux établissements, ceux de Saint-Louis et de Gorée ; les autres, qui étaient au nombre de sept ou huit, ont été abandonnés, soit que les Français ou les Anglais, qui les ont occupés tour à tour, aient voulu concentrer le commerce dans les deux comptoirs qui existent encore, ou que les indigènes ne trouvassent plus le même avantage en y apportant leurs marchandises et en y amenant leurs esclaves. Il est cependant vrai (à ce qu'on nous a assuré) que, par suite de l'abolition de ces comptoirs, le commerce considérable que la France faisait sur cette côte avant la Révolution a été réduit au quart de ce qu'il était.

Saint-Louis, ville dans laquelle siège le gouvernement général, est située par les 18° 48' 15" de longitude, et par les 16° 4' 10" de latitude. Elle est bâtie sur une petite île formée par le fleuve Sénégal, et n'est éloignée, de la nouvelle barre, produite par les débordements de 1812, que de deux lieues seulement. Sa position, sous le rapport militaire, est assez avantageuse, et si l'art ajoutait quelque chose à la nature, il n'y a nul doute qu'on pourrait faire de cette ville une place presque imprenable ; mais dans l'état où elle se trouve, on ne peut guère la considérer que comme une ville ouverte, et que quatre cents hommes décidés et bien commandés pourraient facilement enlever. À l'embouchure du fleuve, se trouve une barre, qui est son plus fort rempart. On peut même assurer qu'il serait impossible de la franchir, si elle était bien gardée ; mais la côte de la pointe de Barbarie, qui sépare le fleuve de la mer, est accessible ; on pourrait même, sans beaucoup d'obstacles, à l'aide de chaloupes plates, y débarquer des hommes et de l'artillerie. Une fois cette descente effectuée, on peut attaquer cette place dans la partie du *nord*, qui se trouve entièrement dénuée de fortifications. Il n'y a nul doute que, dans le cas où elle serait attaquée de cette manière, on la forcerait à se rendre à une première sommation. Cependant beaucoup de personnes l'ont jugée jusqu'à présent presque imprenable, croyant à l'impossibilité de débarquer sur la côte de Barbarie ; mais comme nous sommes persuadés du contraire, puisque les Anglais ont déjà exécuté cette manœuvre lors de la dernière prise de cette place, nous osons engager le gouvernement à jeter les yeux sur la situation de Saint-Louis, qui, bien certainement, deviendrait imprenable, si quelques fortifications nouvelles étaient élevées sur divers points.

Cette ville n'a du reste rien de bien intéressant ; seulement ses rues sont droites, assez larges, les maisons passablement bâties et bien aérées. Son sol est un sable brûlant qui produit peu de végétaux : on y rencontre seulement huit ou dix petits jardins de deux ou quatre ares au plus, cultivés avec succès, où l'on a planté depuis quelques années des orangers, des citronniers, qui font présumer qu'avec quelques soins ces arbres y réussiraient parfaitement. M. Corréard a vu un figuier et une treille d'Europe qui sont magnifiques, et portent une très grande quantité de fruits. Depuis que la colonie a été remise aux Français, on y a planté plusieurs espèces d'arbres fruitiers, qui ont poussé avec une vigueur extraordinaire. On remarque cinq ou six palétuviers et une douzaine de palmiers dispersés dans l'étendue de cette ville.

La place d'armes est assez belle ; elle est située en face du château et de ce qu'on appelle le fort et la caserne ; à l'ouest, elle est bordée d'une batterie de dix ou douze pièces de 24 et de deux mortiers : ce sont les forces principales de l'île.

Voici ce que dit de Saint-Louis le commandant Poinsignon.

« Saint-Louis est un banc de sable étouffant, sans eau potable ni verdure, avec quelques maisons assez bien bâties vers le sud, et une grande quantité de cases en roseaux, basses et enfumées, qui occupent presque tout le nord. Les maisons y sont en brique d'argile salée, que le vent réduit en poudre si on n'a soin de les recouvrir soigneusement d'une couche de chaux, que l'on se procure facilement, et dont la blancheur éclatante fait mal aux yeux.

« Vers le milieu de cette espèce de ville, est une vieille fabrique en ruine, que l'on décore du nom de fort, et dont les Anglais ont sacrifié une partie, afin d'y ménager des appartements pour le gouverneur, et en assainir le rez-de-chaussée pour y loger des troupes.

« En face est une batterie de gros calibre, dont le parapet couvre la place publique, sur laquelle on remarque quelques arbustes alignés et plantés en ornement. Ces arbres sont des bens oléifères, qui ne donnent pas d'ombrage, et que l'on devrait remplacer par des tamarins ou des figuiers-sycomores, communs dans les environs, et qui réussiraient dans cette exposition. Des gens incertains du privilège qu'ils avaient de faire le commerce sur cette rivière, des marchands qui ne s'y rendaient que pour y séjourner passagèrement, des spéculateurs fainéants ont pu seuls se contenter de ce banc de sable brûlant, et ne pas être tentés par des ombrages frais et des terres plus fertiles qui ne sont qu'à huit cents mètres de là, mais que le travail seul, à la vérité, pouvait mettre en rapport. Tout est misérable dans cette situation.

Saint-Louis n'est qu'une halte au milieu du fleuve, où des marchands, qui allaient chercher, en le remontant, des esclaves et de la gomme, amarraient des bâtiments et déposaient leurs vivres et objets de traite.

« Ce qu'on a dit, dans la relation, des moyens d'attaque de ce poste, est exact. Quand l'ennemi y est venu, les Noirs sont toujours ceux qui l'ont défendu le plus efficacement ; mais malheureusement il se trouve déjà là, comme aux Antilles, des personnes disposées à tendre la main aux Anglais.

« On remarque à Saint-Louis quelques palmiers, et le lontare flabelliforme. On y a créé quelques petits jardins, mais un chou et une salade y sont encore un présent de quelque valeur. La misère, mère de l'industrie, a obligé, pendant la guerre, quelques habitants à tourner les yeux vers la culture, et le but de l'administration devrait être de les encourager.

À l'est du fort se trouve le port, où les navires sont très en sûreté. La population de cette ville s'élève à dix mille âmes, d'après ce qu'a dit le maire à M. Corréard. Les religions catholique et mahométane sont pratiquées dans l'île avec une égale liberté, mais la dernière est celle du plus grand nombre ; néanmoins, tous les habitants vivent en paix et dans la plus parfaite union. Là, point de différends pour opinions religieuses : chacun à sa manière adresse ses prières à Dieu ; mais on remarque que les hommes qui ont abjuré le mahométisme, conservent encore l'habitude d'avoir plusieurs femmes. Nous pensons qu'il ne serait pas très difficile de convertir les Noirs, sur lesquels la pompe de nos cérémonies religieuses fait une vive impression. Ils seraient bien plus portés au catholicisme, s'il tolérait la polygamie, habitude devant laquelle échoueront infailliblement et de prime abord tous les efforts des missionnaires, tant qu'ils commenceront leurs instructions par en exiger l'abolition.

L'île Saint-Louis, par sa position importante, peut

commander sur tout le fleuve, étant placée en tête d'un archipel d'îles assez considérables, et dont quelques-unes pourraient devenir fécondes. Elle n'offre du reste qu'une très petite surface. Sa longueur est de 2 500 mètres du *nord* au *sud*, et sa largeur, dans la partie *nord*, en suivant la direction de l'*est* à l'*ouest*, est de 370 mètres : dans la partie du *sud*, et en suivant encore la même direction, elle n'a que 170 mètres, et dans le milieu de sa longueur 280. L'élévation de son sol n'est pas de plus de 50 centimètres au-dessus du niveau de la rivière ; cependant son milieu est un peu plus exhaussé, ce qui facilite l'écoulement des eaux. Le principal des deux bras du fleuve dont la division a formé l'île Saint-Louis, est situé à l'*est* et présente une étendue de 1 000 mètres de largeur ; le bras, à l'*ouest*, n'a que 600 mètres. Les courants sont très rapides à la mer descendante, et entraînent avec eux des sables que la mer repousse vers la côte : c'est ce qui forme une barre à l'embouchure du fleuve ; mais ces mêmes courants se sont frayé un passage, qu'on nomme *passage de la barre*. Cette passe a environ 200 mètres de largeur et 3 à 6 mètres de profondeur. Très souvent ces dimensions varient en moins ; mais dans tous les temps on ne peut y faire passer que des navires tirant quatre mètres d'eau au plus ; l'excédent est très nécessaire pour le tangage, qui est toujours assez fort sur cette barre. Les lames qui la couvrent continuellement sont très grosses et fort courtes : lorsque le temps est mauvais, elles brisent avec fureur et intimident les marins les plus intrépides.

Le bras occidental du fleuve est séparé de la mer par une pointe nommée *pointe de Barbarie*. Il est inconcevable que cette langue de terre, qui n'a pas deux cent cinquante mètres dans sa plus grande largeur, et qui n'est que de sable, puisse résister aux efforts du fleuve, qui tend toujours à la détruire, et à ceux de la mer, qui brise dessus, quelquefois avec une fureur telle qu'elle la recouvre tout entière, et vient même, après avoir traversé le bras de la rivière, expirer sur le rivage de l'île Saint-Louis. Presque en face du château, et sur la pointe de Barbarie, est une petite batterie de six pièces au plus, qu'on appelle *Fort de Guétandar* : ce fort est sur le haut d'une butte de sable qui a été formée par le vent et qui s'accroît journellement : elle est même déjà assez haute, et se trouve entourée d'une grande quantité de cases de Noirs qui forment un village assez étendu. Ces cases tendent à affermir les sables et empêchent leur éboulement. Les habitants de ce village sont très superstitieux, comme va le prouver l'anecdote suivante.

Dans le courant du mois de septembre, MM. Kummer et Corréard traversèrent le bras du fleuve pour aller visiter la cour de Barbarie et le village de Guétandar. Lorsqu'ils furent descendus sur la pointe, ils se dirigèrent au *nord*, et après avoir fait environ trois ou quatre cents pas sur le rivage, ils rencontrèrent une tortue, dont le diamètre était d'un mètre au moins. Elle était renversée sur le dos et couverte d'une quantité prodigieuse de tourlourous [1]. M. Corréard s'arrêta un instant et remarqua que, lorsqu'avec sa canne il avait blessé un de ces animaux, les autres le dévoraient à l'instant. Pendant qu'il examinait ces tourlourous, qui se nourrissaient de cette tortue, M. Kummer s'était dirigé vers le *sud*, et visitait les lieux consacrés à la sépulture des Noirs. M. Corréard le rejoignit, et ils virent que les naturels élèvent au-dessus du tombeau de leurs pères, de leurs

---

[1]. Espèce de crabes qui sont répandus sur le rivage de la mer : c'est le *Cancer cursor* de Linné, et le même qui se trouve sur le rivage des Antilles.

parents et de leurs amis, de petits mausolées, les uns faits en paille, d'autres avec de menus morceaux de bois, et même avec des ossements. Tous ces fragiles monuments sont consacrés bien plus par la reconnaissance que par la vanité. Les Noirs en défendent l'approche de la manière la plus rigoureuse. M. Kummer, que venait de quitter son compagnon pour retourner sur le rivage, examinait fort tranquillement ces rustiques tombeaux, quand tout à coup un de ces Africains armé d'un sabre s'avança vers lui, en se baissant et cherchant à le surprendre. M. Kummer ne douta pas que cet homme n'en voulût à ses jours, et se retira du côté de M. Corréard, qu'il retrouva observant encore les tourlourous et la tortue. Sur le récit qu'il lui fit de ce qui venait de se passer, et comme ils étaient sans armes, ils prirent le parti de repasser promptement le fleuve, en se précipitant dans une barque. Ils eurent bientôt lieu de s'en féliciter, car ils aperçurent plusieurs hommes qui s'étaient attroupés aux cris du Noir ; et s'ils n'avaient pris la fuite, il est probable qu'ils auraient payé de leur vie leur innocente curiosité.

La rive gauche du fleuve qu'on appelle Grande-Terre, est couverte d'une verdure perpétuelle ; le sol n'est pas très fertile, mais avec des bras pour le cultiver on pourrait en faire quelque chose.

En face et à l'*est* de Saint-Louis, se trouve l'île de Sor, dont l'étendue est d'environ quatre à cinq lieues de circuit, et qui n'est occupée que par un hameau de Noirs : sa forme est allongée et presque rectangulaire : on y remarque deux grandes plaines où l'on pourrait établir des habitations. Elles sont couvertes d'une herbe de deux mètres de hauteur, preuve certaine qu'on pourrait retirer quelques avantages du défrichement de cette île. Le coton et l'indigo y croissent naturellement ; et dès la première année il est hors de doute que sans beaucoup de travaux, le premier de ces végétaux y donnerait une récolte abondante et avantageuse. Le terrain, dans quelques parties, est bas et humide ; les cannes à sucre pourraient peut-être y réussir. On parviendrait cependant à le garantir des inondations qui ont lieu dans la saison des pluies, en construisant de petites chaussées d'un mètre au plus d'élévation. On trouve dans cette île, principalement du côté de l'*est*, des mangliers, des palétuviers, une grande quantité de gommiers ou mimosas, et de superbes baobabs.

Arrêtons-nous un instant devant ce colosse qui, par l'énorme diamètre auquel il parvient, a mérité le nom d'*éléphant du règne végétal*, et qui, à d'autres titres encore est digne de fixer notre attention. Le baobab devient souvent pour les Noirs une demeure dont la construction n'exige d'autre travail que de pratiquer une ouverture dans sa circonférence pour servir de porte, et d'en ôter, sans beaucoup d'efforts, l'espèce de moelle extrêmement molle qui remplit l'intérieur du tronc. Ainsi vidé, l'arbre n'en subsiste pas moins, et le feu qu'on y allume d'abord pour en sécher l'aubier, en le charbonnant, paraît même donner une nouvelle vigueur à la plante. Dans cet état, il arrive presque toujours que l'écorce, au lieu de s'arrêter en bourrelet sur les bords de la plaie, comme cela a lieu dans quelques arbres d'Europe, continue à croître, à s'étendre, et finit enfin par recouvrir ou tapisser tout l'intérieur, presque toujours alors sans rides ni gerçures, et offre ainsi le spectacle étonnant d'un arbre immense recomplété dans son organisation, mais ayant la forme d'un énorme cylindre creux ou plutôt d'une vaste paroi arborescente pliée en cercle, et dont les côtés sont suffisamment écartés pour laisser pénétrer dans son enceinte. Si, en jetant les yeux sur le dôme immense de verdure qui forme le comble de cet agreste palais, on voit se jouer dans son feuillage une foule d'oiseaux parés des plus riches couleurs, tels que des rolliers au plumage bleu de ciel, des sénégalis couleur de carmin, des souï-mangas brillant d'or et d'azur : si, en pénétrant sous cette voûte, on y trouve de toutes parts suspendues sur sa tête des fleurs éblouissantes de blancheur, et qu'au centre de cet arbre, un vieillard et sa famille, une jeune mère et ses enfants s'offrent enfin à vos regards, quel torrent d'idées délicieuses ne vous pénètre pas en ce moment ? qui ne resterait confondu de la prévoyance généreuse de la nature ? et quel est l'homme qui, à ce spectacle ravissant, ne se sentirait transporté d'indignation, s'il voyait des Maures féroces violer cet asile de la paix, et enlever à cette famille quelques-uns de ses membres pour les livrer à l'esclavage ? Il faudrait les pinceaux de l'auteur de la *Chaumière indienne* pour retracer convenablement un pareil tableau.

Cependant ce n'est pas là le seul service que les Noirs, habitants de la Sénégambie, retirent de l'*adansonia* ou baobab. De ses feuilles desséchées ils font une poudre qu'ils appellent *lalo* et qu'ils font entrer comme assaisonnement dans presque tous leurs mets. Ils se purgent avec ses racines ; ils boivent l'infusion chaude de son écorce gommeuse pour se guérir des affections de poitrine ; ils tempèrent l'inflammation des éruptions cutanées auxquelles ils sont sujets, en appliquant sur les parties malades des cataplasmes faits avec le parenchyme du tronc ; ils composent une boisson astringente avec la pulpe de ses fruits ; ils se régalent de ses amandes ; ils fument, en place de tabac, le calice de ses fleurs ; et souvent, séparant en deux les capsules globuleuses et laissant leur long pédoncule ligneux fixé à l'une de ses moitiés ainsi desséchée et durcie, ils en forment une large cuiller propre à puiser de l'eau.

On a reconnu que la substance appelée très improprement *terre sigillée de Lesbos*, n'était autre chose que la poudre tirée de la pulpe du fruit du baobab. Les Mandinges et les Maures portent ce fruit, comme objet de commerce, dans différentes parties de l'Afrique, notamment dans l'Égypte : de là il passe dans le Levant. C'est là que cette pulpe est réduite en poudre et nous arrive par le commerce. On en a longtemps méconnu la nature ; c'est Prosper Alpin qui, le premier, a reconnu que c'était une substance végétale.

Après l'île de Sor, dans la partie du *sud*, se rencontre l'île de Babagué, séparée de la première et de celle de Safal par deux petits bras du fleuve. Cette île, sous les rapports agricoles, présente déjà quelques résultats, à la vérité peu satisfaisants, aux colons qui ont bien voulu renoncer à l'inhumain métier de la traite des Noirs, pour devenir de paisibles cultivateurs. Plusieurs ont établi des plantations de coton, qu'ils appellent Lougans. M. Artique, négociant, est celui qui a le mieux réussi jusqu'à ce jour. Sa petite plantation lui a rapporté 2 400 francs en 1815 ; ce qui a fait naître le désir à plusieurs habitants de Saint-Louis, d'y défricher des portions de terrain. À son exemple, l'on voit sur plusieurs points, des commencements d'habitations, qui déjà promettent des récoltes précieuses à ceux qui ont entrepris la culture de ces denrées coloniales. Le sol de Babagué est plus élevé que celui des autres îles environnantes. À son extrémité sud, qui est positivement en face de la nouvelle barre du fleuve, on aperçoit une infinité de cases de Noirs, un poste militaire avec un observatoire, et deux ou trois petites maisons de plaisance.

L'île de Safal, appartenant à M. Picard, présente

les mêmes avantages. Son sol est à peu près le même que celui des îles dont nous venons de parler. Dans aucune on ne trouve d'eau potable, mais il serait facile de s'en procurer d'excellente, en faisant des puits d'environ deux mètres de profondeur, construits avec de la pierre ponce qu'on apporte des îles Canaries.

Le coton et l'indigo croissent partout spontanément. Que manque-t-il donc à ces contrées, pour y récolter en partie ce que produisent les autres colonies ? rien que quelques hommes capables de diriger les naturels dans leurs travaux, et de leur procurer les instruments aratoires et les plantes dont ils manquent. Qu'on les trouve, ces hommes, et l'on verra bientôt s'élever sur les bords de ce fleuve, une foule d'habitations qui deviendront peut-être avec le temps rivales de celles des Antilles. Les Noirs aiment la nation française plus que toute autre, et il serait facile de diriger leur esprit vers la culture. Une petite aventure arrivée à M. Corréard fera sentir jusqu'à quel point ils portent la bienveillance pour les Français.

Dans le courant du mois de novembre, sa fièvre lui ayant laissé quelques jours de relâche, il fut invité par M. François Valentin à faire une partie de chasse dans les environs du village de Gandiolle, situé au *sud-sud-est* de Saint-Louis. De cette partie étaient M. Dupin, subrécargue d'un navire de Bordeaux, qui était alors dans le Sénégal ; M. Yonne, frère de M. Valentin, en faisait également partie. Leur intention était de prolonger les plaisirs de la chasse pendant plusieurs jours ; en conséquence ils empruntèrent une tente au respectable major Peddy, et ils allèrent s'établir sur les bords du Golfe que forme le Sénégal, depuis que son ancienne embouchure s'est totalement fermée, et qu'il s'en est formé une nouvelle à trois ou quatre lieues plus haut que la première. Là, ils étaient à une petite lieue du village de Gandiolle. M. Corréard dirigeait sa course, ou plutôt ses reconnaissances, un peu dans l'intérieur, car il avait conçu l'idée de lever le plan de la côte et des îles formées par le Sénégal. Il se trouva bientôt près de Gandiolle, et il s'arrêta quelques instants à la vue d'un énorme baobab, dont la blancheur l'étonna singulièrement : il s'aperçut qu'il était couvert d'une nuée d'oiseaux nommés aigrettes [1]. Il s'avança à travers le village jusqu'au pied de cet arbre, et tira de suite ses deux coups de fusil, comptant bien abattre au moins une vingtaine de ces oiseaux. La curiosité le porta à mesurer l'arbre prodigieux sur lequel ils étaient perchés, et il trouva que sa circonférence était de vingt-huit mètres. Tandis qu'il examinait ce monstrueux végétal, la détonation produite par les deux coups de fusil avait fait sortir de leurs cases un grand nombre de Noirs, qui s'avancèrent vers M. Corréard, dans l'espérance sans doute d'en obtenir un peu de poudre, du plomb ou du tabac. Pendant qu'il chargeait son arme, il examinait particulièrement un vieillard dont la figure respectable annonçait la bonté. Sa barbe et ses cheveux étaient blancs et sa taille colossale ; il se nommait Sambadurand. Quand il vit que M. Corréard le regardait avec attention, il s'avança vers lui, et lui demanda s'il était anglais ? « *Non*, lui répondit-il, je suis français. — Quoi ! mon ami, tu es français ! cela me fait plaisir... — Oui, bon vieillard, je le suis... » Alors le Noir chercha à prendre un certain air de dignité pour prononcer le nom *Français*, et dit : « Ta nation est la plus puissante de

---

[1]. Les aigrettes ou hérons blancs dont il est ici question, se montrent partout en grandes troupes dans cette partie de l'Afrique, et suivent surtout le bétail, comme les *pique-bœufs*, pour se nourrir des insectes qui s'attachent aux animaux domestiques.

l'Europe, et par le courage et par la supériorité de son génie ; est-ce vrai ?... — Oui. — Il est vrai que vous autres Français vous n'êtes pas des Blancs comme ceux que j'ai vus des autres nations de l'Europe ; aussi cela ne m'étonne point ; et puis, vous êtes tout feu et aussi bons que nous autres Noirs. Tiens, toi, tu ressembles à Durand par la vivacité et la taille ; tu dois être aussi bon que lui. Es-tu son parent ? — Non, bon vieillard, je ne suis point son parent, mais j'ai beaucoup entendu parler de lui. — Ah ! tu ne le connais pas comme moi, vois-tu ; il y a trente ans qu'il vint ici conduire son ami Rubault, qui partait pour Galam. Ce Français, dont j'ai appris la langue à Saint-Louis, nous combla tous de présents ; je conserve encore un petit poignard qu'il me donna, et je t'assure que mon fils le conservera aussi longtemps que moi. Nous autres, vois-tu, nous nous rappelons toujours les Blancs qui nous ont fait du bien, et surtout les Français, que nous aimons beaucoup. — Eh bien ! lui répondit M. Corréard, je suis bien fâché de n'avoir rien qui puisse te convenir et se conserver longtemps, je te l'offrirais avec plaisir, et tu unirais mon souvenir à celui du philanthrope Durand, qui avait conçu des plans qui, s'ils eussent été exécutés, auraient peut-être fait le bonheur de ton pays et la gloire du mien ; mais tiens, prends ma poudre et mon plomb, si cela peut te faire plaisir. — Ah ! bon Français, je les prendrais bien, car je sais que tu en as tant que tu veux dans ton pays[1] ; mais dans ce moment cela te priverait du plaisir de la chasse. — Non : prends tout. — Crois-moi, Toubabe, partageons ; cela vaudra mieux. » Effectivement ils partagèrent. Le Noir invita ensuite M. Corréard à

---

1. Les Noirs pensent que tous les Blancs sont très riches dans leur pays.

entrer dans sa case pour s'y rafraîchir : « Viens, Toubabe, lui dit-il, viens ; mes femmes vont te servir du lait et du couscous, et tu fumeras une pipe avec moi. »

M. Corréard refusa pour continuer sa chasse, qui fut interrompue par les cris des Noirs qui poursuivaient un jeune lion sortant du village de Mouit, et qui voulait entrer dans celui de Gandiolle. Cet animal n'avait fait aucun mal ; mais les naturels le poursuivaient dans l'espérance de le tuer pour en vendre la peau. L'heure du dîner étant venue, tous les chasseurs blancs rentrèrent sous leur tente. Quelques moments après, ils virent un jeune Noir, âgé de douze ans au plus, dont la figure douce et riante était loin d'annoncer le courage et la force qu'il venait de déployer. Il tenait dans ses mains un énorme lézard tout en vie, d'un mètre quatre-vingts centimètres au moins de longueur. Nos chasseurs furent étonnés de voir cet enfant possesseur d'un si terrible animal, qui ouvrait une gueule épouvantable. M. Corréard pria un des esclaves de M. Valentin de lui demander comment il était parvenu à le prendre et à le garrotter de cette manière. Voici ce que répondit l'enfant en langue ouolof : « J'ai vu sortir ce lézard d'une haie ; je l'ai aussitôt pris par la queue et près des pattes de derrière. Lui ayant ensuite fait abandonner la terre en le soulevant, je l'ai saisi par le cou avec la main gauche, et le tenant bien serré et éloigné de mon corps, je l'ai porté dans cette position jusqu'au village de Gandiolle, où j'ai trouvé un de mes camarades qui lui a attaché les pattes avec du chiendent, et m'a engagé à venir le présenter aux Toubabes qui sont sous cette tente. Mon camarade m'a dit aussi qu'ils étaient français ; et comme nous les aimons beaucoup, j'ai voulu venir les voir et leur offrir ce lézard. » Après ces détails, M. Corréard présenta la crosse de son fusil à l'animal qui, avec ses dents, la sillonna profondément. Lui ayant présenté le bout du canon, il le saisit à l'instant avec fureur et se brisa toutes les dents contre le fer, ce qui lui fit répandre une grande quantité de sang : néanmoins il ne faisait aucun effort pour se débarrasser des liens qui le retenaient [1].

On trouve dans les environs de Gandiolle une herbe de deux mètres de hauteur, des champs de maïs et de mil. Ce pays est rempli de ces grandes pièces d'eau que les naturels appellent marigots, dont la majeure partie occupe un espace immense ; mais il serait facile d'obtenir un dessèchement, au moyen de quelques petits canaux, principalement dans la partie voisine de la côte. Ces terres seraient d'un grand rapport et propres à la culture des cannes à sucre ; c'est un limon mêlé d'un sable très fin.

Après avoir examiné les environs de Saint-Louis, jetons un coup d'œil sur le rocher nommé *Île de Gorée*, et ses alentours. Cette île n'est rien par elle-même ; cependant sa position lui donne la plus grande importance. Elle est située par les 19° 5' de longitude et par les 14° 40' 10" de latitude, et se trouve à une demi-lieue de la grande terre, à trente-six lieues de l'embouchure du Sénégal. Les îles du cap Vert sont à quatre-vingts lieues dans l'*ouest* ; c'est cette position qui la rend maîtresse de tout le commerce de ces contrées. Son port est excellent ; aussi voit-on une si grande quantité de navires et de barques, que sa rade en est continuellement couverte. Il

---

[1]. Ce lézard était probablement un tupinambis. Cet animal, qui n'est pas rare au Cap-Vert, grimpe sur les arbres, fréquente les marais, et fait, dit-on, des blessures cruelles lorsqu'on le saisit sans de grandes précautions. Les habitants des Mamelles assurent qu'il dévore les jeunes crocodiles. Cette espèce paraît être la même que celle qui fréquente les bords du Nil. Elle parvient à la longueur de quatre pieds, et se sert de sa queue latéralement comprimée pour nager.

s'y fait un mouvement si rapide et si continu, que beaucoup de personnes ont dit que l'île de Gorée était peut-être le point du monde qui présentât le plus d'activité et de population. On évalue à cinq mille âmes le nombre de ses habitants, ce qui est hors de toute proportion avec son peu de surface, qui n'offre qu'environ neuf cent dix mètres de longueur sur une largeur de deux cent quarante-cinq. Son pourtour n'est pas de plus de deux mille mètres. Ce n'est qu'un rocher fort élevé dont les côtes sont d'un abord extrêmement difficile. Les roches nombreuses qui l'entourent de toutes parts lui ont fait donner par quelques voyageurs le nom de *Petit Gibraltar* ; et si l'art secondait la nature, il n'y a nul doute que, comme ce dernier, ce rocher serait imprenable. Cependant l'amiral d'Estrées s'en empara pour la première fois vers la fin de 1677. Cette île gît *sud-sud-est* et *nord-nord-ouest*, et n'est éloignée du cap Vert que de deux mille cinq cents mètres environ. Elle est défendue par un fort et quelques petites batteries en très mauvais état ; mais elle n'en est pas moins presque inexpugnable par sa position. Elle n'est réellement accessible que dans la partie de l'*est-nord-est*, où se trouve une anse assez large et profonde, susceptible de recevoir les plus gros navires. Sa rade est immense ; les vaisseaux y sont en sûreté et assez bien abrités. À deux lieues de Gorée se voit la baie de Ben, qui présente les plus grandes facilités pour le carénage des vaisseaux et toutes les réparations dont ils pourraient avoir besoin.

L'air de Gorée est frais pendant la soirée, la nuit et le matin ; mais dans le cours de la journée il règne dans l'île une chaleur insupportable produite par la réverbération des rayons du soleil qui frappent perpendiculairement les basaltes qui l'entourent. En joignant à cette cause la non-circulation de l'air interrompue par les maisons très resserrées, une population considérable dont les rues sont continuellement remplies, et qui est hors de proportion avec l'étendue de la ville, on concevra facilement que toutes ces raisons contribuent puissamment à y concentrer une chaleur si accablante, qu'à peine peut-on respirer en plein midi. Au reste, tous les Noirs qui, certes, se connaissent en fait de pays chauds, y trouvent la chaleur excessive, et préféreraient habiter Saint-Louis.

L'île de Gorée peut acquérir la plus grande importance, si le gouvernement veut un jour établir une puissante colonie, depuis le cap Vert jusqu'à la rivière de Gambie : alors cette île deviendrait le boulevard des établissements de la côte d'Afrique. Mais on objectera que Gorée est bien petite, et qu'on ne pourra jamais y former de grands établissements : nous disons seulement qu'elle est susceptible d'en être le point central, en attendant qu'une colonie plus vaste soit établie sur le cap Vert, que la nature semble avoir disposé pour cela, et dont les avantages, uniquement sous les rapports militaires et maritimes, sont des plus importants. Des hommes d'un jugement sain, qui l'ont examiné, l'ont jugé digne de pouvoir être un jour un second cap de Bonne-Espérance. Il est certain qu'avec le temps et quelques travaux, ce cap deviendrait un établissement du plus grand intérêt, et serait le dépôt d'acclimatement pour les Européens qui voudraient s'établir dans les colonies projetées, soit dans celles qui pourraient être établies entre ce cap et la Gambie, ou dans celles qu'on pourrait fonder dans les îles de Todde, de Reffo, à Morphil, de Bilbas, et même dans le royaume de Galam.

La position et la configuration du cap Vert sont telles qu'il serait aisé d'y construire un excellent port à peu de frais ; il ne serait peut-être pas impossible de profiter pour cela du lac ou Marigot de Ben, qui n'est éloigné de la mer que de quelques dizaines de mètres. Du reste, sa rade, qui est la même que celle de Gorée, telle qu'elle est actuellement, pourrait presque servir de port. Voici ce qu'écrivait à M. Corréard un médecin qui a parcouru le cap Vert en observateur.

Ce cap est bien différent de ce que nous pensions. Sa surface n'est que de six ou huit lieues carrées ; sa population est très nombreuse, et nullement en rapport avec la partie cultivable de cette presqu'île, qui n'est que du tiers de sa surface. Un autre tiers est consacré à servir de pâturage aux troupeaux des Noirs, et la troisième partie est très volcanisée, ou trop remplie de rochers pour pouvoir espérer d'en tirer parti, sous le rapport agricole. Mais sa position militaire est supérieure : tout semble concourir à en faire un lieu imprenable, et l'on pourrait même l'isoler facilement du continent, et y établir plusieurs ports, que la nature semble avoir déjà préparés d'avance.

On lui faisait également part dans cette lettre, des avantages que présentent les environs de Rufisque, qui sont déjà assez connus pour que nous puissions nous dispenser d'en parler ici. Nous ne le citerons que comme étant un des premiers à occuper, avec les mornes du cap Rouge, Portudal, Joal et Cahone : ce dernier est sur la rivière de Salum près de la Gambie. Ce sont de forts villages, dont les environs sont remplis de superbes forêts, et dont le sol est le plus fertile qu'il y ait peut-être en Afrique. Pour de plus amples renseignements sur ces contrées, nous renvoyons aux ouvrages de MM. Durand et Geoffroy de Ville-Neuve, qui les ont parcourues en observateurs éclairés, et parfaitement décrites dans leurs voyages, sauf un peu trop d'exagération sur les avantages que peut présenter le cap Vert, sous le rapport agricole.

Le commandant Poinsignon dit, en parlant de Gorée et des environs :

« À 1 200 toises de la presqu'île du cap Vert s'élève un gros rocher noir qui semble être sorti brusquement du sein des eaux. Il est coupé à pic d'un côté, inabordable dans les deux tiers de son pourtour, et se termine vers le sud en une plage basse qu'il domine, et qui est bordée de gros galets sur lesquels la vague déferle avec violence. Ce banc, qui est le prolongement de la base du rocher, se courbe en arc et forme un enfoncement où l'on débarque comme on peut. À l'extrémité de ce banc est une batterie pour deux ou trois pièces ; sur la plage du débarcadère est un épaulement à embrasures qui la domine. La ville s'élève sur ce banc de sable, et un fortin, construit sur la croupe du rocher, la commande et la défend tant bien que mal. Dans sa situation actuelle, Gorée ne résisterait pas à un vaisseau de ligne. Sa rade, qui n'est qu'un mouillage en pleine mer, est d'une bonne tenue dans les plus gros temps ; mais elle est exposée à tous les vents, excepté à celui qui vient de l'île, laquelle alors lui sert d'abri. Les Européens qui désiraient faire la traite, ont préféré ce rocher aride et placé au milieu d'une mer furibonde, aux terres voisines du continent, où l'on trouverait de l'eau, du bois, des végétaux et enfin les choses nécessaires à la vie. La même raison qui a fait donner la préférence à un banc de sable étroit et stérile du milieu du Sénégal pour y bâtir Saint-Louis, a décidé en faveur de Gorée : c'est que l'un et l'autre ne sont que des repaires ou des prisons destinées à renfermer passagèrement des malheureux qui, dans toute autre situation, trouveraient les moyens de s'échapper. Pour ne commercer que sur des hommes, il ne faut que des fers et des geôles ; mais comme ce genre de lucre n'existe plus légalement, si l'on veut retirer d'autres produits de ces possessions et ne pas les perdre entièrement, il faut changer la nature de ses spéculations et porter ses vues et ses moyens sur la terre ferme, où l'industrie et l'agriculture promettent des richesses, à la production desquelles applaudira l'humanité.

« Le point qui paraît le plus propre à un établissement agricole est le cap Belair, distant d'une lieue et demie et placé sous le vent de Gorée. Son sol est un terreau noir et gras, reposant sur une coulée de lave qui paraît provenir des Mamelles. C'est là que commencent à se multiplier les grands végétaux autres que les baobabs, et qui, plus loin, jusque vers le cap Rouge, couvrent, comme une forêt, tous les rivages que l'on aperçoit. Les puits de Ben qui fournissent de l'eau à Gorée, n'en sont qu'à une petite distance, et le lac de Tinguaye commence aux environs. Ce lac, en grande partie formé par les eaux pluviales de la presqu'île, contient une eau saumâtre qu'il est facile de rendre potable ; il est habité par les *guésiks* ou *guiasicks* des *Ouolofs*, ou crocodiles noirs du Sénégal ; mais on y détruirait aisément ces animaux. En septembre, ce lac paraît tout couvert de nénuphar blanc, et devient, pendant l'hivernage, le rendez-vous d'une multitude d'oiseaux de rivage, parmi lesquels dominent par leur taille le grand pélican, cette superbe grue couronnée qui a reçu le nom d'*Oiseau royal*, et ce héron gigantesque, connu dans la Sénégambie sous le nom vénérable de *Marabout*, pour sa tête chenue parsemée de poils rares et blancs, sa taille élevée et sa démarche imposante.

« Considérée géologiquement, l'île de Gorée est un groupe de colonnes de basaltes encore debout, mais dont une partie paraît avoir éprouvé l'action de la même cause de destruction et de renversement que les colonnes de même formation du cap Vert, puisqu'elles sont inclinées ou renversées dans la même direction.

« Le cap Vert est une presqu'île longue d'environ cinq lieues et demie, sur une largeur extrêmement variable. Large de près de quatre lieues à son point de jonction avec le continent, par l'échancrure profonde que forme dans sa surface la baie de Dakar, elle se trouve réduite près de ce village à environ 600 toises, pour s'élargir ensuite. Ce promontoire, qui forme la pointe la plus occidentale de l'Afrique, est comme placé au pied d'une longue colline qui semble représenter l'ancien rivage du continent. Sur le bord de la mer et vers la partie *nord-est* se trouvent deux monticules inégaux qui servent aux marins de points de reconnaissance, et qui sont évidemment, par les matières amoncelées dans leurs environs, les restes d'un ancien volcan. Elles ont reçu le nom de Mamelles. Depuis cet endroit jusqu'à l'extrémité *ouest* de la presqu'île, les terres s'élèvent dans la direction *nord-ouest* pour se terminer en plage sablonneuse sur le bord opposé.

« Presque tout le flanc *nord* se compose de falaises escarpées couvertes de grandes masses d'oxyde de fer ou de colonnes de basalte régulières, et conservant encore pour la plupart leur position verticale. Leurs sommités, quelquefois bulleuses et scorifiées, semblent prouver qu'elles ont été soumises à un grand degré de chaleur. Les terres qui recouvrent le plateau formé par la sommité des colonnes basaltiques dont les flancs prennent vers les Mamelles l'aspect de murailles de Trapps, mais déjà en grande partie changées en tuf, sont arides et couvertes de broussailles épineuses. Le terrain des Mamelles, comme presque tout celui du milieu de la presqu'île, et qui paraît reposer sur des laves argileuses et en décomposition, vaut beaucoup mieux. On y remarque même çà et là quelques endroits d'une grande fertilité ; il forme la campagne arable de la population. Vers le *sud*, tout reprend plus ou moins l'aspect du désert, et les sables dès lors, quoique cependant moins dépouillés de terre végétale, s'étendent jusqu'au bord de la mer. C'est en fumant les terres du milieu avec la fiente de leur bétail, que les Noirs y recueillent d'assez belles moissons de sorgho. La population de cette péninsule peut s'estimer à 10 000 âmes, de tout âge et de tout sexe. Elle est tout entière de race ouolof, et montre beaucoup de zèle pour toutes les pratiques de l'islamisme. Des marabouts ou prêtres, quelquefois montés sur le sommet des loges de termites, ou sur le mur d'enceinte de leur mosquée, y appellent plusieurs fois le jour le peuple à la prière.

« L'état social de ce petit peuple est une espèce de république que gouverne un sénat composé des chefs de la plupart de ses villages. Il a pris dans le Coran l'idée de cette forme de gouvernement, comme la plupart de celles qui dirigent ceux qui suivent cette loi.

« Voici quelle était, à l'époque de l'expédition de la *Méduse*, la composition de ce sénat :

Moctar, chef suprême, résidant à Dakar ;
Diacheten, chef du village de Sinkieur.
Phall *id.* de celui de Yokedieff.
Tjallow-Falerfour. *id. id.* Graff.
Mouim *id. id.* Bot.
Bayémour *id. id.* Kayé.
Modiann *id. id.* Ketdym.
Mamcthiar *id. id.* Symbodioun.
Ghameu *id. id.* Wockam.
Diogheul *id. id.* Gorr.
Baindonby *id. id.* Yoff.
Mofall *id. id.* Ben.
Schenegall *id. id.* Bambara.

« Cette peuplade était jadis sujette d'un roi noir du voisinage ; mais aujourd'hui révoltée contre lui, quoique très inférieure en nombre, elle en a défait l'armée, il n'y a que quelques années. Les ossements des vaincus, maintenant épars dans la plaine, attestent sa victoire. Une muraille percée de meurtrières qu'elle construisit dans l'endroit le plus rétréci de la presqu'île, et que ses ennemis n'ont pu forcer, a surtout contribué à son succès. Les Ouolofs sont généralement beaux, et leur angle facial n'a presque rien de la difformité ordinaire des Noirs ; leur nourriture est du couscous avec de la volaille et surtout du poisson ; leur boisson, de l'eau saumâtre coupée de lait, et parfois du vin de palme. Les pauvres vont à pied, les riches à cheval, et quelques-uns montent des taureaux toujours fort dociles ; car les Noirs se distinguent particulièrement par leurs bons traitements envers tous les animaux. Leurs richesses consistent en terres et en bétail ; leurs demeures sont généralement en roseaux ; leurs lits sont de nattes d'arouman (*maranta juncea*), des peaux de léopards, et leurs vêtements de larges bandes de toile de coton. Les femmes soignent les enfants, pilent le mil et apprêtent les aliments ; les hommes cultivent la terre, vont à la chasse et à la pêche ; tissent l'étoffe des vêtements, vont à la recherche du morfil (ivoire), et font la récolte de la cire. La vengeance et la paresse semblent être les seuls vices de ce peuple ; ses vertus sont la charité, l'hospitalité, la sobriété et l'amour de leurs enfants. Les filles sont libertines, mais les femmes généralement chastes et attachées à leurs maris. Leurs infirmités sont, chez les enfants, des maladies vermineuses, des hernies ombilicales ; chez les vieillards et surtout parmi ceux qui ont beaucoup voyagé, la cécité et les ophtalmies, et pour les adultes, des affections de poitrine, des obstructions, parfois la lèpre et rarement l'éléphantiasis. Il n'y a dans toute la population de la presqu'île, qu'un seul bossu et deux ou trois boiteux. Pendant le jour on travaille ou on se repose ; mais la nuit est réservée pour la danse et la conversation. Dès que le soleil est couché, le tambourin se fait entendre, les femmes chantent ; toute la population s'agite, et l'amour et le bal mettent tout le monde en mouvement. L'*Afrique danse toute la nuit* est une expression devenue proverbiale chez tous les Européens qui y ont voyagé.

« Il n'existe pas un atome de pierre à chaux dans toute la contrée. Presque toutes les plantes sont tortueuses et hérissées d'épines. Les monbins sont les seuls bois de charpente qu'on y rencontre. L'asperge aiguillonnée, *A. retrofractus*, est partout répandue dans les bois ; elle déchire les vêtements, et la centaurée d'Égypte pique les jambes. Les insectes les plus incommodes des environs sont des cousins, des punaises et des forficules. Le singe cynocéphale pille les moissons ; les vautours attaquent les animaux malades ; l'hyène rayée, des léopards, rodent pendant la nuit autour des villages ; mais le bétail y est superbe, le ciel toujours animé par une multitude d'oiseaux divers ; et les poissons font bouillonner et frémir la mer des rivages par leur quantité extraordinaire. Le lièvre du cap est commun, et la gazelle ordinaire se rencontre fréquemment. Les porcs-épics, au temps de la mue, répandent leurs aiguillons dans la campagne, et se creusent des terriers sous les palmiers. Les pintades, les tourterelles et les ramiers sont partout. Sur le bord des marais, on rencontre dans l'hivernage des nuées immenses de pluviers dorés, armés et porte-lambeaux, ainsi que des canards et sarcelles. L'ombrette et l'échassier habitent les roseaux, tandis que sur les eaux se promènent majestueusement des multitudes d'oies armées et celles dont la tête est coiffée d'un tubercule charnu comme le casoar. Les filets de pêche sont en feuilles de dattier ; leur bord supérieur est armé, en place de liège, de morceaux de bois légers de l'asclépias gigantesque. Les canots sont en fromager, et les voiles en toile de coton.

« Plusieurs arbustes et une grande quantité de plantes herbacées de cette partie de l'Afrique lui sont communes avec la flore des Antilles. Mais parmi les indigènes on remarque le jasmin du cap, l'amaryllis rubanée, la néottie gracieuse, l'hœmantus écarlate, la gloriosa superba, et quelques espèces de nérions de la plus grande beauté. Une nouvelle espèce de calebassier (*crescentia*) à feuilles pinnées y est fort commune. Elle paraît avoir été confondue par les voyageurs avec les baobabs, par la forme de ses fruits, la grosseur de son tronc et le port de ses branches. Son bois, qui est fort dur et de couleur fauve a le grain et l'odeur de l'ébène ; son nom ouolof est *bondu*. Les Anglais en ont coupé et exporté la plus grande partie. L'Afrique enfin, telle qu'on l'a vue, soit sur les rives du Sénégal, soit dans la presqu'île du cap Vert, est un pays neuf qui promet au naturaliste une ample moisson de découvertes, et au philosophe observateur de l'homme un vaste champ de remarques et d'observations. Puisse l'abominable traite des hommes que les Noirs abhorrent, et que les Maures désirent, cesser de souiller ces rivages ! c'est là le seul moyen qui reste aux Européens de connaître l'intérieur de ce continent, et de faire participer cette grande portion de la famille humaine qui l'habite, aux bienfaits de la civilisation. »

Nous croyons avoir assez démontré les ressources que présente ce vaste pays, pour déterminer le gouvernement à favoriser les établissements d'agriculture, dans cette partie du monde.

Nous n'aurons point la présomption d'entreprendre de tracer des projets, de proposer des systèmes pour faire prévaloir tels ou tels moyens d'exécution. Nous allons seulement terminer notre tâche par quelques considérations générales, propres à confirmer ce que déjà nombre d'habiles observateurs ont pensé de l'importance des établissements d'Afrique, et de la nécessité d'adopter pour ces contrées un plan suivi de colonisation.

Quelque illusion que l'orgueil, les préjugés, l'intérêt personnel se fassent sur le rétablissement de nos colonies occidentales, personne ne pourra bientôt plus se dissimuler l'inutilité des efforts tentés pour se soutenir dans une fausse route. Les calculs finiront par triompher d'une opiniâtreté aveugle et des faux raisonnements.

Il est déjà un certain nombre de données incontestables, et dont il faudra bien, tôt ou tard, admettre les conséquences. Et d'abord, bien que quelques-uns de ces gens, qui croient que le monde entier a dormi avec eux pendant vingt-cinq ou trente ans, rêvent encore la soumission de Saint-Domingue, les esprits sages reconnaissent aujourd'hui que quand bien même le succès final d'une telle entreprise serait possible, son résultat réel serait d'avoir dépensé, pour conquérir un désert et des ruines sanglantes, dix fois plus d'hommes et d'argent qu'il n'en faudrait pour coloniser l'Afrique. On sait aussi que la Martinique est un sol usé, et que ses produits seront de plus en plus bornés ; que le peu d'étendue de la Guadeloupe restreint sa culture dans un cercle assez étroit, et ne lui permet pas de présenter une masse de productions qui ajoute un degré d'activité bien sensible dans le mouvement qu'un pays tel que la France doit imprimer à toutes les parties de son industrie agricole et commerciale. Il n'est pas douteux que la nature a placé dans la Guyane française les éléments d'une grande prospérité ; mais cet établissement est à créer en entier ; tout s'est constamment réuni pour en prolonger l'enfance. Il manque de bras ; et comment y porterez-vous le nombre nécessaire de cultivateurs, quand vous avez proclamé l'abolition de la traite ?

L'abolition de la traite ! Voilà le principe fécond en conséquences qui doit commander à tout gouvernement éclairé, de se hâter de changer tout son système colonial. Ce serait en vain que la contrebande s'efforcerait de prolonger un odieux commerce, et d'en arracher quelques ressources précaires ; ce triste avantage ne ferait qu'entretenir la plaie qui a frappé les colonies occidentales, sans pouvoir en procurer la restauration, telle que l'entendent ceux qui veulent absolument fonder leur prospérité sur l'exploitation, en coupe réglée, d'une des espèces du genre humain. Non seulement, la traite est abolie par la religion, par les traités, par le consentement de quelques puissances, par les calculs et l'intérêt de quelque autre qui ne souffrira point qu'elle soit rétablie ; mais elle l'est encore par les lumières du siècle, par le vœu de tous les peuples civilisés, par l'opinion, cette reine du monde, qui triomphe de tous les obstacles, et soumet toutes les résistances à ses lois. Sans la traite, vous ne pouvez plus transporter aux Indes occidentales, ces litières d'hommes, dont les sueurs et le sang formaient l'engrais de vos terres ; d'un autre côté, vous voyez planer sur le nouveau monde le génie de l'indépendance qui vous forcera bientôt à chercher des amis, des alliés là où vous ne comptiez que des esclaves. Qu'attendez-vous donc pour préparer un nouvel ordre de choses, pour prévenir des événements que le temps, dont vous ne pouvez arrêter la marche, rend tous les jours plus prochains ? La raison, votre intérêt, la force des circonstances, les avantages de la nature, les richesses du sol ; tout ne vous dit-il pas que c'est en Afrique qu'il faut porter la culture et la civilisation ?

Sans examiner ici la question de savoir si le gouvernement doit se réserver exclusivement le droit de fonder les colonies sur ce continent, ou s'il doit encourager des sociétés coloniales, et s'en rapporter aux efforts de l'intérêt particulier convenablement dirigé, qu'il nous soit seulement permis de présenter quelques vues sur la marche prudente et mesurée que l'on devra se prescrire pour arriver à un but satisfaisant, non seulement en ce qui concerne la civilisation des Noirs, mais même relativement aux avantages commerciaux que les colons devront naturellement se proposer.

En proclamant l'abolition de l'esclavage, il convient cependant de ne conduire les esclaves actuels à la liberté que d'une manière progressive. Les Blancs, possesseurs de Noirs, ne pourraient prolonger leur possession et leur empire au-delà de dix ans, et sans que, pendant ce temps, il leur fût permis de les revendre. Pendant ces dix ans, les Noirs seraient préparés à leur nouvel état, tant par l'instruction que par l'amélioration successive de leur sort ; il faudrait, en quelque sorte relâcher de degré en degré la chaîne de l'esclavage ; il faudrait, en leur donnant les moyens de former un pécule du produit de leurs travaux, leur donner le goût et le besoin de la propriété.

Après ces dix ans, qu'on pourrait appeler de noviciat, il est présumable qu'en leur concédant des terres à des conditions avantageuses et déterminées d'avance, en leur fournissant, s'il était nécessaire, des instruments aratoires dont ils auraient appris à se servir, on en ferait d'excellents agriculteurs : il est inutile de remarquer que l'homme qui cultive le sol et dont le sol récompense les travaux par des produits suffisants, s'attache fortement à la terre qui fournit à ses besoins et à ses jouissances, et est bientôt conduit par les affections de famille à l'amour de l'ordre social et aux sentiments qui font le bon citoyen.

Il y a trop longtemps qu'on provoque les Noirs à la vente de leurs semblables, pour qu'on doive compter qu'ils oublieront tout à coup ce déplorable trafic. Mais on devrait sans doute commencer par renoncer au moyen perfide d'irriter leur cupidité et leurs passions. Les objets qu'ils désirent le plus devraient être le prix de productions du sol, et non pas le moyen d'échange et l'aliment de ces horribles marchés de chair humaine. Du reste il conviendrait que tant qu'il arriverait encore des esclaves de l'intérieur, les Blancs pussent les acheter. Cette faculté serait accordée pour un temps et dans un rayon déterminé. Leur esclavage serait aussi limité à dix ans, comme nous l'avons dit plus haut, et leur instruction morale et physique serait dirigée conformément au but de les attacher à la terre, en faisant naître en eux le sentiment de la propriété.

Les lois et institutions qui régissent la métropole seraient sans contredit applicables aux nouveaux établissements. Il serait sans doute présumable qu'il faudrait accorder à des considérations particulières d'un ordre politique et moral, des règlements locaux, à la confection desquels devraient concourir les propriétaires jouissant du droit de cité, sans distinction de caste ou de couleur. Il serait principalement de la plus haute importance que le régime des esclaves fût fondé sur la douceur et l'humanité ; que des personnes sages et éclairées en surveillassent l'exécution et eussent l'autorité nécessaire pour réprimer les abus et garantir à l'esclave la protection de la loi.

Pour parvenir à ces résultats, on sent aisément qu'il ne serait pas moins essentiel de préserver la colonie du fléau de l'arbitraire et des excès de pouvoir qu'accompagnent toujours les abus, l'injustice et la corruption. Quand la faveur et le caprice sont les seules lois écoutées ; quand l'intrigue tient lieu de mérite ; quand la cupidité remplace une honorable industrie ; quand le vice et la bassesse sont des titres aux distinctions et les véritables moyens de parvenir ; quand les honneurs ne sont plus synonymes avec l'honneur, alors l'état social ne présente que désordre et anarchie ; alors on renonce aux vertus obscures, aux produits laborieux, pour suivre les voies faciles de la corruption ; alors les hommes sages, pour qui l'estime publique est une recommandation stérile, les véritables serviteurs du Roi, les fidèles amis de la patrie, sont forcés de disparaître, de s'écarter des emplois, et l'intérêt public, aussi bien que celui de l'humanité, sont misérablement sacrifiés aux plus vils calculs, aux plus coupables passions.

Qui veut la fin, veut les moyens. La fin doit être aujourd'hui de tout disposer d'avance, et plus tôt que plus tard, afin de réparer, dans l'Afrique, les pertes et les désastres passés que des événements irrémédiables ont produits aux colonies occidentales, et de substituer à leurs richesses, à leur prospérité, dont la décadence progressive est désormais inévitable, de nouveaux éléments de richesse et de prospérité ; les moyens seront de transporter dans ces contrées si longtemps désolées par notre impitoyable avarice, les lumières, la culture et l'industrie. Par là nous verrons s'élever sur ce vaste continent de nombreuses colonies qui rendront à la métropole tout l'éclat, tous les avantages de son ancien commerce et qui la dédommageront avec usure des sacrifices qu'elle aura faits dans le Nouveau Monde. Mais pour cela, plus d'expéditions secrètes ; plus de complaisance pour des enlèvements frauduleux ; plus de malheureux noirs arrachés à leurs familles, à leur patrie ; plus de larmes de désespoir versées sur ce triste sol africain, depuis si longtemps témoin de tant de douleurs ; plus de victimes humaines traînées aux autels des infâmes et insatiables divinités qui en ont tant dévoré ; par conséquent, plus d'occasion d'entendre au Parlement d'Angleterre des voix hardies accusant notre loyauté et attaquant l'honneur national, articuler positivement que la France nourrit dans ses possessions d'Afrique le système de la traite comme avant qu'elle en eût consenti l'abolition.

L'Afrique offre à nos spéculations, aux entreprises de notre industrie, un sol vierge, une population inépuisable et toute propre à la féconder. C'est à nous à la plier à nos vues, en l'y associant par des intérêts communs, en la conquérant par des bienfaits, au lieu de l'asservir par des crimes, de l'abrutir par la corruption ; en la conduisant à l'ordre social, au bonheur, par notre supériorité morale, au lieu de la traîner, sous les fouets et les fers, à la misère et à la mort, nous aurons accompli une entreprise utile et glorieuse ; nous aurons élevé notre prospérité commerciale sur le plus grand avantage de ceux qui en seront devenus les volontaires instruments ; nous aurons surtout expié, par un bien immense, l'immense crime des outrages dont nous avons si longtemps affligé l'humanité.

ANNEXES

LE DESTIN
DES PRINCIPAUX PERSONNAGES

Hughes Duroy de Chaumareys sort de prison le 3 mars 1820. Il se retire dans son château de Lachenaud dans le Limousin. Il y mourra en 1841, à l'âge de 78 ans, après avoir vainement tenté de se faire réhabiliter et de récupérer ses décorations.

Jean-Baptiste Savigny quitte la marine. Il épouse une jeune fille de Rochefort dont la légende familiale raconte qu'il avait conservé un ruban pendant toute l'aventure du radeau. Il s'établit à Soubise, à l'embouchure de la Charente. Il y exerce la médecine. Il y assure aussi la fonction de maire. Il meurt à 49 ans en 1843.

Alexandre Corréard s'installe comme libraire au Palais-Royal et publie les éditions successives de son ouvrage écrit en collaboration avec Savigny. Il édite nombre de pamphlets qui lui valent des ennuis judiciaires. Membre de la Charbonnerie française, il participe à diverses conspirations républicaines. Il dresse des plans pour la gare d'Austerlitz. Il spécule, fonde des revues, se présente sans succès aux élections de 1848. Il se retire à Avon, près de Fontainebleau, où il meurt en 1857, à l'âge de 68 ans.

Jean Espiaux, second lieutenant de Chaumareys, était le seul vrai marin aguerri de la *Méduse*. Il s'était distingué à Trafalgar en regagnant la côte à la nage. Il participe à la conquête de l'Algérie en 1830. Il meurt en Amérique du Sud en 1835.

Julien-Désiré Schmaltz, qui a déjà eu une vie extrêmement aventureuse en Extrême-Orient puis à la Guadeloupe avant son expédition au Sénégal, prend en charge progressivement la colonie. Il a de nombreux démêlés avec son homologue britannique qui prétend ne pas avoir reçu d'ordres de son gouvernement. Le gouverneur installe son administration à Dakar, mais son personnel est décimé par les fièvres. Puis les choses s'apaisent : Schmaltz, enfin gouverneur de plein titre, tente de faire venir des colons de France. Sans grand succès. Il renonce à son poste en 1820. Il est nommé observateur au Mexique. Il est emprisonné sur ordre du dictateur Santa-Anna. Il passe ensuite à la Nouvelle-Orléans. En 1826, il est nommé consul à Smyrne. Il meurt l'année suivante dans la plus grande pauvreté.

Jean-Daniel Coudein continue à servir dans la marine. Il finit sa carrière comme major général de la marine à Rochefort. Décoré de la légion d'honneur en 1831 en tant que rescapé du radeau. C'est sa veste d'aspirant qu'on peut voir au petit musée de Rochefort consacré au naufrage dans la bibliothèque de la marine. Il meurt en 1857 à La Tremblade.

L'ingénieur Charles Brédif, le naturaliste Kummer meurent au Sénégal des suites des fièvres au cours de leurs explorations. Sander Rang, qui écrira un récit de son aventure à travers le désert (publié pour la première fois seulement en 1946), meurt à Nossi-Bé d'une insolation en 1844. Le commandant de la *Loire*, Gicquel des Touches, écrira lui aussi ses mémoires et, après divers commandements à la mer, finira comme directeur du port de Brest. Le mousse de la *Méduse*, mort au Cap Vert à l'âge de 14 ans, était Jean Viaud : son frère Théodore sera le père de Julien, né en 1850, connu plus tard sous son nom de plume de Pierre Loti. Un domestique de 16 ans embarqué à bord de la *Loire*, René Caillié, deviendra le célèbre découvreur de Tombouctou (1828).

UNITÉS DE MESURE

Lieue terrestre	:	4 kilomètres
Pied (de France)	:	0,32 mètre
Lieue marine	:	3 milles marins, soit 5 556 mètres
Mille marin	:	1 852 mètres
1 nœud	:	1 mille marin par heure
1 brasse	:	1,62 mètre
Encablure	:	environ 200 mètres

Les longitudes données dans le récit se réfèrent à l'ancien méridien de Paris. Celui-ci présente une différence de +2° 20'14" avec le méridien de Greenwich (référence des cartes modernes).

CHRONOLOGIE

CE QUI SE PASSAIT EN FRANCE

3 avril 1814. Le sénat proclame la déchéance de l'empereur Napoléon qui abdique trois jours plus tard.

3 mai. Louis XVIII, frère de Louis XVI, est acclamé à Paris.

4 mai. Napoléon arrive à l'île d'Elbe.

1er mars 1815. Napoléon débarque à Golfe-Juan. Il arrivera à Paris le 21. Louis XVIII s'est enfui à Gand.

18 juin 1815. Défaite de Waterloo.

15 juillet. Napoléon se rend aux Anglais à Rochefort. Le 7 août, départ pour Sainte-Hélène. Napoléon y mourra le 5 mai 1821.

Juillet 1815. Louis XVIII est revenu. Talleyrand président du Conseil. La France est occupée par les Anglais, les Prussiens et les Russes. Période de la « terreur blanche ». Élections, majorité de droite : la « chambre introuvable ». Épuration. Démission du ministère Talleyrand, remplacé par le duc de Richelieu. Élie Decazes nommé à la Police.

20 novembre. Second traité de Paris qui confirme le premier traité (30 mai 1814) rendant ses colonies à la France, en particulier le Sénégal passé à l'Angleterre en 1809.

7 décembre. Exécution du maréchal Ney.

Janvier 1816. Début du retrait des troupes d'occupation qui sera achevé en novembre 1818.

5 septembre 1816. La chambre introuvable est dissoute. Politique modérée de Decazes.

LE VOYAGE DE LA *MÉDUSE*

17 juin 1816. Une escadre appareille de Rochefort. Elle comprend quatre navires, le brick l'*Argus* (commandé par le capitaine de frégate De Parnajon), la corvette l'*Écho* (capitaine de frégate Cornette de Venancourt), la flûte la *Loire* (capitaine de frégate Gicquel des Touches) et la frégate la *Méduse* (capitaine de frégate Hughes Duroy de Chaumareys). Objectif de la mission : aller reprendre possession du Sénégal en vertu du traité de Paris qui a rendu en grande partie ses colonies à la France. La *Méduse* transporte 395 personnes. 167 hommes d'équipage, le gouverneur de la colonie le colonel Julien-Désiré Schmaltz et sa famille, le personnel administratif de la colonie, l'ingénieur des Mines Brédif, les naturalistes Kummer, Rogery et Lachenault, le cartographe Corréard, et des artisans, tonneliers, maçons, un jardinier, deux curés et même un passager clandestin. Deux compagnies de bataillon d'Afrique sont embarqués sur la *Méduse*, une sur la *Loire* : en tout 245 soldats de toutes origines, certains accompagnés de leur femme.

29 juin. Escale aux Canaries.

30 juin. Fête du passage de la ligne (celle du tropique du Cancer) au large des côtes d'Afrique.

1er juillet. La *Méduse* et l'*Écho*, qui étaient en tête, se perdent de vue.

2 juillet. La *Méduse* talonne deux fois avant de s'immobiliser sur un haut-fond du banc d'Arguin (côte de Mauritanie). Début des manœuvres de déséchouage.

3 juillet. Diverses manœuvres. Un radeau est construit pour alléger le navire. Manifestations des soldats. Le soir, le navire flotte à nouveau. Mer forte. Le gouvernail casse. Brèche dans la coque.

4 juillet. La frégate est couchée sur babord. L'ordre d'évacuation est donné. Désordre. Pillages. Sous la menace, plusieurs dizaines de soldats sont contraints de descendre sur le radeau. L'aspirant Coudein, 23 ans, est désigné comme responsable du radeau. Le reste des passagers s'entasse dans une grande chaloupe, quatre canots et une yole. 17 personnes refusent de quitter le bord. À la suite d'une fausse

manœuvre, la remorque qui relie le radeau aux canots est coupée. Confusion générale. Les canots mettent à la voile et s'éloignent.

26 août. Après plusieurs tentatives menées depuis la fin juillet à partir de Saint-Louis, une goélette britannique commandée par le lieutenant Reynaud parvient à retrouver la *Méduse*. La frégate est toujours couchée sur son haut-fond. Trois survivants sont encore à bord. Douze ont tenté de s'échapper sur un petit radeau et ont disparu. Un matelot s'est jeté à la mer. Un autre a peut-être été tué par ses camarades.

4 avril 1817. L'expédition Roussin-Givry parvient sur les lieux du naufrage. Neuf mois après l'échouage donc, l'épave de la *Méduse* est toujours là, se dressant au-dessus des eaux.

Décembre 1817. Une seconde expédition envoyée sur place ne retrouve que des débris.

Décembre 1980-janvier 1981. Après diverses expéditions infructueuses (en 1937, 1960, 1961-1963 et 1970), une mission disposant cette fois de nombreux moyens de repérage et de plongée est menée par l'archéologue Jean-Yves Blot, à l'initiative du professeur Théodore Monod. Le site exact du naufrage est retrouvé : on découvre plusieurs objets, canons, ancres, clous, pompes...

LES PASSAGERS DES CHALOUPES

5 juillet 1816. La chaloupe du commandant, qui comprend 28 personnes dont Sander Rang, reconnaît le cap Mirick (aujourd'hui Timrit) à 9 heures du soir. Elle est accompagnée du grand canot commandé par Reynaud, avec à bord le gouverneur Schmaltz (38 personnes).

6 juillet. Les deux embarcations se retrouvent non loin de la grande chaloupe commandée par Espiaux qui leur annonce qu'il a débarqué près du cap Mirick, à leur demande, une soixantaine de passagers qui voulaient gagner le Sénégal à pied. La grande chaloupe recueille les passagers de la yole (17 passagers) et se dirige vers la terre. Le quatrième canot, commandé par Lapeyrère disparaît lui aussi de leur vue.

8 juillet. Le soir, les lumières de Saint-Louis sont reconnues. Arrivée de la chaloupe du commandant et du grand canot aux abords de l'*Écho* et de l'*Argus* mouillés sur rade.

Le même jour, Espiaux débarque ses passagers près de Portendick dans l'espoir de trouver de l'eau. Un homme coupe l'amarre, la grande chaloupe est perdue. Les occupants des deux autres canots les rejoignent bientôt : en tout 115 personnes prennent elles aussi le chemin du désert.

9 juillet. Rencontre du groupe d'Espiaux avec les Maures.

10 juillet. L'*Argus*, parti à la recherche des naufragés, repère le groupe sur la côte : on leur livre des vivres.

13 juillet. La colonne atteint Saint-Louis.

15 juillet. Une expédition partie de Saint-Louis et dirigée par l'officier britannique Kearney retrouve les survivants du groupe de 60 passagers qui avaient été déposés sur la côte par Espiaux le 6 juillet : ils ont été faits prisonniers par des Maures et dépouillés. Plusieurs sont décédés. Dans ce groupe, deux naturalistes et un soldat ont fait bande à part dès le premier jour. Kummer et Rogery, partis chacun de leur côté dans le désert, se sont retrouvés. Ils ont fait la connaissance du roi Zaïde. Après diverses aventures, ils atteignent Saint-Louis le 17 juillet.

23 juillet. Arrivée à Saint-Louis de la colonne Kearney

LES PASSAGERS DU RADEAU

5 juillet 1816. Abandon du radeau avec 146 hommes et une femme à bord. Dix hommes sont emportés par les vagues. D'autres sont blessés ou écrasés : tous sont jetés à la mer.

6 juillet. Vers minuit, attaque d'un tonneau de vin. Ivresse. Folie. Les meneurs sont sabrés. Plusieurs désespérés se jettent à l'eau. Une vingtaine de disparus à nouveau.

7 juillet. Deuxième révolte. Massacre. 63 disparus. Premiers cas de cannibalisme.

8 juillet. Nouvelle bagarre. Le lendemain il ne reste qu'une trentaine de survivants.

11 juillet. On se débarrasse des malades et des mourants. La cantinière, blessée, est jetée à la mer. À l'issue de la journée, il reste 16 personnes à bord.

16 juillet. Apparition de papillons. Construction d'un petit radeau qui chavire.

17 juillet. Une voile. Signaux. Espoir. Le navire disparaît. Mais deux heures plus tard, il est là. C'est l'*Argus*.

19 juillet. Les 15 survivants sont reçus à l'hôpital de Saint-Louis. Cinq y meurent. Corréard, grièvement brûlé par le soleil y commence une longue convalescence. Il ne rentrera en France qu'en décembre.

L'AFFAIRE DE LA *MÉDUSE*

2 septembre 1816. Arrivée à Brest de l'*Écho*. Par télégraphe, le ministre de la Marine est averti de la perte de la *Méduse*. À bord de l'*Écho*, Savigny a rédigé un premier récit du naufrage.

8 septembre. Un communiqué dans le *Journal des Débats* annonce le naufrage de la *Méduse* et la disparition de nombreux passagers. Vive émotion.

13 septembre. Le *Journal des Débats* publie le rapport de Savigny, sans doute communiqué à l'instigation du ministre de la Police, Decazes.

14 septembre. Démenti du ministre de la Marine, Du Bouchage, dans le *Moniteur Universel*.

15 septembre. Démenti de Savigny disant qu'il n'est pas l'auteur de la fuite.

7 novembre-2 décembre. Une commission siège à Rochefort et interroge les officiers et les officiers mariniers de la *Méduse*.

1er décembre. Chaumareys quitte Saint-Louis pour la France à bord de la *Loire*. Parmi les passagers, il y a aussi Alexandre Corréard.

27 décembre. La *Loire* arrive à Rochefort. Chaumareys apprend qu'il est consigné sur place. La lettre du ministre date du 15 octobre.

7 janvier 1817. Le ministre de la Marine, Du Bouchage, fixe la composition du conseil de guerre. Il sera lui-même bientôt limogé.

22 janvier. Début des interrogatoires de 23 témoins.

3-12 février. Interrogatoire du commandant de la *Méduse*.

24 février. Ouverture du procès à bord du vaisseau amiral, mouillé dans la Charente. La cour est placée sous la direction de l'amiral La Tullaye.

3 mars. Débats à huis clos. Chaumareys est condamné à être « rayé de la liste des officiers de marine » et à trois années

de prison. À l'issue des délibérations, deux officiers sur sept ont demandé la peine de mort, tout en recommandant « la clémence du roi ».

11 septembre. Chaumareys est transféré au fort de Ham où il sera maintenu jusqu'en mars 1820.

12 septembre. Molé, qui remplace Gouvion-Saint-Cyr comme ministre de la Marine, met à la retraite les officiers de l'ancienne marine réintégrés (12 amiraux, 96 capitaines de vaisseaux). « Immolation générale », selon les termes d'un témoin de l'époque. Molé en profite pour donner aussi un grand coup de balai parmi les officiers libéraux ou républicains.

Fin 1817. Parution de la première édition du témoignage de Corréard. Succès immédiat. Nombreux échos dans la presse. Remous politiques. Dans les trente années qui suivent, Michelet, Hugo, Gautier, d'innombrables autres auteurs, pamphlétaires ou journalistes, consacrent l'expression « radeau de la Méduse » et en font une des figures mythiques de la culture française.

GÉRICAULT

Fin 1817. Le jeune peintre Théodore Géricault, qui a déjà tenté, sans les achever, de mettre en scène des « faits divers », se passionne pour l'histoire du naufrage. Il rencontre Corréard et Savigny. Au cours de l'hiver et du printemps suivant, dans son atelier de la rue des Martyrs, il élabore une cinquantaine d'esquisses. Il évoque par le dessin ou la gouache plusieurs étapes de l'histoire du radeau : la mutinerie, les scènes de cannibalisme, le sauvetage. Il finit par choisir l'avant-dernière scène, celle où les naufragés aperçoivent une voile à l'horizon sans savoir s'ils ont été vus.

Juin 1818. Géricault loue un autre atelier, beaucoup plus vaste, faubourg du Roule. Il acquiert une toile de grande taille, 7 mètres 16 sur 4 mètres 91. La réalisation de la peinture dure 9 mois. Corréard, Savigny et le jeune Delacroix posent pour lui.

25 avril 1819. Le tableau est présenté au Salon sous le titre « *Scène de naufrage* ». Louis XVIII s'attarde devant la toile et lance un mot historique : « Voilà, Monsieur Géricault, un

naufrage qui ne sera pas celui de l'artiste qui l'a peint. » Réactions dans l'ensemble plutôt négatives. Le tableau est jugé trop sombre, « fait pour réjouir les vautours ». Géricault expose sa toile à Londres à l'Egyptian Hall, ouvert par Bullock. Presse enthousiaste.

28 janvier 1824. Mort de Géricault à l'âge de 33 ans. Le tableau est vendu aux enchères et acheté par un ami du peintre, pour éviter, dit-on, que les partisans de Chaumareys ne s'en emparent et ne le détruisent. Il sera ensuite aussitôt racheté par le musée du Louvre à l'instigation du comte de Forbin, directeur des Beaux-Arts.

BIBLIOGRAPHIE

SOURCES HISTORIQUES

Plusieurs dossiers figurent aux Archives Nationales (campagne et naufrage de la *Méduse*, campagnes du Sénégal, correspondances du port de Rochefort, etc).

Au Service historique de la Marine (Vincennes) sont conservés les dossiers concernant les officiers et sous-officiers de l'escadre (Chaumareys, Venancourt, Coudein, Espiaux, Reynaud, Parnajon).

La bibliothèque du Centre de documentation de la Marine de Rochefort (Charente-Maritime), où l'on peut voir quelques vitrines consacrées à l'affaire, possède le rôle d'équipage de la frégate, les interrogatoires menés par la cour martiale, les comptes-rendus du procès, les délibérations de la cour, les correspondances et de nombreux autres documents relatifs au naufrage et à ses suites.

HISTOIRE DE LA *MÉDUSE*

Témoins directs

Moniteur Universel, 23 juillet 1815 ; 8, 10 et 14 septembre 1816 ; 21 novembre 1817.

Charles Bredif, « Le naufrage de la *Méduse*, mon voyage au Sénégal », *Revue de Paris*, n° 11, 12, 13, Paris, 1907.

Alexandre Corréard et Jean-Baptiste Savigny, *Relation du naufrage de la frégate la* Méduse *faisant partie de l'expédition du*

Sénégal en 1816, Paris, 1817. Seconde édition refondue et augmentée des notes de Charles Brédif, Paris, 1818. Troisième édition, avec gravures de Théodore Géricault, Paris, 1819. Quatrième édition, Paris, 1820. Cinquième édition, augmentée du procès de Chaumareys, Corréard, etc, Paris, 1821. Réédition Jean de Bonnot, 1968.

Gicquel des Touches, « Souvenirs d'un marin de la République », *Revue des Deux Mondes*, T 28, Paris, 1905.

Jules Lecomte, *Dictionnaire pittoresque de la marine*, Paris, 1835.

Lieutenant d'Anglas de Praviel, *Relation nouvelle et impartiale du naufrage de la frégate la* Méduse, Paris, 1818. Réédition *in* Jean de Bonnot, 1968.

Gaspard Mollien, *Découverte des sources du Sénégal et de la Gambie, précédé du naufrage de la* Méduse, récit inédit, Delagrave, Paris, 1889

Marie-Antoine Rabaroust, « Récit inédit d'un témoin du naufrage de la *Méduse* », *Intermédiaire des chercheurs et des curieux*, n° 45, 1902.

Alexandre Rang des Adrets, dit Sander Rang, *Voyage au Sénégal, naufrage de la* Méduse, EPIC, Paris, 1946. Réédition *in* Jean de Bonnot, 1968.

Jean-Baptiste Savigny, *Observations sur les effets de la faim et de la soif éprouvées après le naufrage de la frégate du Roi la* Méduse *en 1816*, Paris, 1818.

Études modernes

Jean-Yves Blot, *La* Méduse, *chronique d'un naufrage ordinaire*, Arthaud, Paris, 1982.

Général de Boisboissel, « Le naufrage de la *Méduse* », *Revue maritime*, Paris, février 1952.

Georges Bordonove, *Le Naufrage de la* Méduse, Laffont, Paris, 1973.

Michel Bourdet-Pléville, *Le Drame de la* Méduse, André Bonne, Paris, 1951.

Jean Bourgoin, « Le naufrage de la *Méduse* », *Actes du 82ᵉ congrès des sociétés savantes (géographie)*, Bibliothèque nationale, Paris, 1966.

J. Breillout, « La vie dramatique de M. de Chaumareys »,

Bulletin de la société des lettres, sciences et arts de la Corrèze, Tulle, 1933.

Philippe de Froberville, « Le radeau de la *Méduse* », *Historia*, n° 130, septembre 1957.

Philippe Masson, *L'affaire de la* Méduse, Tallandier, Paris, 2000.

André Reussner, « Les sources du naufrage de la *Méduse*. Tradition et vérité », *Revue de l'Académie de marine*, 10 janvier 1936, Paris, 1938.

André-Michel Suquet, « La véritable histoire du radeau de la *Méduse* », *Historama*, n° 313, décembre 1977.

Jean Tonnelé, « Le naufrage de la *Méduse* », *Revue historique de l'armée*, n° 1, 1965.

Le Naufrage, Actes du colloque tenu à l'Institut catholique de Paris (28-30 janvier 1998), Honoré Champion, Paris, 1999.

LE TABLEAU DE GÉRICAULT

Lorentz Eitner, *Géricault, sa vie, son œuvre*, Gallimard, Paris, 1991.

Lorentz Eitner, *The raft of the* Medusa, Phaidon, Londres, 1972.

Philippe Grunchec, *Géricault. Tout l'œuvre peint*, Flammarion, Paris, 1978 et 1991.

Régis Michel, Bruno Chenique, Sylvain Laveissière, *Géricault*, catalogue de l'exposition du bicentenaire, Réunion des Musées nationaux, Paris, 1991.

Géricault, colloque sous la direction de Régis Michel, Louvre 1991, La Documentation française, 1996.

Régis Michel, *Géricault, l'invention du réel*, coll. Découvertes, Gallimard, Paris, 1992.

Jean Sagne, *Géricault*, Fayard, Paris, 1991.

Michel Schneider, *Un rêve de pierre, Le radeau de la* Méduse, Gallimard, Paris, 1991.

FICTIONS INSPIRÉES PAR LE NAUFRAGE DE LA *MÉDUSE* OU PAR GÉRICAULT

Louis Aragon, *La Semaine sainte*, Gallimard, Paris, 1958.
Martine Coz, *Le Nègre et la* Méduse, Éditions du Rocher, Paris, 1999.
Catherine Decours, *Le Lieutenant de la frégate légère*, Albin Michel, Paris, 2005.
Erik Emptaz, *La Malédiction de la* Méduse, Grasset, Paris, 2005.
Jacques Henric, Méduse, *scènes de naufrage*, Dumerchez, Paris, 1993.
François Weyergans, *Le Radeau de la* Méduse, Gallimard, Paris, 1983.

FILMOGRAPHIE

Le Radeau de la Méduse, réalisation Iradj Azimi, 35 mm, couleurs, 2 h 10, 1998, avec Jean Yanne, Daniel Mesguich, Claude Jade, Rufus, Laurent Terzieff, Alain Macé.
La Beauté du désastre, réalisation Alain Jaubert, film documentaire vidéo, 30 minutes, série Palettes, Arte, Musée du Louvre, Palette production, 2002. DVD, Éditions Montparnasse-Arte.
Géricault : le radeau de la Méduse, réalisation Adrien Touboul, scénario Georges-Antoine Borias, 16 mm, 21 minutes, The Roland collection of films and video, visible sur rolandcollection.com
Scènes du radeau de la Méduse, réalisation Paul Gransard, vidéo, 6 minutes, 1987.
D'après le naufrage, réalisation Alain Escalle, 35 mm et vidéo, 9 minutes, 1994.

INTERNET

Le lecteur curieux pourra consulter l'intégralité du livre de Corréard et Savigny sur le site Gallica de la Bibliothèque nationale de France (*www.bnf.fr*), dans la section « voyages ». Il pourra voir le tableau de Géricault, ainsi que plusieurs des dessins ou peintures préparatoires sur les sites du musée du Louvre (*www.louvre.fr*), ou de la Réunion des Musées nationaux (*www.rmn.fr*).

Parmi les dizaines de milliers de mentions qu'on peut recueillir grâce aux divers moteurs de recherche en croisant *naufrage*, *radeau* et *Méduse*, on trouvera petites et grandes histoires, musées (du Louvre à Grévin), conférences, vidéos, jeux vidéos, performances, installations, théâtre, chorégraphies, bande dessinée, et aussi les milliers d'usages, dans la presse écrite et parlée, dans le dessin humoristique et politique, dans le langage courant, de l'expression « radeau de la *Méduse* ».

Préface   I

Note sur l'établissement du texte   7

Relation du naufrage de la frégate la Méduse   9

ANNEXES

Le destin des principaux personnages   323
Unités de mesure   325
Chronologie   326
Bibliographie   333

Impression IGS
Impression Maury-Imprimeur
45330 Malesherbes
le 7 avril 2020.
Dépôt légal : avril 2020.
1er dépôt légal dans la collection : septembre 2005.
Numéro d'imprimeur : 244386.

ISBN 978-2-07-030987-0. / Imprimé en France.

368327